莱蒙托夫诗选
当代英雄

M.Лермонтов
Стихотворения
Герой нашего времени

〔俄〕莱蒙托夫／著
余振　顾蕴璞　翟松年／译

名著名译
丛书

人民文学出版社
PEOPLE'S LITERATURE PUBLISHING HOUSE

М. Лермонтов

М. Лермонтов. Стихотворения. Герой нашего времени

图书在版编目(CIP)数据

莱蒙托夫诗选 当代英雄/(俄罗斯)莱蒙托夫著;余振,顾蕴璞,翟松年译.—北京:人民文学出版社,2020 (2023.7 重印)

(名著名译丛书)

ISBN 978-7-02-012476-3

Ⅰ.①莱… Ⅱ.①莱…②余… ③顾… ④翟… Ⅲ.①诗集—俄罗斯—近代 ②长篇小说—俄罗斯—近代 Ⅳ.①I512.24 ②I512.44

中国版本图书馆 CIP 数据核字(2017)第 038779 号

责任编辑 李丹丹
装帧设计 刘 静 陶 雷
责任印制 任 祎

出版发行 人民文学出版社
社　　址 北京市朝内大街 166 号
邮政编码 100705

印　　刷 河北新华第一印刷有限责任公司
经　　销 全国新华书店等

字　　数 227 千字
开　　本 890 毫米×1290 毫米 1/32
印　　张 15 插页 3
印　　数 10001—20000
版　　次 1997 年 5 月北京第 1 版
印　　次 2023 年 7 月第 2 次印刷

书　　号 978-7-02-012476-3
定　　价 50.00 元

莱蒙托夫

莱蒙托夫（1814—1841）

俄国著名诗人、小说家和剧作家，创作了约四百首抒情诗和三十首长诗。代表作有抒情诗《帆》《诗人之死》《祖国》《悬崖》、长诗《恶魔》、长篇小说《当代英雄》等。

莱蒙托夫的抒情诗感情深沉而奔放，艺术形象生动而鲜明，诗句铿锵有力、优美动人。《当代英雄》是俄国第一部社会心理小说，主人公毕巧林是俄国文学史中继奥涅金之后的贵族社会"多余人"的典型形象。

译　者

余　振（1909—1996），山西崞县（今原平）人。原名李毓珍，笔名孟星等。1935 年毕业于北平大学。曾任清华大学、北京大学、华东师范大学教授。译著有《普希金长诗选》《莱蒙托夫抒情诗选》等。

顾蕴璞（1931—　），江苏无锡人。1959 年从北京大学俄罗斯语言文学系毕业后留校任教直至退休。二十世纪六十年代开始研究莱蒙托夫诗歌，后致力于俄罗斯诗歌的翻译和研究。译有普希金、莱蒙托夫、叶赛宁、帕斯捷尔纳克、布宁等作家的作品。

翟松年（1916—1996），河北宁河县人。1938 年至 1941 年在西南联合大学学习，1949 年后在新闻出版总署和人民出版社工作。译作《当代英雄》1950 年由平明出版社首次出版，1960 年后由人民文学出版社出版。

出版说明

人民文学出版社从上世纪五十年代建社之初即致力于外国文学名著出版，延请国内一流学者研究论证选题，翻译更是优选专长译者担纲，先后出版了“外国文学名著丛书”“世界文学名著文库”“二十世纪外国文学丛书”“名著名译插图本”等大型丛书和外国著名作家的文集、选集等，这些作品得到了几代读者的喜爱。

为满足读者的阅读与收藏需求，我们优中选精，推出精装本“名著名译丛书”，收入脍炙人口的外国文学杰作。丰子恺、朱生豪、冰心、杨绛等翻译家优美传神的译文，更为这些不朽之作增添了色彩。多数作品配有精美原版插图。希望这套书能成为中国家庭的必备藏书。

为方便广大读者，出版社还为本丛书精心录制了朗读版。本丛书将分辑陆续出版。

人民文学出版社

2015 年 1 月

前 言

十九世纪俄罗斯文坛为世界文学史写下了金光灿灿的一页,向全球文学宝库输送了一批杰出的作家。继普希金之后,第二个冲出国界的俄罗斯作家就是诗人米哈伊尔·尤里耶维奇·莱蒙托夫。他以少有的勇气倾吐了人民反叛沙皇黑暗统治的心声,以罕见的天才继承与发展了普希金的文学传统,在诗歌、小说、戏剧等领域写出了无愧于时代的作品,以难得的文化遗产培育了一代又一代俄苏的作家和诗人。莱蒙托夫短短二十七岁的一生的成就告诉人们:他是俄罗斯的,也是世界的,他立足于民族的土壤并汲取了异域的营养,又通过用俄罗斯的民族魂铸成的文学精品向各国不停地反馈着艺术的信息。

莱蒙托夫于一八一四年十月十五日出生在莫斯科一个退休军官的家里,在出身名门的外祖母的贵族庄园里度过了童年。地主虐待农奴的行径,在诗人幼小的心里埋下了同情弱者的种子。父母婚姻的不幸,导致母亲的早逝;母亲的亡故,又结出父子在外祖母干预下生离死别的苦果。因此,莱蒙托夫从小就形成孤僻的性格,养成耽于幻想的癖好,他那颗童稚而叛逆的心早早地飞出了庄园的高墙。他挚爱大自然,亲近民间的生活,当来访的亲戚讲起农民起义和一八一二年卫国战争的故事时,他总是凝神倾听,心潮起伏。

一八二八年九月,莱蒙托夫入莫斯科大学附设的贵族寄宿中学读书。在这所培育过冯维辛、茹科夫斯基、格里鲍耶陀夫等著名俄国作家的学校的文学氛围中,莱蒙托夫开始写诗。他的诗起初带有模仿拜伦和普希金的痕迹,但他很快就形成自己的风格,显露出不凡的诗歌天才。

莱蒙托夫开始创作生涯,正值俄国历史上最暗无天日的年代。沙皇尼古拉一世残酷地镇压了十二月党人一八二五年十二月十四日举行的起义，更强化了专制的统治。人民忍无可忍，纷纷被逼造反。莱蒙托夫的不少哀歌体抒情诗与人民的心声产生共鸣，间接或直接地抨击了沙皇，成为对失败了的十二月党人义举的余音不绝于耳的反响：

俄国的不祥之年必将到来，
那时沙皇的王冠定会落地；
百姓将忘却先前对他的爱戴，
众多人将用死亡和鲜血充饥。

（《预言》，1830）

一八三〇年秋，莱蒙托夫考入当时作为全国精神生活中心的莫斯科大学。在赫尔岑、别林斯基等人的倡导下，莫斯科大学的学生们热烈讨论当代的政治、哲学和文学问题。莱蒙托夫深受启发，对沙皇统治的本质有了进一步的认识。例如，他在这一时期所写的剧本《怪人》，已经把主人公弗拉基米尔·阿尔别宁置于与整个贵族社会的尖锐冲突之中，剧情已触及造成个人悲剧的社会根源。

在贵族寄宿中学和莫斯科大学学习期间，莱蒙托夫经历了一个创作高潮期，共写下三百余首抒情诗、十六首长诗和三个剧本。这是他创作上的磨炼阶段，为后几年，特别是他的成熟时期（1835 或 1837—1841）的创作打下了坚实的基础，他的创作思想在抒情诗《一八三一年六月十一日》中已有系统的阐述。

一八三二年，莱蒙托夫因参与反对反动教授的学潮而被勒令离开莫斯科大学。同年十一月，他考入彼得堡近卫军士官学校，在那里他孤独彷徨的心境一如从前，甚至更甚：

唉！它不是在寻找幸福，
也不想从幸福身边逃亡。

（《帆》，1832）

他在士官学校枯燥的受训期间填补内心空虚的良法就是不间断地从事文学创作，甚至在被授予骑兵少尉的官衔后他也不改初衷。

剧本《假面舞会》（1835）是莱蒙托夫戏剧创作的高峰，比其余四个剧本，即《西班牙人》（1830）、《人与激情》（1830）、《怪人》（1831）和

《两兄弟》(1836),在思想与艺术方面更趋完美。《假面舞会》借鉴了莎士比亚的悲剧《奥赛罗》,比其他剧本更集中地反映了俄国上流社会中善与恶的尖锐冲突,主人公叶甫盖尼在气质上与长诗《恶魔》中的恶魔和小说《当代英雄》中的毕巧林如出一辙。《假面舞会》不但是对发生情场纠葛的舞会的实写,而且具有鞭挞在道貌岸然的面纱下尔虞我诈的上流社会的象征意蕴。

一八三七年一月一日,莱蒙托夫为普希金主编的《现代人》杂志投寄破天荒第一次由士兵充当抒情主人公的诗作《波罗金诺》。诗中借一名参加过一八一二年卫国战争的老兵之口,挞伐当代青年生性懦弱、无所作为的可悲状态。质朴的感情,对历史真实的细节描绘,民间生动口语的大胆运用,标志着诗人在接近人民和向现实主义倾斜等方面前进了一大步。后来,列夫·托尔斯泰在创作巨著《战争与和平》时从《波罗金诺》汲取了爱国激情和史诗气魄,称它为《战争与和平》的核心。

一八三七年一月二十七日,伟大的俄罗斯近代文学奠基人普希金,在决斗中惨遭杀害。这个晴天霹雳,震怒、更震醒了莱蒙托夫。他勇敢地接过普希金手中争取自由的接力棒,写下了被高尔基誉为“俄国最有力量的诗歌中的一首”的不朽名篇《诗人之死》,以惊心的语言、铿锵的节奏喷吐出全民族痛失“俄罗斯诗歌的太阳”后火山般的悲愤之情,呐喊出人民向“扼杀自由、天才、荣耀的刽子手”讨还血债的心声:

你们即使倾尽全身的污血,
也洗不净诗人正义的血痕!

莱蒙托夫因触怒宫廷而被捕,被放逐到高加索与山民作战的前线以示惩罚。在高加索,他结识了别林斯基和十二月党人,接近了人民,收集了传说、民歌,领略了奇异的景色。先后两次流放高加索的逆境,结出了累累的艺术硕果,使沙皇尼古拉一世的用意适得其反。

一八三八年,莱蒙托夫写下抒情诗名篇《沉思》。它集早期哀歌体诗歌之大成,切入灵魂深处,剖析了同时代人可气又可悲的心态。这首用“鲜血写成的”诗被别林斯基誉为“纲领性的诗”,对同代人及尔后历代思想界产生过深远的影响。

一八三八年十二月和一八三九年八月，使莱蒙托夫登上俄国浪漫主义诗歌高峰的长诗《恶魔》和《童僧》相继脱稿。两部长诗都塑造了叛逆者的形象，都有深刻的现实意义：既歌颂他们的反抗精神，又暴露他们的自我中心主义。特别是《恶魔》，更高出于《童僧》，代表了莱蒙托夫一生二十七部（包括未完成的）叙事诗创作的最高成就。除《童僧》与《恶魔》外，《沙皇伊凡·瓦西里耶维奇，年轻的近卫士和骁勇的商人卡拉希尼科夫之歌》也占有极其重要的位置，它借伊凡雷帝之古讽尼古拉一世之今，一发表就受到评论界的重视。

一八四〇年五月，莱蒙托夫以单行本的形式发表他的现实主义不朽杰作《当代英雄》。这是他继《瓦吉姆》（1832—1834）和《李戈甫斯科伊公爵夫人》（1836—1837）之后写出的第三部长篇小说，也是第一部写完的长篇小说，却成了他小说创作以至整个创作的最后总结。它得来不易：先从社会历史小说入手，经过构思社会心理小说而终于开创了俄罗斯文学中的社会心理与哲理小说。他把抒情主人公身上所洋溢的叛逆气质和长篇小说《李戈甫斯科伊公爵夫人》、剧本《假面舞会》等作品中的社会冲突集中熔铸在毕巧林这个司空见惯的“当代英雄”身上。毕巧林是奥涅金这位“多余人”形象在莱蒙托夫时代的发展：他渴望有所作为，但又无法超越阶级的局限性，因而比奥涅金更苦闷，更蔑视世俗的偏见，也更玩世不恭，他的才智遭到毁灭的悲剧，比奥涅金的悲剧更深刻地揭露了封建农奴制社会的腐朽没落和沙皇尼古拉一世统治的暗无天日。

《当代英雄》是莱蒙托夫借鉴普希金诗体小说《叶甫盖尼·奥涅金》创作经验，经过大胆创新而在俄罗斯文学史上树起的又一丰。作家采用新的多渠道、多角度而又给读者留下想象空间的描写方法，对作品人物心理的深层剖析，作者天才地用诗的审美方式另辟散文叙事新路子，由此一夜雄踞当年的世界文坛，为俄罗斯争得殊荣。这一文化遗产为之后屠格涅夫、列夫·托尔斯泰、陀思妥耶夫斯基等人的心理描写起了开拓性的作用。如果说《叶甫盖尼·奥涅金》是诗歌中的散文，那么《当代英雄》便是散文中的诗，两部杰作双双成为俄罗斯长篇小说的源头，连同果戈理的《死魂灵》一起，牢牢地奠定了近代俄罗斯长篇小说的基础。

一八四一年，莱蒙托夫在《祖国纪事》上发表抒情诗《祖国》，诗人用“一种奇异的爱”来爱自己人民的祖国。这是莱蒙托夫由早期作品中孤傲不驯、愤世嫉俗到与同辈人休戚与共(如《沉思》)，进而到歌颂人民(如《波罗金诺》)，到最后对人民怀有深情的思想发展的必然归宿。

一八四一年七月二十七日，莱蒙托夫在高加索与马尔蒂诺夫决斗不幸身亡，结束了他为社会所不容的抗争的短短一生。一八四二年四月二十三日，他的灵柩安葬于塔尔汗家墓。

莱蒙托夫是俄罗斯的民族诗人，是一架大胆歌唱自由的竖琴，是民族之魂，更是自由之子。鲁迅先生在《摩罗诗力说》中给予莱蒙托夫特殊的评价，就是因为看重他把自由置于沙皇俄国的国家利益之上的历史观，它反映在看待拿破仑、沙皇侵略扩张等一系列问题上。莱蒙托夫所处的时代早成为过去，但他作品中争取自由的思想和表达这一思想的艺术，既然在作者生前早就冲破了民族的界限，在今天这个信息时代自然更能变成全球(包括中国)的共同精神财富了。

莱蒙托夫和他的作品都是不朽的。

顾蕴璞

目 录

抒 情 诗

长　诗

小　说

当代英雄

抒情诗

余振　顾蕴璞 译

1 诗 人

当着拉斐尔充满了灵感，
用生动的画笔即将画完
圣母马利亚神圣的容颜，
醉心于自己精美的艺术，
他猝然倒在圣像的面前！
但这奇异的激动很快地
在他那年轻的心中消散，
他困倦乏力，又沉默无言，
渐渐忘却了天国的火焰。

诗人也是这样的：当思想
刚刚放射出光芒，他立即
拿起笔倾吐出全部衷肠，
用琅琅琴声魅惑着人间，
沉入天国之梦，在寂静中
歌唱您、您！他心灵的偶像！
而双颊的烈焰突然冷却，
内心的激荡也渐渐平息，
幻想也终于从面前消亡！
但是心里还长久、长久地
保留着那些最初的印象。

1828 年

（余振 译）

【题解】

这篇诗原文写在一八二八年十二月二十一日致堂舅母玛丽雅·阿季莫芙娜·沙恩-基列伊的信中。

诗的主题是诗人的教师谢·耶·拉伊奇提供的。在寄宿学校“文学社”文选《仙女星座》中,有署名 K 的其他学生的诗篇,题目是《拉斐尔的幻象》。“诗人”这个主题是莱蒙托夫一生中歌唱过多次的主题之一,到最后的诗篇《预言者》中这一主题得到更高的发展。

2 致友人

我天生有颗火热的心，
喜欢和友人交往，
有时也爱开怀畅饮，
好快些消磨时光。

我不贪恋赫赫的名声，
爱情才暖我心灵；
竖琴发出的激越颤音，
也使我热血沸腾。

但往往当我欢笑之际，
心儿会痛苦、忧愁，
在狂饮尽兴的喧声里，
忧思压在我心头。

1829 年

（顾蕴璞 译）

【题解】

抒情主人公虽然想按传统的方式歌颂友谊和爱情，畅抒心怀，但他的竖琴上奏不出舒心的曲调来，结果是：用笑掩饰的苦更苦，借酒浇灭的愁更愁。从此诗可以看出莱蒙托夫“怀疑、否定、痛恨的思想”（赫尔岑语）的初步流露。在普希金和十二月党人的直接影响下，莱蒙托夫一八二九年的抒情诗中即已形成在尼古拉俄国的条件下人的悲剧命运这一基本主题。

3　俄罗斯乐曲

一

我在我心中创造出另一世界，
又创造出另一种形象的人物；
我拿细链把他们紧扎在一起，
我给了他们外形，但没给名目；
冬天可怕的风暴忽然响起——
缥缈的创造物化作空洞虚无！……

二

如同面对着闲散的人群
树荫下坐着朴实的歌手，
他随身带来巴拉莱卡琴，
他也是闲散人，随意弹奏！……

三

为了心爱的美貌的女郎——
他突然拨动洪亮的琴弦，
但琴弦的声音忽然中断，
开头虽已听到！——但也无用！——

谁也不能够把它来弹完！……

1829 年

（余振 译）

【题解】

莱蒙托夫后来在原稿上题记（又把它抹掉了）道："（这篇诗是应杜尔诺夫之请写下的，杜尔诺夫把它作为自己的作品而献给拉伊奇。杜尔诺夫——因为他坦白而善良的心灵我一直爱他到今日——他是我最早的也是最后的朋友）。"根据这段亲笔题记看来，这篇诗是诗人代替贵族寄宿中学同班同学德·德·杜尔诺夫写的献给贵族寄宿中学教师谢·叶·拉伊奇的。杜尔诺夫是诗人当时的好友，拉伊奇是"祖国语文爱好者学会"的指导者。诗中所讲的可能就是有关"学会"的文学活动。

4 土耳其人的哀怨

（给国外友人的信）

你知道暑热的阳光下这个野蛮地方？
在那里丛林和草原开着惨淡的花朵，
在那里狡猾和任性给狠毒致送贿赂，
在那里人们的心为种种苦难所折磨，
　　　　在那里有的时候也曾出现
如同铁石般冷静而坚强的才华。不过
他的力量常常为不时的哀怨所扼杀，
而早早熄灭他心中善良的平稳的火。
在那里人们的生活一开始就很痛苦，
在那里人们呻吟在奴役和锁链之下，
在那里紧跟欢乐常飞来意外的灾祸！……
　　　　朋友！这地方……就是我的祖国！

P. S. ①唉！如果你能真正了解我，
请恕我这任性的暗示吧；
让虚伪把真实掩盖起来：
我们都是人！——有什么办法？……

1829 年

（余振 译）

---

① “P. S.”是“postscript”的简写，意为“附言”“附记”。

【题解】

十九世纪二十年代希腊人反土耳其的解放斗争开始后,土耳其成了专制国家的标本。借土耳其以暗示俄国的专制政体,已成了当时文学中常见的主题。诗句中充满了革命的爱国主义的激情,很显然,反映了十二月党人的革命传统。就内容来说,是同当时被人们广为抄传的普希金的《乡村》一诗互相呼应的。这里所写的当然是十二月党人起义失败后的黑暗的俄罗斯。

5　回答

谁要是曾经尝到过苦痛，
谁要是对爱情闭起眼睛，
那么由于风险以及希望
他的心不会第二次跳动。
他只爱孤独生活的黑暗，
他不再知道什么是眼泪，
空洞无谓的幻想的陶醉
永远地从他的面前敛迹。
他失掉感觉，像一个树桩，
闪电触到了它，它被烧尽，
消灭了——再没有生命之汁，
它也再不能够养育枯枝——
它身上留下命运的烙印。

1829 年

（余振 译）

【题解】

抑扬格，不分节。译文每行四顿，十个字，韵式只做到双行有韵。

6 独白

相信吧，这里平庸就是人世的洪福。
何必要深奥的学问和对荣誉的追求，
何必要才华，又何必去酷爱自由，
既然我们无法将它们归自己享有。
我们北国的儿女，像这里的花木，
繁华几时，便就早早地凋零……
恰似灰暗天际那冬日的太阳，
我们的人生也是密布着阴云。
生命运行也如此单调而短暂……
在祖国我们仿佛感到窒息，
心头沉甸甸，思绪忧戚戚……
我们的青春为无谓的激情所煎熬，
没有甜蜜的爱情，也没温暖的友谊，
愤懑的毒药很快便使它暗淡无光，
我们心灰意冷的人生就像杯苦酒，
任凭什么也无法使我们心儿欢畅。

1829 年

（顾蕴璞 译）

【题解】

此诗写诗人对同代人命运的沉思。诗人采用了由对谈者的话语而发的戏剧性独白片断的体裁，内心抒情与感时抒怀相互交融的表现手法。他以新鲜、贴切的比喻，直抒胸臆，字字血，声声泪，淋漓尽致地表达了十二月党人失败后贵族知识分子对沙皇变本加厉的暴政的怨恨，进一步发展了首次在《一个土耳其人的哀怨》中所表现的反抗暴政的主题，倾吐了“对事业的热望，有力量而无用武之地的人的苦闷”（高尔基语）。

7 星

天边有一颗星，
总是金光灿灿，
时时刻刻都在
把我心魂召唤，
还在我的心中，
勾起遐思幻想，
从上倾泻欢乐，
注入我的心房。
她那脉脉秋波，
也如星光一般，
我竟爱那目光，
直把命运埋怨；
它对我的痛苦，
总是望而不见，
有如那一颗星，
离我十分遥远；
我倦极的眼皮，
久久不能合上，
眼里望这目光，
心中感到失望。

1830 年

（顾蕴璞 译）

【题解】

这是早期以“遥远的星”为题的三首抒情诗中写得最为完美的一首(其余两首为《辽远的星啊,你放点光明吧!》《欧罗巴小调》)。诗中用了一个扩展的精美比喻,把意中人的目光比作遥远的星光,遥远而冷漠,可望而不可即,表现了热恋者的怅惘之情。

8 高加索

南国的山峦啊，虽在朝霞般的年光，
命运就从你们身旁夺走了我，
但到此一游把你们永远地刻心头：
像爱一曲醉人的祖国的赞歌，
　　我爱高加索。

在童年的时候我就失去了母亲，
但我恍惚听得，当艳艳夕阳西落，
那草原，总向我把铭心的声音①传播。
就为这，我爱那峭壁险峰，
　　我爱高加索。

山谷啊，跟你们一起时我真幸福，
五年逝去了，你们总在我心窝，
在你们身边我见过美妙的秋波；②
想起那顾盼，心田便充满了春意：
　　我爱高加索！……

1830年

（顾蕴璞 译）

---

① 指莱蒙托夫幼年萦回于耳际的母亲的歌声。

② 诗人曾自称他在十岁时就情窦初开：在高加索矿泉认识并默默爱上了一个十岁的金发女孩。

【题解】

高加索是莱蒙托夫“创作的摇篮”和“自由的象征”，他从童年起直至逝世止一直与高加索有不解之缘：一八一八年、一八二〇年、一八二五年三次随外祖母到此地疗养，一八三七年、一八三九年两次被沙皇当局发配到此地，一八四一年在沙皇当局设置的决斗圈套中在此地遇害，并被埋葬在这个地方。高加索的主题贯穿了莱蒙托夫整个创作生涯。此诗主要是写对一八二五年那次高加索之游的回忆：第一段写山峦，第二段忆母亲（指五年前的触景生情），第三段思意中人。

9 斯坦司

我爱凝望我的姑娘，
当她羞得涨红了脸，
犹如那绯红的晚霞
在狂风和暴雨之前。

我爱谛听月夜林中，
她发出的一声长叹，
好像金弦琴的幽音
正在和那冷风絮谈。

然而更使我心醉的，
是她祷告时的泪珠，
宛似纯朴的海鲁文①
正仰望着上帝痛哭。

1830 年

（顾蕴璞 译）

【题解】

这首短诗是莱蒙托夫所写同体裁六首诗中的一首。斯坦司是一种分成几个各由一个复合句构成的诗节的诗体。诗中通过三个新颖巧妙的比喻和

① 亦译司智天使，是九天使中的第二位。据《圣经》传说，作为“上帝使者”的天使负有服侍上帝、传达神旨、保佑义人等使命。

精练的语言,表现了向天国的祈祷胜过人世的情感这一主题:爱情的甜美也无法消解生活的愁苦。

10 春天

当那被春天击破的冰凌
在波涛汹涌的河上奔流，
当那田野中光裸的土地
远望去到处显得黑黝黝，
而夜色云雾似的降临到
微微地泛出青色的田畴，
这时阴郁的罪恶的幻想
给我稚弱的心带来哀愁。
我看见大自然变年轻了，
但变年轻的只有它能够；
时光将把宁静的面颊上
嫣红的烈焰都随身带走，
而痛苦的人对它的爱慕
往往是心中一星也不留。

1830 年

（余振 译）

【题解】

这是莱蒙托夫正式发表的第一篇诗。写于一八三〇年年初，发表于《雅典娜》第四期，发表时署名 L。这篇诗据叶卡捷琳娜·亚历山德洛芙娜·苏什科娃说，是写给她的。但是从叶·亚·苏什科娃提供的材料看来，她在一八三〇年夏天才与莱蒙托夫认识，不会是写给她的。

11 孤独

孤独中拖着人生的锁链，
这样使我们真触目惊心。
分享欢乐倒是人人情愿——
但谁也不愿来分尝苦辛。
我独一人，像空幻的沙皇，
心中填满了种种的苦痛，
我眼看着，岁月像梦般地
消逝了，听从命运的决定；
它们又来了，带着镀过金、
但依然是那旧有的幻梦，
我望见一座孤寂的坟冢，
它等着，为什么还在逡巡？
任何人也不为这个悲伤，
人们将（这个我十分相信）
对于我的死大大地庆幸，
甚于祝贺我渺小的诞生……

1830 年

（余振 译）

【题解】

“孤独”这个主题，逐步丰富、逐步深入，贯串着莱蒙托夫整个创作，成为他的创作中最主要的题材之一。

12　奥西昂[①]的坟墓

在那轻云薄雾的帷幔后，
满天风暴下，草原环绕中，
在我那苏格兰的重山里，
屹立着那奥西昂的坟冢。
我麻痹的灵魂向它飞去，
好呼吸呼吸故乡的熏风，
凭吊过被忘却的坟墓后
让我再开始自己的一生！……

1830 年

（余振　译）

【题解】

在原稿上后来附记："（看到旅游者对这个坟墓的记载以后）"。诗中倾诉了莱蒙托夫对奥西昂的景仰和对自己先祖的故乡的怀想。

---

① 奥西昂是传说中约三世纪时的苏格兰人。十八世纪苏格兰诗人约·麦克菲尔孙采集苏格兰民间诗歌，并把这些诗歌当作奥西昂的作品，于一七六五年编辑出版了奥西昂诗集。莱蒙托夫的七世祖乔治·莱蒙特是苏格兰人，因此他常常以苏格兰为"自己的故乡"。参看《希望》一诗。

13　预 言

俄国的不祥之年必将到来，
那时沙皇的王冠定会落地；
百姓将忘却先前对他的爱戴，
众多人将用死亡和鲜血充饥。
那时被推翻了的法律将不再保护
天真的孩子和无辜的纯洁的妇女；
那时发出恶臭的死尸引起的瘟灾
将在满目凄凉的村落中到处徘徊，
它摇摇手帕便把人从茅屋里唤出，
饥饿将使这可怜的国土受尽痛苦；
漫天的大火将照红河水上的波纹：
那一天将要出现一个有力的伟人，
将来你会认识他——将来你也会知道，
为什么他手中提着明晃晃的钢刀：
不过还是你倒霉！——你的哭泣和哀叫，
那时他反倒认为是滑稽而又可笑；
他心中的一切将是可怕而又阴沉，
如同他的斗篷和高高仰起的额顶。

1830 年

（余振 译）

【题解】

原稿上题目放在括号内。题目一旁有后来写的附记:“(这是幻想)”。

这是莱蒙托夫第一篇政治诗。一八三〇年夏发生了多起重大政治事件——波兰的起义、法国的革命，这样更引起莱蒙托夫对政治问题的注意。他对波兰起义是同情的，对法国革命是欢迎的，很高兴地看到暴君将要死绝。但是以为俄国也像法国一样，打倒暴君之后要出现一个混乱时期，即“黑色的一年”。（“黑色的一年”，当时官方文献中一般称普加乔夫起义的那一年。）正好这一年在俄国中部发生了霍乱传染病，因传染病激起了人民起义。这年六月三日，诗人外祖母的四弟，塞瓦斯托坡尔省长尼古拉·阿列克谢耶维奇·斯托雷平（1781—1830）在起义中被杀死。这样更加强了年轻诗人关于混乱的想法。这说明，诗人已听到革命的足音，但对革命的认识还是不清楚，所以他说，他写的只是一些“幻想”，即梦想。

14　致＊＊＊

你不要以为，我该当为人们可怜，
虽然我现在讲的话是这般凄然；——
不是，不是的！我一切惨痛的苦难——
不过是许多更大的不幸的预感。

我年轻；但心中沸腾着好多声音，
我一心想望的是能够赶上拜伦；
我们有同样的苦难，同样的心灵；
啊，如果是我们也有同样的命运！……

同他一样，我寻求着忘怀与自由，
同他一样，我童年时心已经烧透，
我爱过高山的落日、汹涌的水流，
和那人间与天国的风暴的怒吼。

同他一样，我枉然地寻求着平静，
无论何处都为一种思想所追踪。
我回顾既往——过去啊真使人心惊；
我展望未来——也没有亲切的心灵！

1830年

（余振　译）

【题解】

莱蒙托夫在原稿上附记："（读过莫尔的拜伦传记后。1830）"。一八三〇年伦敦出版了拜伦的朋友，诗人托马斯·莫尔编的《拜伦爵士书信及日记》。拜伦参加过意大利烧炭党人的解放运动，最后在希腊民族解放战争中献出了自己的生命。莱蒙托夫读了这本书后大为感动。

这篇诗是莱蒙托夫早期诗作中的一篇纲领性的东西。诗中集中了他少年时期抒情诗中的主题：在人世上的孤独、渴望行动、幻想诗人的伟大任务、悲剧命运的预感。莱蒙托夫这些思想同拜伦的形象是分割不开的。“我们有同样的苦难，同样的心灵；/啊，如果是我们也有同样的命运！”这里引来的最后一句假定方式的句子，不是表示“假定”，而是表示“希望”。讲到自己与拜伦的相似点后，也希望自己能像拜伦一样，做一个自由的战士。

15 乞丐

在那神圣的修道院门口
站着个乞讨施舍的老人，
他有气无力，他形容枯瘦，
忍受着饥饿、干渴与苦辛。

他只是要乞求一块面包，
目光显示出深沉的苦痛，
但有人拿一粒石子放到
他那只向前伸出的手中。

同样，我带着眼泪和哀怜
在向你虔诚地祈求爱情；
同样，我所有美好的情感
永远为你所欺骗、所戏弄！

1830 年

（余振 译）

【题解】

这篇诗是写给叶·亚·苏什科娃的。一八三〇年八月，苏什科娃和莱蒙托夫同一些年轻朋友们去托洛伊采-塞尔基耶夫瓦修道院徒步旅行。苏什科娃在她的回忆中写道："我们在酒店里换去了满是尘土的衣服，洗过了脸，就赶快跑到修道院去做祈祷。在大门台阶上我们遇见一个讨饭的瞎子。他用枯瘦颤抖的手把他的木钵拿到我们面前来，我们给了他一些钱；他听见了钱的响声，便画着十字，感谢我们道：'善心的老爷们，上帝保佑你们；前几天也来过几位老爷,也都是年轻的,但却是些好闹的人,他们同我开玩笑:在我的钵子里放满了小石子。上帝保佑!……'我们回来了,要吃午饭,也好休息一下。我们大家都在餐桌前忙乱着,焦急地等着午饭,只有莱蒙托夫没有加入我们这一伙;他跪在椅子前用铅笔在一块小纸上很快地写着,好像他根本没有注意到我们,没有听到我们吵闹成什么样子。他写完以后,站起来,摇了摇头,坐在给他留下的那把椅子上,面对着我,把他用铅笔刚刚写好的这篇诗交给了我。"

但是斯托雷平家里是另一种说法,他们说,苏什科娃自己就给乞丐放了石子。这样,诗中说"有人拿一粒石子放到/他那只向前伸出的手中"的"有人"就是苏什科娃自己。苏什科娃的残酷无情,诗人已看得一清二楚。

16　七月三十日——

（巴黎）一八三〇年

你可能做个很好的国王[①]，
但你不愿意。——你下定决心，
使人民在轭下忍受屈辱。
但你并不了解法兰西人！
对沙皇也有人间的裁判，
正是它宣布了你的末日；
从你那颤颤发抖的头上
仓皇奔命中把皇冠丢失。

可怕的战斗现在已燃起，
自由的旗帜，像一个圣灵，
行进在高傲的人群前面。
人们只听到这一种声音；
鲜血已开始在巴黎迸流。
啊！暴君呀，你将用什么来
偿还这一笔正义的血债，
人民的血债、公民的血债。

如果最后的号角的声音
锐利地划破蓝色的天穹；
如果掘开一座座的坟冢，

① 这里指的是法国国王查理十世，七月革命后他逃往英国。

尸体还保留原先的面容；
如果搬来了那一架天平①，
而法官又把它高高抬起……
难道你的头发能不竖立？
难道你的手也能不战栗？……

蠢材！这一天你将怎么办，
而今耻辱已临到你头顶？
地狱的笑柄、游荡的阴魂、
你这被命运欺骗的幽灵！
你将被永恒的创伤杀死，
转过你那双乞怜的眼睛，
浴血的队伍将高声叫道：
他是有罪的！他就是罪人！

1830 年
（余振 译）

【题解】

这是莱蒙托夫关于人民起义的政治诗中态度最鲜明的一篇。诗中讲到的当然是法国七月革命以及法国国王查理十世的下台。不过，讲到法国革命时不由地联系到俄国的现实。第一段第五行“对沙皇也有人间的裁判”中，不用一般的“帝王”，而用了个俄国特有的“沙皇”，并不是一时偶然的笔误。

① 天平是旧时公正裁判的象征。

17　波浪和人

波浪一个接一个向前翻滚，
　　轻轻幽咽而又哗哗喧响；
卑微的人们在我眼前走过，
　　也是一个跟一个熙来攘往。
对波浪来说，奴役和寒冷
　　胜似那正午骄阳的光芒，
人们却想要灵魂……结果呢？——
　　他们的灵魂比波浪还凉！

1830 年

（顾蕴璞 译）

【题解】

诗人以自然界与人类社会做对照，鞭挞了尼古拉一世统治下世人的冷酷无情、碌碌无为，但也流露了悲观情绪（为他早期的哲理抒情诗的特征之一）。

18 情 歌

欢快的音滑过了我的琴弦，
　但不是发自我的心间；
破碎的心中有个秘密的禅室；
　那里隐伏着忧郁的意念。
滚滚的热泪顺我的面颊流淌，
　但不是流自我的心房。
一颗失意的心里保存的情感，
　注定要在这颗心中死亡。
凭靠金色希望长大的人们啊，
　切莫到我心间寻求同情；
我连自己的痛苦不免要鄙夷，
　哪有心去顾别人的苦痛？
我的眼睛何必再抬起来凝视
　死去的少女冰凉的双眸；
我能够忆起许多逝去的时光，
　对往事我却已不愿回首！
记忆向我们展示可怖的阴影，
　往昔那血迹斑斑的幽灵，
它呼唤我重返那别了的地方，
　宛如暴风雨中灯塔的光明，
此刻狂风在恶浪上作乐寻欢，
　嘲弄着一只可怜的孤舟，
船夫明知失却返归的希望，

仍呼唤并惋惜自己的故土。

1830 年

（顾蕴璞 译）

【题解】

此诗抒发了抒情主人公为生活愚弄后的忧郁心情，带有当时浪漫主义抒情诗所特有的形象性、体裁、修辞手法等特点。诗人沿用自己早期创作中惯用的对照形象，刻意渲染痛苦的深度。苏什科娃认为此诗与她有关。

19　人间与天堂

我们爱人间怎能不胜于爱天堂？
　天堂的幸福对我们多渺茫；
纵然人间的幸福小到百分之一，
　我们能知道它是什么情状。

我们心中翻腾着隐秘的癖好，
　爱回味往日的期待和苦恼；
人间希望的难期使我们不安，
　悲哀的易逝叫我们哑然失笑。

未来是漆黑一团，十分遥远，
　现时已令人感到心寒；
我们多愿意品尝天堂的幸福，
　却恋恋舍不得辞别人间。

我们更加喜欢手中之雀，
　虽有时也寻找空中之雁；
一旦诀别我们才看得更清：
　手中雀和心儿已紧紧相连。

1831 年

（顾蕴璞 译）

【题解】

诗人吸取了十九世纪三十年代俄国和欧洲浪漫主义哲理诗的经验，对人在宇宙中的位置、生与死的奥秘等永恒主题深入探索，唱出了天堂不如人间的主旋律，在思想境界上显然高出于他同年所写《天国与星星》《天使》等抒情诗。本诗音乐性极强，铿锵悦耳，而且节奏富于变化，在诗的韵律上有所创新。诗的内容，无论心理主题或哲理主题，都为长诗《恶魔》的创作做了一定的准备。

20　我的恶魔

一

积恶是他的最大癖好；
每当翱翔在昏暗的云层，
他爱主宰命运的暴雨风，
也爱浪花和密林的喧声；
他爱那阴暗凄清的黑夜，
也爱迷雾和苍白的月轮，
他爱脸上的强颜欢笑，
也爱无泪和失眠的眼睛。

二

他已听惯了来自尘世的
微不足道的冷语冷言，
俗套的寒暄和善男信女
在他眼里都可笑不堪；
他从不懂得怜悯和爱情，
靠凡俗的食物度日充饥，
贪婪地吞进战场上的硝烟，
和遍地鲜血所腾起的水汽。

三

每当新的受难者降生，
他便扰乱他父亲的心灵，
他这时含着严峻的嘲笑，
脸上露出凛然的神情；
每当有人将离开人世，
惴惴不安地走向坟墓，
他便共度弥留的时辰，
但对病者却不加慰抚。

四

孤傲的恶魔只要我还活着，
便决不会离开我的身旁，
他将用神奇之火的烈焰，
照得我的理智豁然开朗；
他让我看到了完美的形象，
却又要永远地把它夺走，
他虽然给了我幸福的预感，
却永不让幸福归我所有。

1831 年

（顾蕴璞 译）

【题解】

继一八二九年所写《我的恶魔》之后，莱蒙托夫于一八三一年又写了《我的恶魔》。除保留了前一首中的头四句外，这首扩大了思想容量，深化了恶魔主题，脱去了对普希金的《恶魔》（1824）模仿的痕迹。与普希金的恶魔不同，莱蒙托夫的恶魔不仅是否定一切的精灵，而且是慧眼可畏的狂夫的化身。矛盾的性格中寄寓了叛逆的思想,但失望与怀疑也给幸福和美满笼罩了浓重的阴影。恶魔的形象与抒情主人公是那样难解难分,因此成为“我的恶魔”。本诗的创作与长诗《恶魔》的第二稿相互呼应。

21　一八三一年六月十一日

一

记得打从我童年的时候起，
我的心一直喜欢追新猎奇。
我喜欢世间那种种的诱惑，
唯独不爱偶尔涉足的人寰；
平生的那些瞬间充满苦难，
我让神秘的幻梦与之做伴。
而梦当然和大千世界一样，
不会因这些瞬间变得暗淡。

二

我在片刻间常凭想象之力，
以别样生活度过几个世纪，
而忘却了人世。几次三番
悲哀的遐思使我痛哭流涕；
然而我所虚构的一切一切，
我假想之中憎和爱的对象，
都并非是人世的实有之物。
不，一切来自地狱或天堂。

三

冷漠的文字难写内心的斗争，
人们还没有一种有力的声音，
能把幸福的企求如实地描述，
我感到了炽烈的崇高的精神，
然而找不到一些恰当的话语，
此时此刻啊我宁愿牺牲自己，
好把纵然是激情的一点影子，
想方设法地移入别人的心里。

四

声名、荣光，这都算得了什么？
可是它们仍对我发生威力；
它们命令我把一切都舍弃，
我便痛苦度日，毫无目的，
我横遭诽谤，而且孤孤单单，
但信了它们！神秘莫测的先知
向我许诺下不朽，我虽还活着，
却把人世的欢乐交给死神处置。

五

然而天国里没有墓中的长眠。
等我变成灰烬，惊讶的人间，
纵然不解，也要祝福我的想望；
我的天使，跟随我你不会死亡：
因为我的爱情定然能够把

不朽的生命重新交付给你；
人们会把我俩的名字并提，
他们何苦让死者死别生离。

六

人们对待亡故者真可谓公正；
父亲诅咒过的，儿子崇拜如神。
要明此理，无须等到白发苍苍。
世间的万物都有终了的时辰；
人比花草是要稍稍显得长命，
但若与永恒相比，人的一生
实在不值得一提。每一个人
只需活过摇篮里度过的光阴。

七

心灵的产物也和此事相像。
我常超然出世地坐在岸上，
俯首察看那股湍急的水流
汹涌而下翻起碧色的波浪，
飞沫似白练一般嗞嗞作响；
我一直望着，摒绝了杂念，
这时空旷之中回荡的喧声，
不断把我深沉的遐想驱散。

八

此刻我多么幸福……啊，何时
我才能忘却那难以忘却的忧愁！

女子的秋波！狂热和苦恼之源！
另一个人很久以前已把她占有，
我也满怀柔情在爱另一个人，
我想恋爱——为着新的苦恼，
我向上苍祈祷；可我却知道，
往日悲哀的幻影仍在心头萦绕。

九

人世间竟谁也不给我青睐，
我令人生厌，也自成负担，
愁容常常浮现在我的脸上，
我冷漠无情而又十分傲慢。
世人都觉得我的神态很凶狠；
难道他们非得窥视我心房？
他们何必知道我心里想什么，
是喜是愁在他们全都一样。

十

天空驰过一块黑黑的乌云，
一团不祥之火在这里藏身，
这火焰正在不停地蹿动着，
把沿途所遇无不化为灰烬，
神速地一闪重又躲入云中；
又有谁能把它的来历说清，
又有谁肯窥探云团的核心？
何必呢？会消失得一无踪影。

十一

我的未来使心儿惴惴不安。
我将怎样了结此生,我的心
命定在何处游荡,我在何处
才能遇见我那心爱的意中人?
然而有谁爱过我,又有谁啊
将来能听到并认出我的声音?
我知道像我这样热恋是个罪过,
但也知道爱得恬淡又势所不能。

十二

世上有许多人并不相信爱情,
他们也很幸福;对另一些人,
爱意味着随血液产生的愿望,
意味着神经错乱或梦中幻影。
我不能给爱情下个什么定义,
然而它是一种最强烈的热情!
爱是我生活中必不可少之物;
我为着爱付出了整个的心灵。

十三

虚情假意未能把我的心儿变冷;
无所寄托,空虚的心隐隐作痛,
爱情,年轻时人所膜拜的女神,
一直在我受创的心灵深处留存。
正如有时在那废墟的隙缝里,

会长出一棵幼小的嫩绿的白桦，
它总在娱悦着人们一双双眼睛，
点缀着闷闷不乐的花岗岩之崖。

十四

异乡的不速客可怜小白桦的命运：
面临风暴的肆虐和酷暑的横行，
它孤苦无告，得不到谁的庇护，
终于难免未老先衰地枯萎凋零；
但那旋风永远也不能连根拔起
我这棵白桦；它长得坚实有力；
只有在一颗完全破碎的心里
情思才能有如此无限的威力。

十五

高傲的心灵遇到生活的重负，
从不会厌倦，也不至于颓唐；
命运难以一下子使它折服，
它却会奋起向命运进行反抗；
虽然它能成全千万人的幸福，
却誓要报复难以战胜的命运；
不惜任情作恶：有这样的傲骨，
如不成为神明，那必是个恶人……

十六

我总爱那辽阔无垠的荒原。
我爱那秃岗间拂面的轻风，

我爱那高空中翱翔的飞鸢，
和那平原上移动着的云影。
这里飞快的马群从不套轭，
嗜血的鹰鹫在蓝天下嬉戏，
草原上空的行云疾驰而过，
似乎格外自由，格外明丽。

十七

每当茫茫无边的草原的海洋，
在你眼前闪着青色的光芒，
关于永恒的思索有如巨人，
启迪人的心扉豁然地开朗。
宇宙的和声中每一个谐音，
痛苦和欢乐的每一刻时光，
在我们面前变得一目了然，
我们便能解释命运的乖张。

十八

每当落日西沉，空气清新，
谁如登上荒草丛生的山顶，
便可饱览西天夕阳的余晖，
便可目睹东天夜幕的降临，
下面是暮霭、梯田和丛林，
四周是数不尽的崇山峻岭，
有如暴风雨后天际的云朵，
夕晖里燃烧着奇特的峰顶。

十九

于是我心里满载逝去的年华，
怦怦地跳着；一种炽烈的幻念
更使往昔的骷髅复苏了生命，
往日竟保持原来美丽的容颜。
犹如我们都爱看自己的肖像，
即令它同我们已无一处相像，
纵然画布上目光曾炯炯有神，
如今因时间与痛苦而暗淡无光。

二十

人间有什么能美过天然金字塔——
这些傲然耸立的皑皑的雪山？
万邦的荣耀或者千国的耻辱，
都无法使那高傲的雄姿改观；
一块块乌云在山脊上撞得粉碎，
险峻的峰顶盘旋着雷光电闪；
一切都无损它们的一根毫毛。
谁接近天庭，他就无敌于人间。

二十一

草原的景色已是满目凄凉，
奔驰的朔风还在到处流浪，
刮得银色的茅草前仰后合，
任性驱赶尘土随着风飞扬；
纵使向周围投去锐利的目光，

也只有两三棵白桦映入眼帘，
在暮色苍茫中空荡荡的远处，
白桦黑黝黝的树影依稀可辨。

二十二

没有奋争，人生便寂寞难忍。
回首往事，看不出有多大作为，
即使在我们年华方富的时候，
人生也无法将我们的心灵宽慰。
我必须行动，真是满心希望
能使每个日子都不朽长存，
就像伟大英雄不衰的英灵，
我简直不解休息要它何用。

二十三

我心中时时刻刻有一样东西
正在沸腾成熟。期望和忧伤
无时无刻不在搅扰我的心房。
也理所当然。总觉生命短暂，
我总害怕，将来我会来不及
有所作为！在我的这颗心里，
生的渴望压过了厄运的痛苦，
虽然对别人的生活不免鄙夷。

二十四

有时，机敏的心智竟会冷凝；
有时心灵如迟暮，夙愿模糊：

千思百感都仿佛沉入梦乡；
昏暗使人难辨欢乐与痛苦；
心灵正仿佛作茧自缚被捆住，
生固然可憎，但死也可怖，
痛苦的根源在自身就可找到，
万般事都无须向上天迁怒。

二十五

我已经习惯于这样的心境，
但此情此意难以说得分明，
无论是天使的嘴或魔鬼之舌；
他们哪里懂得我忧心忡忡：
一个纯洁无瑕，一个浑身邪恶。
唯有在人的身上，神圣之物
才能和邪恶之物邂逅在一起，
由此而衍生出他的种种痛苦。

二十六

从来没有人得到自己的所求，
得到自己的所爱，即令上天
赐予好运的人们也不能例外，
只要他把往昔的事追忆一番，
他便会看到，若不是命运之神
有通天本领扼杀他那些期望，
他本来可以比现在幸福得多。
但海浪哪有重返海岸的力量。

二十七

当海浪在厄运风暴驱赶之下，
卷起飞沫咝咝作响地驰奔，
它总怀念着它所出生的港湾，
因为它依偎苇丛带白沫翻滚，
也许会再次驶进另一个海港，
但它再也得不到心灵的安宁：
谁若曾在大海之上漂流过，
他便无法在滨海崖影里入梦。

二十八

我已料到我的结局、我的运命，
心头老早就打上了忧郁的印痕；
我受尽熬煎，唯有造物主了然；
冷漠无情的世人本无须来过问。
我死时定然不会被人们遗忘，
我的死将可怕得很；异国他邦
定要为它震惊，但在我的故国，
连对我的绝命也都要咒诅一场。

二十九

都要吗？不，倒未必。有一个人
还能够爱——纵然爱的不是我；
她直到如今对我仍不予信任，
然而她的心却燃烧着一团烈火，
她决不会倾心于世俗的舆论，

她心里仍定能记起我的预言，
她那双至今欢快活泼的眼睛，
将徒然为我流泪而模糊视线。

三十

一座血迹斑斑的寒墓等着我，
没有祈祷文，也不见十字架，
在咆哮不停的湍流的荒岸上，
在云烟弥漫的广阔的天宇下；
四周空寂。只有年轻的异乡客
有时被恻隐之心、道听途说
以及好奇心吸引到这里凭吊，
并在这块墓石上稍坐片刻。

三十一

他将说：世人何以没有理解
这位伟人，他怎么找不到朋友？
不知怎么连爱的春风化雨
都不再激起他对希望的追求？
他本该享有希望。哀思撩拨着
异乡客的心，他抬眼远望，
但见碧波万顷之上白云悠悠，
独木舟急驶而过，白帆在漂荡。

三十二

我的墓啊！我那醉心的幻象
正似眼前一幅幅景物。甜蜜

蕴含在一切未竟的事业之中——
水姿山色也藏匿在这些画里；
但要诉诸笔墨却谈何容易：
只有当思想不受篇幅的局限、
舒展自如时才能坚强有力，
似儿童的游戏和深夜的琴弦！

1831 年

（顾蕴璞 译）

【题解】

这是莱蒙托夫早期抒情诗中的纲领性的诗篇。诗中涉及一系列哲理性浪漫主义主题。莱蒙托夫用笔记式的体裁抒发拜伦式的沉思。诗中既有壮怀激烈的议论，深刻隽永的哲理，也有对心灵的细腻剖析，此外还留有大学时代参加哲学论争的痕迹。莱蒙托夫的哲理分析没有超出浪漫主义的命题范围：艺术、爱情和宗教。本诗的中心主题是再现诗人自我认识的过程；哲学思想如何由童稚的印象经头脑加工而成为丰富的幻象，这个过程自始至终贯穿着天真的感情与清醒的怀疑意念的激烈搏斗。为了便于传达在这一搏斗中所萌发的思想，诗人采用了类似于即兴诗的自由地表现自我的形式，但与诗人直抒胸臆的思想深度与容量产生了尖锐的矛盾，从而出现了描写性强而概括性差的瑕疵，留下了艺术上还欠成熟的痕迹，然而此诗标志着自一八三〇年以来诗人创作中一个重要特点的最终形成：“用艺术形式包容着触目惊心的思想”（别林斯基语）。

22　心 愿

为什么我不是一只鸟儿，
　　不是掠过头顶的草原飞鸦？
为什么我不能在天空翱翔，
　　自由自在，抛却尘世的嚣杂？

不然我便要朝西方①疾驰而去，
　　那里有我祖先的田野在吐绿，
他们那已经被人遗忘的尸骨，
　　在深山迷雾中的荒堡里安息。

古墙上挂着一柄生锈的宝剑，
　　还有他们那块祖传的盾牌。
我便要在宝剑和盾牌上盘旋，
　　扇动翅膀掸去上面的尘埃；

我便要拨动苏格兰竖琴的幽弦，
　　琴声便会顺着苍穹到处飞驰；
这琴声被一人唤醒，供一人谛听，
　　它铮铮一振，便又戛然而止。

但如要对抗命运的严峻法规，

① 指苏格兰。莱蒙托夫的先祖（乔治·莱蒙特）是苏格兰人。诗人常以苏格兰为自己的故乡。

　　幻想是徒劳，祈祷也枉然。
在我和故土的山岗之间，
　　翻滚着无边的沧海巨澜。

骁勇战士的最后一个苗裔啊，
　　正在异乡的雪原上蹉跎年华；
我生在这里，但心不属于此地……
　　啊！为什么我不是只草原飞鸦？……

1831 年

（顾蕴璞 译）

【题解】

此诗洋溢着崇拜自由的浪漫主义激情。对尘世、命运的对抗，对光荣的祖先的缅怀使这首诗具有莱蒙托夫特有的格调。节奏富于变化也是本诗特点之一。

23 希 望

我有只天国飞来的小鸟，
白天总是栖息在一棵
幼小的柏树的绿叶丛中，
但永远不在白天唱歌；
蔚蓝的天穹是它的脊背，
它的头像戴着一顶朱冠，
翅膀上沾着金色的灰尘，
似朝霞的反光初露云端。
当大地披上薄雾的罗衣，
在夜阑人静时刚刚睡去，
小鸟就在枝头放开歌喉，
唱得心儿啊无比地惬意，
随着歌声你不由得就会
把难忍的困苦忘个干净，
心儿总会觉得每个谐音
都像嘉宾那样受人欢迎；
我在风暴之中经常听见
这如此令我神往的歌喉；
我于是总用希望这字眼
来呼唤这位文静的歌手！

1831 年

（顾蕴璞 译）

【题解】

这是一首寓意诗，全诗仅仅用了一个扩展性的比喻“天国的小鸟”。这个形象是从别斯土舍夫的中篇小说《变节者》(1825)借用来的，用以寓指希望，白天象征现实，夜晚象征未来，反映出诗人不满现实，寄希望于未来的思想境界。

24　魔王的宴席

（讽喻诗）

这是魔王的节日。一群不三不四的
鬼怪和过世阴魂都赶来参加宴席，
厨师们在精细地准备着珍馐美味，
内侍官叉手躬身地在大厅中侍立。
看哪，他们已按爵位的高下入席了，
看哪，仆役给端来了一大盘马铃薯。
因为我们的独裁者麦费斯托非里①
本来是个德国人，最喜欢吃马铃薯。

他右边坐着新来的贵宾〔保罗一世〕②，
左边坐着博士班头伟大的浮士德③，
遵守特殊规章、超群绝伦的大人物
（他给我们想出了一个永远不变的
传播那些糊涂虫的看法的好办法）。
都坐好了。门突然打开，一阵脚步声；
三个魔鬼一边施礼，一边走了进来，
他们走到宝座前呈上自己的礼品。

---

① 麦费斯托非里（一译靡菲斯特），歌德诗剧《浮士德》中的魔鬼。

② 诗人原稿代以四个米花（＊）。但由上下文及第三行押韵的词“правил”可以明显地看出，那个米花正是保罗（Павел）。保罗一世（1754—1801），一七九六年起为俄国皇帝，后被人暗杀。

③ 歌德诗剧《浮士德》中的主人公。

第一个魔鬼(说)

这是一颗女人的心:她想尽了方法
掩饰她的心事,甚至上天也想瞒过,
她把这颗心许给了好多好多的人,
但是从来没有把它交给任何一个。
她只是对她自己没有希求过不幸,
她只是对于恶忠心耿耿、矢志不移。
虽然这件小东西实在不像个样子,
但请您别拒绝我这份微薄的献礼。

"这太客气了!"①——执掌生杀大权的魔王
脸上浮现出轻蔑的微笑,扬声说道,
"你的礼物本来是一件出色的珍品,
但是当今的女皇新奇花样真不少;
在这些时候一定闹过不少笑话了,
怎么不告我一点有趣的逸事新闻;
我想,甚至于连这高墙也已经听到
关于这些数说不尽的失节和不贞。"

第二个魔鬼②

我给你的宴席带来了自由的美酒;
任何人都不能拿它来医治好干渴,
尘世上的人们喝了它,喝得过分了,
他们把帝王们的冠冕全都给打破;

① 原文为法语。
② 这节诗暗指一八三〇年法国、比利时、波兰等国的革命事件。

怎么帮帮他们？谁能不顾一般风气？
我们能制止住人间的破坏和复仇？
人间的统治者，我至尊无上的沙皇，
主宰一切的君王，请收下这瓶美酒。

这时候沙皇们都不由得勃然震怒，
都端着盘子从自己座位上跳起来，
他们怕小鬼们也喝上了这种美酒，
他们怕把他们也从这里赶出门外。
侍卫们都默默地翻起眼面面相觑，
他们知道，顶好是瞅个空赶快溜走；
但是魔王用英雄的风度拿了起来，
一下泼掉了这甜蜜的自由的美酒。

第三个魔鬼

霍乱传染病一直蔓延到了莫斯科，
医生们就马上全体出动帮它的忙，
他们也要人的命，他们也治人的病，
治死的比治好的要多出百倍以上。
有一个我们以前曾服侍过的医生，
他不迟不早这时正好想起了我们，
他硬要一个病人服了一帖安眠剂，
把个好端端的人打发去见他先人。

他讲完了，便用他那慌慌张张的手
向魔王献上了这个宿命的玻璃瓶。
“这就是那个可爱而又可悲的瓶子，
这就是医生的学识的宝贵的保证。
谢谢你。虽然这是来自遥远的北国，

但是我觉得最可爱的是你的礼品。”
魔王这样地讲出他对礼品的评价。
晚宴继续进行着，他不时发出笑声。

1830 年

（余振 译）

【题解】

莱蒙托夫从一八二九年《土耳其人的哀怨》的伊索式的寓言、一八三〇年《林荫道》的上流社会的编年史，进而写出《魔王的宴席》这篇真正的讽喻诗。这是一篇很尖锐的政治讽刺诗。莱蒙托夫把沙皇也送进地狱。保罗一世坐在魔王（麦费斯托非里）的席位上。诗中继承了俄国革命诗歌的传统（普希金的《自由颂》，雷列耶夫和别斯土舍夫的《啊，那些海岛在何方》等）。

25　人生的酒杯

我们紧紧地闭起眼
　　饮啜人生的酒杯，
把它的金边打湿了，
　　就用自己的眼泪；

直等到在死神面前
　　蒙眼遮带脱落时，
诱惑过我们的一切
　　也随遮带而消失；

到那时我们才知道，
　　金杯原是空空的，
它也曾装过酒——幻想，
　　但它——不是我们的。

1831 年

（余振 译）

【题解】

这是莱蒙托夫一篇早期的哲理抒情诗。诗中讲出了十九世纪三十年代人所特有的生活空虚、希望空幻的特点。

26　自　由

我的母亲——刺心的悲伤，
我的父亲——苦难的命运。
我的弟兄虽然是人，
却不愿向我的胸膛
依偎温存；
他们是耻于来同我、
同这个可怜的孤儿
拥抱接吻。

但是上帝给了我
一个年轻的配偶，
自由呀自由，
无比可爱的
自由；
同她在一起，我便又有了
另样的母亲、父亲和弟兄；
我的母亲——广阔的草原，
我的父亲——寥廓的天空；
他们给我吃、给我喝，
养育着我、抚爱着我；
我的弟兄们在森林中——
高大的白桦和苍松。
我要是在骏马上奔驰——
草原便同我一应一呼；

我要是在深夜里漫步——
月亮便给我照亮道路；
我的弟兄夏天的时候，
呼唤我到他们阴影下，
向我频频地点头，
向我远远地招手；
自由给我筑好一个家，
像世界般大——没有尽头！

1831 年

（余振 译）

【题解】

这是一篇仿照民歌写下的诗，莱蒙托夫后来略做改动，收在小说《瓦季姆》中，作为参加普加乔夫起义的哥萨克的民歌。

27

你是美丽的，我的祖国的田野，
但更美丽的是你的风云变幻；
在那里冬天仿佛明净的初冬，
像祖国纯朴的远古初民一般！……
这里云雾给天空披了件薄衫！
草原展开一片淡紫色的地毯，
它好像只是为自由而创造的，
同心灵这般亲近，又这般鲜艳……

但这草原同我的爱情却无缘；
但是这满天飞舞、晶莹洁白的、
对罪恶的国土过于纯净的雪，
从没有使我的心得到过慰安。
那一座坟冢和那堆被人忘却，
但对我、对我却最珍贵的尸骨，
已盖上一幅寒冷无尽的被单。

1831 年

（余振 译）

【题解】

在这篇诗中，对祖国的热爱、对自由的幻想和对社会罪恶的暴露紧密地结合在一起。这是莱蒙托夫爱国主义抒情诗的特点。最后几行谈到了他父亲的死。诗人的父亲尤里·彼得罗维奇·莱蒙托夫于一八三一年十月一日在图拉省叶甫列莫夫县克罗波托沃村他的领地上逝世。诗人为了纪念他父亲先后写过《我们父子俩的可怕的命运啊》(1831),《我看见了幸福的影子》的第三节(1831),《墓志铭》(“别了！我们还能不能够再见?”)(1832)等诗篇。

28 天 使

天使在夜半的天空中飞翔，
　　他嘴里在轻轻地歌唱；
月儿、星星和云朵在一起，
　　谛听他那圣歌的声浪。

他歌唱天国花园的清荫下
　　欢乐无边的纯洁精灵；
他歌唱那至高无上的上帝，
　　赞美并不带半点虚情。

他抱来一个初生的灵魂，
　　送到哀哭的尘世之上；
歌声留在这灵魂的心中，
　　不用歌词，却如诉衷肠。

这灵魂在人寰久久地受难，
　　心中仍怀着美好的希望，
人间的歌儿实在使他厌烦，
　　哪能抵得上天国的绝唱。

1831 年

（顾蕴璞 译）

【题解】

这是早期优秀抒情诗之一，是诗人用真名发表（1839）的唯一的一首早期短诗。诗的主题不是崇神,虽然含有灵先于肉的观点;也不是渎神,因为天使不是受嘲讽的对象。诗的真正主题是对母亲的怀念,母亲的歌声始终萦绕在抒情主人公的耳畔。由于往事一去不返,忆母只是求而不得的理想或幻觉境界,因而失去了莱蒙托夫诗的基本特征:对现实的怀疑与否定的精神。别林斯基正是从这个意义上才认为此诗还不够成熟。以艺术性而论,本诗意境飘逸,委婉含蓄,声情并茂。可参看《高加索》第二诗段对母亲歌喉的回忆。

29 绝 句

造物主注定我要爱到坟墓为止，
　　但顺着这个造物主的意志，
凡是爱我的一切都必定要毁灭，
　　或像我要痛苦到最后一日。
我的意志同我的希望在对立着，
我爱别人，却怕倒转来有人爱我。

春天到来的时候荒野的山岩上
　　毋忘草在孤独地开着花朵，
尽管是狂风吹着它，暴雨打着它，
　　山岩像往常一样地屹立着；
但美丽的小花在山上不复存在，
它已经被冰雹打折、被狂风吹坏。

我也正是这样，在命运的打击下
　　像山岩般站立着，挺胸昂首，
但是谁也别想经得起这种斗争，
　　假如他敢来握一握我的手；
我不是感情的，而是行动的主人，
即使我不幸——也让我一人去不幸。

1831 年

（余振 译）

【题解】

这一篇采用的是比较特殊的格律,即抑扬抑格与扬抑扬格相结合的格律。译文每节一、三、五、六行基本五顿,二、四行基本四顿。韵式,每节前四行,双行有韵;后两行,偶韵。

30 译安得列·舍尼埃[1]诗

为了公众事业[2]我或许要丧失掉性命，
或者在流放中徒然度过自己的一生；
或许，我经受到了狡黠的诽谤的打击，
在世界和你的面前受尽敌人的欺凌，
我忍受不了这种用耻辱编就的冠冕
而让自己早早地结束了人生的路程；
但是你千万不要责难年轻苦难的人，
我恳求你，你千万不要将他讥笑嘲弄。
我可怕的命运值得你流下同情的泪，
我作过好多恶，但也经受过更多不幸。
即使我在傲慢的敌人面前是有罪的，
让他们报复吧；我对上天起誓，命运是
我的迫害者，从本性上说，我不是坏人；
我挺起胸膛前进，我不惜任何的牺牲；
我已厌倦了不可信赖的人世的虚荣，
但对我的诺言却不能不庄严地遵行；
即使我给交往的人带来了许多痛苦，
但是，朋友啊，对你却永远、永远地忠诚；

---

① 安得列·舍尼埃（1762—1794），法国诗人。他在十八世纪末法国资产阶级革命初期曾歌唱过革命，从普希金和十二月党人起，安得列·舍尼埃一直被描写为歌唱自由的诗人，反对专制的勇敢战士。

② 十二月党人称共和国（республика）为公众事业（общественное дело）。就词源说，“res publica”就是“公共事业”的意思。所以这里的“公众事业”实际上就是“共和国”的意思。

在自己的孤独中，或在熙攘的人群中，
我照样地爱你、爱你，怀着这样的深情。

1831 年

（余振 译）

【题解】

这是莱蒙托夫于一八三〇年至一八三一年写的一系列互相联系的诗作之一，这些诗篇都以诗人的政治使命为主题。莱蒙托夫的这种情绪是对当时俄国农民起义、高加索山民的民族解放运动和欧洲风起云涌的革命浪潮的反应。安得列·舍尼埃的诗作中，并没有类似的诗，莱蒙托夫故意用了这样的题目来暗示诗中的革命情绪，另一方面也借以逃避审查。原来一八二六年至一八二八年间，普希金的一篇充满革命情绪，题为《安得列·舍尼埃》的诗，被加了一个“为十二月十四日（十二月党人起义的日子——译者）而作”的副标题在当时广为流传，曾造成轰动一时的政治案件。莱蒙托夫在这里便是暗示他的诗和普希金那篇诗的联系。

31

我们父子俩的可怕的命运啊：
生不得相见，死又是天各一方，
而在这有着公民称谓的祖国
你一生仿佛是被流放在他乡！
但，我的父亲，你已完结了一生，
你已得到你期待已久的死亡；
那个曾是你痛苦的根源的人，
愿他也静静地死去，像你一样！
但你要宽恕我！难道是我的过：
人们要扑灭我心中神圣的火，
它从摇篮时期就在那里燃烧，
而且造物主也早已把它认可。
但是他们的希望全都落了空：
我们彼此间寻不出什么仇怨，
虽然我们都做了苦难的牺牲！
你有没有过错，我无法来判断——
你被人世责难。但人世是什么？
时而恶毒时而眷顾的无耻之辈，
是一些无端的不相称的称赞
和如许的尖刻的诽谤的总汇。
地狱或天国的灵魂，你离开它，
忘掉尘世，像尘世忘掉你一般；
你比我幸运得多；在你的面前
正如同人生之海——命定的永恒

展开一个莫测的无穷的深渊。
如今你当真一点也不再惋惜
消逝在不安与眼泪中的日子，
那一些阴郁而又可爱的时光？
那时你在荒漠的心中寻觅过
往昔情感的残迹、往昔的幻想。
如今你当真一点也不再疼我？
啊，果真是这样，那我认为天国
远不如我苟活着的这个世界；
尽管在这里看不到什么幸福，
但在这里，最低限度，我还在爱！

1831年

（余振 译）

【题解】

这里所讲的是诗人母亲去世后父亲所遭遇的不幸生活及其最后穷困而死的情况。参看《你是美丽的，我的祖国的田野》的题解。

32　告别

你别走吧,年轻的列兹金人①;
干吗急着返回自己家乡?
你的马倦了,山间湿雾弥漫;
这里有着你的住所和安宁,
还有我对你的爱恋!……

难道一片朝霞给你带走了
对于两个美妙夜晚的怀想;
我无可馈赠,贫穷得很,
但上帝赐给我的这一颗心
和你的完全相像。

你来到这里是一个阴天,
身披湿斗篷,愁容满面;
今天的阳光如此明媚灿烂,
莫不是你想永远叫这一天
　　对我变得阴凄暗淡;

看,四周是重重连绵的青山,
列着森严的队伍,像巨人模样,
彩霞和树林就是它们的衣衫;
我们自由善良;干吗你的目光

① 高加索的一个民族。

　　要驰往异国他乡？

相信吧，受到爱的地方才有祖国；
你自己讲过，在家乡的谷地，
不会有亲切的笑容来迎候你：
你跟我哪怕再待上一天，一会儿吧，
　　听着！一会儿也可以！

“我没有祖国，也没有朋友，
除了钢刀和战马一无所有；
因你的爱我感到过幸福，
但你那夺眶而出的泪水
　　却无法将我挽留。

“血战的誓言压在我的心头，
多少年来我一直到处漂流，
只要敌人还没有鲜血横流，
我便不会对任何人说声‘我爱你’。
　　原谅我以此言相酬！”

1831 年

（顾蕴璞 译）

【题解】

这是莱蒙托夫以复仇为主题的抒情诗中的一首，富有民歌风味。年轻的列兹金人因宿仇未报而谢绝了美丽多情的姑娘的恳切挽留，英勇气概可歌可泣，但表现得委婉曲折：以姑娘的柔情衬托小伙子的刚毅，比直接歌颂更富艺术感染力。

33 墓志铭

别了！我们还能不能够再见？
死神愿不愿把人间命运的
两个牺牲者再聚合在一起，
哪能知道！那么，别了、永别了！……
你给了我生命，但没给幸福；
你自己在人世上颠沛流离，
你在人间尝过的只是怨恨……
但还有一个人，他能了解你。
当人们对你的尸体低下头
痛哭时，他一人站在你面前，
他甚至没有擦擦他的眼睛，
一动不动、冷冷地沉默无言。
人们，不知道这是什么缘故，
都来粗暴无礼地把他责难：
仿佛你临终时最后的一瞬
正就是他幸福时刻的开端。
但他们的叫骂对他算什么？
蠢材们哪！他们绝不会理解，
放声大哭比起心中痛苦着，
而无痛苦表示，要更为轻快。

1832年

（余振 译）

【题解】

这篇诗是献给诗人已经故世的父亲的。参看《你是美丽的,我的祖国的田野》《我们父子俩的可怕的命运啊》(以上均一八三一年所作)等诗。

34

不，我不是拜伦，是另一个
未成名的命运选中的人，
同他一样，是人世的逐客，
但长着一颗俄罗斯的心。
我早早开始，将早早收场，
我的才智不会造诣多深；
在我心中，像大海中一样，
希望的碎片仍然在浮沉。
阴沉的大海，谁能够洞悉
你的秘密？谁能够向人群
道出我心中深藏的思绪？
我——或是神——或是不值一文！

1832 年

（余振 译）

【题解】

十九世纪三十年代初，有一部分人把莱蒙托夫比作拜伦。莱蒙托夫这篇诗仿佛就是对他们的答复。“不，我不是拜伦，是另一个/未成名的命运选中的人”，这并不是加以否认，只是说，所处的命运与拜伦不同，特别是“长着一颗俄罗斯的心”。诗人自己知道，他不会成大功、立大业，但在他心中，希望虽已被击破，“希望的碎片仍然在浮沉”。希望的碎片也就是“大海”的“秘密”，也就是他心中的“思绪”。这是谁也无法洞悉的。最后又回到了开头所讲的“命运选中的人”,他或者是“神”(不平凡的人),或者是“不值一文”(平凡的人)。其实最不平凡的人,正就是最平凡的人。这是诗人自己对自己进行分析的很重要的诗篇。

35 情 歌

一

你就要走上战场，
但请把我的恳求听完，
　　请你把我怀想。
假如朋友欺骗了你，
假如你的心儿厌倦，
你的灵魂即将凋残——
　　在那海角天涯，
　　请你把我怀想。

二

假如人指给你一座坟墓，
在深更半夜借着灯光，
　　对你讲起一位
受人诱骗、遭人鄙夷、
已经被人遗忘的姑娘，
啊，那时候，我亲爱的朋友，
　　你在异国他乡，
　　可要把我怀想！

三

也许不堪回首的时光，
还会再一次对你造访，
　　在噩梦中扰乱你的心房；
你将会听到别离的哭泣、
痛苦的哀号和爱情的欢唱，
或是诸如此类的声音……
　　啊，哪怕是在梦乡，
　　也请你把我怀想！

1832 年

（顾蕴璞 译）

【题解】

这首诗和《告别》一样，都与写作长诗《伊斯梅尔——贝》有关，都是用姑娘向情郎倾诉衷肠的形式，但两者互不雷同，《告别》突出了复仇的主题，此诗尽写爱情带给姑娘的内心折磨，与莱蒙托夫绝大多数写钟情的青年受折磨的爱情诗相比又别具特色。

36

我想要生活！我想要悲哀，
抛却恋爱和幸福的情怀；
热恋和幸福使我玩物丧志，
把我额上的皱纹都舒展开。
如今该让上流社会的嘲笑
驱散我心中的宁静的雾霭，
没有痛苦岂是诗人的生涯？
缺了风暴怎算澎湃的大海？
诗人要用痛苦的代价去生活，
要用苦苦的焦虑把生活换来，
他想要买取天国的歌声，
他不愿坐享荣誉的光彩。

1832 年

（顾蕴璞 译）

【题解】

本诗主要表现诗人使命的主题。抒情主人公认为：诗人的崇高称号应当从与上流社会（在莱蒙托夫的笔下常是沙皇制度的拟人化称谓）的斗争中争来。在浪漫主义诗人看来，心灵的痛苦是抒情诗创作的必要条件。因此，莱蒙托夫把对生的渴望与对悲哀的渴望看作密不可分，却把爱与幸福对立起来，表现了他早期抒情诗所特有的对现实所怀的叛逆情绪。诗中由“我”变成“他”，概括性更见增强。

37　十四行诗

我怀着凋残的幻想,靠回忆生活,
逝去年华的幻影蜂拥在眼前,
你的形象在它们当中,像夜半
朵朵的行云中辉耀着一轮明月。

你的威力我有时感觉到沉重:
你的微笑,你的使人心醉的双目
像桎梏般把我的灵魂紧紧锁住,
你并不爱我,这对我又有何用。

我知道,对我的爱情你并不鄙弃,
但你却冷冷地听取着它的哀乞;
像一座大理石雕像,面对大海

矗立着——波浪在它脚前翻转不休,
而它满面无情的严肃的神采,
虽不想把它踢开,却总不理不瞅。

1832 年

(余振 译)

【题解】

这篇诗是写给纳·费·伊万诺娃的。这是莱蒙托夫写下的唯一的一篇十四行诗。

六音步抑扬格——A b b A/b A A b/C C d/E d E。译文,用阴韵的诗行

（即一、四、六、七、九、十、十二、十四行）每行五顿，十三个字；用阳韵诗行（即二、三、五、八、十一、十三行）每行五顿，十二个字。所有各行的顿数比原文的音步数少一个，字数与原文的音节数相等。韵式，按照十四行诗的韵式（见上举的代号）。

38　致＊＊＊

命运偶然把我俩凑在一起，
是你身上有我、我身上有你，
我的心、你的心结成了密友，
虽然它们不可能相偕到底！

如同春天的河水中映照出
天空的遥远的蓝色的穹隆，
它在平静的碧波上辉耀着，
遇到汹涌的浪涛不断颤动。

愿你，我愿你成为我的天空，
成为我可怕的风暴的伴侣；
让风暴在我们中间轰鸣吧，
我生来离开它就活不下去。

我生来，为了要整个的世界
作我的胜利或死亡的见证，
但指路明星啊，有了你，何需
人们的赞扬或倨傲的笑声！

他们的心决不能理解诗人，
他们的心不会爱诗人的心，
也不会了解他饱尝的悲哀，

也不会去共享一切的欢欣。

1832 年

（余振 译）

【题解】

莱蒙托夫一八三〇年至一八三二年间的爱情诗（如伊万诺娃组诗），充满了被欺骗被侮辱的悲观调子。这一篇诗完全相反，洋溢着乐观的情绪，这与具体的人大有关系。这是写给瓦尔娃拉·亚历山德洛芙娜·洛普辛娜的。诗人在一八三一年认识了阿·亚·洛普辛（1813—1872）和他的妹妹瓦林卡（即瓦尔娃拉·亚·洛普辛娜）。据阿·巴·沙恩-基列伊回忆：莱蒙托夫“入了大学后，便爱上了年轻的、聪明的、像太阳般可爱的、真正动人的瓦·亚·洛普辛娜。她是个热烈的、美好的、十分讨人喜欢的女子……莱蒙托夫对她的感情是真挚的、有力的、自己也无法抑制的，几乎一直到他去世前也没有忘记”。结束了同纳·费·伊万诺娃不幸的浪漫故事后，就开始另一个目前还看不到的不幸的浪漫故事。就因为目前还看不到它的结果，所以洋溢着这样乐观的情绪。

39　两个巨人

戴着顶黄金铸成的头盔，
年老的俄罗斯巨人①等待
另一个巨人从那遥远的
异国向着他的身前走来。

越过了高山，跨过了深谷，
已经传来关于他的故事；
他们要较量一下自己的
头颅，哪怕是只较量一次。

来了个不曾满月的勇士②，
已带着战争的雷雨上前，
他突然伸出他不逊的手
要一把抓取对方的冠冕。

但俄罗斯的武士朝着他
从容地报以宿命的微笑：
他看了一眼——只摇了摇头……
勇士惨叫一声——便倒下了！

但他倒在遥远的大海里，

---

① 俄罗斯巨人，指一八一二年起来保卫自己祖国的俄罗斯人民。
② 指拿破仑。

倒在不可知的花岗岩[1]上，
在那里，风暴在深渊上空、
广漠的海上不停地喧嚷。

1832 年

（余振 译）

【题解】

这篇诗大概是在一八三二年八月，一八一二年卫国战争二十周年纪念日写的。这里用童话寓言的形式描写了俄罗斯人民与拿破仑的斗争和最后拿破仑在莫斯科城下的失败。最后一节跟"拿破仑组诗"中其他诗篇的意思是相同的。

---

① 指拿破仑流放地圣赫勒拿岛。

40 小舟

受了奇异的威权的捉弄，
我被逐出了情爱的王国，
像一只毁于风浪的小舟，
暴风雨抛它上沙岸停泊；
纵然潮水百般抚慰着它，
残舟对诱惑已无心问津；
它自知对航海已无能为力，
假装出它正在瞌睡沉沉；
任谁也不会再托付给它
装运自己或珍宝的重任；
它不中用了，却很自在！
它死了——却得到安宁！

1832 年

（顾蕴璞 译）

【题解】

这是诗人在“小舟”的标题下所写的两首短诗之一（另一首写于一八三〇年）。诗人以略带讽刺的口吻抒发他到彼得堡后的感触。此时孤独的感觉因父亲的亡故和与伊万诺娃的分离而愈益加深。此诗在音韵和个别形象上都和稍后所写《帆》相似，而且也以宁静为探求的目标，但格调不如《帆》高。

41

请接受这封奇异的**书信**，①
它寄自这个遥远的海滨；
虽不是使徒**保罗**的圣书——②
却是保罗亲自给你投送。③
唉！这个城是多么苦闷啊，
无涯的大水又烟雾迷蒙！……④
不管你走到哪里，看到的
总是高耸的红色的衣领；⑤
没有亲切的闲话——一本正经，
法律高踞在人们的头顶；
一切都异样，一切都新奇——
却没有不是庸俗的新闻！
人人都自己满足于自己，
对他人没有一点点关心，
我们称之为心灵的东西
在他们竟根本没有名称！……

---

①②③ 莱蒙托夫一八三二年八月由莫斯科到彼得堡后，就给他的女友索·亚·巴赫美捷娃（1800—?）写了附有这篇诗的信。信是由诗人和他的表叔巴维尔·亚历山德罗维奇·欧列伊诺夫（? —1857）一同投寄的。巴维尔（Павел，旧译作“保罗”）与基督教的使徒保罗同名。使徒保罗当年写信给各地教会和圣徒，宣扬基督教义，保罗写的圣书收入《圣经》的有十四篇。“посланье”有“书信”之意，也有“圣书”之意。诗人在这篇诗的前四行借“посланье”的双关意义及巴维尔与使徒保罗同名开了个小玩笑，这也说明诗人对宗教的轻蔑。

④ 指波罗的海和涅瓦河。

⑤ 指彼得堡警察的制服。

我终于亲眼看到了大海，
但是什么人欺骗了诗人①？……
我在它那宿命的海面上
没有汲取到伟大的精神；
不！我并不像它那样自由，
我患着人生烦闷的痼症；
（故意跟新老的岁月作对）
对它那泛着银光的衣衫
和它那汹涌澎湃的浪涛，
同以往一样，我并不艳羡。

1832 年

（余振 译）

【题解】

莱蒙托夫给索菲亚·亚历山德洛芙娜·巴赫美捷娃的信就是以这篇诗开始的。诗中描画了诗人眼中的所谓首都彼得堡。沙俄的首都，一句话就已经道尽："我们称之为心灵的东西/在他们竟根本没有名称！"这也是一篇政治讽刺诗。

---

① 尼·米·雅塞科夫（1803—1846）在诗《航海家》（1829）写道：
我们的大海是十分荒凉，
它无分昼夜地不停喧嚷；
就在它那宿命的海面上
许多灾难在下边被埋葬。
这里就是指雅塞科夫的诗。

42

人生有何意义！……平平淡淡
或轰轰烈烈——无论在哪里，
愁恨像你不安的守身魂、
忠贞的妻子，紧紧跟着你；
虽同嚣嚷的人群在一起，
却独坐在高高的石墙下，
回味自己的爱与憎，为了
以后再谈起，这是多好啊；
有意无意间到处认得出——
在高傲的严肃的面孔下，
男人都是愚蠢的阿谀者，
而每个女子又都是犹大。
请仔细把他们观察观察——
就觉得不如快点死去吧。

死！这个字眼多么响亮啊，
这中间包含着多少意义；
最后一声呻吟——万事皆休
无须再张罗。可是以后呢？
以后好好把您放进棺材，
蛆虫将会啃光您的骨肉，
然后儿孙会不迟不早地
拿墓碑来压上您的坟头。
他们真凭着自己的天良

对您的责骂都可以宽恕，
为了您（也为教堂）的好处，
也许，给您做安魂的追荐
（这话我有点不敢对您讲），
不过您已注定不会听见。

假如您死时是有信仰的，
比如说，假如是基督教徒，
那么，那一块花岗岩，起码，
把您的名保留四十寒暑；
坟场要是过于拥挤了呢，
那么，不逊的手勇敢地来
刨开您狭窄的安身之处……
给您放进一口新的棺材。
而一个温柔的年轻女郎
会无言地同你睡在一起！
虽然苍白，却温顺而美丽；
但她不用目光，不用呼吸
搅扰您永恒无尽的安谧——
这多么幸福啊，我的上帝！

1832 年

（余振 译）

【题解】

这篇诗在一八三二年八月二十八日致瓦·亚·洛普辛娜的大姐玛·亚·洛普辛娜的信中保存了另外一稿，另稿中缺第一节，第二节中缺十一、十二两行；同时第二节与第三节连在一起，第三节只有开头四行。但另外有绝不相同的十八行：

花岗岩有两行悼念的诗，

这两行诗,不幸中之大幸,
您自己是不会读到它了。——
将来要有显要的官大人
想占用坟场上这块地方,
那么一张铁锹就会刨开
您那个逼仄的安身之处
而且粗暴地把您挖出来;
也许,就用您这把干骨头,
加上水,撒上调料和芡粉,
厨师做出一碗很好的汤——
(这毫无恶意,都出于友情)。
然后饿了很久的空肚皮
会来啧啧连声地夸奖您;
然后让胃去慢慢消化您,
然后——如果是您允许的话,
我就此结束了我的故事;
这样您也觉得不错了吧。

这篇诗很显然地受了普希金《奥涅金》第二章第三十七节至第三十八节的影响。根据莱蒙托夫自己的话,这一篇和下一篇(“为什么我不曾生而为”)“很好地表达了他的心情,比他用散文还表达得好”。

43

为什么我不曾生而为
这滚滚的碧色的波浪？
我在这银色的月光下
可以翻腾得这般响亮，
啊！我可以这般热情地
把金色的沙吻个不休，
可以这般高傲地蔑视
那风波中飘摇的小舟；
人们恃以骄傲的一切，
我一击就能把它毁掉；
我可以把那苦难的人
搂进我这寒冽的怀抱；
可以不怕地狱的痛苦，
可以不为天国所迷惑；
不安与寒冷将要成为
我的永远不变的法则；
在荒漠的遥远的北国
也可以不必寻求忘情；
我生来就自由地生活，
也会自由地了结一生！

1832年

（余振 译）

【题解】

这篇诗写于一八三二年八月二十七日,当时彼得堡正在发大水。八月二十九日,诗人给玛·亚·洛普辛娜写了一封信,讲到了发大水的情况,同时附寄了这篇诗。诗人在这里用海的“生活”来与人的心情对比。

44　帆

蔚蓝的海面薄雾茫茫，
孤独的帆儿闪着白光！……
它到遥远的异地找什么？
它把什么抛别在故乡？……

呼啸的海风翻卷着波浪，
桅杆弓着身正嘎吱直响……
唉！它不是在寻找幸福，
也不想从幸福身边逃亡！

底下是比蓝天清澈的碧流，
头上正洒着金灿灿的阳光……
不安分的帆儿却祈求风暴，
仿佛在风暴里有宁静蕴藏！

1832 年

（顾蕴璞 译）

【题解】

诗人站在彼得堡（今圣彼得堡）波罗的海之滨，望着茫茫的大海，思绪万千，写下了这首名诗。诗人在表现孤独、自由等主题时塑造了漂浮大海、祈求风暴的孤帆这一诗歌形象，表达了诗人内心那股冲破牢笼的强烈渴望。全诗每个诗段都是一、二行写景，三、四行写情，情景相生，耐人寻味。第一诗段写孤傲不群,第二诗段写孤独出自对现状的厌倦,第三诗段写消除孤独不宁的希望在叛逆的风暴之中,结构极为严谨。此诗最初是附在诗人给洛普辛娜的信中的。

45 苇 笛

一个快乐的渔夫，
　　坐在河岸之上，
面前有一丛芦苇，
　　迎风摇摇晃晃。
他剪根芦苇干枝，
　　穿上几个孔眼，
再把一头捂住，
　　吹起另外一端。

苇笛仿佛活了起来，
　　忽然之间开了腔——
时而像人在说话，
　　时而如风在喧响。
苇笛悲伤地唱道，
　　“请你快把我丢放，
好渔夫呀好渔夫，
　　你折磨得我够呛！

“我原来是个姑娘，
　　是个美丽的女郎，
我也曾鲜艳一时，
　　待在后娘的牢房，
多少辛酸的泪水啊，
　　倾出无辜的眼眶，

我不听上帝安排，
　　早早就呼唤死亡。

“我的后娘有一个
　　受宠的宝贝儿郎：
他常吓唬老实人，
　　诱骗美丽的姑娘，
我们在一天黄昏，
　　来到陡峭的岸上，
俯瞰碧蓝的波浪，
　　遥望金色的西方。

“他竟来向我求爱，
　　我怎能把他看上，
他给我不少金钱——
　　我没把它收藏；
他把苦命人杀死，
　　一刀砍入我胸膛，
他把我这具尸体，
　　在陡峭的河岸埋葬。

“于是有棵大芦苇，
　　长起在我的坟上。
它的心里满含着
　　年轻灵魂的忧伤。
好渔夫呀好渔夫，
　　快把苇笛放一旁，
你没有力量帮助我，
　　又不会哭泣悲伤。”

1832 年

（顾蕴璞 译）

【题解】

此诗和《美人鱼》一样,取材于民间文学,风格接近于后期的短歌。芦苇哀婉动人的自白揭示了深刻的伦理道德含义:恶有恶报,不怕没有人知道。莱蒙托夫通过借鉴《哈姆雷特》加进了渔夫对芦苇不但无动于衷,反而用它吹奏取乐这一细节,以示被哀伤擦亮眼睛的灵魂对尘世的谴责。

46 美 人 鱼

一

美人鱼顺蔚蓝的河流浮游，
　　一轮圆月照得她光彩耀眼；
她用劲拍打着银色的波涛，
　　想把浪花泼溅到月亮跟前。

二

河水汹涌着，哗哗喧响，
　　把映在水中的云影摇晃；
这时美人鱼唱着歌儿，
　　歌声直飞到陡峭的岸上。

三

美人鱼唱道："在我的河底，
　　那白日的光辉不时闪耀；
那儿有金色的鱼群漫游；
　　还有一座座水晶的城堡。

四

“在那密密的芦苇的浓荫下，
　　在晶莹的流沙的枕头上边，
安睡着一位来自异国的勇士——
　　被嫉妒的波涛俘获的青年……

五

“我们喜欢在漆黑的夜里，
　　将一绺绺丝样的鬈发梳好，
我们多次在正午的时分
　　亲吻美男子的双唇和额角。

六

“但不知怎的他对这阵阵热吻，
　　总是冷若冰霜，默不作声；
他安睡着，把头偎在我胸前，
　　不呼吸，梦里不低诉柔情！……”

七

美人鱼怀着茫然的忧伤，
　　在碧波的河上如此歌唱；
河水奔腾着，哗哗喧响，
　　把映在水中的云影摆晃。

1832 年

（顾蕴璞 译）

【题解】

别林斯基称此诗为“俄罗斯诗歌中不可多得的珍品之一”,并把它归入“诗人个性在斑斓的生活幻象中消失的纯艺术诗篇”。诗中出现一个美好的理想境界,其中景物、人物、色彩、声音都不过是标志或象征,带有神奇的彼岸世界的特征。美人鱼爱上一个死的美勇士,她没有死的概念,把死看作梦一般。僵死的勇士对美人鱼的抚爱毫无反应:表现了现实生活中感情得不到共鸣的主题。诗人对彼岸世界美的事物的渲染,对现实世界的丑恶是一种隐晦曲折的否定。

47 短 歌

犹太女郎,你这样急忙地走向何方?
　　你知道,天还没有明,还很早……
慢点走吧,颈项上的金链已经松开,
　　脚上的小皮靴也快要脱掉。

这就是桥！这里左边的几道铁栏杆
　　在路灯的照耀下发着闪光;
紧紧地把住栏杆,疲累了,没有劲了！……
　　那便是房子——和门上的铃铛。

犹太女郎默默无言地站立在门口,
　　苍白得像一座大理石雕像;
停了一会儿,拉了拉绳子,敲了几下门……
　　有人从窗口里向外面张望！……

烈火般燃烧着恐怖与秘密的希望,
　　犹太女郎抬起了她的眼睛,
当然,这样一个短暂的宿命的瞬间
　　比百年的悲哀还令人心惊。

她说:"我的美丽的天使！再看我一眼……
　　救一救你这可怜的莎拉吧,
她在受着无缘无故的残酷的拷打,
　　她在受着那刀和火的刑罚……

“我父亲说，摩西的律例绝对不能够①
　　允许我来爱你。我的爱人呀，
我在神色不变地倾听着父亲的话，
　　我是为了爱情而倾听着他……

“他给我预定了不幸的痛苦和灾难，
　　他已经把宿命的钢刀磨快；
他出去了……他将像影子似的追着你，
　　我的爱人，要当心他的杀害……

“父亲的复仇的打击是非常可怕的，
　　快点离开这里，赶快跑开吧！
你的莎拉的嘴一定不会背叛了你，
　　即使在刑吏无情的毒手下。

快跑啊！……”但是向着那窗中人的脸上
　　突来的寒光忽然闪了一闪……
有个东西在一只光裸的手中发亮，
　　而低微的回应是那般凄惨。

一件沉重的东西突然落在石头上，
　　墙脚下发出了微弱的呻吟；
转瞬即逝的生命在呻吟中喘息着，
　　但不仅是喘息着一个生命！

第二日清晨，惊慌的人们挤作一群，

① 摩西（公元前十四世纪）——《圣经》故事中希伯来人的解放者和立法者。据《圣经》记载，摩西带领希伯来人摆脱埃及人的奴役，从埃及迁回迦南。相传犹太教的教义、法典多出于摩西。（见《旧约全书·出埃及记》）

叫嚷着或谈论着这一回事：
那座房子里一个俄罗斯人被杀掉，
窗外还有一个女人的死尸。

1832 年

（余振 译）

【题解】

这一篇短歌，是幻想与真实相结合的作品，接近于诗人成熟时期的同类诗篇。

48

我受尽忧思与疾病的折磨，
大好年华就开始枯萎凋零，
我希望好友似的同你诀别，
但你临别的致意这样冰冷；
你不相信我，但却还在装作，
儿戏似的在听取我的语言；
你故意嘲笑我的眼泪，故意
不表白爱情，虽然心怀爱怜；
请告诉我，怎么这样报答我？
我是有错的，曾称赞过别人，
但是我没有跪在你的脚前
请求饶恕？但是当你为一群
年轻的狂妄的人包围起来，
你使他们都拜倒你的裙下，
你以你的美貌傲视一切时，
难道我就因此不再爱你吗？
我远远望着，可以说是祝愿：
你的容华在他们眼中消亡；
你对于我，就像天国的幸福
对上天的谪放者恶魔一样。

1832 年

（余振 译）

【题解】

这篇诗是写给纳·费·伊万诺娃的。抒情主人公直接同曾经热爱过的女郎交谈,“希望好友似的同你诀别”,但想不到临别时她还是那么“冰冷”。但是最后两行,还是最后一次表达了对她真挚的爱。

49 垂死的角斗士

我看到一个角斗士倒在我面前……

——拜伦①

狂暴的罗马在欢呼……广阔的竞技场
庄严地轰响着喝彩与鼓掌的声音：
而他——被刺穿了胸膛——在默默地躺着，
他的膝盖滑落在尘埃与血泊之中……
浑暗的目光在枉然地祈求着哀怜：
那傲慢的幸臣和他的阿谀者元老
用赞扬的言辞给胜利和耻辱加冕……
显贵和观众看来，战败者算个什么？
为人鄙弃、为人忘却……吃倒彩的演员。

他的血在流着——闪耀着最后的一瞬——
死亡的时刻已经来临……想象的光芒
在他心中一闪……多瑙河面前喧嚷着……
祖国在开着花……那自由生活的故乡；
他看见为了角斗而被抛下的家人，
他年老的父亲把僵硬的手掌伸开，
呼唤衰老年月的依靠者平安归来……
嬉戏的孩子们——还依然那样的可爱。
他们都在等待他带回光荣和钱财……

① 题词原文为英文，引自拜伦的长诗《恰尔德·哈罗尔德游记》。

但是为了博取观众的一时的快乐，
他倒下了，可怜的奴隶，像一只野兽……
别了，荒淫无耻的罗马——别了，啊，祖国……

欧罗巴的世界啊，你不也正是这样！
你曾是热情的幻想家膜拜的偶像，
在怀疑与苦痛的搏斗中受尽折磨，
没有信仰、没有希望——像儿童的玩具，
向坟墓低垂下你那不光彩的头颅，
为狂欢的观众所耻笑、所揶揄！

而在弥留的时刻，你还带着惋惜的
深深的叹息，而把你的目光又转到
你那充满了力量而又灿烂的青春，
为了文明的溃疡，为了高慢的豪华，
你早已漫不经意地把它忘记干净：
为了要尽力地抑制住最后的苦痛，
你在贪婪地听着古老时代的歌声，
和那武士时代的动人心弦的传说——
可笑的逢迎者们编造的空幻的梦。

1836 年

（余振 译）

【题解】

拜伦在他的长诗中写到著名的雕像《垂死的高卢人》，这座雕像刻画了一个死在罗马竞技场中的角斗士的形象。莱蒙托夫这篇诗的头二十一行是根据上述长诗的第四章第一百三十九至第一百四十一节改写的。这篇诗于莱蒙托夫去世后，一八四二年发表在《祖国纪事》第四号上，只有前两节，原稿上后边的两节被勾掉了。不知是谁勾掉的。按说，正是后两节才把诗的内容展开，写出了角斗士之死和荒淫无耻的罗马的对比。拜伦对死的评价被删掉了,这样,这篇诗的社会意义就更为明显了,对当时社会和国家惨无人道的法律,做出了尖锐的批判。死在无情观众的“快乐”中的角斗士的形象,跟莱蒙托夫的抒情主人公悲剧的下场是完全合拍的。列夫·托尔斯泰只看到这篇诗的前两节,就对这篇诗有过很高的评价:“在莱蒙托夫和普希金的作品中揭开了诗的东西;前者是垂死的角斗士。(这临死前想到了家的幻想是非常之好。)”(全集,四十七卷,1937 年版,第 8—9 页)

50 波罗金诺

“请你说说看，大叔，是不是
咱把烧毁的莫斯科扔掉，
　　可没把法国佬轻饶？
不是还打过几次硬仗吗，
据说还都激烈得不得了！
　　难怪整个俄罗斯啊，
　　都把这波罗金诺日记牢！”

“是啊，我们那时候的人，
和现在这辈人不同，是好汉，
　　不是你们这样的脓包！
他们碰上了艰难的命运，
从战场回来的没有多少……
要不是上帝有这种旨意，
　　哪能把莫斯科扔掉！

“我们默默地撤退了好久，
真是恼火，尽等待战斗，
　　于是老人们埋怨道：
　　‘我们干啥？回冬营睡大觉？
难道指挥官胆子这样小，
不敢用我们俄国的刺刀
　　挑烂敌人的军棉袄？’

“我们找到了一大片旷野：
大显身手就有地盘了！
　　我们便筑起了碉堡。
我们的人都竖起了耳朵，
等晨曦刚刚照亮了大炮，
照亮了林木蓝色的树梢，
　　法国佬立刻就来到。

“我把火药装满了大炮，
心想：我要款待朋友了，
　　别忙，老弟，穆西奥①：
快打吧，还耍什么花招；
我们要像堵墙压倒敌人，
我们定要用自己的头颅
　　把我们祖国保卫好！

“我们对放了两天冷枪，
这种小玩意儿有啥味道！
　　正等着第三天来到！
到处听得见人们在说：
‘该弄点霰弹来轰上两炮！’
这时那个血战的疆场，
　　已被夜幕笼罩。

“我在炮架旁躺下打个盹，
到天明耳边还能听到：
　　法国佬在狂呼乱叫。
但我们野营里仍旧静悄悄：

① 法语词的音译，意为“先生们”。

有人在洗刷打烂的军帽，
有人怒气冲冲地磨刺刀，
　　吹着胡子直唠叨。

“天空刚露出一点曙光，
一切顿时哗然骚动起来，
　　一队队刀光闪耀。
沙皇的仆人，士兵的父亲——
我们团长天生的好汉一条，
可怜他身挨一剑倒下了，
　　长眠在九泉下的阴曹。

“当时他目光炯炯地说道：
‘弟兄们，后面不是莫斯科吗？
　　让我们战死在莫斯科城下吧，
像弟兄们那样把热血洒抛！’
我们誓以决死为国报效，
我们在波罗金诺的战役中，
　　履行誓言肝胆照。

“那天天气甭提有多好！
法国佬穿过弥漫的硝烟，
　　像片乌云压向我们碉堡。
只见那打着花旗的枪骑兵，
和头上插着马尾的龙骑兵，
纷纷从我们眼前闪过，
　　一股脑儿齐来到。

“那样的会战你们可见不着！……
旌旗鬼影幢幢地西窜东跑，

　　炮火在浓烟中闪耀，
宝剑铛铛响，霰弹直呼啸，
战士们的手砍杀不动了，
血淋淋的尸首堆成了山，
　　挡住炮弹的轨道。

“那一天敌人可着实尝到了：
我们俄罗斯的骁勇战斗
　　和白刃战的味道！……
大地像我们的胸脯颤动着；
人丁和坐骑搅得不可开交，
几千门大炮一齐轰鸣，
　　汇成了一声长嗥……

“天已黑了。大家准备好
明早再次打响战斗，
　　并坚持到最后一秒……
这时战鼓咚咚地响起来，
邪教徒们便向后逃跑。
这时我们才查看伤亡，
　　清点伙伴剩多少。

“是啊，我们那时候的人，
个个都坚强勇敢：是好汉，
　　不是你们这样的脓包！
他们碰上了艰难的命运，
从战场回来的没有多少……
若不是上帝有这种旨意，
　　哪能把莫斯科扔掉！”

1837 年

（顾蕴璞 译）

【题解】

此诗写于一八一二年卫国战争二十五周年之际,在俄罗斯诗歌史上开一代诗风:普通人、士兵破天荒第一次成为诗中的抒情主人公。高昂的爱国热情的抒发,典型战斗细节的描绘,生动活泼的口语的提炼,高大的俄罗斯人民综合形象的塑造,使此诗成为诗人创作道路上重大转折的标志。诗人把体现在说故事的老兵身上的俄罗斯性格与尼古拉一世时代的年轻人进行对照,含蓄地鞭挞了世风日下的现存政权的腐败。别林斯基认为"全诗的基本思想蕴含在第二诗段内"。此诗用极其简约的形式包容了波罗金诺战役中日夜攻守的壮阔场面,深刻地反映了当时的时代精神和民族精神。托尔斯泰把此诗称作自己的巨著《战争与和平》的核心。

51 诗人之死

诗人倒下了,这声誉的俘虏!
他受尽了流言蜚语的中伤,
胸饮了铅弹,渴望着得分,
垂下了高傲的头颅身亡!……
诗人的这颗心已无法忍受
那琐碎的凌辱带来的耻辱,
他挺身对抗上流社会的舆论了,
还是单枪匹马……被杀害了!
被杀害了!……而今谁要这号哭、
这空洞无用的恭维的合唱、
这嘟嘟囔囔的无力的剖白!
命运已做出了它的宣判!
难道不正是你们这伙人
先磨灭他才气横溢的锋芒,
然后为了让自己取乐解闷,
把他强压心头的怒火扇旺?
好啦,你们可以高兴了……
他已受了那最后的磨难:
熄灭了,这盏天才的明灯,
凋零了,这顶绚丽的花冠。

凶手①漠然地瞄准他放枪……

① 指杀死普希金的法国保皇党人丹特士,他自法国七月革命后逃亡到俄国。

此刻连搭救都没有希望：
那空虚的心平静地跳着，
他手中的枪竟没有抖颤。
这真是怪事！……命运把他
从远方抛到我们的祖邦，
让他来猎取高官厚禄，
如同千百个逃亡者那样。
他常放肆地蔑视和嘲笑
这个异国的语言和风尚
他哪能珍惜我们的荣耀，
他怎知在这血腥的一瞬，
对准了谁举起手放枪了！……

他被杀害了——被坟墓夺走，
像那位经他用妙笔赞美过的
不为人知但很可爱的诗人①
就是那炉火难熄的牺牲品，
也像他在无情的手下殒命。

为什么抛却适情逸趣和纯朴友谊，
他要跨进这窒息幻想和激情的
妒贤嫉能的上流社会的门槛？
既然他年轻时就已能洞悉人世，
为什么还同中伤他的小人握手言欢，
为什么听信虚情假意和巧语花言？……

他们摘去他先前佩戴的花冠，

① 指普希金的诗体小说《叶甫盖尼·奥涅金》中的主人公之一连斯基，他在决斗中被奥涅金击毙。

把满插月桂的荆冠给他戴上，
　　但一根根暗藏着的棘针，
　　把他好端端的前额刺伤；
那帮专好嘲笑的愚妄之徒，
以窃窃的恶语玷污他弥留的时光。
他死了——空怀着雪耻的遗愿，
带着希望落空后的隐隐懊丧。
　　美妙的歌声从此沉寂了，
　　它再也不会到处传扬，
　　诗人的栖身之所阴森而狭小，
　　他的嘴角打上了封闭的印章。

　　你们这帮以卑鄙著称的①
先人们不可一世的子孙，
把受命运奚落的残存的世族
用奴才的脚掌恣意蹂躏！
你们，蜂拥在皇座两侧的人，
　　扼杀自由、天才、荣耀的刽子手，
你们藏身在法律的荫庇下，
不准许法庭和真理开口……
但堕落的宠儿啊，还有一个神的法庭！
　　有一位严峻的法官等候着你们，
　　他听不进金钱叮当的响声，
他早就看穿了你们的勾当与祸心。
到那时你们想中伤也将是枉然，

① 以下十六行诗是诗人在普希金埋葬后几天补写的，曾引起一场轩然大波，莱蒙托夫因悲伤于普希金之死而病倒，其表兄弟斯托雷平探望他时，竟竭力为杀死普希金的凶手丹特士辩护，说外交官（丹特士为当时荷兰公使的义子）可以不受国外法律的约束，并诋毁普希金。这类流言在上流社会颇有代表性。莱蒙托夫愤怒之下续写了这段。沙皇贵族认为这是“煽动革命”，将诗人逮捕。

恶意诽谤再也救不了你们，
你们即使倾尽全身的污血，
也洗不净诗人正义的血痕！

1837年

（顾蕴璞 译）

【题解】

一八三七年一月末，沙皇政府收买的法国流亡者丹特士在决斗中杀害了普希金，俄国全国为之震怒。莱蒙托夫的这篇诗就是在这时候写的。它深刻而真实地写出了俄国人民思想上和感情上的反应。

最初，诗人只写到“歌手隐身处阴森而狭小/他的嘴唇上还打上烙印”，写出后立即到处抄传。普希金安葬后几天，莱蒙托夫听说上流社会竭力为凶手丹特士辩护，并且多方诬蔑普希金。莱蒙托夫愤怒之下，续写了最后的十六行。附有最后十六行的诗稿也在群众中抄传开了，在社会上引起了很大的波动。宪兵总监卞肯多尔夫还没有向沙皇呈报以前，已经有人把这篇诗寄给了沙皇尼古拉一世，并且加了“革命檄文”四字作为标题。

莱蒙托夫被捕了，并因此流放到高加索。但俄国人民也找到了普希金未竟事业的真正继承者。

值得指出的是：在以往的版本中，在这篇诗的前边附有几行题词。这是从法国诗人罗特鲁（1609—1650）的悲剧《温采斯拉》中引来的：

复仇啊，皇帝，我们要复仇！
我来俯伏在陛下的足前：
愿你正直无私，严惩凶犯，
让他的处决在最近将来
向后代宣告你裁判公正，
让恶徒从这里得到借鉴。

一八八七年以前的版本中都没有这个题词，到一八八七年沙皇政府公布了所谓“禁诗案”的文卷以后，这篇诗才加上了这几行题词。根据内容看来，这几行题词与正文的精神互相矛盾，而且也冲淡了正文的尖锐的政治倾向性,显然,这是一个好心人想要减轻诗人罪责而暗中加上的。为了恢复原诗的本来面目,新版本把它删去了。

52　一根巴勒斯坦的树枝

巴勒斯坦的树枝啊，告诉我：
你生在哪里，在哪里开花？
你曾经点缀过哪些山岗，
你曾把哪些峡谷美化？

东方的晨光可曾抚慰你——
在那清澈的约旦河[①]畔？
吹过黎巴嫩山间的夜风，
可曾愤怒地把你摇撼？

当梭林[②]的那些贫寒的子孙，
把你的绿叶编织的时刻，
他们是低声向上苍祈祷，
还是唱起那古老的颂歌？

那棵棕榈如今可还活着？
可仍用阔叶茂密的顶盖，
常在夏日炎炎的时节，
把荒原上的行人招徕？

莫非它在伤别的痛苦中，

---

① 巴勒斯坦河名。

② 即耶路撒冷，巴勒斯坦城市名。

已经凋残得和你一样，
谷地的尘土正在贪恋地
扑倒在它枯黄的叶上……

告诉我，是谁用虔诚的手
把你带来我们这地方？
他是否常常为你忧伤？
你可曾把他的苦泪留身上？

也许他是个最好的神兵，
他有着一副开朗的容颜，
他在世人和神灵的面前，
如同你永远无愧于苍天？……

你，耶路撒冷的树枝啊，
守卫在金铸的圣像之前，
是神明忠心耿耿的哨兵，
也受到他暗中的保全。

幽明的暮色和神灯的柔光，
神龛和十字架等圣洁的象征……
在你四周和在你的上边，
一切都充溢着欢悦和宁静。

1837 年

（顾蕴璞 译）

【题解】

莱蒙托夫为《诗人之死》添写的最后十六行诗落入宪兵之手后，他预感到被捕之日已不远，便走访文学家穆拉维耶夫，想请他从中斡旋，但他没有在家。在等候主人的时候，莱蒙托夫看见室内有穆拉维耶夫从巴勒斯坦带回的棕榈树枝,有感成诗。诗人于当天晚上即被沙皇当局逮捕。诗人在这里从基督教神话中提炼了“巴勒斯坦的树枝”这一诗歌形象,它是信仰、希望和最好的神兵等的象征;同时,诗人又在树枝的命运背后埋下了关于自己命运的言外之意,在这一形象的掩护下展望自己不祥的前景,鼓起自己面对厄运的勇气(在俄罗斯诗歌中,“东方格调”常常与勇敢和坚毅相联系)。

53 囚徒

快快给我打开这所监房，
给我白日的灿烂的光华，
给我黑眼睛的年轻女郎
给我一匹黑鬃毛的骏马！
我先甜蜜地紧紧地吻吻
那位年轻的娇好的美人，
然后再跨上那一匹骏马
好让我长风般飞向天涯。

但是牢狱的小窗高高的，
沉重的门上又加着铁锁；
而黑眼睛的女郎远远地
住在她僻静华丽的闺阁；
骏马儿也没有拴着缰绳，
独自在旷野中自由奔腾，
它愉快活泼地跳上跳下，
顺着风扬起了它的尾巴。

我孤独的——没有一点安慰：
光秃的高墙在我的四旁，
圣像前的神灯昏黄暗淡
射出它将要熄灭的微光；
我只听见：在监房的门口
有一个驯顺无言的看守，

在那夜静中踏着均匀的、
响亮的脚步在来回慢踱。

1837 年

(余振 译)

【题解】

这是莱蒙托夫创作成熟时期"监狱组诗"的第一篇。莱蒙托夫因为《诗人之死》被捕后写下《囚徒》和《邻居》。一八四〇年三月十日因与巴兰特决斗又一次被捕,又写了《女邻》《被囚的武士》等。这几篇以监狱为主题的诗,一般叫作"监狱组诗"。据诗人的表弟阿·巴·沙恩-基列伊的回忆,这篇诗是诗人因《诗人之死》一诗被捕后在狱中写的。沙恩-基列伊说,当时可以见到莱蒙托夫的只有一个送饭的仆人。"米舍尔(米哈伊尔的爱称)叫人用灰色的纸包面包,他用酒调着火炉里的烟煤,拿火柴蘸着,在这灰色的纸上写下几篇诗,就是:《当那苍黄色的麦浪在随风起伏》《圣母啊,现在我站在你圣像前》《不管你是谁,我的愁苦的邻居》,又改写了《快给我打开了这所监房》。"

54 囚 邻

不论你是谁，我忧郁的邻居，
我像爱少年密友那样爱你，
　　爱你，萍水相逢的伴侣，
虽然命运玩弄诡秘的把戏，
将我同你永远永远地隔离，
　　如今用高墙，日后用个谜。

每当一抹晚霞绯红的微光，
把它消逝前告别的绵绵情意，
　　遥遥送进牢房的铁窗，
而看守拄着叮当作响的长枪，
站在那里昏昏沉沉地瞌睡，
　　心中回味往昔的时光。

我总是把额头贴近潮湿的牢墙，
我总倾听：在这阴郁的寂静里，
　　你的歌声在空中回荡。
我不知道这歌声唱的什么，
但它饱含着忧伤，它那声浪，
　　犹如泪珠，轻轻地流淌……

一切便又复苏在我的心房：
有风华岁月里的希冀和爱情，
　　我又海阔天空地沉入遐想，

我的心充满了激情和热望，
血液在沸腾，泪珠从眼眶往外，
仿佛歌声，轻轻地飘荡。

1837 年

（顾蕴璞 译）

【题解】

这里既写自己的逆境，也写萍水相逢的囚邻的遭遇，还写服役应达二十五年之久的看守的乏味差使。通过三个失去自由的人，暗示满目都是囚禁的状态，对沙皇专制制度的愤怒不言自明。诗中表现了诗人对暴政的蔑视，对同遭厄运者的同情，以及对沙皇的驯服工具的嘲笑。此诗音乐性极强，别林斯基称赞它时说："这里，诗渐渐变成音乐。"歌声如泪喷涌，泪如歌声飘洒，视觉形象与听觉形象交织在一起，具有极强的艺术感染力。

55

每逢黄澄澄的田野泛起麦浪，
凉爽的树林伴着微风歌唱，
园中累累的紫红色的李子，
在绿叶的清荫下把身子躲藏；

每逢嫣红的薄暮或金色的清晨，
银白的铃兰披着一身香露，
正殷勤地从那树丛下边
对着我频频地点头招呼；

每逢清凉的泉水在山谷中疾奔，
让情思沉入迷离恍惚的梦乡，
对我悄声诉说那神奇的故事，
讲的是它离开了的安谧之邦——

此时我额上的皱纹才会舒展，
此刻我心头的焦虑才会宁息——
我才能在人间领略幸福，
我才能在天国看见上帝……

1837 年

（顾蕴璞 译）

【题解】

这首诗构思巧妙，结构严谨，意境优美，具有以景移情的感染力。诗人列举了一个个能使他和大自然融为一体的短暂瞬间,只不过从反面更加衬托出诗人经常的内心不宁和焦虑。诗中列举的景物不属于同一节令,这仿佛向我们点明它们仅是诗人的主观愿望,并不是现实环境。这便进一步强化了“怀疑、否定、痛恨的思想”(赫尔岑语)主题。

56 祈 祷

圣母啊，我如今向你祈祷，
对着你的圣容和你的光轮，
不求你拯救，不为战事祝祷，
不向你忏悔，也不对你谢恩。

我祈祷，更不为我这空寂的灵魂，
不为我这个飘零者的受苦的心；
我要把一个纯真无邪的少女，
交给冷漠尘世中热情的保护人。

请把幸福赐给受之无愧的心，
让体贴入微的人们伴她终生，
让她那善良的心灵有所希冀，
享受青春的光辉和暮年的宁静。

待到辞别尘世的时刻来临，
无论是沉寂的夜晚或喧闹的清晨——
求你派一名最最圣洁的天使，
到病榻前迎接她那美好的灵魂。

1837 年

（顾蕴璞 译）

【题解】

这首诗是诗人献给洛普辛娜的。一八三一年莱蒙托夫爱上了这位聪明、活泼而富于幻想的可爱姑娘。虽然在家庭的压力下她嫁给了一个比她大得多的人(1835),但莱蒙托夫对她深沉的感情至死不渝,在诗中多次提到了她的形象。此诗的主题不限于爱情,诗人以崇敬天国为名,抨击了尘世,在虔诚的祈祷声中响起了人间辛酸的曲调,使爱情变得像水晶一般纯洁,像青松那样常青。

57

我们分离了,但你的肖像
我依然保存在我的心中:
正如同最好年华的淡影,
它仍在愉悦着我的心灵。

我把自己交给新的苦难,
但我还不能够把它忘情:
像破落的殿堂——依然是庙,
被掀倒的圣像——依然是神!

1837 年

(余振 译)

【题解】

这篇诗是一八三一年《我并不爱你;过往时日的》一诗的改写。一八三一年那篇诗,叶·亚·苏什科娃以为是写给她的,其实写的还是纳·费·伊万诺娃。这一篇虽然是一八三一年那篇诗的改写,诗中的“你”,可能另指瓦·亚·洛普辛娜,洛普辛娜已于一八三五年五月与尼·费·巴赫美捷夫结婚,正与诗中“我们分离了”相符,同时,诗人对她的爱一直保持到最后一日,也与“但我还不能够把它忘情”相符。最后两行还是一字不改引自一八三一年那篇诗。

58

我不愿意让世人知晓
自己藏在心底的隐忧；
只有上帝和我的良心
才配评说我的爱和愁。

心儿将会向他们倾诉，
也会向他们乞求怜悯；
但愿即将来惩罚我的，
是制造我的痛苦的人；

庸人俗子的纷纷责难，
岂能使崇高的心灵悲伤；
任凭大海的涛声喧天，
花岗岩的悬崖安然无恙！

悬崖把额头高耸入云，
是两种自然力忧郁的房客，
除去风暴和阵阵响雷，
它不把心思向任何人诉说……

1837 年

（顾蕴璞 译）

【题解】

诗人在这里用了浪漫主义者所惯用的将“我”与“尘世”对立的手法，因为在浪漫主义者看来,只有上帝和良心才有自白或审判的权利。但诗人在向上帝祷告的同时,又向他挑战。诗人不理会尘世,也不听信上帝。

59

我急急匆匆打从遥远的、
温暖的异乡朝北国赶程，
哦，卡兹贝克①，东方的卫士，
我这个流浪汉向你致敬。

你那皱纹累累的额角，
自古就裹着洁白的头巾，
人们高傲的低声怒怨，
也惊不破你高傲的恬静。

但愿你的峭壁悬崖，
把我这顺从的心的祝愿，
带进天国和你的领地，
带到安拉②永恒的宝座前。

我祈求凉爽的日子能降临
尘飞的大路和酷热的谷地，
好让我正午路过荒原时，
能坐在石上作片刻小憩。

我祈求暴风雨万万不要

① 高加索的一个山峰。
② 伊斯兰教信仰的神。

披铠戴甲，雷声隆隆，
来袭击我和疲惫的骏马，
在阴沉的达里亚尔谷①中。

不过我还有一个愿望！
我怕说出！——心在战栗！
我怕自从我流放以后，
在故乡早已把我忘记！

我还能得到从前的拥抱？
我还能听到旧时的问候？
亲友还能认出这受苦人，
在经过这么许多年之后？

也许在那凄冷的墓间，
我将踩着亲人的尸骨，
他们善良、热情而高尚，
曾和我一起把华年共度。

啊，既然如此！卡兹贝克啊，
你快用暴风雪将我掩埋，
并毫不留情地在深谷扬起
我这无家可归者的遗骸。

1837 年

（顾蕴璞 译）

【题解】

一八三七年莱蒙托夫由格鲁吉亚返回北方途中，取道于位于卡兹贝克

① 高加索的一个山谷。

山旁的格鲁吉亚军用大道,在途中写成此诗。诗人以拟人化的手法把大自然永恒的宁静与充满七情六欲的尘世的不安两相对照,烘托出一个被命运驱赶的流浪者的艺术形象。最后两句多数评论者认为是他的志同道合者为他加的。此诗最初的稿子先纳入长诗《伊斯梅尔——贝》中,它的主题和形象在《恶魔》等作品中得到进一步扩展。

60　短 剑

我爱你,我的纯钢铸的宝剑,
你这明晃晃而冷冰冰的战友,
沉思的格鲁吉亚人造你想复仇,
自由的契尔克斯人磨你为恶斗。

一只百合般的纤手别离时,
当作留念物把你递我手,
你身上初次流的不是鲜血,
是痛苦的珍珠——泪水滚流。

一对乌黑的眼睛凝视着我,
明眸里饱含着莫测的哀愁,
恰似你的钢锋在摇曳的灯下,
时而熠熠发亮,时而暗淡昏幽。

爱情无言的信物啊,你伴我漂流,
流浪者将把你当作榜样记心头;
我一定忠贞不渝,意志坚定,
和你一样啊,我的钢铸的朋友。

1838 年

(顾蕴璞 译)

【题解】

此诗写于莱蒙托夫于一八三八年年初从流放地返回北方时。在十二月党人和年轻的普希金的诗中，短剑都是为自由而斗争的象征。莱蒙托夫也很喜爱短剑的形象，常常把它比作人的优秀品质：高尚、自尊、豪迈、对自由和独立的向往。此诗最初以《赠品》为题，因为诗人主要是咏赞第一次流放中所得赠品（可能是格里鲍耶多娃所赠），正是通过对短剑的咏唱，抒发了对高加索的爱和对山民的同情。

61

每当我听到了你的
清脆的美妙的话声，
就好像笼中的小鸟，
我的心便怦怦跳动；

每当我看到了你的
天蓝的深邃的两眼，
我的心便跳出胸膛
迎上去恳求你哀怜，

不知道该怎样高兴，
我想要尽情地痛哭，
我想要一直扑过去
把你来紧紧地搂住。

1838 年

（余振 译）

【题解】

这一篇诗采用的是民歌素体诗，每行有两个重音。译文每行三个重音（也就是三顿），八个字，双行有韵。

62

她一歌唱——歌声消融了，
好像是甜蜜的芳唇上的吻，
她一顾盼——天空辉耀在
她那神奇而美妙的秋波中；
她一移步——全身的动作、
她一开言——整个的面容
都这样充满了动人的娇憨，
都这样充满了奇异的表情。

1838 年

（余振 译）

【题解】

这一篇和《每当我听到了你的》可能是同一个时期写给同一个人的，但究竟是写给谁，还不能确定。有这么三种说法：第一种说法，认为是写给普·阿·巴尔捷涅娃的，她是著名的美人和歌唱家。一八三一年年终写的《新年献辞》是写给她的。第二种说法，认为是写给叶卡捷琳娜·亚历山德洛芙娜·恰夫恰瓦泽（1816—1882）的，她是诗人亚历山大·加尔塞瓦诺维奇·恰夫恰瓦泽（1786—1846）的女儿，格里鲍耶陀夫遗孀的妹妹。第三种说法，认为是写给 C. M. 维耶里戈尔斯卡雅的。

63 沉 思

我悲哀地望着我们这一代人！
我们的前途不是暗淡就是缥缈，
对人生求索而又不解有如重担，
定将压得人在碌碌无为中衰老。
我们刚跨出摇篮就足足地占有
祖先的过错和他们迟开的心窍，
人生令人厌烦，好像他人的喜筵，
如在一条平坦的茫茫旅途上奔跑。
真可耻，我们对善恶都无动于衷，
不抗争，初登人生舞台就退下来，
我们临危怯懦，实在令人羞愧，
在权势面前却是一群可鄙的奴才。
恰似一只早熟又已干瘪的野果……
不能开胃养人，也不能悦目赏心，
在鲜花丛中像个举目无亲的异乡客，
群芳争艳的节令已是它萎落的时辰！

我们为无用的学问把心智耗尽，
却还嫉妒地瞒着自己的亲朋，
不肯倾吐出内心的美好希望，
和那受怀疑嘲笑的高尚激情。
我们的嘴刚刚挨着享受之杯，
但我们未能珍惜青春的力量，
虽然怕厌腻，但从每次欢乐中

我们总一劳永逸地吸吮琼浆。

诗歌的联翩浮想，艺术的件件珍品，
凭醉人的激情也敲不开我们心房；
我们拼命想保住心中仅剩的感情——
被吝啬之情掩埋了的无用的宝藏。
偶尔我们也爱，偶尔我们也恨，
但无论为爱或憎都不肯做出牺牲，
每当一团烈火在血管里熊熊燃烧，
总有一股莫名的寒气主宰着心灵。
我们已厌烦祖先那豪华的欢娱，
厌烦他们那诚挚而天真的放浪；
未尝幸福和荣誉就匆匆奔向坟墓，
我们还带着嘲笑的神情频频回望。

我们这群忧郁而将被遗忘的人啊，
就将销声匿迹地从人世间走过，
没有给后世留下一点有用的思想，
没有留下一部由天才撰写的著作。
我们的子孙将以法官和公民的铁面，
用鄙夷的诗篇凌辱我们的尸骨，
他们还要像一个受了骗的儿子，
对倾家荡产的父亲尖刻地挖苦。

1838 年

（顾蕴璞 译）

【题解】

莱蒙托夫在早期写了《一个土耳其人的哀怨》（1829）、《独白》（1829）等诗，倾泄了他对压制自由的尼古拉一世的不满。在经过了饱尝坎坷经历的九年之后，诗人又以惊人的洞察力剖析了同时代人可恼又可悲的精神状态，尖锐地抨击了造成这种怪现象的政治背景。别林斯基说:“这些诗句是用鲜血写成的;它们发自被凌辱的灵魂的深处!这是一个认为缺乏内心生活比最可怕的肉体死亡还要难受千万倍的人的哀号、呻吟!”“在新的一代人中间,有谁不会在它里面找到对于自己的忧郁、精神冷酷、内心空虚的解答,有谁不会用自己的哀号和呻吟去响应它呢?”思想的深刻,感情的深沉使这首诗成为莱蒙托夫的“纲领性的诗”(别林斯基语)。研究家艾亨巴乌姆认为此诗“与其说是讽刺诗,不如说是哀歌”。此诗对同代人及后代产生过深刻的影响。列宁在与立宪民主党人的斗争中曾引用过此诗最后两句。

64 诗 人

我的短剑闪耀着金色的饰纹，
　　利刃可靠，完好无残；
钢锋至今留着锻造的妙术——
　　骁勇善战的东方的遗产。

它在山间多年为骑士效劳，
　　从不为功劳希冀酬答；
在许多胸上劈出可怖的伤口，
　　岂止刺穿过一副铠甲。

逞能斗胜它比奴仆还要顺从，
　　听到不逊之言便铮铮作响。
当年若给它添上华美的雕饰，
　　定看作不伦不类的奇装。

它从捷列克河[①]畔老爷的尸身，
　　移到哥萨克勇士的腰间，
然后它久久地被人弃置不用，
　　放在亚美尼亚人的货摊。

如今英雄的这位可怜的侣伴，

① 高加索北部的河流。

已把沙场的旧鞘丢弃，
挂在墙上成闪光的金制玩具——
唉，无害而声名狼藉！

任谁也不再用熟稔而关切的手
去把它擦洗，对它爱抚，
任谁也不在做晨祷的时候，
把它身上的题词诵读……

诗人啊，在我们世风日下的时代，
你岂不也丢弃你的使命？
从前你令人肃然起敬的感召力，
岂不也被你换成了黄金？

从前你雄劲的语言与谐和的音响，
常激励战士奔赴战场，
它对人们有用，似席上的杯盘，
像祈祷时点烧的祭香。

你的诗句如神灵曾在空中飞翔，
而你那崇高思想的回音，
有如市民会议塔楼上的洪钟，
在欢庆或遭灾之日轰鸣。

但我们听厌了你质朴而骄傲的语言：
动听的只是虚夸和欺骗；
我们这衰老的世界，如迟暮的美人，
爱把皱纹藏在胭脂下面。

受人嘲笑的先知[1]啊，可会再苏醒？
当你听到那复仇的声音，
也许你不会再从你贴金的剑鞘里，
拔出锈满了鄙夷的剑身？……

1838 年

（顾蕴璞 译）

【题解】

诗人的主题在十九世纪二十至一三十年代俄国诗坛上是一个基本的主题。十二月党人认为，诗人是政治斗争的积极参加者。在普希金看来，诗人的使命是"用语言点燃人们的心灵"。莱蒙托夫发扬了普希金和十二月党人的上述观点，认为诗人的使命是要"在诗中提出重要的社会问题，号召人们为自由而斗争"。他把诗人比作短剑，比作"市民会议塔楼上的洪钟"，并慨叹当时的诗人已丢弃了自己的使命。

① 指诗人。

65 哥萨克摇篮歌

睡吧，我的美丽的小心肝，
　　小——心——肝——
天上明明的月亮悄悄地
　　望着你小小的摇篮。
妈妈给你把故事讲几个，
　　给你把歌儿唱几段；
睡吧，快闭住你两只小眼，
　　小——心——肝——

捷列克河在乱石中奔流，
　　波浪在拍打着两岸；
可怕的车臣尼亚人来了，
　　他正在磨他的刀剑；
但你爸爸是一个老战士，
　　他经受过不少锻炼：
睡吧，小宝宝，你不要害怕，
　　小——心——肝——

将来有一天你自己也会
　　亲自去沙场上作战；
你也会勇敢地跨上马镫，
　带上自己的刀和剑。
妈妈给你用丝线绣一个
　战马上备的小马鞍……

睡吧，我的亲爱的小乖乖，
　　小——心——肝——

那时你一定会成个武士，
　　会成个哥萨克好汉。
你走时我把你送到门外——
　　你把手一挥，脸一转……
那一夜我一定想念着你，
　　痛苦的眼泪揩不干！……
甜甜地睡吧，我的小天使，
　　小——心——肝——

我日夜想念你，好不心酸，
　　眼巴巴地等你回还；
妈妈在黑夜里为你问卜，
　　白天里又祷告上天；
我想你一个人远在他方
　　一定也思念着家园……
睡吧，趁你现在还不懂事，
　　小——心——肝——

临走时送你一尊小圣像，
　　你经常带在你身边：
你要是在外边祷告上天，
　　把它供在你的面前；
准备参加危险的战斗时，
　　把妈妈牢记在心坎……
睡吧，我的美丽的小宝贝，
　　小——心——肝——

1838 年

（余振 译）

【题解】

这篇诗充满了格莱宾哥萨克民间创作的色彩。据说，莱蒙托夫曾在一个叫作车尔伏列纳的哥萨克村中住过，听到了哥萨克妇女的摇篮歌以后，就在这里写下了他的这篇诗。别林斯基关于《哥萨克摇篮歌》写道："它的概念是母亲；可是诗人善于赋予这个普遍概念以个性的意义：他笔下的母亲是一个哥萨克女人，因此，她的摇篮歌带有哥萨克生活的特点和色调。"（见《别林斯基选集》，上海文艺出版社，第2卷，第533页）

66

我要用这篇迟献的诗章
道贺可爱的婴儿降生到世上。
愿所有天使齐把他保佑，
无论他们属于人间或天堂！
愿他无愧于他的父亲，
美丽可爱跟他的母亲相像；
愿他的灵魂能得到安宁，
维护真理如司智天使一样！
愿他不要过早地去体尝
爱的痛苦和对名的贪得无厌；
愿他心平气和地去看待
虚假的出众以及虚假的声望；
愿他不要去寻思为什么
会有别人的苦痛和自己的欢畅，
愿他从尘世的泥潭拔出时
依然能心地洁白，灵魂无恙！

1839 年

（顾蕴璞 译）

【题解】

这是诗人因大学时代的友人洛普辛得子而写的赠诗（附在贺信中寄给了他）。诗中充满了关于公民教育的沉思，表达了诗人对下一代的瞩望，流露了他的哲学、美学观点。有的评论者认为，洛普辛乃是洛普辛娜的假托，诗表达了对她的感情，但又爱护她的名声。

67　莫要相信自己

我们毕竟无须理会那种大喊大叫，
无论出自诺言叫得震天响的骗子手、
热情的贩卖商、制造大话的巨匠，
还是出自在漂亮话上狂跳的舞蹈家之流。

奥·巴比埃①

年轻的幻想家啊，莫要相信自己，
　　要害怕溃疡似的害怕灵感，
灵感是你患病的心灵的胡言乱语，
　　或是你受禁锢思想的愤懑。
别在灵感中徒然寻找天国的征候：
　　那是感情冲动，精力过旺！
快用操心琐事消磨掉你的生命，
　　快斟上一杯下了毒的琼浆；

每当你在朝思暮想的美妙瞬间，
　　在你那早已喑哑了的心房，
发现一个无人知晓的处女般的泉眼，
　　正流出淳厚而甜美的音响，
你切莫倾听，切莫沉迷于这声音，
　　快给它蒙上忘怀之幕吧，
即使用上铿锵的诗行和冷静的语言，

① 引自法国诗人奥·巴比埃（1805—1882）的诗。

也无法把它的含义表达。

每当哀愁袭进你的心灵深处，
激情似风暴袭进你心坎，
此刻莫要携带你那疯狂的女友
去参加人家喧闹的酒筵；
莫要失了尊严，要耻于卖弄情感，
别时而大怒，时而忧伤；
要耻于对着心地善良的平民百姓
傲慢地显示心灵上的脓疮。

你痛苦与否和我们有什么相干？
何须知悉你内心的不安，
何须知悉你早年那愚蠢的期望，
知悉你理智愤然的憾念？
请你看看：在你面前，世人照样
悠然地走着习惯了的路；
在他们快活的脸上焦虑依稀可辨，
但见不着不体面的泪珠。

然而他们之中未必会有一个人
不曾被折磨得萎靡不振，
没有因为犯罪，也未因遭受不幸
而未老先衰，满脸皱纹！……
相信吧：你那老生常谈的哭泣和埋怨
他们都视为可笑不堪，
有如一位涂脂抹粉的悲剧演员
舞弄着硬纸板做成的宝剑……

1839 年

（顾蕴璞 译）

【题解】

这是一首十分别致的抒情诗,抒情中有讽刺,讽刺中有抒情。由于写得较含蓄,当时为许多人所不解,至今对它仍有不同的理解。一种看法(以纳伊吉奇为代表)是:此诗阐明了当代许多极其重大的问题,其中包括诗人在社会中的位置的问题;诗人的抒情诗不为世人所需要,就是意味着诗人具有叛逆的性格。另一种看法(以普希金为代表)则认为:诗中主要抨击了当时诗坛上自我陶醉或自怨自艾的诗风。译者认为第一种观点更切合诗的实际内容,但诗中也不无对诗人的怨天尤人进行指摘之意。

68　三棵棕榈

（东方的故事）

在那阿拉伯大陆的沙漠上
有三棵棕榈在高傲地生长。
从枯瘠的地下涌出一股清泉，
泉水淙淙地泛起寒冽的微澜，
它被隐护在绿叶的笼罩下，
避开了毒暑和漫天的飞沙。

好多的年月已无声地消逝；
但是那倦怠的他乡的游子
带着火热的心胸走向这翠盖，
还没有向着这寒泉弯下身来，
繁茂的树叶和潺潺的清流
被太阳曝晒得已一无所有。

这三棵棕榈便埋怨开上帝：
“我们生来就为了死在这里？
沙漠上我们徒然地生长开花，
被那狂风吹折，又被毒日烧杀，
看不到人们的垂怜的目光？……
给我们安排得不公啊，上苍！”

话刚刚说完——天蓝色的远处
卷起了一阵黄沙，像根天柱，

远处传来了一阵杂乱的声音，
蒙着花毯的驮子渐渐地走近，
好像海上的孤舟，一队骆驼
摇摇晃晃地从风沙里走过。

一摇一摆地，直硬的驼峰间
支撑着遮阳上绣花的帷帘；
浅黑色的手不时地把它掀开，
黑色的目光从那里闪耀出来……
一个阿拉伯人鞭打着乌马，
他瘦弱的身躯向鞍韂俯下。

马有时后腿直立，向上跳跃，
像一只被飞箭射中的斑豹；
白色衣服上拖下美好的褶纹
顺着骑士的肩膀自然地披分；
在马上挥动着手中的戈矛，
他大声叫喊，同时又在呼啸。

商队喧嚷着，已经走近棕榈：
阴影下舒展开轻松的身躯。
水瓶潺潺地汲满泉水的清流，
棕榈高傲地点着它多叶的头，
它在欢迎着这不速的来客，
而寒泉殷勤地款待以清波。

但黄昏刚刚地降临到大地，
树根上斧声已叮叮地响起，
百年的古树僵直地倒在那里！
孩子们剥干净了它们的外衣，

随后又砍断了光裸的树身，
慢慢地烧着它，直烧到天明。

当微风向西方吹走了晨雾，
商队也走上了预定的程途，
在那荒漠上留下的凄惨遗痕
只是一堆灰白的凄冷的余烬。
太阳烧尽了那干枯的残屑，
随后又被狂风都吹向旷野。

到如今只剩下荒漠与天宇——
棕树叶不再来同流泉低语：
它向预言者恳乞荫凉的枝丫——
给它带来的只是灼人的尘沙，
还有那草原上孤高的老鸢
紧抓着小鸟儿在空中飞旋。

1839 年

（余振 译）

【题解】

这篇诗从题材、格律各方面来看，与普希金的《拟可兰经》（1824）相似。不过这里的基本思想却和普希金的不同，普希金诗中讲一个旅人干渴得要死，他在埋怨上帝，后来看见荒漠上有一棵棕榈，有一眼泉水。他畅饮了清凉的泉水以后便在棕榈下入睡了。多年以后他醒来了，棕榈枯了，泉水干了，他的驴子也只剩下了一堆骨头。普希金是在叙述奇迹，叙述生命和青春怎样战胜时间和死亡。而莱蒙托夫所讲的则是：美好和谐的自然世界怎样由于人的接触而被毁坏。在诗中响出了深沉的怀疑的调子——这就是别林斯基认为当代人的认识的特点——“踌躇不定”。

一八八四年《莱蒙托夫诗集》出版时，这篇诗第三节的第一行被检查官删去。

69 捷列克河的礼物

在那巍峨峻峭的高山间
捷列克河在狂暴地咆哮，
泪水化作了浪花在飞溅，
哭声好像那呼啸的风暴。
但是，当他奔上了草原时，
却装出一副狡诈的面貌，
用非常亲切温存的口气
滔滔不绝地对里海说道：

“请给让让路，年老的大海，
给我的波涛安身的所在！
广阔的原野上已经玩够，
我早该到这里休息下来。
我出生在卡兹贝克山麓，
吮吸云朵的奶汁而长成，
我准备永远同这人类的
不可解的权力争辩不停。
我为了使你的儿孙开心，
冲破我们达里雅尔山沟，
而给他们，实在是好极了，
赶来了一群大块的石头。”

但是里海却静静地不动，
身子倚靠着松软的海岸，

仿佛入睡了，而捷列克河
又亲切地爬在老人耳边：

“我给你带来个小小礼品！
这不是一件寻常的物事：
来自战场的卡巴尔达人，①
大无畏的卡巴尔达武士。
最珍贵的锁子甲，精钢的
臂铠，紧裹着武士的身躯：
铠甲上都用黄金书写着
古兰经上的神圣的诗句。
他在阴郁地紧皱着眉头，
在他的美好的胡须旁边
洒着点点的高贵的热血，
到而今仍然是血迹斑斑；
不再转动的圆睁的眼睛
充满昔日的难忘的冤仇；
他珍贵的额发顺着颈项
拖下，扭成了黑色的一绺。”

但是里海倚靠着松软的
海岸，他睡着了，默然不响；
狂暴的捷列克河发了火，
对这老头子又这样地讲：

“喂，老伯伯：这是无价之宝！
其他礼物还成什么体统？
我藏起来，怕全世界知道，

① 卡巴尔达人是居住在高加索北部的民族之一。

一直宝物似的藏到如今。
我给你随着波浪带来了
一个哥萨克女郎的死尸，
她有一副灰白色的肩膀，
留着淡淡的亚麻色辫子。
她的阴暗的脸是忧郁的，
眼睛平静而甜蜜地闭上，
在她胸前小小的创口里
一道殷红色的血在流淌。
在那整个小小的乡镇上，
只有一个格莱宾哥萨克
没有来到我高高的河岸，
哀悼这年轻美貌的女郎。
他早跨上了黑色的骏马，
奔入深山同敌人去厮杀，
而把强悍的头颅断送在
凶恶的车臣尼亚人①刀下。”

愤怒的激流沉静了下来，
在这流水上，像雪一样白，
那拖着湿淋淋的辫子的
头颅一摇一晃地漂起来。

这时老头子威风凛凛地
站了起来，像风暴般雄伟，
而在他深蓝色的眼睛中
浮出了满眶热情的泪水。

① 车臣尼亚人是居住在高加索北部的民族之一，即车臣人。

他充满了快乐，跳了起来——
而把这汹涌澎湃的波涛
带着甜蜜的爱情的低语
紧紧地搂进自己的怀抱。

1839 年

（余振 译）

【题解】

这是充满民间故事情调的诗作之一。别林斯基一八四〇年二月九日致包特金的信中说："好，谈谈莱蒙托夫。他的《捷列克》怎么样？鬼知道——我虽不敢说，可是在我看来，这个青年可以成为俄国第三个诗人，普希金去世后不是没有继承人的。"

70　纪念奥多耶夫斯基

一

我过去就认识他，我们俩
一起浪迹在东方的崇山之间……
我们亲密地分尝放逐的苦闷，
然而我已返回故乡的田园，
考验的时刻一个接一个过去，
他却没有盼到良辰的来临：

就在那简陋的行军帐篷里，
病魔一下夺走了他的生命，
走向坟墓时他还带走一连串
飘忽不定、稚气而朦胧的灵感，
落空的希望以及痛苦的抱憾！

二

他降生到世上就为这些希望、
诗歌和幸福……但他热情如狂——
过早地挣脱了他身上穿的童装，
把心儿抛进了喧嚣生活的海洋，
社会不容他，上帝也不保全！
一直到死，他终生激动不安，

不论置身于人群或漂泊在荒原，
他心中从未熄灭感情的火焰：
他依然保存蓝色眼眸的光灿，
天真嘹亮的笑声和生动的谈吐，
对人、对新的生活的不屈信念。

三

但他已远远离开友人而死了……
我亲爱的萨沙①，愿你那颗心，
那颗已覆盖了异乡黄土的心，
沉静地安眠，一如我们的友情
也在默默无语的记忆里深藏。
你像许多人，死得无声无息，
然而矢志不移，神秘的思想
在你合上了双眼长眠之后，
依然在你的额头不停地游移；
而你在临终之前所说的话语，
没有一个听者懂得它的真谛……

四

那莫非是你向祖国的致意，
或是你对活着的友人的呼唤，
要不就是因为夭折而哀伤，
或只是病近垂危发出的呼喊——
有谁能告诉我们？你那遗言的
深不可测而令人痛心的含义，

① 萨沙是阿列克谢（奥多耶夫斯基之名）的爱称。

就此失传了……你的事业、见地、
思想——一切就此消逝无迹，
一如那轻烟一般的朵朵夕云：
刚一闪亮，风又把它吹散——
来去行踪和原因有谁来问津……

五

夕云消逝在蓝天后踪影全无，
如孩子青梅竹马后不留迹痕，
又似他心底秘而不宣的理想，
未诉诸缠绵的友情即成泡影……
这又有何妨！任凭尘世忘却
你这个与尘世格格不入的人，
你何需它那顶关怀备至的桂冠，
又管它什么无聊中伤的荆针！
你不曾为尘世效劳，从年轻时起
你就摒弃了它那阴险的锁链：
你爱喧腾的大海和不语的草原——

六

还有那寒山起伏不定的峰峦……
在你那座无人凭吊的坟墓旁，
命运之神如此奇妙地编织了
生前你所曾喜爱的千种风光。
不语的草原闪着蓝色的光辉，
高加索环抱着它，像一顶银冠；
它在大海上皱起眉头打着盹，
宛如一个头靠着盾牌的巨人，

在倾听汹涌的波涛讲着故事，
而黑海正在无尽无休地喧腾。

1839 年

（顾蕴璞 译）

【题解】

莱蒙托夫于一八三七年在高加索结识了十二月党人诗人奥多耶夫斯基。由于两人都是流放者，很快变成莫逆之交。奥多耶夫斯基因十二月党人失败而发配到高加索这个“温暖的西伯利亚”（有不少十二月党人流放西伯利亚，故做此联想）。诗中热情歌颂了一位怀有“对人、对新的生活的不屈信念”的贵族革命者的崇高精神，表达了作者对他的缅怀之情，也流露了作者的政治观点。

71

有些话——它的含义
隐晦或不值一文！——
但你一听就心跳，
不可能无动于心。

它的声音充满了
如痴似狂的渴念、
离别的低声哭泣、
幽会时心的震颤。

这些从火焰和光
脱胎而来的话语，
在尘世的喧嚷声里
得不到回音就消失；

但我在庙堂或沙场，
无论在什么地方，
当我听到它一响，
到处能辨这声浪。

我不等做完祈祷，
便去应和这声音，

立刻从沙场脱身，
迎着这声音飞奔。

1839 年

（顾蕴璞 译）

【题解】

对于浪漫主义者莱蒙托夫来说，话语和含义是矛盾的，因为复杂深沉的感情，往往无法加以表达。这个主题贯穿于他全部诗作中：炽烈似火的诗情无法为冷若冰霜的世人所理解。浪漫主义诗人一般都注重大自然的声音，力求在表面现象之后探寻富有情感的语声的真正含义。

72

我常常出现在花花绿绿的人中间，
仿佛是在梦境，就在我的眼前，
　　伴着舞步凌乱和乐声吵嚷，
伴着俗不可耐的耳语的拿调装腔，
晃过一个一个温文尔雅的假面人——
　　一群有肉无灵的人的肖像。

那些早已不再战兢兢的纤手、
以城里美人玩世不恭的胆量，
　　触到我这双冷冰冰的手掌，
每当此刻我表面沉迷于她们的声色，
心中却在重温往昔怀过的幻想——
　　已逝岁月里的神圣音响。

如果我在顷刻间沉入了遐想，
便会像一只自由的小鸟飞翔，
　　驾起记忆的翅膀飞向过去；
我看到自己还是个孩子，在我周围
尽是故乡故地：一幢贵族的高房，
　　一座花园带温室的断垣残墙；

沉睡的池塘蒙上一张绿草的细网，
池塘后的村庄飘起袅袅的炊烟，

　　一片薄雾升起在田野的远方。
此刻我踏上一条幽深的小径；
晚霞的微光穿过丛林朝我张望，
　　黄叶在怯生生的脚下瑟瑟作响。

于是一种莫名的忧思袭上心头，
我想她，我爱她，我悲伤，
　　我爱我的意中人的幻象，
她有着一对燃着蓝火的眼睛，
她有着一副玫瑰花般的笑容，
　　恰似黎明时树林后初露的曙光。

俨如奇异国度里至高无上的君王，
我就这样一连几小时独坐冥想，
　　虽然几经疑云和痛苦的折磨，
当年的倩影至今仍然铭记心上，
像那清新的小岛安然立在海心，
　　在湿润的荒原上径自花草芬芳。

然而当我清醒之后认出虚幻，
人群的喧哗之声总会立刻吓跑
　　喜筵上的不速客——我的幻象，
啊，我真想搅扰他们的欢畅，
把充满苦味和怒气的铮铮诗句
　　狠狠地统统摔在他们脸上！……

1840 年

（顾蕴璞 译）

【题解】

一八四〇年新年前莱蒙托夫在彼得堡被邀参加了法国大使馆举办的贵族假面舞会,有两个戴假面的贵夫人对他大献殷勤,但都遭到他断然拒绝。据当时在场的屠格涅夫回忆,莱蒙托夫目不转睛地用忧郁的眼睛望着在他面前晃过的假面女郎,他的脸上显露出涌现创作灵感时的美好表情。诗人从宁静的乡村与喧闹的假面舞会,纯洁美丽的自然与目迷声色的花花世界的鲜明对照中揭露了上流社会的空虚、庸俗和伪善。别林斯基称此诗为“莱蒙托夫最优秀的诗篇之一”。

73　寂寞又忧愁

寂寞又忧愁，当痛苦袭上心头，
有谁可以和我分忧……
期望……总是空怀期望干什么？……
岁月正蹉跎，年华付东流！

爱……爱谁呀？钟情一时何足求，
却又无法相爱到白头……
反顾自己吧，往事消踪了，
欢乐、痛苦，全不堪回首。

激情算什么？这种甜蜜的病症
会烟消云散，当理智一开口；
只消你向周围冷冷地扫一眼——
人生空虚、愚蠢呀真少有……

1840 年

（顾蕴璞　译）

【题解】

此诗以凝练的笔墨细腻、深刻地倾泄了十二月党人起义失败后在尼古拉一世黑暗统治的重轭下一代青年的苦闷，在思想深度和艺术技巧两方面都高出于早期主题相同的《独白》等诗。抒情主人公不仅仅倾吐诗人个人的悲欢，而且已成为与《当代英雄》中的毕巧林惊人地酷肖的社会典型：他感到生活空虚，前途渺茫，为蹉跎年华而悔恨，为生不逢时而愤懑。此诗直抒胸臆,但又移情于景,诉诸形象,感人至深,是对摧残人的创造力的社会制度的有力控诉。此诗格调哀而不伤,被高尔基誉为具有“一种强有力的感情”。

74　编辑、读者与作家

诗人正像是靠着吸吮自己脚掌而生活的熊。

——未发表的著作①

（作家的屋子；下着窗帷。他坐在壁炉前大沙发上。读者拿着一支雪茄烟背向壁炉站着。编辑走进来。）

编　辑

你生病了，这使我很高兴：
在人生的纷扰和嚣嚷中，
诗人的心很快地要失去
他自己那些神奇的幻梦。
他在各种各样的印象中
在琐事上耗尽他的心机，
将死去，作为公论的牺牲。
他在快乐的烈焰中何时
才能构思出成熟的作品？……
但是，假若上天忽然想要
给他降下流刑或者监禁，
甚至是长年累月的病患，
那真是至高无上的神恩：
在他那幽静僻远的地方

① 这是歌德《格言诗》中两行诗的散文译文。原文为法文。

立即响起了快乐的歌声！
但有时他热情地迷恋着
自己的那种化装的哀痛……
喂，您在写什么呢？能不能
告我？

作　家

没有什么……

编　辑

白费舌唇！

作　家

写些什么呢？东方与南国
早都有人描写过、歌唱过；
所有的诗人都咒骂群众，
也都在赞扬自己的一伙；
他们的心儿都飞往天上，
暗中祷告着，都向着 N. N.，
向着那未知的理想呼唤——
而大家对他们极为讨厌。

读　者

我说——需要有很大的勇气
才敢来翻翻……你们的杂志
（它已经把我的手磨破了）；

第一，都是一些灰色的纸，
它可能也是白白净净的；
可是千万不能不戴手套……
你一读——排印得错误百出！
诗——又是这样的空洞无聊；
语词都没有意义和感情，
每一个句子都非常生硬；
而且——可以说句体己话吗？
韵脚上也还是常有毛病。
散文呢？又都是译自外文。
要是您偶尔看到了一些
用我们的调子写的小说——
那么，大抵，在讥刺莫斯科，
或者是在咒骂官僚政客。
他们描画什么人的肖像？
他们哪里听过这种对话？
即使他们是真的听到过，
我们还是不高兴去听它……
思想在这荒漠的俄罗斯
何时才能抛弃浮华虚文，
而找到简练纯朴的语言
和那崇高的热情的声音？

编　辑

我说的也是这样的意思。
同您一样，我一看到我们
俄国的缪斯，就气愤填胸。
请您读一读我那篇评论。

读　者

我读过了。不过是对于字体、
花饰、错字的小小攻击，
还有对于莫名其妙的事，
做了些隐晦曲折的暗示。
即使让大家乐一阵也好！……
先生们，你们的墨水瓶内
一点刺鼻的胆汁也没有——
而只有不干不净的污水。

编　辑

这一点我是完全同意的。
但请您相信我，凭良心说，
我希望的不是互相谩骂——
可是怎么办？……人家在骂我！
请设身处地替我们想想！
下层也在读我们的刊物：
字句间露骨的粗直的话
并不是人人觉得不舒服；
做法、风格——都不能太呆板；
要知道大家都一样花钱！
请相信我：命运已经注定
让我们负起沉重的负担。
请告诉我，怎么能读得下
这怪诞的话和无用的书——
而为了什么？为了对您说，
我们这些书不值得一读！……

读　者

不过，如果是偶然碰到了
一部生动的、清新的作品，
那真是一种无上的享乐，
心胸是怎样愉快而轻松！
你看，比方说，我的好朋友：
它的音节是这样的响亮，
至高的上帝又赋予了它
饱满充沛的情感与思想。

编　辑

正是这样的——但糟糕的是：
诸公却不写这样的文字。

作　家

写些什么呢？……常常有的是
烦闷的重负卸下的时候，
有的是灵感劳作的日子，
有些时候心智是充实的，
而和谐的韵脚像波浪似
滔滔不绝地，一浪随一浪，
按着自然的顺序在奔驰。
在刚觉醒过来的心灵里
升起了一轮奇异的太阳：
力量充沛的思想把语言
好像珍珠似的，穿成一串……

这时候诗人带着自由的
大无畏精神正视着未来，
而世界因他崇高的幻想
在他看来不染一点尘埃。
但是他这些奇异的创作
只有他一人在家中阅读，
读过后他又毫不痛惜地
随手去生了自己的壁炉。
难道说这种天真的情感，
虚无空幻的任情的狂想
也配称之为严格的艺术？
它们被人嘲笑、被人遗忘……

常常有这样的痛苦之夜：
没有梦，眼在哭泣、在炽燃，
心头上——满是渴望的哀愁；
不禁的恐怖使毛发悚然；
冰冷的手在瑟瑟地发抖，
紧紧地抱着火热的枕头；
而那痛苦的、狂乱的叫声
从胸膛中迸出——于是口中
不自觉地大声地呼唤着
那个早已忘掉了的姓名；
记忆自如地描绘出一帧
那个早已忘却的昔日里
焕发着青春美貌的面容：
眼中是爱情，口中是欺骗——
你却不禁地又信赖它们，
触动一下旧创伤的伤口
是说不来的愉快而疼痛……

这时我就写。良心口授着，
而执笔的是暴怒的心智：
那是篇揭开诡秘的心思
与行事的有魔力的故事；
那是荒唐的无情的画面，
愚蠢的青年时日的传言——
这些时日早在不可见的
但却不屈不挠的战斗中、
在诳骗的无知的男女间、
在虚幻的美好希望和阴郁
怀疑中，消逝于热情之海，
而且已永远地一去不返。
我，无名的偶然的裁判者，
揭穿了他人的内心深处，
把那用礼仪掩盖起来的
罪恶大胆地交付给耻辱；
我是无情的，我是严厉的……
但是，真的，这痛苦的诗句，
我是决计不拿来发表的，
不让不想看的眼睛去看……
请你告诉我，有什么可写呢？

　　我何苦招那不识好歹的
人群对我的痛恨和憎恶，
让他们把我预言的话语
一概称之为狡猾的咒诅？
让那狂热的诗篇的隐毒
搅乱赤子的平静的梦乡，
而把他的天真稚弱的心
带进了我那无羁的汪洋？

啊,不!——我还没有用罪恶的
幻想眩惑我自己的思想,
我决不拿这么大的代价
去买取你们空洞的赞扬……

1840 年

(余振 译)

【题解】

这篇诗和《幻船》《女邻》《被囚的武士》等都是诗人因与法国公使的儿子巴兰特决斗被捕后写的。这篇诗很明显地反映出诗人被捕后和朋友们的谈话,主要的,或许,就是他同别林斯基的谈话。这里用对话的形式诙谐而又辛辣地提出了诗人对于诗的社会内容的看法。这篇诗继承了普希金《书商和诗人的会谈》(1824)的精神,甚至连艺术形式上也继承了普希金的那篇诗。同时又为涅克拉索夫(《诗人与公民》,1856)、马雅可夫斯基(《和财务检查员谈诗》,1926)开拓了创作道路。特别是涅克拉索夫的那篇诗,形式上也与莱蒙托夫的这篇相似。

75 幻 船

（译自采德里茨的诗）

在那大海的蓝色波涛上，
星星刚在天空中闪烁时，
一只孤单的船儿张满帆
飞一般地在海风中疾驶。

高高的桅杆笔直地矗立，
桅杆上的风标没有声响，
从船上没有掩蔽的舱口
铁炮默默地向远方眺望。

船上听不见船长的声音，
船上看不见水手的踪影；
但那些暗礁、险滩和风暴
却不曾给予它一点伤损。

海中有一座小小的孤岛——
一片荒凉、阴森的花岗岩；
在那小岛上有一座坟冢，
有一个皇帝埋葬在里边。

敌人们没有给举行葬仪
就把他埋在松松的沙里，
给他压了块沉重的石头，

使他不能从坟墓中爬起。

在他悲哀的死亡的时刻，
半夜里，一年终了的时候，
那只船静静地停泊下来，
靠着小岛的高高的岸头。

这时候皇帝苏醒了过来，
他从坟墓中突然间站起；
他头上戴着一顶三角帽，
身上穿一套灰色的军衣。

交叉起他那有力的双臂，
向胸口垂下高傲的头颅，
他走上前去，坐在舵轮前，
很快地驰上自己的程途。

他向可爱的法兰西驶去，
在那里他抛下光荣、皇位，
抛下自己的继承人——儿子，
还有他那些年老的近卫。

他在夜的昏暗中刚刚地
望见了自己可爱的祖国，
他的心便又突突地跳起，
眼睛里便又燃烧起烈火。

勇敢地迈开大步下了船，
他径直走上祖国的海岸，
他大声呼唤自己的战友，

严厉地喊叫自己的将官。

但那些蓄着长须的将官——
在金字塔酷热的沙土中、
易北河怒号着的原野上、
俄国的冰雪下长眠不醒。

元帅们听不见他的呼唤：
有的早已在战斗中死掉，
还有的早已经背叛了他，
而卖掉自己征战的军刀。

在这沉静荒漠的海岸上
他急得在地上跺了跺脚，
怒气冲冲地走来又走去，
他在又一次大声地呼叫：

他呼叫他那可爱的儿子，
他那无常命运中的凭倚；
他对他允诺过半个天下，
而自己要的只是法兰西。

但他的皇子早已经死去，
当希望与力量开花时候；
可是皇帝等着他，在那里
一个人呆呆地站了很久——

他站着，他在深深地叹息，
一直到东方露出了晨光，
而痛苦的泪水从他眼中

点点地落到寒冷的沙上。

他只得再走上自己那只
神奇的幻船，而他的头颅
低垂到胸前，他摆了摆手，
随后又驶上了回头的路。

1840年

（余振 译）

【题解】

这也是莱蒙托夫一系列有关拿破仑的诗篇中的一篇。这篇诗是根据奥地利诗人约瑟夫·克利斯蒂安·采德里茨（1790—1862）的诗改写的。诗的主题与法国政府把拿破仑的尸骨由圣赫勒拿岛搬回巴黎一事有关。

76　女 邻

看来我已盼不到自由，
狱中的生活度日如年；
铁窗高踞在地面之上，
而且有看守待在门边！

假如没有可爱的女邻，
我真愿意死在牢笼里！……
今天我们拂晓醒来，
我向她微微点头致意。

分开并连接我们的是囚禁，
使我们认识的是相同的命运，
同一个愿望和双层的铁窗
让我们彼此心连着心；

清晨我一坐到窗前，
便任贪婪的目光流连……
对面的小窗哗的一响，
蓦然卷起了它的窗帘。

这调皮的女孩望了我一眼！
她把头靠在纤细的手上，
仿佛拂过一阵轻风后，
一条头巾滑下她肩膀。

她柔嫩的胸脯十分苍白，
她独坐叹息，很久很久，
显然她心怀不羁的念头，
也像我时刻在怀恋自由。

别发愁呀，亲爱的女邻……
只要敢想，牢笼能打开，
我们定会像神鸟一样，
双双飞向广阔的野外。

从你父亲那里偷把钥匙，
你再让看守们吃顿美餐，
至于守门的那个家伙，
我一定想法亲自来干。

只是你要选个漆黑的夜，
给你父亲足足地灌饱酒，
为了让我好知道这件事，
再请把头巾挂在窗口。

1840 年

（顾蕴璞 译）

【题解】

这里所写的是莱蒙托夫因与巴兰特决斗而被囚居的监狱的监狱长的女儿，一个厌倦于室内窄小天地的姑娘。诗人和她未通一言，但对自由的共同向往使他们心心相印，默默相爱。此诗较《囚邻》对抒情主人公的内心抒发更为细腻，语言也更接近于人民。《女邻》已成为民歌，十月革命前革命者在狱中常唱此歌。

77　被囚的武士

我独自默默地坐在监房小窗下；
从这里可以望得见蓝色的天空：
天空中自由的鸟儿不停地飞翔；
我望着，感到无限的惭愧和悲痛。

在我的口中既没有罪恶的祈祷，
也没有赞美着可爱女郎的歌声：
我只是回忆着那支沉重的宝剑、
钢铁的铠甲，还有那往日的战争。

而今石头的头盔紧压在我头顶，
身上又紧裹着一副石头的铠甲，
我抵挡刀箭的盾牌也已着了魔，
我的战马在奔跑，没有人去管它。

迅逝的时间——就是我忠诚的战马，
头盔的面罩——就是这牢狱的囚笼，
石头的盔甲——就是这高高的四壁，
而我的盾牌——就是这监房的铁门。

飞逝的时间啊，愿你飞得再快点！
这身新的甲胄已使我承受不了！
我到达时，死神将替我扶住马镫；

我跨下了马，把脸上的面罩摘掉。

1840 年

（余振 译）

【题解】

这也是因为与巴兰特决斗被捕后在狱中写的，这是莱蒙托夫“监狱组诗”中的最后一篇。

莱蒙托夫一八四〇年编《莱蒙托夫诗集》时，这一篇全部被检查官删去，不许编入。

78　因为什么

我忧伤，因为我在真心把你爱，
我也知道：流言的诡谲的迫害
不会饶过你花朵般盛开的青春。
为每个晴朗的日子、甜美的一瞬
你将向命运付出眼泪与哀愁。
我忧伤……因为你没有感到烦忧。

1840 年

（余振　译）

【题解】

这篇诗大约是写给玛·阿·谢尔巴托娃的。

六音步抑扬格——aa、bb、cc（第三音步后有停顿，所以也是属于亚历山大诗体）。译文每行五顿，前两行和后两行每行十二字（原文是十二个音节），中间两行每行十三个字（原文是十三个音节）。韵式按照原文的韵式，偶韵。

79 谢

我感谢你，为了一切的一切：
为了激情带来的内心的痛楚，
为了辛酸的眼泪和含毒的热吻，
为了朋友的中伤和敌人的报复；
为了在荒原耗掉的心灵的烈焰，
为了平生曾经欺骗我的一切……
但求你这样来安排我的命运，
让我今后对你没几天再可谢。

1840 年

（顾蕴璞 译）

【题解】

和长诗《恶魔》一样，此诗也是表现渎神的主题，但与《恶魔》采用的离经叛道方式不同，此诗用了衷心“感谢”的讽刺手段，表现了与《恶魔》同样的视上帝为人间不幸之源的思想。原诗中用“你”时未用大写，检查机关误认为是写给朋友的而予以通过，殊不知此诗醉翁之意不在酒，而在抨击人间的上帝——沙皇专制制度。

80　译歌德诗

高高的峻峭的山峰
沉睡在夜的昏暗中;
幽暗的沉静的峡谷
充满了清新的浓雾;
大道上是清净无尘,
树叶是这般的寂静……
请你等一等不要急吧,
你也该来休息休息。

1840 年

(余振 译)

【题解】

这篇诗是歌德《流浪者之夜歌》一诗的意译。莱蒙托夫译文中的主体和形象整个体系跟歌德原诗完全不同,歌德只是描写逐渐沉沉入睡的自然景象,人也应该走入梦境,莱蒙托夫的译文却是许诺着解脱人间的苦难而得到永恒的休息。俄文译文照德文原文译过来的只有第一行和最后两行,其余都是完全的意译。德文原文用的是重音诗体,俄文译文改为三音步的扬抑格。中文译文每行基本上三顿,八个字,韵式改用偶韵。

81　云

天空的行云啊，永恒的流浪者！
你们，逐放的流囚，正同我一样，
经过碧色的草原、像联珠似的，
由可爱的北国匆匆奔向南方。

是谁在迫害你们：命运的决定？
隐秘的嫉妒？还是公然的毁谤？
苦磨着你们的是自己的罪行，
还是朋友们狠毒的恶意中伤？

不是，荒凉的田野使你们烦腻……
你们不知道什么痛苦和怅惘；
你们是永远冷漠、永远自由的，
你们没有祖国，也不会有逐放。

1840 年

（余振　译）

【题解】

这篇诗是诗人在第二次流放高加索时动身前写的。符拉基米尔·亚历山德罗维奇·梭罗古勃在回忆录中写道："朋友们在卡拉姆辛家里聚会，给年轻的朋友（指莱蒙托夫——译者）送行，这时，诗人站在窗前，望着夏园和涅瓦河上空的行云，有感于好友们对自己的关怀和真挚的友爱，写了《天空的行云啊，永恒的流浪者！》这篇诗。索菲亚·卡拉姆辛娜和另外几位来客把诗人围起来,要求他把刚写下的诗给朗诵一遍。他用他那富于表情的忧郁的目光把大家望了一望,便朗诵下去。当他朗诵完毕时眼泪已经盈眶了……”

82 遗 言

老兄啊，我真想跟你
单独地叙上一叙，
人说在这个世上，
我已经活不久长；
你很快就要回家；
你可别……唉，算了吧！
说实在的，对我的命运，
谁也不会来操心。

假如有人要问……
不管他是什么人，
告诉他我受了伤，
子弹打穿我胸膛；
说我已为沙皇献身，
我们的医生可不行，
说我要向故里
请你代致敬意。

你未必能再见到
我的父亲和母亲……
说真的，我得承认，
我不忍叫他们伤心，
他们俩如有谁还活着，
告诉他我懒得写信，

我们的队伍已出征，
叫他们别把我苦等。

邻居有个姑娘……
想起来，我和她俩
一别多年了！她不会
问起我……反正都一样，
告诉她全部真情，
别顾惜她那空虚的心；
就让她哭一场去吧……
这对她没什么要紧！

1840 年

（顾蕴璞 译）

【题解】

这是莱蒙托夫抒情诗的典范作品之一。一个行将离开人世的亚美尼亚下级军官，对着自己的战友诉说了临终前的遗言。在这个普通人身上民族性格的特征清晰可辨。他爱国，爱家乡，忠于职守，但为姑娘的负心所折磨。心灵空虚的姑娘的形象，在这里具有象征意义，综合地反映了世态炎凉、人情冷暖和重利轻义等社会弊端，预示着幸福的幻灭。此诗表明诗人的风格已由典雅向质朴转变，使抒情主人公的思想容量显著增大。语言平易如散文，但意境高远，具有浓郁的诗情，“是对生活及其一切迷惑的一曲挽歌”（别林斯基语）。

83 申 辩

当你的朋友留给人间的
并不是什么光荣的称谓，
他所留下的仅仅是一些
关于热情的迷惘的回忆——

当热血曾经在那里沸腾、
爱情曾经怨恨地疯狂地
徒然搏斗过的那一颗心
将在黄土中无声地安息——

当你在公众的裁判面前
默默无言地低垂下头颅，
而你的那样纯真的爱情
也将要变成了你的耻辱——

他虽然曾用热情和罪过
玷污了你那青春的时期，
我恳求：那时候请你不要
用刻薄的话去祝他安息。

在人群裁判前请你说明：
能裁判我们的只有上帝，
你已用自己的一切痛苦

换到了宽宥的神圣权利。

1841年

（余振 译）

【题解】

这篇诗是早年写的《情歌——献给И……》(1831)和爱情剧《奇怪的人》第十二场中的诗《当你的朋友留给人间的》(1831)两篇诗的改写。有人认为,这里写的是瓦·亚·洛普辛娜,不大可靠。因为诗人同瓦·亚·洛普辛娜没有这么深的交情。这篇诗既是上述两诗的改写,而上述两诗写的是纳·费·伊万诺娃,这里当然也是伊万诺娃了。

但是同上述两诗比起来,《申辩》更加深了主人公的恶魔精神。他的内心世界染上了"崇高的恶"的色彩。这是晚期诗作中抒情主人公与早期作品中抒情主人公不同的地方。

84 祖国

我爱祖国,但却用的是奇异的爱情!
连我的理智也不能把它制胜。
无论是鲜血换来的光荣、
无论是充满了高傲的虔信的宁静、
无论是那远古时代的神圣的传言,
都不能激起我心中的慰藉的幻梦。

但是我爱——自己不知道为什么——
它那草原上凄清冷漠的沉静、
它那随风晃动的无尽的森林、
它那大海似的汹涌的河水的奔腾;
我爱乘着车奔上那村落间的小路,
用缓慢的目光透过那苍茫的夜色,
惦念着自己夜间住宿之处,迎接着
道路两旁荒村中点点颤抖的灯火;
我爱那野火冒起的轻烟、
草原上过夜的大队车马、
苍黄的田野中小山头上
那一对闪着微光的白桦。
我怀着人所不知的快乐
望着堆满谷物的打谷场、
覆盖着稻草的农家草房、
镶嵌着浮雕窗板的小窗;
而在有露水的节日夜晚

在那醉酒的农人笑谈中，
观看那伴着口哨的舞蹈，
我可以直看到夜半更深。

1841 年

（余振 译）

【题解】

这是俄国十九世纪抒情诗中最著名的诗篇之一。这篇诗在《祖国纪事》一八四一年第四号上发表时，题目是“Родина”，原稿中是“Отчизна”（两词均作“祖国”解）。斯拉夫派诗人阿列克塞·斯捷潘诺维奇·霍米亚科夫曾于一八三九年发表过一篇题为“Отчизна”的诗，他认为俄罗斯的伟大在于俄罗斯人民的“温顺”和对正教的虔信。莱蒙托夫的这篇题目原来也是“Отчизна”，诗中针锋相对地提出了他对祖国的“奇异的爱情”。当然，在这篇论战性的诗篇中，论战对象还有其他持不正确论点的人，不过主要是霍米亚科夫。杜勃罗留波夫认为莱蒙托夫“真实地、神圣地、理智地理解对祖国的爱”。别林斯基认为这篇诗是“一篇最好的普希金式的诗”。

85　死者之恋

纵令我已被冰凉的湿土
　　埋入了黄泉，
情侣，我的心到处和你的
　　永远地相连。
身在这平静与忘怀之国，
　　我这墓中人，
依然没有从心里忘却
　　热恋的熬煎。

我毅然在痛苦的最后一瞬，
　　辞别了人寰，
此后期望别离的慰藉——
　　别离成空愿，
我看见缥缈仙子的美色，
　　但惆怅不已，
因为我在天使们的面庞中
　　难把你认辨。

我并不稀罕辉煌的神力、
　　圣洁的天国，
来这里我随身携带许多
　　尘世的情感。
在天国我无处不在怀想
　　我的意中人；

我仍在希望、哭泣、嫉妒，
　　如往昔一般。

只消另一个人的鼻息，
　　触及你脸庞，
我的心便在无言的痛苦中，
　　剧烈地抖颤，
只要你在梦中喃喃地谈及
　　自己的新欢，
你说出的话儿便会似火焰
　　烧灼我心田。

你不应当再去爱别的人，
　　不，真不应当，
神意早判定你同死者
　　要婚配成双，
唉，你的惧怕、你的祈祷
　　有什么用场！
你可知道，平静与忘怀
　　并非我所想！

1841 年

（顾蕴璞 译）

【题解】

此诗是莱蒙托夫给巴尔金涅娃的纪念册的题诗。诗中表现了生与死以及爱情的主题。死者葬身于黄泉，但仍摆脱不了炽烈的爱情的熬煎，说明尘世的悲欢不能一死了之。这不仅展示了抒情主人公生的欲望的强烈，他对爱情的忠贞，而且反映出作者虽痛恨黑暗现实但并无出世的消极思想。莱蒙托夫在晚期不少抒情诗（如《梦》《我独自一人出门启程》）中梦魂所到之处无一没有人间烟火。

86

在荒凉的北国有一棵青松，
　　孤寂地兀立在光裸的峰顶，
它披着袈裟般的松软白雪，
　　摇摇晃晃渐渐地进入梦境。

它总是梦见：在辽远的荒原，
　　在那太阳升起的地方，
有一棵美丽的棕榈树，
　　在愁苦的崖上独自忧伤。

1841 年

（顾蕴璞 译）

【题解】

这是莱蒙托夫对歌德抒情诗《一棵松树孤零零》的意译，他在第二次修改后离原诗更远，变成纯粹的创作。歌德的主题是恋人的离别，莱蒙托夫的主题则是人与人之间的隔膜。大雪压身的松树与阳光朗照的棕榈虽然天各一方，素昧平生，却同样孤独而忧伤。在德文中松树（语法属阳性）和棕榈（语法属阴性）之间的区别在莱蒙托夫诗（俄语）中已失去性别的象征意义。

87　最后的新居

当着法兰西欢迎在苦闷的放逐中
戴着沉重的锁链、怀着无言的烦忧、
早已死去的那个人的寒冷的尸骨，
　　　　而欢欣鼓噪狂呼的时候；
　　当着全世界用那恳切的赞美
来结束这为时已晚的悔恨和愧疚，
而那一帮沾沾自喜的狂妄的人群
　　　　傲然地忘掉过去的时候——
我给了愤慨与感触以翱翔的自由，
看清楚了这些热烈的眷顾的虚假，
不自禁地想要对这伟大的人民说：
　　　　这可怜而无聊的人们啊！
你们真可怜，因为信仰、光荣和天才，
一切，人间所有伟大的、神圣的一切，
你们带着无知、怀疑的愚蠢的嘲笑
　　　　都任意践踏和加以轻蔑。
你们拿光荣做成了那伪善的玩具，
　　拿自由做就刑吏手中的刀斧，
你们把祖先们的一切神圣的信仰
　　　　举起刀斧，砍得影踪全无——
你们将要灭亡……他目光炯炯地到来，
　　神圣的手指引导着胜利前进，
而全人类的公断都认为他是领袖，
　　　　你们的生命集于他一身——

你们在他的荫庇之下又坚强起来，
而战栗的世界都在无言之中凝视
他给你们身上披挂起来的那一袭
　　光荣强盛的奇异的法衣。
他，白发的亲兵的父亲，荣誉的爱子，
孑然一身，始终不渝而冷漠地走遍
那埃及的荒漠，恭顺的维也纳城下，
　　火光冲天的莫斯科雪原。

而你们，请告诉我，这时在干些什么，
当他在远方将高傲地死去的时候？
你们却在摇撼着英明无上的权力，
　　暗中磨砺着你们的匕首！
你们在拼死挣扎的最后的战斗中，
惊慌失措时也不认识自己的耻辱，
　你们像薄情的女子，背叛了他，
　你们出卖了他，连奴才都不如！
　他摘下破碎的冠冕，亲手摔掉，
被夺去公民的权利和公民的身份，
他把亲生的儿子①留给你们做人质——
　　你们却把他交给了敌人！
那时从哀哭的亲兵那里带走英雄，
沉重的耻辱的锁链把他折磨致死，
在异域的悬崖上、在碧色的大海中，
　　他为人忘却，孤寂地消逝——
　他孤寂地困惫于无用的复仇，
　困惫于无言而又高傲的哀伤，

---

① 指拿破仑和玛丽雅·露易莎的唯一的儿子——拿破仑二世（1811—1832）。拿破仑失败后，他的儿子被送到奥地利，最后死在那里，死时才二十一岁。

像列兵似的，穿着自己的行军外套
　　　　被漠不关心的手所埋葬……

*　　　*　　　*

但岁月逝去了，轻狂的子孙们叫道：
“给我们这神圣的尸骨！他是我们的；
　　现在要把伟大的田亩的种子
　　埋在他所拯救出来的围墙里！”
他回到自己的祖国；人们便疯狂地，
还像往日一般，在他周围熙攘奔突，
　　而在喧嚷的首都，把他的残骸
　　　　安葬进那座壮丽的陵墓。
他们最后的希望终于胜利实现了！
人群，曾在他面前战栗过的人群啊，
他们那短暂的欢乐犹如昙花一现，
　　　　带着自得的笑容践踏他。

*　　　*　　　*

我不禁悲从中来，当我一想到现在：
　　打破了他周遭的神圣的寂静，
　　多少年来他在自己的荒野里
这般渴望的——正就是这平静与酣梦！
假如领袖的灵魂真的跑来看一看
他的尸骨安卧着的这座新的坟冢，
　　　　当他看见眼前的景象时，
　　　　愤怒将如何在心中沸腾！
他，困惫于悲哀，将要怎样地怀想起
远方的天空下那座暑热的孤岛来，
在那里守卫他的是像他一样坚强、

一样伟大的无边的大海!

1841 年

(余振 译)

【题解】

这篇诗是一八四一年三月至四月间在彼得堡写的。一八四〇年十二月十五日,法国人把拿破仑的尸骸由圣赫勒拿岛搬到巴黎。法国的报纸为这件事举行了盛大的纪念活动,掀起疯狂的叫嚣。莱蒙托夫把他们纪念拿破仑看成简直是对他的侮辱。莱蒙托夫认为拿破仑是一七八九年至一七九三年法国大革命的合法继承者,他是把法国革命从雅各宾党人专政下夺取过来的拯救者,因此,认为法国人出卖了拿破仑,也就是出卖了他们过去的革命,所以他们无权对拿破仑的遗骸说短道长。

莱蒙托夫的手稿及以后出版的诗集、全集中,“他”“他的”“首都”“悬崖”“大海”等直接指拿破仑和与他有关的字,都用大写字母,以示对他的尊崇,现在出版的诗集、选集、全集中不再保留大写字母,译文中也就不用“黑体”了。

88

别了，满目垢污的俄罗斯，
奴隶的国土、老爷的国土，
你们，卖身于权贵的人们，
还有你们，天蓝色的军服。①

或许在高加索山岭那边
我可以避开你们的总督，
避开那无所不闻的耳朵，
避开那无所不见的眼目。

1841 年

（余振 译）

【题解】

一八四一年二月，莱蒙托夫曾请假回到彼得堡，不久突然接到一道紧急命令，限他在二十四小时内离开首都回到流放地。这篇诗就是他动身前写的。这是莱蒙托夫一篇最有力、最大胆的政治诗，反映了他对贵族地主的俄罗斯切齿的憎恨，因此莱蒙托夫去世后几乎半个世纪不能发表。留下四个不同抄稿。

① 指沙皇的宪兵。

89 悬崖

金色的彩云在巨人似的
悬崖的怀抱中歇过一宿；
她一早奔上自己的程途，
快乐地在那蓝天中漫游；

但在悬崖老人的皱纹中
留下一片湿漉漉的痕迹。
他孤独地站着，陷入沉思，
而在荒野中低低地哭泣。

1841年

（余振 译）

【题解】

这篇诗同《云》（1840）一样，是莱蒙托夫晚期的象征性形象的抒情诗，最后离开彼得堡时写在符拉基米尔·费多洛维奇·奥陀耶夫斯基（1803—1869）送他的笔记簿中。莱蒙托夫早期的爱情诗，一般都带有对变节女子的谴责和因主人公的自尊心受到损害而感到惆怅等意味。这里就不同了，悬崖老人虽然“在荒野中低低地哭泣”，但他仍然是“巨人似的悬崖”，他毫无损伤，至多也不过在皱纹中“留下一片湿漉漉的痕迹”。

90 梦

炎热的正午我躺在达格斯坦山谷，
胸膛中了铅弹，已不能动弹，
我的鲜血一滴一滴地流淌着，
深深的伤口上热气还在冒烟。

我独自躺在谷地的沙土之上，
重重的峭壁把我紧围在中央，
太阳炙烤着焦黄的崖顶和我，
但我酣睡着，仿佛死去一样。

我在此刻梦见在我的故乡，
正在举行灯火辉煌的晚宴，
在那披锦戴花的少妇中间，
讲到我时引起了一场欢谈。

但有一位少妇却独自沉思，
她没有参加这次欢快的谈论，
只有天知道是一种什么力量
使她年轻的心沉入忧郁的梦。

她梦见在那达格斯坦谷地，
一具熟悉的尸体横卧地上，
胸前发黑的伤口热气腾腾，

渐渐冷却的鲜血还在流淌。

1841 年

（顾蕴璞 译）

【题解】

这是莱蒙托夫晚期所写带一定情节的抒情诗之一（其他如《遗言》《邻居》《女邻》《囚邻》）。抒情主人公是一个在生死线上挣扎的重伤者，他梦见自己的死，梦中又见到所爱女子的梦，她在梦中也预感到了他的死。这种照镜子式的结构使爱与死的主题在连锁反应中得到独辟蹊径的展现：使读者进入一个由梦与爱、梦与死、死与爱相互交织的扑朔迷离的境界。早期抒情诗中的爱情理想（盼望恋人终生铭记自己）似乎在诗中真正实现，使死的主题跃出通常充满悲剧气氛的窠臼。

91

他们两人彼此相亲相爱，
但谁也不愿向对方表白。

海涅①

他们彼此相爱，那么长久，那么情深，
怀着深深的萦念、疯狂激荡的热情！
但却仇人似的逃避着表白和相会，
他们短短的交谈又是空洞而冰冷。

他们在无言高傲的痛苦中分手了，
有时在梦寐中才见到可爱的形影。
死神来到了：地下有了见面的机缘……
但在新的世界里他们却彼此陌生。

1841年

（余振 译）

【题解】

这篇诗是海涅《诗歌集》中《他们两人彼此相爱，但谁也不愿意向对方表白》一诗的自由翻译。题词就是海涅诗的前两行。莱蒙托夫还留下两个早先的译稿。从两份译稿看来，莱蒙托夫在翻译过程中，离原文越来越远。第三稿已改变了海涅的主题。与海涅以两人的死亡收尾的内容不同，莱蒙托夫把悲剧变成了永恒，与死后“相逢”解决生前无法解决的矛盾的浪漫主义特点相反，莱蒙托夫“译文”

① 原文为德文。

中,死亡只是人间痛苦的永无止境的延续。就内容说,莱蒙托夫的“译文”已成了他自己的创作。

早先译的第一稿如下:

他们彼此相爱,那么情深,
怀着深深的激荡的萦念,
但却仇人似的彼此害怕,
他们的交谈空洞而冰冷。

他们分手了,只是有时候
在梦中相会——但死神很快
找到他们——在天国聚首了,
怎么样?他们却彼此陌生。

第二稿如下:

他们彼此相爱,那么情深,
怀着深深萦念、激烈热情,
但却仇人似的不敢见面,
他们的交谈空洞而冰冷。

他们无言痛苦中分手了,
梦中才见到可爱的芳影。
死神来到了,他们已相会……
怎么样?他们却彼此陌生。

92 塔玛拉

在深深的达里雅尔峡谷
捷列克浓雾中发着吼声，
有座古老的宝塔耸立着，
山上闪着黑沉沉的孤影。

在那高高的逼仄的塔上
住着美丽的女皇塔玛拉：
她像天国的天使般美丽，
又像恶魔般狠毒而狡猾。

在那里透过午夜的浓雾
闪出一点金黄色的灯光，
它射入过往行人的眼中，
引起行人的投宿的思想。

传来塔玛拉讲话的声音：
声音充满了热情与希冀，
其中包含着全能的魔法，
还有着某种莫名的权力。

士兵、商旅和牧人都奔向
这看不见的仙女的声音；
宝塔门在他们面前敞开，
阴郁的太监在门口欢迎。

她在柔软的天鹅绒榻上，
浑身珍珠宝石、锦绣衣裳，
等待自己的嘉宾。酒杯在
她面前发出嗞嗞的声响。

手和手热情地握在一起，
嘴唇和嘴唇紧紧地亲吻，
在那里整整一夜不停地
响着奇怪而粗野的声音。

仿佛成百个热情的男女
聚会到那荒僻的宝塔里
参加夜半中新婚的酒宴，
或是出殡的追荐的典礼。

但是清晨的朝霞刚刚地
把它的光辉投射到山顶，
在那宝塔里主宰一切的
霎时间变成昏暗与沉静。

在达里雅尔峡谷中只有
捷列克轰鸣着打破寂静；
水波追逐着又一个水波，
浪峰紧接着又一个浪峰；

峡谷中波浪呜咽地匆匆
带走了一个无言的尸身；
这时窗子里闪出个人影，
别了！——传出了这样的声音。

临别的语言是这般深情，
声音听起来是这般甜蜜，
仿佛是又已预先约定好
爱情的密约、欢会的幽期。

1841 年

（余振 译）

【题解】

这篇短歌取材于格鲁吉亚民间传说。传说女皇达丽雅住在捷列克河上一个古塔里。她以她的魔力每夜吸引一个旅人去她的塔中，第二天把他杀死，把尸首丢进捷列克河。十九世纪有不少旅游家将此写在他们的游记中。法国领事甘巴就写过一本书。《当代英雄》中曾提到过："翻越十字架山（或者像有学问的甘巴那样把它叫作圣克里斯托山）不会辜负你们的好奇心。"但是还有一个传说，女皇叫塔玛拉。这个传说，就成为这篇短歌的故事情节。

93　叶

一片橡树叶离开了它的亲密的枝头,
为无情的风暴所追逐,飞向旷野荒丘;
它受尽寒暑困苦的摧残而枯萎凋零,
就这样地终于辗转漂泊到黑海之滨。

黑海岸上长着棵年轻的繁茂的白杨;
微风在抚摩着绿枝,正同它倾诉衷肠;
几只极乐鸟在碧绿的枝上来回晃动;
它们正在歌唱着这海上女皇的光荣。

漂泊者紧紧贴在高高的白杨树根旁;
它怀着深深的悲哀恳乞暂时的寄藏,
它这样地说:“我是一片可怜的橡树叶,
我未老先衰,我生长在那寒冷的原野。

“我独自茫然地在这世界上漂泊已久,
我凋残了,没有梦也没有安息的时候。
请你把这异乡客收留在你的绿叶间,
我知道不少稀奇的绝妙的故事美谈。”

“我要你有什么用?”年轻的白杨对它讲,
“你又脏又黄——怎能配我那鲜丽的儿郎?
你多闻多见——但我要你的故事干什么?
极乐鸟的聒噪早已折磨够我的耳朵。

"走你的路吧;啊,漂泊者!我不认识你呀!
太阳爱我,我为它而生长,为它而开花;
在这里我把我那树枝向着天空高伸,
而那寒冽的海水在冲洗着我的树根。"

1841年

(余振 译)

【题解】

"被无情的风暴所追逐"的"树叶"的形象,在十八世纪末、十九世纪前半期俄国文学和欧洲文学中,广泛地作为政治"放逐者"的象征而出现。

莱蒙托夫早期诗篇中的主人公,"虽受人鄙弃,却傲然不屈,/我将这样结束我的一生"。(《这一天将会到来——我被人世宣判了》,1831)现在怎么"紧贴在高高的白杨树根旁","恳乞暂时的寄藏"?这是一个"场面设计",用这个"场面设计"说明"树叶"又脏又黄,"离开了它亲密的枝头"(生活和生活的根源),毫无出路。所以,在这里"树叶"不仅指"放逐者",而是指包括"放逐者"在内的"漂泊者"(诗中用了两次"漂泊者"这个字眼),这种离开生活、"未老先衰",一事无成,漂泊在世界上的一代的人,是没有前途的,跟政论性的诗篇《沉思》中所讲的是一个意思。

94

一

我独自一人出门启程，
夜雾中闪烁着嶙峋的石路；
夜深了。荒原聆听着上帝，
星星们也彼此把情怀低诉。

二

天空是如此壮观和奇美，
大地在蓝光幽幽中沉睡……
我怎么这样伤心和难过？
是有所期待，或有所追悔？

三

对人生我已经无所期待，
对往事我没有什么追悔；
我在寻求自由和安宁啊！
我真愿忘怀一切地安睡！

四

但我不愿做墓中的寒梦……
我是想永远这样地安息：
让生命仅仅在胸中打盹，
让胸膛起伏，微微呼吸；

五

让醉人的歌声娱悦我耳朵，
日日夜夜为我唱爱情的歌，
让那茂密的橡树长绿不败，
俯下身躯对着我低声诉说。

1841 年

（顾蕴璞 译）

【题解】

这是莱蒙托夫最后所写诗篇之一，是他对主题进行多次探索的抒情性总结。别林斯基认为此诗的“一切都是莱蒙托夫的”。诗人在这里深化了宁静的主题，他把原先视为精神空虚的象征的荒原当作和宇宙幽会的地点，从而使人间的景物带有宇宙的色彩，烘托出一个似在人间，似在天国的朦胧境界。与早期抒情诗中使宁静与自由互不相容的情形相反，在此诗中两者并行不悖。对于诗中的“宁静”，评论者众说纷纭：有的认为是“积极的宁静”，“与整个生活相合拍”，有的则认为是“昏昏欲睡，万念皆空”，“融化在宇宙的恬淡之中”。对此诗在音乐性方面所达到的成就，评论界则是一致肯定的，甚至认为为俄罗斯抒情诗中所罕见。

95 海上公主

皇太子正在大海上洗马；
他听见："皇子！快看看我呀！"

马喷着鼻息，竖起了耳朵，
又向前走去，踢开了碧波。

他听见："我正是海上公主！
愿不愿同我把春宵共度？"

这时一只手从水中伸出，
把马笼头上的丝缨拉住。

接着钻出了年轻的头来；
一棵海草在辫发上簪戴。

蓝色的眼睛燃烧着爱情；
颈上水滴如珍珠般晶莹。

皇子想："好极了！等一等哪！"
他顺手抓住了她的头发。

有力的果敢的手抓住她：
她哭泣、她哀告、她又挣扎。

武士勇敢地泅到了海岸；
上了岸；大声地呼唤伙伴。

“勇敢的弟兄们，你们来呀！
看我的捕获物怎样挣扎……

“怎么都站着，吓成了那样？
没见过这样美丽的女郎？”

皇子回过头向后边一看：
哎哟！怔住了自己的两眼。

他看见，金色的沙上躺着
一个长着绿尾巴的海魔；

尾巴上被着长蛇的鳞片，
呆呆地颤抖着缩作一团；

头顶上涔涔地流着大汗，
两眼中蒙了层死的昏暗。

苍白的两手紧抓着细沙；
嘴里头不停地低声咒骂……

皇子跨上马沉思地走去。
永远忘不了海王的娇女！

1841年

（余振 译）

【题解】

这是根据当时有关美人鱼的民间故事写下的。跟普希金《西斯拉人之歌》中的《雅内什王子》更接近。不过,普希金诗中的女主人公是海上的女皇,莱蒙托夫诗中的是海上公主。

96

一

不，我如此热恋的并不是你，
你的芳姿对我啊失却了魅力；
在你身上我爱那往昔的惆怅，
和那早已消逝了的青春时期。

二

有时当我看着你的面庞，
盯着你的双眸久久地凝望，
此刻我在进行神秘的交谈，
然而并不是对你倾诉衷肠。

三

我在和年轻时的女友畅叙情怀，
在你的面颊上寻找另一副面颊，
在健谈的嘴上寻觅沉默了的嘴，
在眼里探寻明眸熄灭了的火花。

1841 年

（顾蕴璞 译）

【题解】

此诗是莱蒙托夫献给他的远亲贝霍维茨的。她长得有点像洛普辛娜。这首诗和一般的爱情诗不同,是借题发挥,而不是对诉情怀,是旧情难忘,而不是见异思迁,是恋者非所爱,所爱非所恋,而不是男欢女爱,美满无比。这是回荡在莱蒙托夫爱情诗中的怀疑与否定的主旋律。

97　悬崖上的十字架

我在高加索峡谷中望见一座悬崖，
只有草原上的苍鹰才能向它飞上，
有个木头十字架在上边现出黑影，
它已腐朽，风雨吹打得斜歪在一旁。

自从人们把它竖立在辽远的山头，
好多年代逝去了，不留一点点遗痕。
它的每只手都朝着天空高高擎起，
它仿佛一心想要捕捉天上的行云。

啊，假如是我能够攀登上那个地方，
我该怎样地祈祷，怎样地痛哭流涕；
上去之后，我可以扔掉人生的锁链，
我要同狂风暴雨结成嫡亲的兄弟！

写作年代不详
（余振 译）

【题解】

这篇诗的原稿没有保存下来。在符拉基米尔·哈尔兰彼叶维奇·何赫里雅可夫（1828—1916）的抄稿中题下有“M-lleSbuchkoff ”字样。巴·亚·威斯科瓦托夫认为，诗稿的同一页上还有另一篇写给女诗人欧·彼·苏什科娃（洛斯托普钦娜公爵夫人）的诗，所以这一篇也可能是写给她的。

98 先 知

自从永恒的法官给了我
先知的无所不晓的本领，
我便能从人们的眼神里，
发现写满的仇恨和恶行。

正当我开始宣布我那套
爱和真实的纯正学理，
我的亲友都很疯狂地
用石块向我乱掷一气。

我怀着极其悲哀的心情，
像个乞丐逃出了城市，
如今我已生活在荒野里，
好似禽鸟靠神餐布施。

此地的生灵对我很恭顺，
它们仍遵循上帝的遗训；
星星都在聆听我的话，
快乐地拨弄着光的波纹。

然而当我仓皇失措地
穿过那个嘈杂的城市，
老人们带着庄重的笑容，
对着孩子们如此训斥：

“你们看:这就是前车之鉴!
他过去骄傲,跟我们不合群!
他真蠢,竟想要我们相信:
上帝通过他传自己的声音。

“孩子们,看看他的下场吧:
他多么消瘦、苍白和阴郁!
看他赤身裸体,一贫如洗,
大家又是怎样瞧他不起!”

1841 年

(顾蕴璞 译)

【题解】

这是莱蒙托夫所写的最后一首诗。诗人在诗中继承并发扬了普希金和十二月党人“先知”的主题。普希金的抒情诗《先知》确认了诗歌的伟大使命和诗人的巨大作用,莱蒙托夫的《先知》则指出一个可悲的事实:有着“先知”的无所不知和无所不晓的本领的俄国诗人反遭到了世人的冷遇。

99

从那神秘而冷漠的半截面具下，
向我传来你欢快如幻想的声音，
你那迷人的眼睛朝我频送秋波，
你那狡狯的芳唇对我轻笑传情。

透过淡淡的轻烟我无意中看见：
你那童贞的双颊和白皙的脖颈。
多走运！还看见一绺调皮的柔丝，
它散离了自己嫡亲的发髻的波纹！……

此刻我便在自己的想象之中，
以轻淡的轮廓勾画我的美人；
从此以后我便在自己的心里，
珍藏、抚爱有灵无肉的幻影。

我总觉得，在那逝去的岁月里，
我似听过这娓娓动听的言谈；
有人还悄悄对我说：这次会面后，
我们将如故友重逢再次相见。

写作年代不详

（顾蕴璞 译）

【题解】

这是诗人晚期典型的内心抒情诗之一。与他早期的爱情诗不同,不是恋新,而是怀旧,不是向女性直抒胸臆,而是塑造女子的艺术形象。诗中用了对比的手法,抚今追昔,重温早已逝去的罗曼史。“冷漠的半截面具”一语双关,除描绘外,兼有隔膜和不协调的象征意义。诗人在心中珍藏的幻影指的是他过去的女友洛普辛娜(见“不,我如此热恋的并不是你”)。诗人歌颂了心灵的纯洁和美,抑贬了搔首弄姿的美人空虚的灵魂。

100

我的孩子，你别哭，别哭，
他不值得你过分地伤心，
你信吧，他追求你纯属儿戏！
你信吧，他爱你是出于苦闷！
难道在我们的格鲁吉亚，
英俊的小伙子就如此稀少？
他们那乌黑的眼睛更明亮，
他们的黑胡子翘得更美妙！

命运把他从遥远的异邦，
突然带到了我们的家乡，
他追求荣誉，寻找沙场——
他与你有什么共同志向？
他曾经给过你一些钱财，
发誓说一辈子对你不变心，
他对你的温存很是喜欢——
可你的眼泪难打动他的心！

写作年代不详

（顾蕴璞 译）

【题解】

诗中通过抒情女主人公哄孩子的喃喃自语，刻画了一个心灵空虚的薄情的丈夫的形象。内容上与长诗《恶魔》中恶魔的第一次独白有所联系，女主人公的命运和《当代英雄》中的贝拉的命运有相似之处。别林斯基把此诗归入莱蒙托夫最优秀的诗作之列。

长　　诗

余振　顾蕴璞 译

沙皇伊凡·瓦西里耶维奇[1],年轻的近卫士和骁勇的商人卡拉希尼科夫之歌

啊,万岁沙皇伊凡·瓦西里耶维奇!
我们已把我们的一首赞歌写出,
唱一唱你和你那个宠爱的卫士,
还有骁勇的商人卡拉希尼科夫;
我们谱写它用的是古老的格调,
我们歌唱它是用古斯里琴伴和,
我们讲得哀哀切切,又俏皮幽默。
东正教的信民们听得十分快乐,
贵族马特威·罗莫丹诺夫斯基,
给我们斟上了泡沫翻腾的蜜酒,
他那面孔白嫩的贵族夫人,
用个白银制的托盘递过来
一条崭新的刺绣的丝巾。
他们款待了我们三夜又三天,
他们听呀,听呀,总也听不厌。

一

不是红红的太阳在空中辉煌,
不是蓝蓝的云朵在赏玩着阳光;
那是威严的沙皇伊凡·瓦西里耶维奇

① 即伊凡四世(1530—1584),通称伊凡雷帝,1547 年起为俄国沙皇。

头戴金冠在餐桌前把佳肴品尝。
在他身后站着几个侍膳太监，
在他对面坐着列位王公和大臣，
在他两侧排满了他的各个卫士；
沙皇为了显扬那圣主的威名，
也为了自己取乐而设宴畅饮。

于是沙皇微笑着吩咐左右，
把那远洋运来的琼浆美酒，
斟进自己的镀金的长酒勺，
然后把它送近卫士们的口，
大家喝着,赞美皇恩的深厚。

他们这些卫士中只有一人，
英勇的武士,剽悍的好汉，
没把胡须在金勺里沾一沾；
他那忧郁的目光盯着地面，
他把头垂到宽阔的胸膛上，
在他胸中装着难排的欲念。

这时沙皇把乌黑的双眉皱起，
把他那锐利的目光向他投注，
仿佛一只鹞鹰从高空之上，
望见一只灰翅的小鸽在飞舞，
然而年轻的武士仍没有抬眼。
这时沙皇用手杖戳一下地板，
他用手杖上铁铸的尖头，
把橡木地板凿出两寸深的口，
到了此刻年轻武士仍没震惊，
于是沙皇说出了严厉的话，

此时这位好汉才如梦方醒。

“喂,忠实的奴仆,基里别耶维奇,
莫非你心中起了造孽的邪念?
莫非你已嫉妒起我们的荣耀?
莫非你对耿耿忠心感到厌倦?
月亮升起来,星星乐开怀:
能在云端的清光里徘徊;
哪一颗心若往乌云里藏躲,
它便飞快地向着地面陨落……
基里别耶维奇,你过于放肆,
竟然对皇家的欢宴如此厌恶;
你可是出自斯库拉托夫①家族,
在马留金②家里才长大成熟!……”

基里别耶维奇施礼弯下腰,
对威严的沙皇这样回答道:
我们的国君伊凡·瓦西里耶维奇!
你可不要斥责你这不肖的奴仆:
美酒也浇不灭我这火辣辣的心愁,
欢宴也没法把痛苦的思念驱除!
我冒犯了你,按圣意处置我吧:
可以绞死我,可以砍我的脑袋,
它压着壮士肩膀成了累赘,
它自己就想进潮湿的黄土掩埋。

于是伊凡·瓦西里耶维奇对他说:
“年轻的壮士,你到底在愁什么?

---

①② 为同一人,马留金·斯库拉托夫(? —1572),伊凡雷帝的近卫军将军。

莫非是你那锦缎外套已经穿破？
莫非是那黑貂皮帽已满是皱褶？
莫非是你的俸金已经花个精光？
也许是你那锋利的军刀崩了口？
也许是你骏马打歪了掌不好走？
也许是商人的儿子在莫斯科河畔
一次拳斗中打倒你让你丢了丑？

摇了一摇满头鬈曲的柔发，
基里别耶维奇便这样回答：

“无论是贵族之家，或是商贾门庭，
还没降生出一个降得住我的人；
我骑坐的草原骏马奔跑得很欢，
锋利的军刀就好像玻璃般晶莹；
而在喜庆的日子里蒙你的洪恩，
我盛装打扮并不比别人差几分。
每当我跨上我那剽悍的骏马，
一溜烟地往莫斯科河对岸飞跑，
身上我用绸缎腰带扎着腰，
头上歪戴着一顶天鹅绒的
两边镶着乌黑貂皮的暖帽——
在两旁那些木板房的门旁，
总有不少美丽的少女和少妇
在交头接耳地把我啧啧赞赏；
只有一人不打量、不羡慕我，
在条纹头纱下面把自己掩藏……
在祖国母亲神圣的俄罗斯，
无处去寻找如此美丽的女郎：
她走路轻盈，宛如小天鹅，

她顾盼多情,仿佛像乳鸽;
她开口说话,似夜莺歌唱,
她那红脸蛋是那样的鲜艳,
犹如朝霞在天空放射光芒;
她那镀了金似的棕黄发辫,
用两条绚丽的缎带编扎,
弯弯曲曲地顺肩膀垂下,
像在亲她那洁白的胸脯。
她出生在一个商人之家,
名叫阿莲娜·德米特里耶芙娜。

“我一看见她,就心猿意马:
有力的臂膀直往下耷拉,
炯炯的目光变得阴凄暗淡,
东正教的沙皇啊,我独自
在尘世度日好不心烦意乱。
飞快的骏马我不觉得新鲜,
锦绣的盛装已经使我生厌,
我也不想要那些金银财宝:
如今我同谁去分享这财产?
我又向谁显美自己的骁勇?
我又向谁把戎装炫耀一番?
请放我到伏尔加河畔草原,
去过一过哥萨克的自由生活,
让我在那异教徒的刀枪下,
抛下我的这颗强悍的头颅;
让那凶恶的鞑靼人去分享
这上好的骏马、锋利的马刀,
还有契尔克斯征战的马鞍。
让老鸢啄掉我这双泪眼吧,

让冷雨洗刷我这伶仃骸骨，
让我这堆无人收殓的残骸
随着劲风吹散失落到各处！……”
伊凡·瓦西里耶维奇笑笑说：
“你听我说，我忠实的奴仆，
我设法解除你的不幸和痛苦。
你把我的红宝石戒指拿去，
你把我的珍珠项链也拿去。
你先向那乖巧的媒婆施个礼，
再请她把你这珍贵的礼品
送给阿莲娜·德米特里耶芙娜：
要是把你看上，马上就庆婚，
如果看不上你，也不要气愤。”

啊，万岁沙皇伊凡·瓦西里耶维奇！
你的狡猾的奴仆蒙骗了你，
他没有对你说出其中实情，
他没有告诉你，这个美人
已经在天主的教堂里完婚，
依照我们基督教的教规，
行过婚礼嫁给年轻的商人……

哎，小伙子，唱吧，先定好琴弦！
哎，小伙子，喝吧，别灌得烂醉！
可得让善良的贵族老爷乐一下子，
也让面孔白嫩的贵夫人得点快慰！

二

在柜台旁坐着一个年轻的商人，

体态端正的斯捷潘·巴拉莫诺维奇，
他家姓的是卡拉希尼科夫，
把各种丝绸的货物都摆到货柜里。
他用和颜悦色把顾客招徕，
无数的金币银币源源而来。
可这天碰上了倒霉的日子：
阔绰的贵人们走过他门前，
往店铺里连看都不看一眼。
圣洁的教堂里已鸣钟晚祷，
晚霞在克里姆林宫后燃烧；
乌云从各处突然聚到天顶，
是暴风雪呼啸着驱赶它们；
宽阔的市场上已人去地空。
斯捷潘·巴拉莫诺维奇关了店，
用德国弹簧锁锁了橡木大门；
他用一根铁链拴住了
那只龇着尖牙的恶狗，
于是回家去看年轻的主妇，
深思地往莫斯科河对岸走。
可刚走到自己高大的住宅门前，
斯捷潘·巴拉莫诺维奇心里纳闷：
他那年轻的妻子没有出门相迎，
橡木桌还没用白桌布铺盖，
圣像前的烛光也没精打采。
他便呼唤起年迈的女仆：
“叶列梅叶芙娜，你快告诉我，
阿莲娜·德米特里耶芙娜
这么晚到底上哪儿去啦？
我的宝贝孩子们又怎么啦——
兴许他们跑累了，玩累了，

已经早早上床去休息了吧?”

“我的主人斯捷潘·巴拉莫诺维奇!
我告诉你一件离奇古怪的事:
阿莲娜·德米特里耶芙娜做晚祷去了;
可是牧师和年轻的太太走过回家去了,
他们已掌上了灯,坐下来用晚饭——
可是已经到这时候你的女当家的
竟还没有从教堂里往回转。
至于说你的那些小宝宝嘛,
他们没躺下睡觉,也没出去玩耍,
老是哭哭啼啼的,拿他们没办法。”

年轻的商人卡拉希尼科夫
顿时变得十分忧虑和惶惑;
他站到窗前,向外探望,
外边是一派深沉的夜色;
白雪纷飞,铺天盖地,
把行人留下的足迹淹没。

他听得廊下砰的一声关了门,
接着又听见急匆匆的脚步声;
他转身一看,哟,我的上帝!
他年轻的妻子在他面前呆立,
她面色苍白,头巾已丢失,
那浅棕色的发辫散乱如麻,
上面落满了白霜般的雪花;
混浊的眼睛望着如呆似傻,
嘴里絮叨着令人莫解的话。

“我的妻，你是在哪里游逛？
在哪家客店，在哪个广场？
你的头发怎么这样蓬乱？
你的衣服怎么撕成这样？
你别是跟贵族的公子哥儿
勾勾搭搭，花天酒地！……
妻啊，你我在圣像面前
交换戒指，举行婚礼，
难道就是为的这个目的……
我定要把你关进铁皮大门，
用一把铁锁把你锁住，
不让你再看见花花世界，
不让你再把我的名声玷污……”

阿莲娜·德米特里耶芙娜听完话，
我们这可爱的人儿啊浑身发抖，
仿佛一小片白杨树叶战栗着，
她失声痛哭，眼泪直流，
跪在丈夫跟前低下了头。

“我的当家的，你是我最亲爱的人，
要么你杀了我，要么把话听完！
你说的话像一把锋利的尖刀；
听了它我仿佛快要撕心裂肝。
我不害怕惨死暴亡，
我不害怕流言风传，
只是害怕恩绝情断。

“今晚我做完了晚祷，
沿大街孤零零一人回家来，

忽听得雪地上咯吱咯吱响；
回头一看，有个人追过来。
我给吓得两腿直发软，
用蒙面的丝巾捂住脸。
那人使劲拽住我两只手，
悄声细语地对我开了口：
‘标致的美人，你何必惊慌？
我不是骗子，也没在林中杀人，
我是沙皇伊凡雷帝的侍从，
出身在马留金高贵的门庭……’
我一听更加心慌意乱；
我这可怜的脑袋吓得发晕。
他动手动脚，又亲又摸，
一边亲着我，一边对我说：
‘我亲爱的，我的宝贝，
回答我吧，你要什么！
你想要黄金，还是要珍珠？
要绚丽的宝石或五彩的织锦？
我要把你打扮得赛过皇后，
人人都会羡慕你交上好运，
但求你别把我活活折磨死：
亲一亲我、抱一抱我吧，
哪怕作为赠别一次也行啊！’
他缠住我不放，硬是亲我；
直到如今他那讨厌的吻，
似一团不减当年威力的火焰，
还在我面颊上烧灼不停。
街坊四邻都从门里往外看，
用指头指着我们笑个没完……

“我使劲从他手里挣脱身，
拔腿就朝着咱们家飞奔；
你送给我的那块花边头巾，
连同那块布哈尔产的头纱
都从此落入了强盗手中。
他使我这个清白的诚实人
蒙受耻辱，把脸丢尽——
饶舌的街坊会怎么数落我？
我现在还有什么脸见人？

“你可别把你的忠贞的妻子
拱手交给恶毒的诽谤者作践！
除了你，我还能指望谁呀？
除了你，我还能向谁求援？
在这世上我是孤女一个；
我爸爸早已在黄泉安眠，
我妈妈也已躺在他身边；
我的哥哥，你是知道的，
流落在他乡，无影无踪，
我的弟弟却还是个孩子，
还是个不懂事理的顽童……”

阿莲娜·德米特里耶芙娜这样说，
伤心的泪水从脸上簌簌地滚落。

这时斯捷潘·巴拉莫诺维奇
派了人去找他的两个弟弟；
他的两个弟弟来了施个礼，
对他讲了这么一番话语：
“我们的大哥，你告诉我们吧，

你出了什么事,发生什么意外?
怎么在这样寒冷的黑夜,
你派人找我们上你这里来?"
"可爱的弟弟们,我要告诉你们,
我发生了一件非常不幸的事情:
凶恶的宫廷卫士基里别耶维奇
玷污了我们这个正派的门庭;
心儿怎么受得了这样的侮辱,
好汉的心更是无法对它容忍;
在莫斯科河畔,在沙皇御前,
一场拳斗就要在明天进行,
到那时我就要向卫士挑战,
我要豁出去跟他拼上一拼,
若是他打败了我,你们就
站出来,别怕仗义舍身。
可爱的弟弟们,不要怯阵!
你们朝气勃勃,比我年轻,
你们身上没有多少罪孽,
也许上帝还能保佑你们!"

两个弟弟这样回答他的话:
"风儿在云端里吹向何方,
顺从的云朵就朝哪里飞翔,
如果灰蓝的山鹰呼唤小鹰,
它向血淋淋的山谷飞去,
呼唤它捡拾死尸宴餐一顿,
小鹰总会朝着这宴席飞行。
你是我们长兄,好比父亲;
你想怎么做就怎么做去吧,
我们决不会出卖你这亲人。"

哎，小伙子，唱吧，先定好琴弦！
哎，小伙子，唱吧，别糊涂烂醉！
可得让善良的贵族老爷乐一下子，
也让面孔白嫩的贵夫人得点快慰！

三

在金顶如林的伟大莫斯科上空，
在克里姆林宫白色的宫墙之上，
从遥远的森林和叠翠的群山背后，
徐徐地升起了一片鲜红的霞光。
霞光在一座座木板房顶上荡漾，
把灰色的云朵向四面八方驱赶；
霞光披散开它头上的金色鬈发，
用松软的白雪洗着自己的粉脸，
它笑容可掬，凝望纯净的天空，
就好像美人儿对镜子顾影自怜。
鲜红的朝霞啊，你为什么苏醒？
是什么样的喜事使你流连忘返？

莫斯科的剽悍非凡的武士们
从各方来到这里，荟萃群英，
来参加莫斯科河畔的拳斗，
为祝贺喜庆而畅饮尽兴。
沙皇来了，带着他的侍从，
带着许多卫士和御前官员，
他吩咐拉起那用纯金焊接的
一环扣一环的白银的长链。
这时已为自愿参加的单人拳斗

圈好了方圆二十五沙绳的地盘。
于是沙皇伊凡·瓦西里耶维奇
吩咐用洪亮的声音呼喊：
“喂，真正的好汉，你们在哪里？
快让我们的沙皇陛下解解闷，
走出来跨进这宽阔的拳斗场，
谁打败了对方，沙皇给他奖赏！
谁被对方打败，上帝对他原谅！”

骁勇的基里别耶维奇走了出来，
默默地向沙皇躬身施了个礼，
从强壮的肩头脱下天鹅绒皮袄；
他将右手在自己腰间叉好……
又用另一只手整整大红皮帽，
他等候着对手和他交锋……
场上已是一连三遍地大声呼喊——
可是没有一个士兵挪动一下，
只是你推我、我推你停步不前。

卫士在空旷的场地来回走着，
不住地取笑这些蹩脚的战士们：
“看来你们都学乖了，不肯冒失了！
好吧，看节日面上，我担保：
只要求饶，我就留你们一命，
全是为给咱们沙皇陛下解闷。”

突然间人群退向两边让出条路，
斯捷潘·巴拉莫诺维奇走出比武，
这是个年轻的商人、骁勇的壮士，
他的姓就叫卡拉希尼科夫。

他先向严峻的沙皇躬身施礼，
再向白色克里姆林宫和神圣教堂，
最后向全体俄罗斯人民致意。
他那雄鹰般的眼睛宛如火焰，
穷追不舍地盯着卫士细瞧。
他走到面对卫士的地方站着，
一边戴起了拳斗用的手套，
他舒展了一下厚实的肩膀，
并且把那蓬乱的胡须理好。

于是基里别耶维奇就说：
“真正的好汉，快告诉我，
你出生在哪个家族和门庭，
人家管你叫什么尊姓大名，
也好让我知道超度谁上西天，
也好让我有点夸口的资本。”
斯捷潘·巴拉莫诺维奇回答道：
“我叫斯捷潘·卡拉希尼科夫，
我生在一个正派人家里，
我恪守着上帝的金科玉律：
我没有侮辱过别人家的妻子，
我没有在漆黑的夜间抢劫掳掠，
没有在光天化日躲在阴暗角落……
你说了句千真万确的话：
迟不过明天正午的时候，
我要为我俩中的一个超度；
我俩中的一个就可以夸口，
和骁勇的朋友同饮庆功酒……
而今我这异教徒之子朝你走来，
不是闹着玩儿，随便逗逗，

而是参加一场殊死的搏斗!”
基里别耶维奇听了这番话,
顿时脸色刷白,仿佛秋雪骤降;
机灵的眼珠开始变得迷茫,
一股寒气掠过两只有力的肩膀,
话到张大的嘴边却没有声响……

这时两人默默无语地退去,
一场壮士的格斗就此开始。

于是基里别耶维奇抡起拳头,
劈头先朝卡拉希尼科夫狠揍,
打中了他胸膛正中的地方,
年轻的胸膛上便啪的一响,
斯捷潘·巴拉莫诺维奇晃了晃;
在他那宽阔的胸脯上佩着一枚
基辅造的带有圣徒死尸的十字架,
十字架被打弯后扎进了胸膛;
鲜血像露珠从十字架后滴淌;
于是斯捷潘·巴拉莫诺维奇想:
“若已命中注定,无法逃脱厄运;
为了公理我要战斗到最后一瞬!”
他巧用有利的时机抡起拳头,
鼓足了全身所有的力气,
朝着他的死敌狠狠地揍去,
从上往下击中左太阳穴区。

年轻的卫士轻声地呻吟,
摇晃起来,倒下就咽了气;
他倒在了寒冷的雪地上,

倒在寒冷的雪地，像小松倒毙，
像湿润的松林中一棵小松树，
淌着树脂的根部吃了一刀倒在地。
伊凡·瓦西里耶维奇看到这里，
怒气冲天，用脚跺了跺地，
他皱起他那黑黑的浓眉；
他下令逮住这骁勇的商人，
把他带到自己跟前罚跪。
东正教的沙皇劈头就问：
“你给我凭良心从实招认，
你打死我的忠实的仆人，
我最好的战士基里别耶维奇，
是出于无意，还是有心？”

“我告诉你吧，东正教的沙皇：
我打死他是出于有心，
为了什么，我不对你说，
我只告诉上帝一个人。
你下令对我处以极刑吧——
快把我罪孽的头送上断头台；
但求你开开恩照顾我的小孩，
照料我那年纪轻轻的寡妇，
也请把我的两个弟弟安抚。”

“骁勇的战士，商人的儿子，
好孩子啊，会有你的好处，
既然你凭良心把实情招出。
我要从国库里拨出款项，
把你年轻的孀妻和孤儿抚恤，
我允许你的弟弟从今天起，

在整个辽阔的俄罗斯帝国，
可以不用上捐纳税做生意。
好孩子，你就走你的吧，
走上那高高的断头台，
把你强悍的头颅割下来。
我吩咐把斧子磨得快一点，
再吩咐让刽子手穿上盛装，
再下令把那口大钟敲响，
以便让所有莫斯科人都知道，
就连你也能沾我皇上的光。”

当人们正在广场上聚集，
凄凉的钟声在低沉地哀号，
把不幸的消息向各处传告。
刽子手顺着那高高的断头台，
兴高采烈地走过去，走过来，
他身穿一件袖扣鲜艳的红衬衣，
把一柄锋利的大斧握在手里，
不时揉搓着卷起袖子的双臂，
他等待骁勇的战士去服法，
那剽悍的战士，年轻的商人，
却在和弟弟说着诀别的话：

“你们，我的弟弟啊，我的胞弟，
让我们彼此再亲一亲，抱一抱，
把兄弟诀别的情意表一表。
替我问候阿莲娜·德米特里耶芙娜，
嘱咐她不要为我过分地伤心，
也不要对孩子们提起我的事情；
可替我向我的祖屋问一声好，

可替我向我的同伴们致敬，
你们自己在神圣的教堂祈祷时，
可也让我罪孽深重的灵魂超升！……”

于是斯捷潘·卡拉希尼科夫，
便在的耻辱极刑下被杀戮，
他那颗不幸的头颅滚下来，
鲜血淋淋地躺倒在断头台。

他被埋葬在莫斯科河对岸，
在图拉、梁赞、弗拉基米尔
这三条在野外交叉的大路口，
就在这里垒起湿润的坟丘，
把枫木的十字架竖在坟头。
在这块无名无姓的基地之上
阵阵劲风常常呼啸、遨游；
善良的人们路过时莫不停留：
老年人走过时总要画个十字，
年轻人走过时个个毕恭毕敬，
少女走过时不由得伤心落泪，
古斯里琴师走过时悲歌声声。

喂，你们，骁勇的小伙子们，
年轻的古斯里琴师们，
声调悠扬的歌手们！
开头唱得挺好，就善始善终吧！
请你们用真话和荣誉答谢每个人，
　　光荣归于慷慨的大臣！

光荣归于美貌的贵夫人！
光荣归于全体东正教的人民！

1837 年

（顾蕴璞 译）

【题解】

长诗反映的是俄国十六世纪伊凡四世（雷帝）统治时期一个小小的社会侧面：得宠的近卫士仗势凌辱商人卡拉希尼科夫之妻，卡拉希尼科夫以威武不屈的气概把恶贯满盈的宠臣在拳斗中击毙，从而激怒了伊凡雷帝而被处以极刑。莱蒙托夫有意以古讽今，为普希金因妻子受宫廷宠臣之辱而被迫决斗致死一事申冤雪耻，暗暗把矛头指向尼古拉一世。因此，此诗当时兼有反抗暴政的历史意义和现实意义。此诗在民歌民谣基础上进行艺术提炼，成功地塑造了一个为捍卫人的尊严而大义凛然的高大形象，向世人提出了在专制制度下人的命运的问题，使俄国的诗坛耳目为之一新。对于伊凡雷帝，诗人尊重历史事实和民歌民谣的传统，没有做简单化的处理：把伊凡雷帝没有一笔抹杀。长诗发表时，正值诗人遭到流放，被剥夺了以真名发表的权利。但独具慧眼的别林斯基一眼就看出它出自杰出的天才的手笔。

童　僧①

吃点蜜尝尝味道，我就可以死了。

《撒母耳记》（上）②

一

在距今年头不多的从前，
曾经坐落过一座修道院，
在阿拉瓜和库拉两河合流，
宛如姊妹般拥抱的地段。
如今行人若置身于山外，
残门的圆柱仍依稀可见，
三五处塔楼犹自兀立，
教堂的圆顶也映入眼帘。
但修道院不再香烟缭绕，
听不到僧人们深夜祈祷。
只剩下一个白发老翁——
半死不活的破寺看门人——
虽已被活人和死神忘却，
但仍在扫除墓石上的飞尘，
墓碑上记叙着往昔的荣耀——
某某皇帝在某某年份，

① 原文用格鲁吉亚词语的译音“姆采里”，是“不作法事的和尚”之意，类似“见习修道士”的职称。为晓畅起见，用“童僧”似更好。

② 系《圣经》中的一个章节。

对自己的王冠感到厌倦，
便把百姓交给俄罗斯人。

上帝的恩泽降临格鲁吉亚！
格鲁吉亚从此兴旺发达，
像在自己花园怒放鲜花，
在这友善的刺刀的屏障后，
对来犯之敌不感到惧怕。

二

有一天一个俄国的将军，
从山里向梯弗里斯赶程，
他带着一个俘获的孩子，
小孩在半路上得了重病——
受不了长途跋涉的苦辛。
他看上去有六七岁光景，
如山中羚羊，胆怯而粗野，
又宛似芦苇，纤弱而柔韧。
但他身上难耐的病痛，
激起他先辈不屈的精神。
他一直受着痛苦的折磨，
可是从来不怨天尤人，
嘴里没哼出过一声呻吟，
他摇摇头不愿意再进食，
安详地高傲地静候死神。
有一个僧人以慈悲为怀，
把他收留在寺院里照看，
病孩在四壁的保护下调养，
友爱居然搭救他脱了险。

他没有尝到童年的乐趣，
起初见到人总是躲开，
他望着东方，长吁短叹，
孤独地、默默地徘徊，
一种不可名状的乡愁，
常常萦回在他的心头。
后来他习惯于困居寺院，
开始懂得了异邦的语言。
神父便对他做过了洗礼，
花花世界他还见所未见，
却要在这似锦的年华里，
就立下出家为僧的誓言。
在一个秋夜他突然失踪，
四周围环抱着崇山峻岭，
山上布满了茂密的森林，
一连三天去把他搜寻，
结果仍不见他的踪影。
在草原发现他已不省人事，
重又把他抬回修道院；
他面色苍白，瘦骨嶙峋，
仿佛他经受长期劳累，
忍饥挨饿或身患重病。
左盘右问他拒不开口，
朝朝暮暮他日见消瘦。
眼看他死期已经快到，
于是一个修道士走来，
又是规劝，又是祷告，
病人矜持地听完祈祷，
强打起最后一点精神，
欠身滔滔不绝地说道：

三

“你来这里听我的忏悔，
我感激你的一番美意，
对人倾诉情怀总好些，
能减轻我心头的积郁。
不过我没有干过坏事，
所以若了解我的作为，
对你们没有多大益处。
心事怎能用言语倾诉？
我的命短，又身陷囹圄。
我若能重新安排运命，
定要用两次这样的生涯，
换取那饱经忧患的一生。
只有一个念头主宰我，
一种激情，烈焰般的激情，
它像条蛀虫孳生在我体内，
咬碎了、烧焦了我的心灵。
它曾经呼唤我那些幻想，
从令人窒息的祈祷的禅堂，
飞向那忧患和搏斗的好地方，
在那里，峭壁高耸入云，
在那里，人们自由如鹰，
我用泪水和忧思作代价，
在沉沉黑夜培育了这激情，
如今我对着苍天和大地，
要高声把我这心迹披露，
决不祈求上帝的宽恕。

四

“长老！我多次听人说起，
是你救了我，我才免早亡，
何必呢？……我像被暴雨打落的
一片小树叶，孤独又忧伤，
我在这阴森森的高墙里长大，
孩子的气质，僧人的命运。
我对任何人都不能说
圣洁的字眼“父亲”或“母亲”。
长老，当然你想让我
在这修道院里永远忘记
这两个令人心醉的字眼，
你这可是枉费了心机：
这声音随着我呱呱坠地。
我眼见着别的人都有
祖国、家园、好友和至亲，
我却不但找不到亲人，
甚至找不到他们的坟茔！
于是，为了不空洒泪水，
我在心中立下了誓言：
总有一天，哪怕只一刹那，
也要把自己燃烧的心房
紧紧贴上另个人的胸膛，
唉！如今我这些幻梦
昙花一现后就再无踪影，
我生为异乡的奴隶和孤儿，
死作囚中的鬼奴和孤魂。

五

“坟墓不叫我胆战心惊，
据说在冷漠的永恒的静谧里，
痛苦自然地就会沉睡，
但诀别人生我感到惋惜。
我年纪还很轻很轻……
青春时你可曾有过幻梦？
你也许不知，也许已忘怀：
曾如何地恨，曾如何地爱；
当你从那高高的角塔上，
望见太阳和原野的景象，
你的心怎样欢快地跳荡？
在角楼里空气清新异常，
有时一只乳鸽飞来，
谁也不知它来自何方，
它被雷雨惊得蜷缩着，
在深深的墙洞里躲藏。
如今纵然这美妙的世界
再也唤不起你的热情：
你头白体衰，别无向往。
这何妨？长老，你饱尝了人生！
有多少沧桑你正可忘掉，
我若像你一样生活过有多好！

六

“你知道我出去后见到什么？
我看见田野是那样肥沃，

我看见山岗上林木满坡，
茂密的树冠把岗顶掩没，
清新的树群沙沙作响，
仿佛一群人起舞婆娑。
我看见一堆堆幽暗的山岩，
被山洪冲散了相依的姻缘，
我猜透巨岩的离情别思……
这是上天给予我的启示！
崖岩早就在高空之中，
张开了它们巨石的臂膀，
时刻都盼望着相会成双；
然而岁月不停地奔流，
它们永远也无法聚首！
我看见连绵不断的山岭，
稀奇古怪，有如幻梦，
一座座高峰矗入青霄，
在霞光中像千百个祭坛，
上面时时有青烟缭绕，
一片片白云追逐不息，
离开自己神秘的宿夜地，
迈开大步向东方迅跑，
有如一群白色的候鸟，
来自异国他乡的远道。
透过弥漫的云雾我望见：
在金刚石般闪耀的雪山中，
白头的高加索正屹立不动；
此刻我不知因为什么，
心头早变得轻松快乐。
一个神秘的声音对我说：
我也曾在那里生活过，

于是,往事愈来愈清晰,
一幕幕浮现在我的脑际……

七

“我回忆起老家的房屋,
回想起了我们的山谷、
那散落在翠绿丛中的山村,
我恍惚听到在黄昏时分
那马群归厩的嗒嗒蹄音、
熟悉的家狗的隐隐吠声。
我想起脸色黝黑的长者
趁着夜晚皎洁的月光,
围坐在祖居的台阶之前,
神态是那样的严肃端庄,
那长剑的精心雕镂的花鞘
光彩熠熠……这一切突然间
一幕接一幕地掠过我眼前,
影影绰绰,如迷梦一般。
我的父亲么,栩栩如生,
披着战袍出现在我面前:
他的铠甲仍铮铮作响,
他的刀枪仍寒光闪亮;
两道高傲而倔强的目光。
还记得年轻姐妹的面庞:
仿佛她们明眸里的光芒,
仿佛她们的欢歌和笑语,
都在我的摇篮上方荡漾……
还想起在谷地奔流着山涧,
哗哗地喧响,却那么清浅;

每当烈日炎炎的晌午，
我常到金灿灿的沙岸游玩。
我两眼紧盯着飞燕的行踪：
山雨欲来前在盘旋低翔，
翅膀拍打着激流的波浪。
还想起我们静穆的房舍，
傍晚我们围炉火而坐，
听着没完没了的故事——
从前的人们是怎样生活，
那时的人间更热闹得多。

八

“你想知道我出去后的作为？
我有了生活，我的岁月，
若没有这三个幸福的昼夜，
会比你那老迈衰朽的残年，
还更加冷清，还更为凄惨。
我很早就想眺望一下，
遥远的田野是什么景象，
想知道人间是不是美好，
想知道我们降生到人世，
为享受自由还是为坐牢。
于是，在一个可怕的夜间，
雷雨叫你们魂飞魄散，
你们匍匐在神坛之前，
我便在此刻逃出寺院。
啊！我真愿如兄弟一般，
和暴风雨拥抱在一起，
抬眼注视乌云的行踪，

伸手捕捉电光的足迹……
你说说看,在这高墙里,
你们能给我什么东西,
来顶替壮心与雷电之间
这种短暂却动人的友谊?

九

“我跑了很久,但不知道,
我在哪里,到哪里去?
没有一颗星照亮这险途。
我把夜林中的清新气息
吸入我疲惫已极的胸膛,
除此我还有什么奢望!
一口气我跑了好多个钟头,
最后我实在困乏不堪,
便躺在高深的草莽中间,
我侧耳倾听,已没人追赶。
雷雨停了。一道淡淡的光,
仿佛一条长长的缎带,
伸展在昏暗的天地之间。
缎带上宛若巧手奇绣,
我认出是峰峦起伏的远山;
我默默躺着,没有动弹。
山谷中不时传来了狼嚎,
犹如小孩子又哭又叫喊;
一条蛇游过乱石中间,
光滑的银鳞一闪一闪,
但恐惧没有笼罩起我心房,
我也似野兽,与世隔绝着,

也像条蛇，又爬行又躲藏。

十

“在我身下的万丈深谷，
有一条山涧正奔腾喧响，
暴风雨后水流更湍急，
浑厚的喧声似百人怒嚷。
虽说那不是人间的语言，
我却听得懂它无尽的幽怨，
它那同倔强的岩石的对谈，
它们间没完没了的争辩；
山涧时而突然静息，
时而划破寂静更喧响；
在那云雾迷漫的高空，
小鸟开始欢快地歌唱，
东天放射金色的霞光；
微风吹动湿润的树叶，
梦中的鲜花飘来芳香，
我也像那些花儿一样，
昂起头来去迎接白天……
我向四周环顾一下，
说真的，顿时毛骨悚然——
我躺在万丈深渊的边缘，
在这里，怒涛呼啸飞旋；
到这里，要下层层峭岩，
只有从天国贬谪的恶魔
才打从这些峭岩而下，
消失在地下的万丈深渊。

十一

“我的周围是春色满园，
草木五彩缤纷的衣衫，
还保留着上苍的泪痕斑斑，
葡萄藤似鬈发绕树身盘旋，
以它那碧绿透明的嫩叶，
在树丛炫耀自己的艳妆；
宛若一个个名贵的耳环，
藤条上垂挂着葡萄串串，
时而有一群胆怯的小鸟
飞向这葡萄串的附近。
我又把身子贴着地面，
重又屏息凝神地谛听
种种神奇而古怪的声音；
这声音在枝间悄然细语，
仿佛正在详细诉说着
天国和人间的一切奥秘；
自然界的万千种天籁，
这时都融成浑然一体；
在这一片庄严的赞声里，
唯独不闻人的高傲话语。
那时我的感触和随想，
到如今都已事过境迁，
可是我多么想再讲一遍，
哪怕让往事复活在心田。
那天清晨，天空真晴朗，
如果定睛注视着天空，
可以看得见天使的飞翔；

天穹竟深邃得那样透明，
蔚蓝的色调竟如此和匀！
我的两只眼睛一颗心，
对着这天穹如醉似痴，
直到酷热驱散了这遐想，
我开始渴得难受不止。

十二

“于是我从山巅朝着山涧，
两只手攀着柔枝的梢头，
走下一级又一级的石板，
我壮着胆子往谷底直走。
岩石时而从脚下滑落，
留下一道深深的痕迹，
尘烟天柱般腾空卷起；
飞石噼啪响，蹦逃迅跑，
最后被波涛一齐吞掉；
我高悬在万丈深渊上空，
但奔放的青春力大无穷，
我连死亡都不放在眼中！
我方从陡峭的山巅走下，
涧水散发的清新气息
迎面扑来，吹进我胸怀，
我贪婪地朝波涛俯下身来。
突然听到轻盈的脚步声……
霎时间我忙躲进了树丛，
不由得打了一个寒噤；
我抬眼投去畏怯的目光，
迫不及待地屏息倾听：

一个格鲁吉亚少女的声音，
越传越近，越传越近，
那声音是这般淳美热情，
那声音是如此清脆动听，
仿佛它生来只学会了
呼唤自己亲近的人们。
她唱的不过是平常的歌，
却深深铭刻在我的心上。
每当黄昏的时分来临，
无形的精灵就把它歌唱。

十三

“一个格鲁吉亚少女，
手扶着顶在头上的水罐，
顺窄狭的小道走向岸边，
她不时在乱石间跌跌撞撞，
笑自己走得踉踉跄跄。
她的穿戴一点不鲜艳，
她的步履是那样自然，
她把长长披纱的飞边
撩了起来，甩到后面。
炎阳用一层金色的光罩
将她的面庞和胸脯盖起，
她脸颊滚烫，口喘热气。
那乌黑的双眸是那样深邃，
是那样充满神秘的情爱，
竟使我的春心无法按捺。
如今我只记得涧水慢慢地
注进水罐的咕嘟的声音，

她还簌簌地牵动着衣襟……
其余的一切,我已记不清。
等明白过来,如梦方醒,
我热情稍退,心境初定,
她已经离开我很远、很远;
她走得缓慢,却步态轻盈,
她顶着重物,仍苗条动人,
俨如旷野之王白杨的姿影!
在不远的清冷的烟雾里,
有两栋小房傍山而立,
像一对情侣紧相偎依;
其中一栋的平顶之上,
缭绕着袅袅的蓝色炊烟。
如今我仿佛仍能看见:
那小房的门轻轻地开了,
随后重又轻轻地关上!……
我知道你怎么也不会理解
我的相思、我的哀伤;
倘若你明白,我反觉惋惜,
最好让我心中这段回忆
连同我的肉体一道死去。

十四

"夜间的劳顿令人疲惫,
我便躺倒在树荫下面,
美梦不由地合上我的眼……
于是我又一次在梦中看见
那位格鲁吉亚少女的倩影。
一种奇异的、醉人的相思,

使我的心又开始隐隐作痛。
我久久挣扎着,想喘口气,
终于我从梦中苏醒。
明月当头照,泻下银辉,
只有一朵云在月后紧追,
好像张着那贪婪的臂膀,
悄悄地把它的猎物追赶。
世界黑漆漆,万籁无声,
唯有那连绵不断的雪峰,
个个戴着银白色的帽缨,
在远处闪光,映入我眼帘,
还有那激流拍打着河岸。
在那似曾相识的小屋里,
灯光时而摇曳,时而消失……
正像一颗亮晶晶的星星,
在夜半的天空里渐渐熄灭!
我真想……但攀登上去又不敢。
我只怀着一个心愿——
一定要奔回自己的故乡——
于是我使出了浑身的解数,
强忍着饥饿带给我的痛苦。
我便沿一条笔直的道路,
胆怯而默不作声地起步,
但很快在那密林深处,
再也不见那些山峦,
这时我便开始迷路。

十五

“有时我简直像发了疯,

绝望中徒然地伸出了手，
去撕扯缠满藤萝的荆棘。
四周的森林没有个尽头，
越来越可怕，越来越稠密；
沉沉的黑夜宛若睁大了
成百万只黑洞洞的眼睛，
透过每个树丛窥视探寻……
我的头已经开始发晕，
我爬上参天大树的冠顶；
但即使望着遥远的天际，
仍只见高低错落的层林。
这时候我跌倒在地，
如痴如呆地大哭一场，
我啃着大地湿润的胸脯，
泪水不停地往下流淌，
就像苦涩的露珠一样……
相信我：我没有盼人援救，
我永世被人们视作异类，
犹如荒野中的一只困兽；
然而，长老，我发誓赌咒：
当时若发出了一声呼喊，
我定会拔掉这懦弱的舌头。

十六

“你该记得——虽说还年幼，
我从来没有让泪泉涌流，
如今却不顾羞耻地恸哭。
谁看见？只有密密的森林，
还有在中天徘徊的月轮！

我眼前是一片林间空地，
四周是密不透风的树墙，
地面铺满了青苔和沙砾，
头上照射着明月的清光。
空地上忽闪过一个黑影，
同时又驰过了两点火星，
宛如两盏明亮的提灯……
便有只野兽一跃而起，
跳出树丛，卧倒在沙地，
四脚朝天，翻滚着嬉戏。
原来是荒山野地的常客——
一只力大无比的金钱豹。
它啃着兽骨，得意嗥叫；
它温柔地不住摇晃尾巴，
那血红的眼睛射出凶光，
紧紧地盯着一轮满月，
它身上的毛皮银光闪亮。
我抄起一根多杈的树枝，
等候着彼此间一场搏斗；
血战的渴念在胸中燃烧……
是啊，那只命运之手，
引我做了异乡之囚……
如今我已深信不疑了：
假如我也在自己故土，
也会是好汉，不落人后。

十七

“我等待着血战的来临，
豹在夜幕下嗅出了敌人，

忽然一阵凄厉的长嗥，
好像人发出长长的一声……
它狂怒地用脚爪刨掘沙砾，
用后腿直立，随即卧倒，
它这第一次疯狂的扑跳，
预示我惨死结局已难逃……
不过我早提防它这一手，
我手疾眼快，击中它要害，
我坚硬的树枝像一把利斧，
竟把它宽阔的脑门给劈开……
它像人一样呻吟起来，
身躯猛地向一旁倒栽。
虽然鲜血不停地直流，
像浓浓的血浪涌出伤口，
却又是一场殊死的搏斗！

十八

“金钱豹直扑我的胸口，
但我把利器刺进它的咽喉，
还在那里面连戳了两下……
金钱豹开始凄厉地呼吼，
做着最后挣扎，直冲过来，
我们像两条蛇死死盘绕，
似两个好友更紧地拥抱，
然后我们俩一块儿跌倒——
黑暗中在地上继续肉搏。
此时我的样子很吓人；
像这只野豹，我野蛮凶狠，
我满腔怒火，发出豹的吼声；

仿佛我自己也出生在
与豺狼虎豹同堂的门庭，
头上覆盖着荒林的绿荫。
仿佛我早已忘掉人的话，
因而打从我这个胸膛，
也会有可怕的长啸迸发，
仿佛我的舌头从小就
不会把别样的声音表达……
但我的对手已精疲力竭，
呼吸艰难，在翻滚挣扎，
它最后一次压到我身上……
从呆滞的眼睛的瞳仁里，
闪出了一道可怖的光芒，
然后它慢慢闭上了眼睛，
沉入了长眠不醒的梦乡；
但它和获胜的对手一起，
像浴血沙场的战士那样，
无畏地迎接死神的降临！……

十九

“你瞧，就在我这胸脯上，
豹爪留下深深的伤痕；
这些伤还没有长好，
血口至今仍没有合拢——
但湿润的地皮最富生机，
死神更将使它永久痊愈。
对伤势我当时并没介意，
重新聚集起最后的力气，
慢慢地在密林深处走动……

然而我枉然同命运抗争，
它一直尽情地对我嘲弄！

二十

“我从森林中走了出来。
大地也从睡梦中苏醒，
那手拉手的指路星斗，
已在旭日曦光中隐遁。
雾蒙蒙的树林开始喧闹，
远方的山村又炊烟缭绕。
隐隐的轰鸣随风过山谷……
我坐了下来屏息静听；
可轰鸣声已随风停息。
我环视了一下四周：
这地方我似曾相识，
因而不禁不寒而栗——
我好久也弄不明白，
怎么又回到我的牢房，
怎么陡然在这些日子里，
一味沉醉于隐秘的构想，
含辛茹苦，烦恼忧伤，
这一切又是为了什么？……
莫非要趁这如花的芳年，
刚把大千世界看一眼，
再伴着树林的沙沙响，
品尝一下自由的香甜，
马上就把对故乡的怀恋，
把希望破灭引起的怨言，
把你们的怜悯给我的羞辱，

统统带进坟墓中去埋掩！……
我仍沉吟着半疑半信，
心想这只是一场噩梦……
忽然在一片寂静之中，
悠悠传来遥远的钟声……
这时候我才恍然大悟。
啊！我立刻听出这钟声！
多少次从我童稚的眼睛，
它曾驱散掉我逼真的梦：
梦见的是至亲和好友，
梦见草原上不羁的自由，
梦见轻快狂奔的骏马，
梦见山岩间奇特的战斗——
我独自打败了全部敌寇！……
我没有哭泣，无力地听着。
仿佛这钟声发自我心房，
有人用钟锤敲击我胸膛。
这时候我才模糊地意识到：
今生今世我的足迹啊，
再也通不到我的家乡。

二十一

“是的，我的命运签真灵验！
骏马奔驰在异乡的草原，
一甩掉背上的拙劣骑手，
一定能找到一条捷径，
从远方返回自己的故园……
我岂能同这匹骏马相比？
我徒然怀着忧伤和希冀：

那原是枉然无力的热情、
幻想的儿戏、心智的瘾病。
我身上留下了囚居的伤痕……
狱中的小花就像我这样：
它浑身苍白，孤孤单单，
在潮湿的石板缝里生长，
长期不绽开自己的嫩叶，
总等着起死回生的阳光。
许多时日飞逝过去了，
来了一个善心的好人，
对小花生了恻隐之心，
把它移栽到了花园里，
让它做了玫瑰的紧邻。
四周洋溢着生活的欢情。
结果呢？天空刚浮起朝霞，
它所散发的灼热的光华，
便晒死狱中出土的小花……

二十二

“无情的烈日把我炙烤，
好像朝小花狠狠射照，
我疲惫不堪地低下了头，
徒劳无益地躲进了深草：
晒蔫的草叶像编织的荆冠，
在我头顶上交织缠绕，
大地也呼出热气熏人，
像团烈火对着我燃烧。
颗颗火星盘旋飞舞着，
在高空中间一闪一闪，

在那白色的山岩之上，
冉冉地升起云霭团团，
世界呆然无声地在安眠，
难受的噩梦充斥了人间。
就连秧鸡偶尔几声啼唤、
牙牙学语般的溪水潺潺、
蜻蜓纷飞的颤音也可听见……
只一条蛇小心翼翼地游动着，
它黄色的脊背闪耀着鳞光，
仿佛是一柄利剑的剑身，
全都镂刻满闪光的字样，
它留下浅沟在疏松的沙上。
然后盘成三叠的圆圈，
躺在沙上玩，自在消闲；
仿佛忽被火烫着了一般，
它扭曲身子，往上一蹿，
便藏到了远处的灌木中间……

二十三

“天空是那么宁静而明亮，
在远处，透过云遮和雾嶂，
横着两座黑乎乎的大山。
一座山后，我们的修道院
那锯齿形般的院墙亮闪闪。
阿拉瓜河和库拉河从脚下
给绿岛缀起了似银制的花边，
河水从轻声低语的树丛旁，
悄然而过，轻流缓缓……
我离那两条河十分遥远！

我想站起来,但在我眼前,
一切都开始飞快地旋转;
我想呼喊,但干涩的舌头
发不出声音,也不能动弹……
我快死了,但死前的幻觉
苦苦折磨我。
我恍惚感到,
躺在深水小河的底层,
周围是一片莫测的幽暗。
那冷峭的水流有如寒冰,
消解着我长年难忍的焦渴,
淙淙有声地流进我心房……
我就怕此刻会沉入梦乡——
因为我非常惬意,舒畅……
在我上方高高的水面,
一个波浪追一个波浪,
太阳穿过水晶般的碧波,
射来比月亮更迷人的光芒……
那一群群五色斑斓的金鱼,
不时地在阳光中游来游去。
我记得其中有一条金鱼:
它显出超过常人的殷勤,
对我表示了分外的亲昵。
它背上披着金色的鳞衣,
多次地在我头顶上游动,
绕着圈儿,总徘徊不去,
它那碧眼传出的神态
无比深沉,温柔而忧郁……
我心里感到万分的惊奇:
它那银铃般清脆的声音,

对我发出了奇怪的耳语，
它唱着，随后便归于沉寂。

“那声音说：‘我的孩子啊，
　留在我这儿，你不要走，
水国里的生活逍遥自由，
　凉爽清静，尽你消受。

‘我要把我的姊妹们唤来，
　我们拉起圈起舞婆娑，
供你那阴郁的眼睛解闷，
　让你疲惫的灵魂娱乐。

‘睡吧，你的床褥多柔软，
　你的被盖是那样晶莹，
岁月终将会不停地逝去，
　伴着美梦中悦耳的话音。

‘啊，亲爱的，不瞒你说，
　我爱你非同寻常，
爱你如爱自由的流水，
　爱你像生命一样……’

这声音我听了很久很久；
我恍惚觉得，这淙淙的清流，
把它自己那轻轻的絮语，
同小金鱼的话儿汇成了合奏。
这时我已经昏迷不醒。
世界在我眼里化为乌有，
疲乏赶走了幻觉的神游……

二十四

“就这样我被人找到并抬回……
以后的事你也已清楚，
我说完了。对我的话，
你信与不信，我不在乎。
只有一件事使我难过：
将来我冰冷无语的尸体
不能归葬在故乡的土里，
而在这僻静的院墙之内，
我那辛酸、痛苦的往昔，
不会勾起任何人的哀思——
把我无人知的名字追忆。

二十五

“永别了，神父……把手伸给我：
你觉出我的手像火烧一样……
你知道，从我少年时起，
这火焰就一直藏在我心房；
可如今它已经得不到滋养，
于是烧穿了囚禁它的牢房，
它将再回到一个人的身旁——
此人给大家安排好顺序
去领受苦难和安宁的赐赏……
这对于我又有什么用场？
纵使我的灵魂，在天国，
在九天之上的神圣仙境，
能找到一个安身地方……

唉！我情愿用天国和永恒
去换取那段片刻的时光，
当时啊我还是一个孩子，
在陡峭幽深的山岩间游逛……

二十六

“等到我将要死去的时候——
别不信，用不着等待很久——
请差人抬我到我们花园，
把我就抬到那块地方——
两株洋槐正鲜花怒放……
洋槐间的野草是那样茂密，
清新的空气是如此芬芳，
满树沐浴着阳光的碧叶
炫耀它晶莹的金色盛装！
请让人把我安放在那地方。
我将要最后一次尽情地
饱览苍穹那无垠的光芒！
这里，同高加索遥遥相望！
也许高加索从自己的山头，
将会托付那凉爽的清风，
给我带来它诀别的问候……
那亲切的声音，在我临死时，
又将回荡在我的耳畔！
我将想，这是我的弟兄，
或朋友，俯身在我头边，
用他那只关怀备至的手
擦去我临终脸上的冷汗，
这是他为我轻声唱歌，

歌唱我那可爱的国家……
我将怀着这种思念长眠，
决不对任何人诅咒谩骂！……”

1839 年

（顾蕴璞 译）

【题解】

长诗《童僧》是一部典范的俄罗斯浪漫主义长诗。有的评论者认为它与长诗《自白》《贵族奥尔沙》出自作者的同一构思。长诗以一个真实故事为基础，塑造了一个被俄国的将军俘获而力图挣脱所囚居的寺院牢笼的少年，高加索山民之子的形象。对自由的渴望、对故乡的思念和对大自然的挚爱，像一团烈火烧灼着他的心，锤炼出他那奋不顾身、与恶劣环境搏斗的大无畏精神。虽然逃跑以失败告终，但这更清楚地表明，童僧的崇高理想为恶势力所不容。莱蒙托夫在长诗的开头虽点明了诗中叙述的事已成为历史的陈迹，但他却用童僧的悲剧命运向人们暗示：先进人物与衰朽势力之间的这一冲突并没有随时间的消逝而消失，具有永恒的价值。诗中用了不少象征，如故乡是自由的象征，修道院是监狱的象征，美丽而又可怕的大自然则是尼古拉一世统治下的俄罗斯的象征。长诗的节奏有力而单调，从音响上烘托出主人公坚强的意志力量和悲剧处境。自白的形式有助于深刻揭示主人公的内心世界。整个长诗“洋溢着他（指莱蒙托夫）自己的精神”（别林斯基语）。

恶　魔

（东方的故事）

第 一 章

1

　　忧郁的恶魔，谪放的精灵，
飞翔在罪恶的大地上空，
而那些美好时日的回忆
一桩桩在他的面前闪动；
那时候他，纯真的海鲁文，
还凛然居住在主的居所中，
那时候疾驶的彗星还常常
含着那亲切的微笑同他
在互相对视、在互相致问，
那时候他还在渴望着认识，
透过层层的永恒的积云
凝视着在天空中漂泊的
一队队被上天委弃的星辰；
那时候他，造物的幸运儿！
还有着信仰，还有着爱憎，
不知道什么是怀疑和罪行，
一长串阴沉的虚度的岁月
也不曾威胁到他那颗心灵……

还有着好多、好多……而他很难
把它们一一地都记得分明!

2

　　谪放者徘徊在世界的荒野里,
老早就找不到个安身之地:
一个世纪接着另一个世纪,
如同一分钟后又另一分钟,
按单调的顺序很快地飞去。
他统治着这个渺小的人世,
散播着罪恶而得不到欣喜。
无论在哪里他从没有遇见过
能抵敌自己的艺术的东西——
对罪恶也终于感到了烦腻。

3

　　天国的谪放者飞越过了
高加索群山的峰峦上空:
卡兹贝克宛如金刚石棱面,
在下面闪耀着永恒的雪峰,
而达里雅尔山谷黑魆魆地,
弯弯曲曲地在下面蜿蜒着,
好像蛇洞,好像深深的裂缝,
而捷列克河奔腾着,正如同
长满了毛茸茸的鬃毛的狮子,
在大声怒吼——山中的野兽
和飞旋在浅蓝色高空中的鸟
在倾听着河水唱出的歌声;
天空一片片金色的云朵
从南方、从那遥远的地方

一直把这道河护送到北国；
而巍峨的重重叠叠的山岩，
为神秘的沉沉睡意所折磨，
向着它俯垂下自己的头颅，
凝视着它那闪闪发光的碧波；
那山岩上荒寨中的高塔
透过了云雾凛然地眺望着——
它站在高加索群山的门口，
好像巨人似的守卫着！
整个神的世界在四近
是荒僻而又奇异；但是
高傲的精灵向自己上帝的
创造物投以轻蔑的一瞥，
而在他骄傲的高高的额头上
却没有显示出任何表情。

4

　　而在他面前花朵般展开了
另一幅鲜艳生动的画图：
华丽的格鲁吉亚的山谷
好像地毯似的铺展在远处；
你这幸福而美丽的国土啊！
那些宛如天柱似的白杨、
那些在五色石子河床上
潺潺地迅速奔流着的小溪
还有一丛丛的蔷薇，在那里
夜莺歌唱着那无言的美人，
她们却不理睬这爱的歌声；
还有那盘绕着苍郁的常春藤的
悬铃木枝叶繁茂的树丛，

胆怯的麋鹿在炎热的毒日下
在那里藏身的一个个的窟洞；
枝叶的闪光、喧嚣与生机，
千百种声音的嘈杂的言谈，
万千种草木的静静的呼吸！
还有那正午的淫毒的暑热，
受到了上天的甘露的滋润
而永远是潮湿的夜半时辰，
还有那明丽得如同眼睛、
格鲁吉亚女郎眼睛的繁星！……
但是宇宙的光辉，在这个
谪放者空漠沉寂的心胸中，
除冷酷的嫉妒外，再也激不起
什么新的力量和新的感情；
而眼前他所能看到的一切，
他全都蔑视或全都憎恨。

5

白发的古达尔给自己建造了
高大的房屋和宽敞的庭院……
它老早耗尽了忠顺的奴隶们
如许的眼泪与如许的血汗。
一清早，它就向着邻近的山坡，
从高墙上投下了一道阴影。
断崖上砍成一级级的石阶
从多角形的高塔直通到河滨；
年轻美貌的公主塔玛拉
她脸上蒙着白色的面纱，
到那阿拉瓜河边去取水，
常在这石阶上走上走下。

6

　　这一所高大的森严的房屋
从悬崖上无言地凝望着山谷；
但今天在那里有盛大的宴会——
风笛鸣响着，美酒倾流着——
古达尔在给女儿举行婚礼，
他请来许多的亲人和宾客。
在那铺陈着地毯的屋顶上
女郎正坐在她女友们中间：
她们在那轻歌曼舞中度着
悠闲的时光。远处的高山
已经掩藏起了那半轮落日；
她们大家有节奏地拍着手，
唱着歌——而年轻美貌的新妇
也拿起她自己的那个铃鼓。
看哪，她一只手把铃鼓擎起，
在自己头顶上画了个圆圈，
忽而跑起来，比小鸟还轻快，
忽而又站住了——她举目一望——
在她那使人嫉妒的睫毛下
水灵灵的两眼在闪闪发光；
她忽而轻轻地扬起了眉毛，
忽而又微微地低垂下粉颈，
而她那美好无比的小脚
在地毯上不停地旋转滑动；
她心中满怀着天真的欢欣，
脸上也露出了微微的笑容。
那清丽的月光有时轻轻地
在泛起涟漪的碧波上嬉戏，

也难以跟这与生命和青春
同样生气勃勃的微笑相比。

7

我起誓,凭着东方的曙光、
夕阳的余晖和夜半的星辰,
那黄金遍地的波斯的国王
和任何一个人间的沙皇
都不曾吻过这样的眼睛;
皇宫里飞沫四射的喷泉
在炎热的时候从来没有
用它那珍珠般的水珠
洗涤过这样美好的身躯!
世界上还没有一只手
抚摩过这样可爱的脑门,
梳拢过这样美丽的头发;
人世上自从失掉了天国,
我起誓,这样美貌的女郎
未曾出现在南国的阳光下。

8

她正在最后一次翩翩起舞。
她是古达尔的女继承者,
一个自由的活泼的儿童,
唉！明天等着她的却已是
女奴的悲惨不幸的命运、
至今还完全陌生的他乡
和那一家子不认识的人。
而这种神秘的怀疑常常
使她快乐的容颜不禁失神;

而她的一切举止是这样
美好,这样地充满了表情,
这样地充满了可爱的天真,
甚至于,假如有恶魔飞过了,
这时候只要向她看上一眼,
他一定会想起往日的伙伴,
而回过脸去——不禁深深地长叹……

9

　　恶魔真的看见了……他马上
在自己心里突然感觉到
有一种难以形容的激荡。
一种幸福的声音填满了
他那个空漠的沉静的心——
而他突然又重新体验到
爱、善、美的神圣!……他很久地
欣赏着这幅美妙的画图——
而那时逝去的幸福的幻梦,
好像是一条无穷的长链,
仿佛一颗颗闪烁的星星
在他面前不停地飞舞转动。
他被不可见的力量所吸引,
他开始认识了这新的忧烦;
他心里的情感突然讲话了,
用的是过去那亲切的语言。
这个是不是复活的征兆?
那些狡猾的诱惑的言辞,
从自己脑子里也挖不出来……
忘怀了?——上帝没有赐予他
忘怀:他也不需要那忘怀!……
………………………………

10

在太阳将要西沉的时候，
焦急的新郎鞭策着他的马
匆匆地去参加结婚的喜宴。
他已经平安地来到清澈的
阿拉瓜河的青青的河畔。
一长串骆驼驮着沉重的
迎亲的礼物，在他的后边，
正在慢慢地、慢慢地走着，
在路上一摇一晃地伸延开：
驼铃在叮叮当当地响着。
带领这大队人夫马匹的
正就是西诺达尔的君王。
皮带紧系在他美好的腰上；
长剑和匕首的黄金花饰
在太阳照耀下闪闪发光；
背后还背着雕花的长枪。
他那短褂的两袖在迎风
飘荡——而短褂的四周围
满都是缀着黄金的花纹。
马鞍用五色的丝线绣成；
而在马勒上又系着丝缨；
他胯下是一匹名种的金色
黄马，马身上已是大汗淋淋。
卡拉巴赫的机敏的名马
充满了恐怖、竖起了耳朵，
喷着鼻息、从高坡上斜望着
汹涌的波涛激起的泡沫。
河岸上的道路狭窄而危险！

左边是峻峭壁立的高山，
右边是滚滚大河的深渊。
天已不早了。在积雪的峰顶
晚霞已暗淡；夜雾升起了……
人马都加快了脚步遄行。

11

　　路旁有一座小小的礼拜堂……
多年来这里供奉着一位王公，
他是被复仇的手所杀死，
如今他已经被尊为神灵。
无论是节日或参加战斗，
无论是匆匆地奔向何方，
行人带来了虔诚的祈祷
向着这座小小的礼拜堂；
而那样的祈祷真能保佑
避开了邪教徒们的刀剑。
但是勇敢的新郎没理会
祖先们传下的这个习惯。
奸黠的恶魔用他狡猾的
幻想已搅乱了新郎的心：
他在想象中，在夜的黑暗里
正在亲吻着新娘子的芳唇。
突然间闪出了两个人影，
又闪出几个——枪声！——怎么啦？……
踏着马镫略略地欠了欠身，
皮帽子向眉头拉了一拉，
勇敢的公爵没有说一句话；
他手中的枪发了下闪光，
皮鞭一响——就好像苍鹰般

他飞上前去……又打了一枪！
粗野的喊叫、低沉的呻吟
霎时间响遍了深深的山沟——
战斗继续了并没有多久：
胆怯的格鲁吉亚人已经逃走！

12

　　一切都静了下来；骆驼队
挤成了一堆，不时恐怖地
望着骑士们的一具具尸体；
它们单调的铃声在草原的
寂静中又在低沉地响起。
这豪华的大队遭到了抢劫；
而夜间出没的鸟儿一匝匝地
飞旋在基督徒尸体的上空！
在埋葬着他们先人尸骨的
一层层修道院的石板底下的
平静的坟墓，并没有等待他们；
他们那些披戴着长披巾的
姊妹和母亲们也都不能
带着哀伤、痛苦和祈祷
从远方来凭吊他们的坟冢！
不过在这大道旁的岩石上
有一只热诚的手给竖立了
一个十字架来纪念他们；
而春天长起来的藤萝枝蔓
用着它们碧玉色的细网
把它缠绕，安抚他们的阴魂；
疲惫的行人也不止一次地
从那艰苦的道路上转回来，

到这神的阴影下来歇歇身……

13

骏马儿跑得比母鹿还快，
喷着鼻息，仿佛在奔向战地；
有时在奔跑中突然停下来，
使劲地鼓动着它的鼻孔，
倾听着微风送来的声息；
有时候四只马蹄的铁掌
凌空腾起，都一齐叩地，
扬起了散乱的长长的鬃毛，
没命地在一直向前疾飞。
马上骑着个沉默的骑士！
他在马鞍上不时地挣扎着，
脑袋低垂着，气力已经不支。
他已经控制不住缰绳了，
两只脚紧紧地踏进马镫；
在他的马鞍上已经看见了
流淌下来的一道道的血痕。
飞快的骏马啊，你已经把主人
从战斗中箭一般地送到了女家，
但是奥塞特人狠毒的枪弹
已经在黑暗中追上了他。

14

古达尔家到处在啼哭和呻吟，
院子里挤满了一群群的人：
是谁的急喘的马飞奔而来，
在大门前的石阶上栽倒？
这已经断气的骑士又是谁？

浅黑色面孔的深深的皱纹
还留着战斗的恐怖的遗痕。
武器和服饰上都鲜血淋淋；
在他那最后疯狂的紧握中
一只手还紧紧地抓着马鬃。
年轻的女郎啊，不久以前
你还在殷切地盼着你的新郎：
他正是遵守着公爵的诺言，
他已经来参加新婚的酒宴……
唉！但是他已经永远不能
再跨上他的骏马的鞍鞯！

15

突然间向着这快乐的家庭
霹雳似的飞来了神的惩罚！
塔玛拉晕倒在她的绣榻上，
她放声痛哭，可怜的塔玛拉；
胸口在一起一伏地喘息着，
眼泪在一颗接一颗地滚下，
这时她仿佛听见，在头顶上
有魅惑的声音在对她说话：
“不要哭，孩子，哭也无用！
你的眼泪不会像仙露般地
滴上他冰冷而无言的尸身：
它只能烧枯你处女的两颊，
只能模糊了你明亮的眼睛！
他已经离开你很远很远了，
已不知道、不领会你的哀伤；
现在上天的光辉在抚慰着
他那两眼的无形体的目光；

他正在倾听着天国的乐章……
人生的琐细的梦、可怜的
少女的呻吟与眼泪，在天国的
娇客看来，还算得了什么？
不，这无常的创造物的命运，
我的人间的天使，请相信，
他不配唤起你对它发出的
一时片刻的可贵的哀痛！

“在那像海洋似的太空中
排列整然的星斗合唱队，
它们不把舵、它们不张帆，
悠悠静静荡漾在云雾里；
在那无涯无际的空间
难以捉摸的丝丝片片的
淡淡的薄云轻轻地飘过，
也不曾留下一点点踪迹。
别离的时候、聚首的时刻，
它们没有欢乐、没有悲戚；
它们对未来既无所希冀，
它们对过去也没有惋惜。
在那烦恼的不幸日子里
但愿你仅仅把它们牢记；
但愿你也如同它们一样
不去管那些人间的东西！

“夜色刚刚地用自己的帷幔
掩盖起高加索群山的峰巅，
魅惑于神奇咒语的世界
在黄昏里刚刚地静了下来；

山岩上阵阵的劲风刚刚地
吹动了原野上连天的衰草，
藏在草中的小鸟在昏暗里
便更加快乐地飞动起来；
而夜间的小花在葡萄藤下
贪婪地吞食着上天的甘露，
刚刚地把它的花朵绽开；
金黄色的圆圆的月亮刚刚地
从那群山后静静地升起，
而羞怯地偷偷地凝望着你——
我便向着你的闺房飞来；
我将要一直待到朝霞上升，
而把那甜蜜的黄金色的梦
吹向你柔美的睫毛和香腮……”

16

语声在远处已静了下来，
声音也一个接一个地逝去。
她跳了起来，向四周凝睇……
在她的心胸里有着一种
莫名的不安；恐怖、悲戚、
狂欢的烈焰——都不能相比。
万种的感情都突然沸腾；
心灵挣断了自己的锁链，
烈火在血管中到处奔涌，
而这个新鲜奇异的人声，
她觉得依然在娓娓不停。
而期待已久的梦在黎明前
才合上她那慵困的眼睛；
但是它却用奇异的预言的

幻想搅乱了她整个的心。
这个阴郁而又沉默的来客
炫耀着他那非人间的美，
弯下身来站在她的枕前；
他眼中带着这样的爱情，
在这般凄然地凝视着她，
仿佛是他对她十分哀怜。
这不是天上飞来的天使，
不是她的神圣的保卫者：
他没有用那虹光的冠冕
装饰着他的鬈发和高额。
这不是可怕的地狱的精灵，
那罪恶的苦难者——啊，不是！
他跟晴朗的傍晚有点相似：
不明又不暗——非夜又非日！……

第 二 章

1

“父亲呀，父亲，息息雷霆吧，
不要再责骂你的塔玛拉；
我在哭着：看看这眼泪，
这不是第一次从眼中落下。
成群的年轻男子徒然地
从遥远的地方来到了这里……
格鲁吉亚有不少年轻的女郎；
但我却决不能做任何人的妻！……
啊，父亲呀，你不要责骂我。
你自己也看出：我，毒计残害的

牺牲者，一天天在凋残零落！
有一个狡猾的精灵用他那
不可抗拒的幻想在戕害我；
我就要死去了，可怜可怜我！
把你这愁肠寸断的女儿
快快送入神圣的修道院；
在那里救世主许会保护我，
我对他将倾吐出我的哀怨。
人世上已没有了我的欢乐……
让那幽静的修道室收下我，
正如同早早地进入了坟墓，
在圣物的平静中才找到寄托……”

2

　　她的父母便把她送到了
一所孤寂僻静的修道院里，
于是人们给她那年轻的胸上
穿上了一件合身的紧身衣。
但是穿上了僧人的法衣
还像是穿着锦绣的衣裳，
她的心同往常一样地跳动，
依然萦回着杂乱的幻想。
在那神坛前、在烛光照耀下，
在赞颂上天的庄严时刻里，
她还是常常地可以听见
祷声中夹杂着熟识的言语。
在幽静的庙堂的圆屋顶下
有时候一个熟识的人影
在那轻轻的缭绕的轻烟中
在无声无形地忽现忽隐；

他静静地辉耀，像星星似的，
招着手、呼唤着……但是——哪里去？……

3

在两座高山的清荫中间
隐藏着一座神圣的修道院。
一行一行的悬铃木和白杨
环绕着它——而有的时候，
当夜色横卧在深深的山谷，
年轻女罪人的灯光闪耀着，
透过树丛和修道室的窗户。
四近，在那扁桃树的浓荫下，
在那里凄然地立着一排十字架
——那些坟墓的无言的守卫者，
轻捷的小鸟合唱队在唱着歌。
流泉寒冽的粼粼的微波
在那巨石上跳跃着、喧嚷着，
而在那峭然壁立的山岩下
亲密地在山谷中汇合在一起，
在树丛中间、在披着霜雪的
花木中潺潺地向前流去。

4

向北方望见了一重重的山。
当那阿芙乐尔①露出了仙姿，
而发着蓝色的薄雾轻烟
在山谷深处慢慢升起时，
祈祷的召唤者向着东方

① 阿芙乐尔，罗马神话中司晨的女神。

呼唤着人们都来做祈祷，
而那嘹亮的钟声颤抖着，
惊醒了整个沉静的寺庙；
在这个庄严而静穆的时候，
当那年轻的格鲁吉亚女郎
从高峭陡峻的山坡走下来
顶着长颈罐去汲水的时候，
那连绵不断的积雪的山岭
像一道淡淡的浅紫色的墙，
描绘在清澄明丽的天空上，
而它们在夕阳将要西坠时
又要披上嫣红色的衣装；
在它们中间，高加索之王，
那卡兹贝克，插入了云霄，
高过了群山，屹立在那里，
披戴着头巾，穿上了锦袍。

5

但是，充满了罪恶的思想，
塔玛拉的心不理会这一种
纯洁无瑕的欢乐。在她面前
世界都蒙上了阴沉的暗影；
清晨的光辉和夜晚的黑暗——
这一切都是她痛苦的根源。
每当昏昏沉沉的夜晚的
凉爽的气息拥抱住大地，
她便在神圣的圣像面前
猝然晕倒，痛哭不已；
而在这夜晚的寂静里
她那沉痛的哭声常常地

引动了路上行人的注意；
他想："这是锁在山洞里的
山中的精灵在悲切地呻吟！"
他便鞭策着疲累的羸马，
用敏感的耳朵专注地谛听……

6

满腹的哀愁，浑身的战栗，
塔玛拉常常地在那孤寂的
沉思中，抑郁地枯坐在窗前，
用不倦的目光向远方凝睇，
而整天长吁短叹地在等待……
有谁低声对她讲：他就来！
梦幻并非徒然来抚爱她，
他的出现也并非没有原因，
他来了，带着他悲凄的眼睛
和娓娓而谈的美妙的柔情。
她已经这样痛苦了好多天，
因为什么，自己也不知道；
她有时候本想要祈祷圣灵——
而她的内心却向他祈祷；
有时因经常的苦斗困倦了，
她想要躺在床上睡一睡：
枕头在燃烧着，窒息、可怕，
她只得跳起来，浑身战栗；
心胸和两肩烈火般燃烧着，
无力地呼吸着，两眼蒙眬，
两臂在渴望地寻求着拥抱，
亲吻在她芳唇上逐渐消融……

7

夜晚昏暗的薄罗般的帷幔
已经笼罩格鲁吉亚的群山。
听从着日常的快乐的习惯
恶魔又飞到了这一座僧院。
但他很久地、很久地不敢
侵犯这静穆的居所的圣物。
而且也有过这样的时候，
他好像是下了决心准备
放弃这个残酷的计谋。
他在那高高的墙外沉思着，
踱来踱去：由于他的脚步，
无风，树叶也在阴影中翻舞。
他抬起了眼睛：她的窗户
在发着闪光，被神灯所照耀，
她早已在等待着什么人了！
听哪，在这整个沉静中
青加尔琴和着悠扬的歌声
在远处发出了和谐的声音；
而歌声好像眼泪一般，
声声地、和匀地流个不停；
而歌声又是这样的柔美，
它仿佛本非人间所有，
而是上天为了人间而编就！
是不是有一个天使想要来
看一看他被遗忘了的朋友，
从天上偷偷地飞到了这里，
给他歌唱着往昔的日子，
来安慰他的苦痛和烦忧？……

恶魔如今是第一次领悟了
爱情的哀伤、爱情的激动；
他想要顺服地远远地走开……
但他的两翅已不会扇动！
真怪！从黯然无神的眼睛里
淌出了一大滴辛酸的泪……
在这修道室的附近，到而今，
还可以看见一块奇怪的石头，
被那火焰般炽热的眼泪、
被那非人间的眼泪所烧透！……

8

他走了进去，准备要去爱，
带着颗为幸福而敞开的心，
他在想，他所期待的新的
生活的时刻现在已经来临。
期望的不太分明的战栗，
隐秘的尚未可知的惶恐，
仿佛在这初次的会晤中
结识了他那高傲的心灵。
那是一个不祥的征兆！
他走了进去，一看——在他面前
天国的使者，纯洁的海鲁文，
罪孽的美丽女郎的保护者
仰起了发着闪光的额顶，
浮着明朗的微笑用翅膀
护着她，不让敌人来触动；
而那神光的光辉猛然间
刺伤了那不洁净的两眼，
他没有讲一句亲切的问候，

便倾吐出了这沉重的责难：

9

“不安的精灵，罪恶的精灵，
谁叫你在深夜来到这里？
这里并没有你的崇拜者，
邪恶还不曾在这里呼吸；
不要在我的爱和我的圣物上
留下你的罪恶的痕迹。
谁叫你来的呢？”
邪恶的精灵
对着他回答以狡猾的一笑，
他的眼已因为嫉妒而发红；
而那往昔的憎恨的毒素
此时又在他的心中苏醒。
“她是我的！”他严厉地说道，
“放开她，她是我的！保护者，
你来得太晚了，正如对于我，
对于她，你都不配做裁判者。
在这颗充满了高傲的心上
我早已打上了我的烙印；
在这里并没有你的圣物，
只由我支配、只随我爱憎！”
天使用他那悲凄的眼睛
望了望这个可怜的牺牲，
于是展开他的翅膀，慢慢地
沉没在那天空的大气中。
……………………………

10

塔 玛 拉

　　啊！你是谁？你的话是可怕的！
是天国还是地狱打发你来这里？
你想要怎么呢？……

恶　魔

　　　　　　　　你多美丽呀！

塔 玛 拉

但你告诉我，你是谁？请回答……

恶　魔

　　我就是那个人，你在夜半的
寂静中曾侧耳倾听过他，
他的心同你的心曾经低语，
你曾经猜想过他的悲哀，
你曾在睡梦中与他相遇。
我就是毁灭希望的那个人；
我就是谁也不爱的那个人；
我是认识与自由的皇帝，
我是人间的奴隶的皮鞭，
是上天的敌人，宇宙的灾难，
你看——我正跪在你的脚前！
我在感激中给你带来了
我的爱情的低声的哀乞、
我在人间的第一个苦痛，

还有我那最初的眼泪。
啊,怜悯吧,请听我来说!
你只要用一句话就可以
把我送回至善和天国。
披上你爱情的神圣的衣饰,
我还能出现在那里,成为
焕发出新的光辉的新的天使。
啊! 你只要倾听我,祈求你,
我爱你,我就是你的奴隶!
当我刚刚地看到你的时候
我心中便突然恨透了我那
永恒的存在和无限的权力。
我不自禁地开始羡慕
这不太美满的人间的欢乐;
离开你而生活——是多么可怕,
不像你那样生活,又多么难过。
突然间在我那寂寞的心中
又燃起了更为光亮的明灯,
而在往昔的创伤的深处
悲哀又在像蛇似的蠕动。
我无穷的领地和无尽的永恒,
如果没有你,这又有什么用?
不过是空洞的、响亮的字眼,
广大的庙堂——而没有神灵!

塔 玛 拉

走开吧,啊,你狡猾的精灵!
别说了,我决不相信敌人……
主啊……唉! 我怎么不能
祈祷了……这个致命的毒素

已经抓住了我衰弱的心灵!
听我说,你将要毁灭掉我;
你的语言——是毒鸩与烈火……
告诉我,为什么你要爱我!

恶　魔

　　为什么,美丽的女郎?——唉,
我也不知道! ……我已经充满
新的生命,从我那罪恶的
头颅上高傲地摘掉了荆冠;
我那天国,你眼中的地狱——
我把这过去的一切都已委弃。
我用非人间的热情爱着你,
这不是你所能够做到的:
用不朽的思想和幻想的
全部的欢乐和全部的威力。
在我的心灵里,从混沌初开
就深深地印上了你的芳容,
它在永恒的太空的洪荒里
一直在我面前飞舞不停。
你甜蜜的名字对我震响着,
它早已激荡着我的心灵;
在天国中那些幸福的日子里
我所欠缺的就只是你一人。
啊,假如你能够理解到,
这是多么痛苦,多么恼人:
整整的一生,好多个世纪
独自享乐着、独自痛苦着,
不因为善而期待着报答,
也不因为恶而期待着称赞;

为自己而生活，因自己而苦闷，
老是在进行着这没有胜利、
没有和解的永恒的斗争！
永远地惋惜着，却没有憧憬，
知道一切、感觉一切、看见一切，
竭尽全力去憎恨一切，
而且去蔑视世上的一切！……
上帝的诅咒刚刚停下来，
从那个日子、从那个时刻
宇宙的热情的眷念的怀抱
便从此永远地对我冷却；
太空在面前闪发着蓝色；
我看见我那旧曾相识的
星宿们豪华的新婚的盛装……
他们在翱翔着，戴着金冠；
但是怎么着？哪一个星宿
也不认识他们往日的伙伴。
我便开始在绝望中呼唤
那些跟自己一样的谪放者，
但语言、面貌和可憎的目光，
唉！我自己也无法分辨。
我战战兢兢地展动了翅膀
匆匆地飞走——但为什么？哪里去？
不知道……我已为旧伙伴所鄙弃；
世界，对于我，像伊甸园一样，
变得这样的冷静而沉寂。
正如同一只被撞坏的小船，
既没有帆儿，又没有舵，
顺着流水的自由的激荡，
漂流着，不知道自己要怎么；

正如同在早早的清晨时刻
一小片孤零的雷雨的乌云
在蓝色的高空中发着黑色，
不敢在任何地方稍稍停泊，
无目的无踪迹地随风荡漾，
哪里来哪里去，只上帝晓得！
我统治着人们并没有多久，
也没有多久教唆他们作恶，
我亵渎了一切高尚的东西，
玷污了一切美丽的事物；
不久……把纯洁的信仰的火焰
毫不费力就永远地扑灭……
而那些蠢材和伪善的人，
还值得我花费一番心血？
我就藏匿在深山的峡谷中；
我开始流浪，如同深夜
流浪在黑暗中的一颗流星……
为仿佛很近的灯火所欺骗，
孤寂的旅人在向前遄行；
当连同坐骑掉入了深渊，
他枉然地呼唤着——而在他后边
陡峻的峭壁上留下一道血印……
但是这罪恶的阴郁的乐事
我也没有喜欢好多日子！
在同有力的飓风的斗争中
我常常卷起满天的飞尘，
披挂上闪电和云雾的甲胄，
掀天动地地在云头中奔腾，
想要在不安的风雨雷电中
压抑住自己心头的愤激，

从难逃的沉思中解救出来，
而忘掉那不可忘掉的东西！
未来和过往的世世代代
人们所饱尝的沉痛的困厄、
辛劳和不幸，这一切比起我
那无人认可的痛苦的一刻，
又算得了什么？人是什么？
他们的生活和劳动是什么？
他们走来了、也将要走过……
希望——公正的裁判者等待着：
他可以赦免，即使已经判刑！
但我的悲哀却永远在这里，
它像我一样，没有个止境；
它在坟墓中也得不到宁静。
它有时像毒蛇般纠缠着，
有时像烈火般燃烧着、爆响着，
有时像石头般紧压着我的心——
埋葬着逝去的希望和热情的
那座永不能摧毁的陵寝！……

塔 玛 拉

　　不管你是谁，不期而遇的朋友，
我已经永远毁弃了静谧，
不由自主带着神秘的乐趣，
苦难的人儿哪，来倾听着你。
假如你的语言是狡猾的，
假如你心中隐藏着欺诈……
啊！可怜我吧！——那有什么好处？
为什么苦苦地要我的心？
难道说在上天看来，我比起

你没有见过的美人还可亲？
她们，唉！都美丽而温柔；
她们的处女的床褥也一样，
还没有为凡人的手所揉皱……
不！请给我起个宿命的誓言……
说呀——你看：我心中忧伤；
你看看女人的痴心梦想！
你心里不由得抚爱着恐惧……
但是你理解一切，你知道一切——
当然，你也会怜悯一切！
请你起誓……现在就对我起誓：
你要断绝对罪恶的贪求。
有没有这样的咒语和誓言，
怎么也不毁弃而永远信守？……

恶　魔

　　我以创造物的第一日起誓，
我以创造物的末日起誓，
我以犯罪的凌辱与羞耻、
以永恒真理的庄严来起誓，
我以沉沦的痛苦的磨难、
胜利的短暂的幻想来起誓；
我以我们俩欢乐的相会
而又可怕的诀别来起誓；
我以那么一大群的精灵，
归我统率的弟兄的命运，
无情的天使、我那警觉的
敌人的刀剑的锋刃来起誓；
我以至上的天国和地狱、
人间的圣物和你来起誓；

我以你最后的目光的一瞬、
你那滴最初淌出的眼泪、
你那温柔的芳唇的呼吸、
柔美的鬈发的波纹来起誓;
我以幸福和痛苦来起誓,
我以我自己的爱情来起誓:——
我已经断绝了往日的仇恨,
我已经断绝了高傲的心志;
今后狡猾的奉承的毒素
再不去激动任谁的心智;
我想要同神圣的天国和解,
我想要相信真理和至善,
我想要祈祷、我想要爱。
我要用悔恨的眼泪洗掉
我在对你无愧的额顶上
留下的上天的火焰的遗痕——
而让世界在平静的无知中,
离开我,一天天地凋零!
啊,请相信我:直到而今
只有我一人了解你、珍视你:
我把你选作了我的圣物,
在你的脚前我卸下了权力。
我等待你的爱,像等待恩赐,
为了一瞬,把永恒给予你;
我在爱情中,相信我,塔玛拉,
也像在仇恨中坚定而伟大。
我,这宇宙的自由的儿子,
要把你带进星云上空的地方;
我的第一个可爱的女友呀,
你将要成为世界上的女皇;

你将漠然地、毫不惋惜地
俯视着下界的尘寰，在那里
没有一点点真实的幸福，
在那里没有长年久远的美，
在那里只有犯罪和刑罚，
所有的只是庸俗的趣味；
在那里人们也在爱、也在憎，
但却不能够大胆而无畏。
你或许还不晓得，人们的
短暂的爱情到底是什么？
不过是年轻的热血的激动——
但日子逝去了，热血便冷却！
谁个能坚定地经得住别离、
经得住新的美的诱惑，
经得住精神的疲惫和苦闷，
还有那幻想的无羁的奔腾？
不！我的亲切可爱的女友，
命运给你注定的并不是
在那些无情而又冷酷的
虚伪的朋友与敌人当中，
在那恐怖与徒然的希望中，
在那无谓而繁重的劳动中，
做一个嫉妒的粗鲁的奴隶，
而默默瘐死在狭小的圈子里！
你凄然在这高高的四壁内
远远地离开了人们，也同样
远远地离开了神，你却不会
毫无温情地在祈祷中消亡。
啊，不，美丽的创造物啊，
给你注定的是另一种命运；

等待你的是另一种苦难、
另一种享用不尽的欢欣；
请你丢掉那往日的希望，
请你撇开那可怜的人间：
我将要给你另外展开
一个高傲的认识的深渊；
我将把服侍我的精灵们
带到你的脚前供你驱使；
美人呀，我将要给你一些
温和的、美丽的年轻女侍；
我将要从那东方的星星上
给你摘一顶黄金的冠冕；
在百花中采撷夜半的甘露，
而用露珠撒满你的金冠；
我要用夕阳的嫣红色的光辉
带子似的缠上你美好的腰肢；
我将要使你周围的大气
充满了芳草的纯净的气息；
我将要常常使奇妙的仙乐
悠扬地缭绕在你的耳边；
我将要用琥珀和翡翠给你
建筑一座最华丽的宫殿；
我将要高高地飞上云端，
我将要深深地泅入海底，
把人间的一切都献给你——
请你爱我吧！……

11

　　他便轻轻地
用他那火热的嘴触动了

她的不断颤抖着的芳唇；
他用充满了蛊惑的言辞
回答她的乞求和哀恳。
有力的目光盯着她的眼睛！
他烧伤了她。在夜的黑暗中
他一直在她的头顶闪耀着，
不可抗拒，如同刀剑的锋刃。
唉！罪恶的精灵胜利了！
他的亲吻的致命的毒液
霎时间就渗入她的心胸。
一声痛苦的、恐怖的叫声
突然打破了深夜的沉静。
在叫声中有着爱情和痛苦、
夹杂着最后的乞求和斥责，
还有那凄然的绝望的诀别——
同这个年轻的生命的诀别。

12

在那个时候，夜半的守卫者
独自一人绕着高高的围墙，
顺着他那条预定的路线，
手拿着打更的铁板慢踱，
而在年轻女郎的修道室旁
放轻了自己平匀的脚步，
提心吊胆，怕惊破她的梦，
把他的手在铁板上停住。
而透过了这四周围的寂静，
他，仿佛是，隐隐地听见了
两张嘴的相互心许的亲吻、
短暂的叫声和微弱的呻吟。

而一种渎神的罪孽的疑念
便突然侵入了老人的心……
但是又一个瞬间过去了，
四近的一切又陷入了沉静；
只有飒飒的微风从远处
传来了树叶的幽怨和唏嘘，
而山中溪涧在凄凄切切地
同那黑沉沉的河岸低语。
他在恐怖中急急忙忙地
念诵着神的侍者的赞歌，
好从自己罪恶的思想中
驱走罪恶的精灵的蛊惑；
他用他那颤颤发抖的手指
在激动的胸口画着十字，
一声不响地用迅速的脚步
继续着自己走惯了的路。

13

　　她，好像是沉睡着的仙女，
静静地躺在自己的棺木中。
她那额头上的疲惫的颜色
比被单还要白、还要干净。
她的睫毛已永远地铺下来……
但是，天哪！谁个不以为
她那睫毛下的美好的眼睛
只是睡着了，等待着亲吻，
或者是等待着晨光的照临？
但是白昼的金色的光芒
徒然地向着它投射过来，

亲人的嘴在无言的悲哀中
徒然地吻着它,它不再睁开……
不!随便什么也擦不干净
死神打下的永恒的烙印!

14

　　往常在那快乐的日子里,
塔玛拉美丽的节日的服装
从没有这样的富丽堂皇。
家乡的山谷中鲜丽的花朵
紧紧地握在死者的手里!
(古时候是兴这种仪式的)
在她面前放射着芳香的气息,
她像是跟大地在最后诀别,
在那热情与欢乐的烈焰中,
她脸上并没有显示出
一点点什么死亡的征兆;
而她整个的容颜充满了
那种像大理石一样的美,
失掉了表情,失掉了情感,
失掉了理智,整个是神秘的,
像死神自己一样神秘。
奇异的微笑在她嘴唇上
影子似的一闪,凝固下去。
它对着精细敏锐的眼睛
道出了多少伤心的往事:
它表达了即将凋谢的心灵
对一切冷漠无情的蔑视,
表达了弥留时最后的思想,
还有那向人间无声的告辞。

这过往生活的无用的反照，
比永远消逝了的目光，
更为暗淡，更为死寂，
使人们的心灵更为绝望。
如同白日的巨轮已经沉没，
并且消融在金色的大海里，
在这个日落的庄严的时刻，
高加索峰顶的积雪，暂时
保留着它那殷红色的光彩，
闪耀在那黑沉沉的天际。
但是这即将逝去的光辉
再也驱不散荒原上的迟暮；
而从那满披着冰雪的峰顶上
再不会照亮任何人的道路！

15

　　一大群邻居和亲戚都已经
准备走上那哀伤的路程。
古达尔无言地捶打着胸口，
撕扯着自己白色的鬈发，
他是最后一次骑上了
他那匹白色鬃毛的骏马，
大队人马出动了。他们的
路程将连续走三天三夜：
在历代祖先们的尸骨之间
已给她掘好了宁静的墓穴。
多年前古达尔的一个祖先，
他经常抢劫行人和村落，
当病魔缠住他紧紧地不放
而到来了最后忏悔的时刻，

他为了赎还自己往日的罪孽，
许下在花岗石山岩的高峰上
建筑一座礼拜堂,在那里
听到的只有暴风雪的歌唱，
那里只有老鸢才能飞得上。
在卡兹别克的雪峰中间
一座修道院很快地就盖起，
而这个凶恶的老人的尸骨
在那里得到了最后的安息；
原来是行云故乡的山岩
这样就变成了一座坟园：
这样是不是他死后的居所
离天国更近,也更为温暖？……
是不是更远地离开了人间，
最后的梦境就不被人搅扰……
可是枉然！死者再也不会梦见
过去日子的悲哀和欢乐了。

16

在那无垠的蓝色太空里
有一个神圣的天使展开了
黄金色的翅膀向前飞行，
他在自己的怀抱中从人间
带来了一个罪恶的灵魂。
他用期望的柔美的言辞
驱赶着她的忧虑和疑问，
他在用眼泪给她洗涤着
那些罪恶与痛苦的遗痕。
从远处已经向他们传来
天国的声音——但是突然间

遮断自由的道路，从深渊里
飞起了一个地狱的精灵。
他好像电光一样闪耀着，
像震天的飓风一样有力，
他狂暴不逊而又傲慢地
大声说道："她是我的！"

　　塔玛拉可怜的罪恶的灵魂
用祈祷镇静着自己的惊恐，
紧紧地伏在保护者的怀中。
未来的命运已经决定了，
站立在她面前的又是他，
但是，天哪！——谁还认得他？
他的目光是多么凶狠，
心中怀着的是多么深的
无尽的誓不两立的敌意——
从他凝神不动的面孔上
还发出坟墓般寒冷的气息。

　　"消失吧，怀疑的阴郁的精灵！"
上天的使者对他回答道，
"你已经心满意足地胜利了；
但现在已来到裁判的时刻——
而上帝的裁决却是公正的！
那考验的日子已经过去；
罪恶的枷锁从她身上落下，
连同那人间的无常的锦衣。
要知道，我们很久地等着她！
人世上有一些人的一生
不过是难以忍受的苦痛、

难以达到的安乐的一瞬：
她的灵魂正跟他们相同。
造物主拿上最好的灵气
做就这些人的生命之琴，
他们不是为人世而被创造，
人世被创造也不是为了他们！
她用惨痛的代价赎出了
自己所有的不解的疑问……
她曾经痛苦过、也曾经爱过——
而天国给爱情敞开了大门！”

　　天使用自己严厉的目光
向诱惑者狠狠地瞪了一眼，
然后快乐地扇动他的翅膀
沉没到天空的光辉里边。
失败了的恶魔只好诅咒着
自己的那些狂乱的幻想，
傲慢、孤独的他在宇宙间
又孑然一身，没有期望，
也没有爱情，同已往一样！……

在那峻峭的高山的斜坡上，
在可伊沙乌尔山谷的上空，
直到而今还孤独地耸立着
一座古老的锯齿形的山城。
关于它还流传着许许多多
孩子们害怕的故事和传说……
一座沉默无言的纪念碑，
那些神奇日子的见证者，

在树丛中幽灵似的矗立着。
在下边散布着一座座的山村，
大地开着花，闪出碧绿的颜色；
人声混成的不协调的声音
慢慢消逝了，一队队的商旅
从远处摇响着驼铃走来，
而河流闪耀着，泛起了浪花，
从弥漫的云雾里倾泻下来。
大自然像一个淘气的孩子，
在恶作剧地尽情地玩弄
山谷中的清荫、太阳、春天，
还有那永远年轻的生命。

　　但是这座多少年以来
破落的山寨却是悲哀而阴沉，
正如亲友们都已经亡故了
而自己独存的可怜的老人。
它那些不可见的居住者
只在等待着月亮的上升：
他们在向各方飞舞、奔跑，
那才是他们的自由和欢欣！
白头的蜘蛛，新来的隐居者，
在编织着它那蛛网的经线；
一大群长尾的绿色的蜥蜴
正在屋顶上快乐地奔窜；
而一条小心翼翼的长蛇
爬出了它那黑暗的隙洞，
爬上古老的台阶的石板，
有时盘成了三重的环形，
有时长带般横卧在那里，

像一支被遗弃在古战场上、
倒下的英雄不再需要的
精钢短剑，在闪闪地发光！……
一切都是荒野的；不管哪里
都已经没有了往昔的痕迹：
时代的手在不倦地、长久地
扫除着，不再使人们忆起
古达尔王公的光荣的姓名，
和他那美丽的女儿的事迹！

　　但是这座礼拜堂，在掩埋着
他们尸骨的那陡峻的峰巅，
还在被神圣的威力佑护着，
而今从云层间还可以望见。
而在它的大门口，高高的
黑色的花岗岩还在守卫着，
它们都披上了白雪的斗篷；
而在它们的胸前闪耀着的
不是铠甲，是永恒的冰凌。
睡意沉沉的一堆堆的积雪
从山坳里塌下来，好像瀑布，
突然又皱眉蹙额地高悬在
四近的山岩上，被严寒捕住，
而暴风雪在那里来往巡逻，
从白头的高墙上吹拂着飞尘，
时而唱着那唱不完的歌，
时而又向着守卫者呼应；
在远方听到了这座奇异的
寺院的传说，朵朵的彩云
成群结队地从遥远的东方

匆匆地飞到这里来致敬；
但是在这坟墓的墓石上
早已经没有人再来凭临。
阴郁的卡兹贝克的山岩
贪婪地守护着它的捕获品，
而人类无尽的永恒的哀怨
也搅不乱它们永恒的平静。

1840 年

（余振 译）

小　说

当代英雄

翟松年 译　磊然 校

序

在每本书里，序言都是放在前面，但序言的写作则在正文写成之后；它或是用来说明写作的目的，或是作为对批评的辩解和答复。然而通常讲来，读者是不关心道德目的和刊物上的攻击的，因此他们都不读序言。这种情形真令人遗憾，特别是在我们俄罗斯。我们的公众还是那么年轻单纯，如果在寓言的结尾看不到训谕，他们便看不懂这篇寓言。他们体会不到诙谐，觉察不出讽刺；他们压根儿没受到好的教育。他们还不知道，在高尚的社会里和高尚的书本里，明目张胆的谩骂根本就不容存在；现代文明已经发明了一种更为锋利的、几乎是无形的、然而足以致人死命的武器，这种武器披着阿谀奉承的外衣给人以无法抵抗的、狠狠的打击。我们的公众像是一个乡下人，听了两个属于敌对王室的外交家的谈话，居然相信他们各自都是为着彼此的莫逆之交而在蒙骗自己的政府呢。

不久以前，一些读者，甚至一些杂志都曾不幸地轻信了本书书名的字面含义。有些人真的怨气冲天，因为把一个那么不道德的人向他们标榜为当代英雄，还有一些人则很含蓄地指出，作者是在描绘他自己的肖像和自己熟人的肖像……迂腐而又可怜的笑话啊！但是显然俄罗斯就是这样被创造出来的：其中的一切都在革新，除了这种荒诞无稽。在我们这儿，连那些最富幻想的童话也难免被指责为有诽谤个人的企图！

我的可敬的先生们，当代英雄的确是一幅肖像，但并不是一个人的肖像：这是一幅由我们整整这一代人的充分发展了的缺点所构成的画像。你们又会对我说，一个人不可能那么坏，而我却要对你们说：你们既然相信一切悲剧和恋爱故事中的坏人都可能存在，那你为何不相信毕巧林的真实性呢？如果你们欣赏更为可怕和荒谬的凭空臆造，为什么这个人物，纵然是向壁虚构的，在你们心中就得不到宽容呢？是不是因为他的真实性超过了你们所希望的？……

你们会说，这对道德能有裨益吗？请原谅。给人们喂的甜食已经够多了，因此伤了他们的胃：需要的是苦口的良药和逆耳的真言。然而请别以为本书作者曾有过狂妄的想法，要成为人类恶习的矫正者。求上帝把他从这种愚昧无知中拯救出来吧！他只是乐意来描绘一个他所了解的同时代人，而且，对他和对你们都很不幸，这样的人实在是屡见不鲜。毛病也许会给指出来，至于怎样治疗——那只有天知道了！

第 一 部

1 贝 拉

我乘驿车从梯弗里斯起程。我车上的全部行李只是一个不大的皮箱,里面足有半箱是关于格鲁吉亚的旅行杂记。这些杂记的大部分,该你们走运,后来都丢失了;但是皮箱和里面的别的东西,算我走运,却完好无损。

当我的马车进入科依沙乌谷时,太阳正开始隐没到雪山背后。为了在入夜之前登上科依沙乌山,赶车的奥塞梯人不断地鞭打着马匹,同时放开嗓子唱歌。这豁谷是个多么奇妙的地方!四下里都是无法登临的高山,披覆着青葱的常春藤、冠戴着一丛丛悬铃木的红色岩石,被涧流冲蚀成沟的黄色峭壁;那边,是高高的金光闪烁的雪的流苏;下面,阿拉格瓦河跟一条从雾气蒙蒙的幽暗山谷里哗哗地奔涌而出的小河汇合以后,便像一根银线似的蜿蜒开去,仿佛蛇鳞在闪闪发光。

及至来到科依沙乌山麓,我们在一家小酒铺左近停下。有二十来个格鲁吉亚人和山民吵吵嚷嚷地聚集在那里;旁边还有一个骆驼商队已经停下预备过夜。我却不得不添雇几头牛,好把我的马车拉上那可诅咒的高山,因为现在已是秋天,路面覆有薄冰——何况上这座山差不多要走两俄里呢。

我无可奈何,只好雇了六头牛和几个奥塞梯人。一个奥塞梯人把我的皮箱扛在肩上,其余的只是吆喝着来催促那些牛。

在我的马车后面,有四头牛拉着另一辆车,虽然车上装得满满的,却显得非常轻松。这种情况使我惊讶。那辆车的主人跟在车后面,在抽一个镶银的卡巴尔达小烟斗。他身穿一件没有肩章的军官常礼服,头戴一顶毛茸茸的契尔克斯皮帽。他看起来大约有五十岁;黝黑的面色表示他跟外高加索的阳光早就相识,他的早白的髭须跟他那稳健的步伐和精神饱满的外貌看起来都不相称。我走到他跟前,行了个礼,他默默地答过礼,喷出一缕浓烟。

"看来我和您是同路的吧?"

他又默默地点了点头。

"您一定是去塔夫罗波尔的吧?"

"是的……给公家送东西。"

"请告诉我,为什么您的车那样重,用四头牛拉着并不怎样费力,而我的空车,虽然还有这些个奥塞梯人帮着,六头牛却几乎拉不动,这是怎么回事呢?"

他狡黠地微微一笑,含有深意地看了我一眼。

"您来高加索大概没有多久吧?"

"快一年了。"我回答说。

他又微笑了。

"怎么?"

"怪不得啦!这些亚细亚人简直是可怕的恶棍!您以为他们吆喝是给牛帮忙吗?只有鬼才能弄清楚他们在吆喝些什么!然而这些牛却懂得他们,您就是驾上二十头,只要他们还那样吆喝,那些牛准还是寸步不移的……这简直是一群可怕的恶棍!但是你又能把他们怎么样呢?……他们专爱向过路人敲竹杠……这群骗子被惯坏了!您等着瞧吧:他们还要跟您讨酒钱呢。我是懂得他们的,他们可骗不了我!"

"您在这里服务很久了吗?"

"是的,从在阿历克谢·彼得罗维奇①手下服役时,我就一直在这里,"他摆出一副庄重的姿态回答说,"他来到前线的时候,我是个少尉,"他补充说,"我在他手下因为讨伐山民有功,被提升过两级。"

"那么您现在呢?……"

---

① 阿历克谢·彼得罗维奇·叶尔莫洛夫(1772—1861),俄国将军。一八一六年至一八二七年任格鲁吉亚驻军总司令和高加索军军长。

“现在我在第三边防营里。您呢，可以见告吗？……”

我告诉了他。

说到这里，谈话就结束了，我们继续默默地并排往前走。到山顶上，我们看到了雪。太阳落下去了，黑夜紧跟着白昼而来，没有薄暮的间隔，在南方一向如此；然而，多亏积雪的辉映，我们能够很容易辨识路径，虽然它现在已经不像先前那样陡峭，却依然是通往山上去。我吩咐奥塞梯人把我的皮箱放到车上，并且用马替换了牛，然后，我最后一次俯瞰下面的溪谷——但是从山峡里像波浪般喷腾而出的浓雾把溪谷完全蒙住了，从下面没有一点声息飘到我们耳边。那些奥塞梯人吵吵嚷嚷地围拢来向我讨酒钱；但是上尉威风凛凛地向他们一喊，他们立时都散开了。

“他们就是这种人！”他说，“他们连俄国话‘面包’都不会讲，却学会了‘老总，赏点酒钱吧！’我看就是鞑靼人都比他们好些，不论怎样，鞑靼人总不是酒鬼……”

离驿站大约还有一俄里。周围静悄悄的，寂静得可以凭蚊子的嗡嗡声来确定它在哪里飞。左边是黑黝黝的深谷；在山谷背后以及我们的前方，叠嶂起伏、积雪层层的苍翠的峰峦，呈现在还渲染着落日余晖的茫茫天边。星辰开始在暗淡的天空中闪烁，奇怪得很，我觉得它们要比我们北方的星辰高得多。道路两旁兀立着光秃的黑色岩石；随处有灌木丛从雪底下探出头来，但没有一片枯叶颤动。在大自然的沉梦中来听这三匹疲倦的驿马的鼻息声和俄罗斯铃铛的时高时低的响声，很是使人开心。

“明天一定是个大晴天！”我说。上尉没有回答，却指给我看屹立在我们对面的一座高山。

“这是什么山？”我问。

“古德山。”

“哦，怎么样呢？”

“您来瞧，它在冒烟。”

真的，古德山是在冒烟。薄薄的云流在它两边移动，而在顶巅却凝聚着一团乌云，乌云非常黑，在幽暗的天空里好像是一块墨迹。

这时我们已能望见驿站和它四周石头房子的屋顶了，亲切的灯光在我们前边闪烁着，忽然吹来一阵潮湿的冷风，山谷里便呼呼作响，还落了一阵细雨。我刚披上我的毡斗篷，就下起雪来。我满怀敬意望了望上尉……

“我们怕是要在这里过夜了，”他懊丧地说，“在这样的暴风雪里没有人能爬山越岭。喂，在十字架山那儿已经发生过雪崩了吗？”他问赶车的。

“没有，老爷。”赶车的奥塞梯人回答说，“但是山上的雪很多很多。”

驿站里没有为旅客预备的房间，我们被领到一座烟气弥漫的石头房子里去投宿。我请我的旅伴来跟我喝一杯茶，因为我随身带有一把铁茶壶——这是我在高加索旅行期间唯一的慰藉。

这座石头房子的一面靠着崖壁，三级又湿又滑的台阶通到它的门口。我摸黑走进来，竟撞在一头母牛身上（这地方的人是用牛棚代替下房的）。我不知道要朝哪里走才好：羊在这一头咩咩叫，狗又在那一头唔唔吠。幸而，旁边有一线微光闪了一闪，这才帮我找到另一个好像是门的窟窿。在这里展开了一幅相当有趣的图画：这间宽阔的、屋顶靠两根烟熏火燎的柱子支撑着的石头房子里挤满了人。屋当中，就地生起的火堆发出噼啪的响声；烟，被从屋顶上的窟窿里吹进来的风倒灌回来，在四下里弥漫成浓厚的烟幕，使我许久都分辨不出周围的东西；挨近火坐着两个老太婆、好多孩子和一个瘦瘠的格鲁吉亚人，他们全穿着破烂的衣服。没有办法，我们也就挤到火跟前去，抽起烟斗，不大工夫茶壶也就讨人喜欢似的咝咝响起来了。

“这些可怜的人！”我指着我们的肮脏的主人们，对上尉说。他们正在呆呆地默视着我们。

“而且也是笨得要命！”他回答说，“您信不信？他们任什么都不会，也不配受什么教育！就拿我们的卡巴尔达人或是车臣人来讲吧，他们虽然是强盗和穷鬼，却都是敢作敢为，至于这些人，他们压根儿就不喜欢武器：你不会在他们哪一个身上看到一把像样的短剑。奥塞梯人的确是这样！”

“您在车臣待过很久吗？”

“是的，我跟我的一连人在那边一座靠近石滩的要塞里驻扎了差不多十年，您知道那地方吗？”

“听说过。”

“真的，朋友，我们真被那些匪徒麻烦够了；谢谢老天，如今总算平静多了，但是在早先那些时候，你只要离开要塞围墙一百步，就会有一个蓬头鬼在什么地方悄悄地等候你：你一走神，立刻就有一根套索套住你的脖颈，或是一粒子弹打中你的后脑勺。然而他们可真是好样的！……”

“我想，您总该有许多惊险的遭遇吧？”我为好奇心所驱使，说道。

“怎么会没有呢！有过很多……”

于是他开始捻他左边的小胡子，低下头沉思起来。我满心想从他那儿听到些小故事——这是所有旅行和写杂记的人都有的愿望。这期间，茶煮好了；我从皮箱里取出两只旅行用的杯子，斟满了茶，把一杯放在他面前。他啜了一口茶，就像自言自语似的说道：“是啊，有过很多呢！”这一声感叹给了我很大的希望。我知道，在高加索待久的人都爱说话，并且爱讲故事，他们很不容易得到这样的机会：因为带一连人在一个偏僻的地方一驻扎差不多就要五年，而在这整整五年里，没有一个人会向他说“您好”（因为司务长都说“祝您健康”）。可谈的事情多的是：周围都是粗野而又居心叵测的人；你每天都会遇到危险，时常遇到稀奇古怪的事情，你便会情不自禁地因为我们记载得太少而感到惋惜。

“您要掺点甜酒吗？”我对我的旅伴说，“我有梯弗里斯的白甜酒，现在冷起来了。”

“不，谢谢您，我不喝酒。”

“为什么？”

“因为我已经发誓戒了酒。有一次，您知道，当时我还是个少尉——我们一伙人都有些喝醉了，偏巧那天夜里发了警报，我们都醉醺醺地跑去集合。当阿历克谢·彼得罗维奇察觉时，我们都遭了殃：老天爷，他真是火透了！差一点把我们送军法处。事情就是那样巧，你有时整整一年一个人影儿也不见，刚喝点伏特加——就成了一个堕落的人!”

听了这话,我几乎失望了。

“就拿契尔克斯人来说吧,”他接着说,“在婚丧的筵席上他们要是灌足了布渣酒,便准会动刀动枪。有一次我好不容易才拔脚跑掉,这还是在一位跟我们亲善的土司家里做客呢。”

“这是怎么一回事呀?”我问。

“听我说,”他装满一袋烟抽着,便讲起来,“您知道,那时候我带一连人驻扎在捷列克河边一座要塞里,这是将近五年前的事了。有一年秋天,一个运输队运着粮秣来了,队里有一个大约二十五岁的青年军官。他穿着全副军装来向我报到,说他奉命要留在我的要塞里。他是那样的纤瘦、白皙,军装是那样的崭新,我马上就看出他来我们高加索还不很久。‘您准是,’我问他,‘从俄罗斯调到这里来的吧?’‘正是这样,上尉先生。’他回答说。我握住他的手,说道:‘我很高兴,很高兴。您在这里会感到有些寂寞……好,我要同您像朋友一样在一块儿生活。请您就干脆叫我马克西姆·马克西梅奇好了,而且,干吗要穿这全副军装? 不论什么时候您到我这里来,只要戴上军帽就行啦。’给他安排了宿舍,他就在要塞里住下来了。”

“他叫什么名字?”我问马克西姆·马克西梅奇。

“他的名字是……格里戈里·亚历山德罗维奇·毕巧林。我敢说,他是个出色的小伙子,但有些古怪。譬如说,不管下雨、天冷,他整天在外面打猎;别人都快冻僵了,筋疲力尽了,他却满没事儿。可是有时候,他待在自己屋里,只要有一丝风儿吹动,他就会说他着凉了;窗板若是发出响声,他就会浑身颤抖,脸色发白;但是我却亲眼看见过他独自出去打野猪;时常你几个钟头都引不出他一句话来,但是只要他一开口,就会使你笑痛肚皮……是的,他有许多古怪的地方,而且一定是个有钱的人:他有那么些个各种各样贵重的小玩意儿呢! ……”

“他跟您在一起待了很久吗?”我又问。

“大约有一年。而且在我是很值得纪念的一年;他给我带来许多麻烦,其实不该去说这些! 您知道,的确有那么一种人,他们生来便注定要遭遇到各种不平常的事情!”

“不平常的事情!”我带着好奇的神气叫了起来,一面给他添茶。

“这就讲给您听。离要塞大约六俄里的地方,住着一个跟我们亲善的土司。他的儿子,一个十五六岁的男孩,时常骑着马来看我们:他几乎天天来,一会儿为了这件事,一会儿又为了那件事。唉,实在是我跟格里戈里·亚历山德罗维奇把他宠坏了。这孩子真是个不要命的,干什么都非常麻利,骑在马上飞跑的时候可以从地上捡起帽子,打起枪来弹无虚发。他只有一个毛病:爱钱如命。有一次,格里戈里·亚历山德罗维奇跟他开玩笑,说他若是能从他父亲的羊群里给他偷来那只最好的山羊,就给他一枚金币。您猜怎么样?第二天夜里他拉着犄角把那只羊牵来了。我们时常想着法儿去逗他,他就会两眼发红,马上伸手去拔他的短剑。‘嘿,阿扎马特,当心你的脑袋,’我对他说,‘你迟早要倒霉的!’

“有一次,那位老土司亲自来请我们去赴婚筵:他的大女儿要出嫁了。我们跟他原是朋友,所以虽然他是鞑靼人,也不能谢绝。我们出发了。村子里有一大群狗高声吠叫着来迎接我们。妇女们一看见我们就都躲起来;那些能让我们一睹姿色的,都跟美人差远了。‘我原来以为契尔克斯女人要漂亮得多呢。’格里戈里·亚历山德罗维奇对我说。‘您先别忙!’我微笑着回答。我心里有我自己的想法。

“这位土司家里已经聚集了好多人。您知道,这是亚细亚人的风俗,不管什么人都请来参加婚礼。我们被待如上宾,让到客厅里。然而我并未忘记留意他们把我们的马放在哪儿,您知道,也许会发生什么意外。”

“他们的婚礼是怎样进行的?”我问上尉。

“就像平常那样。开头,由教士给他们诵读一段可兰经;随后把礼物送给新婚夫妇和他们的亲族;大家吃啊,喝布渣酒啊,接着便是表演马术,并且总是由一个穿得破破烂烂、满身油污的人,骑着一匹可怜的瘸腿的驽马,装模作样,扮着丑态逗贵宾们发笑;最后,天快黑时,他们便在客厅里举行所谓的舞会。一个穷老头子叮叮咚咚地弹起一种三弦乐器来……我忘记他们怎么称呼这乐器来的……它有些像我们的三弦琴。姑娘们和小伙子们都面对面地分作两行站好,拍着手,唱着歌。随后一个姑娘和一个小伙子走到中央，开始随便对唱起来，其余的人便跟着合唱。我和毕巧林坐在贵宾席上，忽然主人的小女儿朝他走过来，这是一个十六七岁的姑娘，她对着毕巧林唱歌……这要我怎么说才好？……颇像是说恭维话呢。”

“她唱的是什么呀，您不记得啦？”

“意思大概是这样：‘人们都说，我们的年轻骑士好英俊，他们穿的战袍是用银子装饰的，但是这位年轻的俄罗斯军官比他们还英俊，他战袍上的饰钮是金子制的。他在他们中间好像一株杨树；可是它在我们花园里既不会生长，更不会开花。’毕巧林站了起来，把手贴在额头和胸口，并请我替他回答她；我熟悉他们的语言，便给翻译了他的答词。

“等她离开了我们，我低声向格里戈里·亚历山德罗维奇说：‘喂，您以为她怎样？’

“‘真美呀，’他答道，‘她叫什么名字？’‘她叫贝拉。’我回答说。

“真的，她实在美：身材苗条，眼睛像山羚羊的眼睛那么黑，能看透人的心灵。毕巧林出了神，眼睛一直没有从她身上移开，她也不时偷偷地打量他。然而，不止毕巧林一个人在欣赏土司的这位美丽的女儿：屋角里还有一双火焰般的眼睛也凝视着她呢。我仔细一看，认出了我的老相识卡兹比奇。他，您知道，既算不得‘亲善的’，也不是‘不亲善的’。他有许多可疑的地方，虽然从不曾捉到他什么错处。他常常赶着些公羊到我们要塞来贱卖，只是他从来不让还价：他要多少，你就得给多少——杀了他，他也不肯减价。人们说他喜欢跟山贼到库班去闲逛，老实说，他那副长相真像强盗：瘦小，干瘪，宽宽的肩膀……可是十分机灵，机灵得像个小鬼！他的棉袄总是破烂不堪，满是补丁，但是他的武器却配着银饰。他的马是整个卡巴尔达闻名的——真的，不能想象还有比这更好的马了。骑手们个个都嫉妒他并不是没有道理；他们不止一次打过主意来偷它，只是没有成功罢了。我现在仿佛就看见这匹马：毛像漆一般的黑，腿跟琴弦一般的直，眼睛也不在贝拉之下；而且是多么健壮有力！它一口气能飞奔五十俄里；况且又训练得那么出色——它会像狗似的跟着主人跑，还听得出他的声音！卡兹比奇从不把它拴起来。真是一匹强盗的马呀！……

“那天晚上，卡兹比奇比平时还要不高兴，我发现他在棉袄里穿着锁子甲。‘他不会无缘无故穿上锁子甲的，’我心里想，‘他准是在打什么主意。’

“屋里变得闷热起来，我到外面去透透空气。夜幕已经降临到山上，雾气正在峡谷里飘荡。

“我忽然想到拴着我们马匹的棚屋里去瞧瞧有没有草料，况且，小心一点总不碍事：我的马也是一匹好马，不止一个卡巴尔达人爱慕地瞧着它，一边说着：‘好马，真好！’

“我悄悄地沿着篱笆走，忽然听见有人说话；其中一个人我立刻就听出来了：那是我们东道主的儿子，放浪少年阿扎马特；另外那人说话比较少，声调也低些。‘他们在那里谈些什么呢？’我心里想，‘不会是讲我的马吧？’我在篱笆旁边蹲下来，开始倾听，尽力不漏掉一个字。有时从屋里传来的喧嚣的歌声和嘈杂的说话声淹没了那对我正是新奇有趣的谈话。

“‘你的马真好！’阿扎马特说，‘我若是一家之主，并且有三百匹马，我情愿用一半来换你的千里马，卡兹比奇！’

“‘啊哈，这是卡兹比奇呀！’我心里想，于是想起了锁子甲。

“‘是的，’卡兹比奇沉默了一会儿回答说，‘在整个卡巴尔达你也找不到这样的马。有一次——那是在捷列克河对岸，我跟山贼骑着马去袭取俄罗斯人的马群；碰上运气不好，我们都四散逃开了。四个哥萨克从我后面追上来；我已经听见身后这些邪教徒的喊声，前面是一片茂密的树林。我伏在马鞍，把自己交给了主，生平是第一次用鞭子抽了马。它像鸟儿一般在丫枝间飞奔；尖锐的荆棘撕破我的衣裳，榆树的枯枝敲打我的脸。我的马越过树桩，用胸膛分开灌木丛。那时我最好是在树林边上把马丢下，自己徒步躲到树林里，但是我舍不得跟它分开——于是先知就惩罚我了。几粒子弹嗖嗖地从我头上飞过；这时我已经听到急匆匆的哥萨克们在跟踪追赶……忽然我面前出现了一道深沟；我的千里马踌躇了一下——就纵身跳了过去。它的后蹄从对岸滑脱了，只剩前腿挂在上面。我丢开缰绳，跳进沟里；这才救了我的马：它跳出来了。这情景，哥萨克们全看见了，只是没有一个人来搜寻我：他们准以为我已经摔得半死啦，我听见他们狂奔着去捉我的马。我心里难受极了；我沿着沟爬过茂密的草丛——一瞧：树林已经到了尽头，几个哥萨克骑着马从树林里跑到旷地上，我的卡拉乔司正冲着他们飞奔；他们一声呐喊迎向前去；好久，好久地，他们追赶着它，特别是其中一个人有两次几乎用套索套住它的脖颈。我浑身发抖，垂下眼睛开始祈祷。过了不大一会儿，我抬起眼睛看到：我的卡拉乔司正摆动着尾巴像风一般在那里飞奔，而那些邪教徒则骑在疲惫不堪的马上，在草原上一个紧跟着一个，落得老远。天啊！这是真的，的确是真的！我在那沟里一直待到深夜。忽然间，你猜是什么，阿扎马特？我在黑暗里听见一匹马沿着沟岸奔跑，打着响鼻，嘶鸣着，用蹄子叩击地面；我听出是我的卡拉乔司的声音：这就是它，我的同伴呀！……从此以后，我们就再没有分开过。'

"接着可以听到他用手轻拍他的千里马的光滑的脖颈，用各种亲热的名字唤它。

"'如果我有一千匹母马，'阿扎马特说，'我情愿把它们都给你，来换你的卡拉乔司。'

"'不，我可不愿意。'卡兹比奇冷淡地回答。

"'听我说，卡兹比奇，'阿扎马特讨好他说，'你是个善良的人，你是一位勇敢的骑士，但是我父亲害怕俄罗斯人，他不让我到山里去；把你的马给我吧，你要什么，我都会替你办到；我可以替你偷出我父亲最好的步枪或是军刀，你愿意怎样就怎样——他的军刀是一把真正的宝刀：你只要把刀锋向手上一放，它自己就会切到肉里去；像你那副锁子甲是不顶用的。'

"卡兹比奇沉默着。

"'当我头一次看见你的马，'阿扎马特继续说，'那时它正在你身子底下旋转、跳跃，鼻孔膨胀着，燧石从它蹄下翻腾起来，我心里就起了一种莫名其妙的变化，从此以后我对一切都厌弃了：连我父亲最好的快马我都看不上眼了，骑着它们我感到羞辱、烦恼；在烦恼中我整天整天坐在峭壁上，时时刻刻都想到你的黑色骏马。它的步态是那么匀称，它的光滑的脊背像箭那么直；它用它那双灵活的眼睛凝视着我，好像要说什么话似的。卡兹比奇,如果你不把它卖给我,我就要死了!'阿扎马特声音颤抖地说。

"我仿佛听到他在哭:应该告诉您,阿扎马特是个非常倔强的孩子,就是他年纪很小的时候,任何事情也不能叫他流泪。'

"可以听到一种类似嘲笑的声音在回答他的眼泪。

"'听我讲!'阿扎马特斩钉截铁地说,'你要晓得,我是豁出去了。你愿意我把我姐姐给你偷出来吗?她跳舞跳得多么好,唱歌唱得多么妙啊!而且她用金丝线刺绣——又是多么出色!就连土耳其的皇帝都不曾有过像她那样的老婆呢……你愿意吗?明天夜里就在那边,在有小溪流过的峡谷那儿等我:我要陪她到邻村去——她就是你的了。难道贝拉还抵不过你的快马?'

"卡兹比奇沉默了很久很久,最后他低声唱起一支古老的歌来代替回答:①

我们山村里有许多美人,
她们的眼睛辉耀,好比黑暗中的星星,
去甜蜜地爱她们吧,可羡慕的好福分;
然而更使人快乐的是好汉的自由。
金子可以买来四个老婆,
一匹烈马才是无价之宝:
它不会落在草原上的旋风后面,
它不会变心,也不会把你欺骗。

"阿扎马特哀求他,又是哭,又向他讨好,还赌咒发誓;一切都是徒然。最后,卡兹比奇不耐烦地打断了他的话:

"'滚开,你这异想天开的小毛孩子!你哪能骑我的马?走不上三步,它就会把你摔下来,在石头上撞碎你的脑袋。'

"'把我摔下来!'阿扎马特狂怒地大喊一声,同时这孩子的短剑也就击在锁子甲上发出响声。一只强有力的手把他推开,他猛撞在篱笆

---

① 请读者原谅我把卡兹比奇的歌写成了诗句,我当时听到的自然是散文;然而习惯是第二天性。——作者注

上，撞得篱笆都晃动起来。‘要有好戏看了！’我心里想，便冲进马棚，备好我们的马，牵到后院里来。不出两分钟，屋子里就乱成一团。事情是这样的：阿扎马特跑进屋子，他的棉袄被撕破了，说卡兹比奇要杀他。大伙都冲出去，抓起枪——于是这场好戏就开始了。叫喊，喧哗，开枪；但是这时候卡兹比奇已经骑上马，像魔鬼似的挥舞着军刀，在大街上的人群中横冲直撞。‘如果被连累上，那可糟啦，’我抓住格里戈里·亚历山德罗维奇的胳膊，对他说：‘我们不如趁早脱身吧？’

“‘请等一下，看看这场戏怎样收场。’

“‘结果一定好不了；这些亚细亚人总是这样：一灌足布渣酒，保准有一场厮杀！’我们就骑上马跑回家来。”

“卡兹比奇怎么样啦？”我忍不住问上尉。

“对这种人来说，还不总是那样！”他回答道，同时把茶喝干，“他自然溜了！”

“而且也没有受伤？”我问。

“那只有天知道！那些强盗真是杀不死的！举个例子说，我亲眼看见过一些人：浑身上下像筛子一般被捅满了窟窿，可是还在挥舞着军刀呢。”上尉沉默了一会儿，用脚跺了跺地面，继续说：

“有一件事我永远不会宽恕我自己：真是被鬼迷了心窍。回到要塞之后，我把蹲在篱笆后面听来的话，都一五一十说给格里戈里·亚历山德罗维奇听了；他笑了笑——他真狡猾！——但是自己却在打主意。”

“是怎么回事？请讲给我听。”

“好吧，这可没法推却啦！我既然开了头，就应当继续讲下去。

“大约过了四天，阿扎马特又骑马来到要塞。他和往常一样去看格里戈里·亚历山德罗维奇，这位先生总是拿好东西请他吃。当时我也在座。我们谈到马，毕巧林便开始赞美起卡兹比奇的马来：它跑得那么快，又漂亮，像只羚羊——总之，照他的话讲来，全世界简直再也找不出这样的马。

“小鞑靼的眼珠儿闪起光来，毕巧林却好像没有察觉；我把话题引到别的上面，可是他，你瞧，马上又扯到卡兹比奇的马上去了。阿扎马特每次来了都是这样。大约过了三个星期,我看出阿扎马特变得面色苍白而憔悴,就像小说里人们闹恋爱时的情形一样。真是奇怪啊!……

“您看,后来我才晓得这是怎么回事。格里戈里·亚历山德罗维奇把那孩子逗得简直要投水寻死。有一次,毕巧林对他说:‘我瞧出来,阿扎马特,你非常喜欢那匹马;但是你却不能看到它,正如你看不到自己的后脑壳一样!喂,你说吧,若是有人把它送给你,你要用什么答谢他呢?……’

“‘凡是他想要的一切。’阿扎马特回答道。

“‘如果这样,我就把那匹马给你弄来,只是有一个条件……你起誓吧,说你一定会办到……’

“‘我起誓……你也要起誓!’

“‘好!我起誓你一定会得到那匹马;可是你必须把你姐姐贝拉拿来交换:卡拉乔司就算是新郎的聘礼。我希望这笔交易对您有利。’

“阿扎马特没言语。

“‘你不愿意吗?好吧,那就随你的便!我满以为你是个男子汉,可你依然是个小毛孩子:你要骑马还嫌太早呢……’

“阿扎马特发火了。‘可是我父亲呢?’他说。

“‘难道他永远不出门吗?’

“‘对呀……’

“‘你同意啦?……’

“‘同意,’阿扎马特低声说,脸苍白得像死人,‘在什么时候呢?’

“‘就在下次卡兹比奇到这里来的时候;他答应过要赶十只公羊来。其余的都是我的事。你要当心呀,阿扎马特!’

“他们就这样谈妥了这笔交易……说真的,这件事可不好!后来我也这样向毕巧林说过。但是他只回答说,一个契尔克斯的蛮子姑娘能有像他那样可爱的丈夫,就应该算是好福气啦,因为照那些人的看法,他总配当她的丈夫,至于卡兹比奇呢,是个应该受到惩罚的强盗。您自己来评评看,我还能说什么话来反对呢?……然而在当时,他们的阴谋我一点都不知道。果然,有一天卡兹比奇骑着马来了,问我们要不要公羊和蜂蜜；我嘱咐他第二天带些来。‘阿扎马特！’格里戈里·亚历山德罗维奇说，‘明天卡拉乔司就会落到我手里；若是贝拉今天夜里不到这里来，你就看不到那匹马了……’

“‘好！’阿扎马特说完就往山村里疾驰而去。当天晚上，格里戈里·亚历山德罗维奇全副武装，骑马出了要塞：这事他们究竟是怎样办妥的，我不知道，不过夜里他们俩回来了，哨兵看见阿扎马特的马鞍上横放着一个女人，手脚都捆绑着，头用面纱包着。”

“那么马呢？”我问上尉。

“不要忙，不要忙。次日清早，卡兹比奇骑马赶着十只公羊来卖。他在篱笆旁拴好马，走进来看我，我请他喝茶，因为他虽然是个强盗，但总是我的朋友。

“我们开始说这说那……忽然我看见卡兹比奇哆嗦了一下，脸色都变了——他冲到窗口，不幸这窗子却对着后院。‘你怎么啦？’我问。

“‘我的马！……马呀！’他说，浑身都在发抖。

“真的，我是听到马蹄声：‘这准是哪个哥萨克骑马来了……’

“‘不是！是个坏俄罗斯人，坏人！’他怒吼起来，像只雪豹似的直冲过去。他两跳就跳到院子里；在要塞门口，哨兵用枪拦住他的路；他就从枪上跳过去，在大路上奔跑……远处尘土飞扬——阿扎马特正骑着那匹剽悍的马卡拉乔司疾驰；卡兹比奇边跑边从枪套里拔出枪来射击。直到他确信没有射中时，他一动不动地待了差不多一分钟；后来，他尖叫一声，把枪在石头上砸得粉碎，便扑倒在地上像小孩一样痛哭起来……许多人从要塞里出来围着他，他谁也不理；大伙站在那里议论了一会儿，都回去了。我打发人把买羊的钱放在他身旁——他连摸都不去摸它，脸朝下趴着，像死人似的。你相信吗，他就那样一直躺到深夜，并且躺了一整夜……第二天早晨，他才到要塞里来央求人们说出盗马贼的姓名。看见阿扎马特把马解开、骑着它跑开的那个哨兵，并不认为这事有隐瞒的必要。卡兹比奇一听到阿扎马特的名字，登时眼睛发亮，他立刻往阿扎马特的父亲住的山村里走去。”

“他父亲可怎么办呢？”

“啊，问题就在这里，卡兹比奇没有找到他：他到别处去了，要过六天才回来,不然阿扎马特怎能把他姐姐弄出来呢?

“等父亲回来后,女儿和儿子都不见了。那儿子是个狡猾鬼,他明白,他若是被捉住,一定要掉脑袋。所以从此他就失踪了:他一定是入了山贼的伙,在捷列克河或是库班河对岸胡作非为,终于没得好死:这也是他活该如此啊!……

“我承认,这件事也给我带来不少麻烦。我一听说那位契尔克斯姑娘在格里戈里·亚历山德罗维奇那里,我就佩戴好肩章和剑去看他。

“他躺在外屋的床上,一只手枕在后脑壳下,另一只手拿着已经熄灭的烟斗。通里屋的门上了锁,而且锁上没有钥匙。这一切我立刻都注意到了……我开始咳嗽,还在门槛上跺跺靴跟——但是他却装作没有听见。

“‘准尉先生!’我尽可能严厉地说,‘难道您没看见我到您这里来了吗?’

“‘啊,您好,马克西姆·马克西梅奇!您不抽一袋烟吗?’他回答说,并没有抬起身来。

“‘请原谅,我不是马克西姆·马克西梅奇:我是上尉。’

“‘还不是一样。您不喝茶吗?您该知道我心里有多烦呢!’

“‘我一切都知道。’我向床前走过去,回答说。

“‘这就好:我是没有心思来讲的。’

“‘准尉先生,您犯了军规,为这事我可能也要负责呢……’

“‘得啦!这有什么了不起?要知道,我们老早就是同甘共苦的了。’

“‘开什么玩笑?请交出您的剑来!①’

“‘米基卡,拿剑来!’

“米基卡拿过剑来。我尽了自己的义务,就坐到他的床边,说道:‘听我说,格里戈里·亚历山德罗维奇,您得承认这样做不好。’

“‘什么不好?’

“‘就是您把贝拉弄了出来……阿扎马特真狡猾!好啦,您承认了

① 按帝俄军队规矩,军官被缴出剑,就是遭禁闭。

吧！'我对他说。

"'但是，假使我喜欢她呢？'

"啊，这可叫我怎么回答好呢？……我被窘住了。然而，沉默了一会儿后，我就告诉他：如果她父亲来要人，就应该把她交还。

"'根本没有必要！'

"'如果他知道她在这里呢？'

"'他怎么会知道？'

"我又被窘住了。'您听我说，马克西姆·马克西梅奇，'毕巧林欠起身子说，'您真是个好人，但是如果我们把贝拉还给那蛮子，他不是杀了她就是把她卖掉。事情既然做到这一步，如今只要不存心把事搞糟就行了；把她留在我这里吧，您把剑拿去好了……'

"'让我看看她。'我说。

"'她在那扇门后面；就连我自己现在想看看她都没有办法；她坐在墙角里，蒙着面纱，不说话也不看人，看见人就害怕，活像一只野羚羊。我已经雇了我们小酒铺的懂鞑靼话的女掌柜，让这位女掌柜去照顾她，以使她习惯于这种想法：她是属于我的，除我以外她是不会属于别人的啦。'他补充说，同时用拳头捶了下桌子。我竟连这一点也同意了……叫我怎么办呢？有种人，你只好依着他们。"

"怎样？"我问马克西姆·马克西梅奇，"他果然使她习惯了他呢，还是她在囚禁中因为想家而憔悴了呢？"

"得啦，她为什么要想家呢？从山村里望得见的那些山岭，从要塞里也望得见——这些蛮子并不再需要什么旁的。况且，格里戈里·亚历山德罗维奇每天都要送她东西：起初几天她一言不发，傲慢地把礼物推开，于是那些礼物便落到女掌柜手里，使她对贝拉说尽了甜言蜜语。啊，礼物！为了一块花布，一个女人有什么事做不出呢！……嗳，这是题外话……格里戈里·亚历山德罗维奇在她身上费尽了心机，还学了鞑靼语，她也逐渐懂得我们的话了。一点一点地她习惯于看他了，起初是皱着眉头，斜着眼睛看，但是她依然闷闷不乐，低声哼她的歌，就连我在隔壁屋子里听了，心里都感到难过。我永远不会忘记这一幕：有一天我打那儿路过，往窗子里一瞧：贝拉坐在炕上，头垂在胸前，格里戈里·

亚历山德罗维奇站在她面前。‘听我说，我的仙女，’他说，‘你当然知道你迟早终归是我的，那你为什么老折磨我呢？莫非你爱上了哪个车臣人？如果是这样，我马上就放你回家去。’她几乎觉察不出地抖了一下，还摇摇头。‘或许是，你十分恨我？’他继续说。她叹了一口气。‘或许是你的信仰不许你来爱我？’她脸都白了，一言不发。‘相信我吧，所有的种族只有一个主阿拉，如果他允许我爱你，那为什么不许你也来爱我呢？’她凝视着他的脸，仿佛被这个新的想法给吓住了，她的眼睛里流露出又是怀疑又想相信的神情。这是什么样的眼睛啊！它们就像两块炭似的发光呢。

“‘听我讲，亲爱的、善良的贝拉呀！’毕巧林继续说，‘你知道我是多么爱你，我准备牺牲一切来使你快乐：我要你幸福；你若是再这样抑郁寡欢，我就要死了。说呀，你会快乐一些吗？’她沉思了，她的黑眼睛依然盯着他，随后她妩媚地微笑了一下，点了点头表示同意。他握住她的手要她来吻他。她无力地抗拒着，只是反复地说：‘请，请别这样。’他继续坚持，她颤抖着，哭了。‘我是你的俘虏，’她说，‘你的奴隶，当然你能强迫我。’于是又流下了眼泪。

“格里戈里·亚历山德罗维奇用拳头捶了一下额头，跑到另一间屋子里去。我走进去看他；他正伤心地抄着手在走来走去。‘怎么样，老弟？’我对他说。‘她简直是妖精，哪里是女人！’他回答说，‘但是我向您保证，她将是我的……’我摇摇头。‘您愿意打赌吗？’他说，‘一星期之后！’‘好！’我们击了掌，就分开了。

“第二天他就派一名专差到基兹略尔去买各种各样的东西，带回来大批各式各样的波斯衣料，数也数不清。

“‘您以为怎样，马克西姆·马克西梅奇！’他指着那些礼物对我说，‘那个亚细亚美人能抵挡得住这样的炮垒吗？’‘您不了解契尔克斯女人，’我回答说，‘她们跟格鲁吉亚女人或外高加索的鞑靼女人完全不一样——完全不一样。她们有她们的规矩，她们是照另一种方式教养出来的。’格里戈里·亚历山德罗维奇微笑了一下，用口哨吹起一支进行曲。

“结果被我猜对了：那些礼物只起了一半的效果；她变得比较温

柔,比较相信人了,但也仅止于此。毕巧林于是决定了最后的一招。一天早晨他吩咐备马,他穿上契尔克斯人的服装,带上武器,走进她屋里。‘贝拉!’他说,‘你知道我是多么爱你。我当初决定把你弄出来,满想等你了解了我就会爱我。我想错了:别了!你留在这里做我所有一切的全权主人吧;如果你愿意,就回到你父亲那里去——你是自由的。我对不起你,我应该惩罚我自己。别了,我要走了——到哪里去?这我怎么知道!天啊,不久我就要遭到枪击或是刀砍:到那时希望你想起我并且饶恕我。’他转过身来伸手向她告别。她没有握他的手,沉默着。只消站在门后,我就可以透过门缝看见她的脸。我也觉得很难过——她那可爱的脸蛋竟蒙上一层死人般的苍白。毕巧林没听到回答,朝门口走了几步;他颤抖了,怎么对您说呢?——我想他真会照着他当笑话说的那些话去做。他天生就是那种人,天晓得他!他刚一碰到门,这时贝拉突然跳起来,痛哭着,扑到他的脖子上。您信不信,我站在门外也哭了,您知道,并不是哭,却是——简直在犯傻呢!……”

上尉沉默了。

“是的,我承认,”后来他捋着小胡子说,“我觉得怪伤心的,因为从来就没有一个女人像那样爱过我。”

“他们的幸福长久吗?”我问。

“是的,她向我们承认,自从看见毕巧林那天起,她就常梦见他,她说从来没有一个男人在她心里留下那样的印象。是啊,他们是幸福的!”

“这可多么枯燥乏味啊!”我不由得叫了起来。实际上,我是期待着一个悲剧的结局,而我的希望却突然出乎意外地给打消了!……“难道她父亲没猜到她是在你们要塞里吗?”我接着说。

“不错,他似乎怀疑过。但是没过几天,我们就听说老头被人杀死了。情况是这样的……”

我的精神又为之一振。

“应该告诉您,卡兹比奇揣测阿扎马特大概是得到他父亲的同意才偷他的马的,至少我是这么想。于是,有一次他在离山村大约三俄里的路旁守候着。老头子去找女儿没有找到,正好回来。他的随从们都落在后面——当时已是薄暮,他沉思着骑在马上缓缓走着,突然间,卡兹比奇像猫儿似的从树丛后面蹿出来,在他身后跳上他的马,用剑一击就把他打倒在地上,自己抓起缰绳跑了——当时的情形就是这样。有几个随从在小岗上看到了,他们冲过来追赶,但是没有追上。"

"他总算为失去的马出了气,报了仇。"我说,想引出我的交谈者的意见。

"自然,照他们看来,他做得完全正确。"上尉说。

我不禁因为俄罗斯人能适应他与之共处的那些民族的习俗的能力而感到惊异。我不知道这种能力本身是应受谴责呢,还是值得赞美,但是这却证明他的不可思议的适应能力和一旦看到罪恶无可避免或无法消灭时就加以宽恕的清晰的恢宏睿智。

这时候,茶已经喝完;早已套好的马匹都在雪地里冻得打战;月亮在西方渐渐淡下去,就要沉没在悬在远处峰峦上的、像破幕的烂片似的乌云中间。我们走出石头房子。跟我旅伴的预言正相反,天气却晴起来,预示我们将有一个宁静的早晨。星星的花环以绮丽的式样交织在遥远的天边,正逐个地慢慢消泯,这时东方朦胧的晨光已漫布在暗青色的天空,逐渐辉映在覆着纯洁积雪的峻峭的山坡上面。左右都是黑黝黝的神秘的深壑,雾团像蛇似的蜷盘着,回绕着,沿着附近岩石的皱褶朝那边爬下去,仿佛感到并害怕白昼的临近。

天空和地面上一切都很平静,就像一个人早祷时的心境一样;只偶尔有一阵凉风从东方吹来,吹起覆着霜的马鬃。我们动身了;五匹瘦弱的驽马很吃力地顺着蜿蜒的道路把我们的车子拉上古德山;我们在后面步行跟着。每当马拉不动的时候,我们就把石块放在车轮下面。这条路看起来就像要通到天上似的,因为极目望去,它老在往上升,最后一直隐没在从黄昏起就像守候猎物的老鹰一般停歇在古德山顶的云里。雪在我们脚下咯吱咯吱地响。空气稀薄,使呼吸都很困难;血时时涌上头来,但同时一种欢慰的感觉也散布在我周身的血管里。我因为能这样高高置身在世界之上,心头感到说不出的快活:毋庸争论,这是一种童稚的感情,但是,当我们离开尘世的喧嚣而接近大自然时,我们不由得就变成孩子了:所有后天得来的属性都从心灵上脱落,于是心灵就恢复了它曾经是而且将来会是的样子。谁只要像我那样曾经在荒野的丛山峻岭中浪游过,长久地仔细观察过雄伟的山岭并贪婪地吸入过在它们溪谷里流通的清新空气,谁就自然会理解我所以要介绍、叙述和描写这些魅人景色的愿望。最后,我们爬上古德山的顶巅,停下来极目四望:山顶悬着一团灰云,它那寒冷的气息给人以暴风雨将临的威胁;但是在东方一切却那样清朗,金光灿烂,使我们,就是上尉和我,把那块灰云全忘得一干二净了……是的,就连上尉也把它忘了:单纯的心灵对于大自然的伟大壮丽的感受,要比我们这些喜欢在口头讲和在纸上写的人,要百倍地强烈和敏锐呢。

"我想,您对这些壮丽的景色早就习惯了吧?"我对他说。

"是啊,即使对枪弹的呼啸声都能习惯,就是说,习惯于藏起情不自禁的心悸。"

"可是我听说,有些老战士甚至觉得这种音乐是悦耳的呢。"

"当然,如果您愿意那么说,它的确是悦耳的,但这只是因为心跳得更猛烈的缘故。请来瞧,"他指着东方又说,"多么美的地方呀!"

真的,这样的景色我未必能在什么地方再看到了:在我们下面是那被两条银线似的阿拉格瓦河跟另一条小河横穿过去的科依沙乌谷;一团淡蓝色的雾在沿着这谷地移动,避开清晨温暖的光线,飘到附近的峡谷里去;左右都是覆满白雪和灌木丛的山脊,一个高过一个地耸峙着,并且延伸开去;远处也是同样的山岭,但绝无两座形状相似的断崖——这些山岭上的积雪都闪耀着粉红色的光辉,显得那么快活,那么耀眼,叫人真想在这儿永远待下去。太阳从深蓝色的山背后刚刚露面,只有有经验的眼睛才能把山岭同乌云分辨开来,但是在太阳上面有一条血红的彩霞,我的旅伴对它特别注意。"我对您说过,"他大声说,"今天会有暴风雨;要快快赶路才行,不然我们恐怕会在十字架山那里遇上风雨。快走啊!"他对车夫们喊道。

车夫们把铁链放在车轮下面代替刹车,以免车轮滑下去,一面紧抓着马笼头,开始往下走。右边是悬崖,左边是一个很深的峡谷:谷底的奥塞梯人的整个小村落看起来就像是一个燕子窝。当我想到在这条两辆马车都错不开的路上,一个驿车夫一年之中在深夜里要驾车十来次经过这儿而并不从他那颠簸的车上摔下来,我不禁发抖了。我们的车夫中一个是雅罗斯拉夫尔的俄罗斯农民,另一个是奥塞梯人。这个奥塞梯人采取一切可能的预防手段:事先卸下前面的马,拉着辕马的笼头——而我们那位满不在乎的俄罗斯人甚至没有从驾驶座上下来!我对他说,他至少应该关心一下我的皮箱,因为我可不愿意下到深谷里去找它。他回答说:“咳,老爷!上帝保佑,我们能走到那里,决不会落在他们后面;我们又不是第一次。”他说得对:看样子我们好像不能到达,结果我们还是到达了。假如每个人都能多思考一下,他就会确信,对生命并不必过分操心……

不过,你们也许想知道贝拉的故事的结局吧?——第一,我写的不是小说,而是旅行杂记:因此,上尉不开始讲,我就不能勉强他讲。所以,你们要稍等一下,不然的话,你们可以跳过几页再看,但是我不劝你们这样做,因为翻越十字架山(或者像学者刚巴①那样,称它为圣克里斯托夫山)是值得你们惊羡的。我们就这样从古德山下到契尔托夫谷……这真是一个浪漫主义的名字!也许你们已经在无法攀登的悬崖中看到恶魔的巢穴——实际上却满不是这回事:契尔托夫谷是从“契尔塔”(边界)而不是从“乔尔特”(鬼)一词得名的,因为这里曾是格鲁吉亚的边界。谷里满是积雪,使我们很鲜明地想起萨拉托夫、坦波夫和我们祖国其他可爱的地方。

“瞧,这就是十字架山!”当我们走下契尔托夫谷时,上尉指着一座覆雪的山岗说;山顶上有一个黑黝黝的石头十字架,它旁边伸延着一条几乎辨别不出的荒僻路径,只有当山边的道路被雪堵塞时,人们才走这条路。我们的车夫说,这时还没有雪崩,因为爱惜马才领我们绕山而行。在道路转弯的地方,我们遇见五个奥塞梯人,他们都过来给我们帮忙:把住车轮,一边吆喝,一边拖曳和护住我们的马车。的确,这是一条险路:右边,悬在我们头上的是许多雪堆,似乎一阵风吹来就准备落到谷里;狭窄的路部分为雪遮没,有些地方一踩就坍塌,而另外一些地方,

---

① 刚巴(1763—1833),法国旅行家,曾任法国驻第弗利斯领事,著有《南俄旅行记》。他在该书中把十字架山称为“圣克里斯托夫山”,不知道这名字来自俄文“十字架”。莱蒙托夫称他为“学者”,是讥笑他。

又因为阳光和夜间的严寒，雪都结成了冰，因此我们自己走路都很吃力：马匹常常滑倒；左方是一条深邃的裂罅，一道溪水在那里奔流，它时而隐藏在冰层下面，时而又在黑色的岩石间奔腾，泛起泡沫。我们用了两个小时的工夫才算绕过十字架山——两个钟头只走了两俄里！这期间乌云密布，下起冰雹和雪花；风冲入山谷，就像夜莺大盗[①]那样怒吼、呼啸，不久那个石头十字架也被雾遮住了。这雾浪愈来愈浓，从东方涌流过来……顺便插一句，关于那个十字架有一个很奇怪而又很流行的传说：说它是在彼得大帝路过高加索时竖立的；然而，一则彼得大帝当时只到过达格斯坦，再则在十字架上用大写字母写着，说它是根据叶尔莫洛夫将军的命令建立的，而且正是在一八二四年。但是尽管有题字，这传说却是流传得那么久远，说真的，叫你不知要相信哪个才好，何况我们又是不习惯于相信题字的。

为了赶到科比驿站，我们还要在结冰的岩石和泥泞的雪地上往下走五俄里。马匹疲惫不堪，我们都冻得瑟瑟发抖；风雪更加狂暴地低吼着，非常像我们北方故乡的暴风雪，只是它那粗野的音调更加悲凉，更加阴郁。“哦，你这个被放逐者，”我心里想，“你也是为了想念你那辽阔自由的草原在痛哭吗！在那里你可以展开寒冷的翅膀，但在这里你却感到窒闷、狭窄，像是边叫边撞击囚禁自己的铁笼的鹰。”

“糟了！”上尉说，“您瞧，四下里除了雾和雪任什么都看不见；我们可得留神，别滚到深渊或是跌进岩窟里头去，而且那边再往下一点，恐怕巴依达拉河水已经涨得没法渡过。这就是你的亚细亚！不管人也好，河也好——都是一点也靠不住的！”车夫们一边叫骂，一边鞭打着马，那些马匹打着响鼻，用脚抵住，任凭鞭子怎样抽打，再也不肯挪动。“老爷，”一个车夫终于说，“今天我们是到不了科比了，趁现在还有时间，您吩咐他们转到左边去不好吗？那边山坡上有些影影绰绰的东西，准是些石头房子。过路人碰到坏天气，总是在那边落脚的；他们说，您如果肯赏些酒钱，他们可以领我们去。”他指着那些奥塞梯人，补充说。

“我知道，老弟，不用你说我也知道！”上尉说，“这些骗子，他们总

---

① 俄国传说中的英雄，他吹一口气便能打倒一个人。

喜欢趁机讨些酒钱。”

“可是您得承认，”我说，“如果没有他们，我们一定更惨。”

“也许，也许，”他嘟囔着说，“我可看透了这些向导！他们凭本能就知道可以利用的机会，仿佛没有他们就找不到路似的。”

我们便向左边转去，经过许多麻烦，总算到达这个可怜的安身之地。这是两座用石板和圆石造成的石头房子，围着同样的石墙。衣服褴褛的主人们热诚地接待我们。我后来才知道，是政府养活他们，要他们来接待遭到风雨袭击的旅客。“一切总算好了！”我靠近火旁坐下说，“现在您把贝拉的故事给我讲完吧，我相信不会这么就完了的。”

“您为什么这样相信呢？”上尉带着狡黠的微笑眨眨眼，回答说。

“因为这不合乎常情：一件事情既然以不平常的形式开始，它也必定以不平常的形式结束。”

“您真猜着了……”

“我很高兴。”

“您感到高兴很好，但是老实说，我一想起这件事就很悲伤。她是个好姑娘，贝拉这孩子！后来我跟她搞得很熟，我把她当作女儿看待，她也很爱我。应该告诉您，我没有家，我已经差不多有十二年没得到父母的消息了，我从前压根就没有想过要娶老婆，到了现在，您知道，再想娶老婆也不合适了；我很高兴有个人让我疼爱。她常常给我们唱歌，跳列兹金卡舞……她跳舞跳得多么好啊！我见识过咱们省城里的小姐，有一次，大约二十年前，我在莫斯科还参加过贵族俱乐部——她们能算什么！根本没法比！……格里戈里·亚历山德罗维奇把她打扮得像个布娃娃，宠爱她，娇纵她，她在我们这里变得那么俊，真叫人惊讶。脸上和胳膊上晒黑的肤色消退了，双颊上有了红晕……她总是那么快活，老拿我开玩笑，这调皮鬼！老天饶恕她吧！……”

“你们把她父亲的死讯告诉她，她怎么样呢？”

“我们把这事瞒了她很久，直到她习惯了自己的现状。我们告诉她以后，她哭了两天，过后也就忘了。

“有四个月的工夫，一切都过得非常美满。我好像说过，格里戈里·亚历山德罗维奇非常喜欢打猎：他恨不得老到树林里去打野猪或是野山羊，而现在他连要塞的围墙也很少走出去了。但是不久我看见他又把手抄在背后，在屋子里走来走去想心事。后来有一天，他没有告诉任何人就出去打猎去了，整个早晨就没有再露面。后来一次又一次，就经常如此……'不好，'我心里想，'他们中间一定发生了什么事！'

"一天早晨我去看他们——这景象就像在眼前一样：贝拉穿着黑绸短衫坐在床上，面色惨白，她那伤心的模样使我吃惊。

"'毕巧林在哪儿？'我问。

"'打猎去了。'

"'今天去的吗？'她一言不发，好像难说出口似的。

"'不，昨天就去了。'最后她重重地叹了一口气说。

"'他不会出什么意外吧？'

"'昨天我整天都在想啊，想啊，'她眼泪汪汪地回答说，'我想到各种的不幸：我时而想他被野猪伤害，时而又想，他被车臣人捉到山里去了……可是现在我却想，他不爱我了。'

"'说实在的，亲爱的，你不该尽往坏处想！'她哭了，稍后她骄矜地抬起头来，擦去眼泪，继续说：

"'如果他不爱我，谁不让他把我送回家去呢？我又没有勉强他呀。如果这样下去，我自己会走开的：我不是他的奴隶，我是土司的女儿！……'

"我开始劝她。'听我说，贝拉，你知道，要他老待在家里，就像缝在你的裙子上，那是不可能的：他是个年轻人，喜欢打猎——他出去了还会回来；假使你老是愁眉不展，不久就会使他讨厌的。'

"'对呀，对呀！'她回答说，'我要快活起来。'她就哈哈大笑着抓起自己的手鼓，开始围着我唱歌、跳舞，蹦蹦跳跳。但是这也没有持续多久，她又倒在床上，用手遮住了脸。

"我可拿她怎么办呢？您知道，我从来没跟女人打过交道。我绞尽脑汁打算想个办法来安慰她，可是一点办法都想不出。我们俩沉默了一会儿……这真是个尴尬的局面啊！

"最后我对她说：'你愿意吗，我们到围墙那儿去散散步？天气多么好！'这是在九月里。的确是一个少有的好天气，又明朗又不热；群山都可以看得清清楚楚。我们走出去,顺着要塞的围墙默默地来回散步。后来她在草地上坐下,我坐在她身旁。嗳,想起来怪好笑:我跟在她后面跑来跑去,就像个保姆似的。

“我们的要塞是在高地上,从围墙那儿望到的景色非常美:一边是广阔的旷地,被几条峡谷截断,尽头是一直伸展到山脊的树林,旷地上有一些炊烟袅袅的山村,还有马群在移动;另一边则是一条小河,近岸的地方丛生着茂密的灌木林,覆盖着连接高加索山主脉的多石的岗阜。我们坐在堡垒的一个角落里,两边的景色尽收眼底。我忽然看见:从树林里跑出一个骑灰马的人来,他跑近了,更近了,最后停在河对岸,离我们大概只有一百俄丈,像疯了一样让自己的马旋转。这是怎么回事呀!‘你来看看,贝拉,’我说,‘你年轻,眼力好,那骑马的是谁,他是来向谁逗乐的?……’

“她一望就叫了起来:‘这是卡兹比奇!……’

“‘啊,这个强盗!莫非是来取笑我们吗?’我仔细一看,的确是卡兹比奇:他那张黝黑的丑脸,穿得跟平时一样破烂肮脏。‘那匹马是我父亲的,’贝拉抓住我的手说,她颤抖得像树叶,两眼放光。‘啊,宝贝儿,’我心里想,‘强盗的血液在你身上也不肯缄默呢!’

“我对哨兵说:‘到这儿来,把枪瞄准好,把那家伙给我打下来,你就可以得到一个银卢布。’‘遵命,大人。可是他不肯站住……’‘你命令他呀!’我笑着说……‘喂,好朋友!’哨兵向他挥手喊道,‘你稍停一下,你为什么像个陀螺似的转个不停呢?’卡兹比奇果然停下来倾听:他准以为我们要跟他谈判,根本不是这样!……我的掷弹兵把枪托上肩……叭!……没有命中,火药只是在药池里亮了一下。卡兹比奇把马一推,它就跳到旁边去。他站在马镫上,用土话喊了些什么,又用马鞭威吓着我们,眨眼间就跑掉了。

“‘你真丢人!’我对哨兵说。

“‘大人!他去送死去啦,’他回答说,‘像这样的孽种一下子是打不死的。’

“一刻钟后,毕巧林打猎回来了。贝拉扑过去搂住他的脖颈,对于他老不回来没有一句怨言,也没有一声责怪……可是连我都有些生他的气。‘喂,老弟,’我说,‘刚才卡兹比奇曾来过河对岸,我们朝他开了枪。嗳,您要不多久也会碰上他。这些山民是有仇必报的:您当他没有疑心您帮过阿扎马特的忙吗?我敢打赌,他今天已经认出了贝拉。我知道一年前他曾神魂颠倒地爱慕过她——是他亲口对我讲的——如果有希望弄到一份像样的彩礼,他准向她求婚……’这时,毕巧林沉思了一会儿,回答说:‘是啊,应该小心些……贝拉,从今天起你千万别再到要塞围墙那儿去啦。’

“傍晚,我跟他谈了很久:我因为他对这可怜的姑娘变了心而感到气恼;此外,他把一半的日子消耗在打猎上,他对她冷淡了,很少爱抚她,她开始明显地憔悴起来,她的小脸蛋变长了,大眼睛失去了光彩。有时你问她:‘你为什么叹气呀,贝拉?你心里难受吗?’‘不!’‘你想要什么东西吗?’‘不!’‘你是想念亲人吗?’‘我没有亲人呀。’常常整天除了‘是’和‘不’之外,就再也问不出她一句话来。

“关于这个情形我也对他讲了。他回答道:‘请听我说,马克西姆·马克西梅奇,我有一种不幸的性格:是我受的教育把我弄成这样的呢,还是老天把我造成这样的,我不知道。我只知道,如果我是使别人不幸的原因,那我自己也并不比别人幸福。自然,这对他们起不了什么安慰作用,然而事实如此,也毫无办法。在我很年轻的时候,自从脱离了父母的保护那时起,我就开始纵情享受凡是用金钱所能买到的快乐,自然啦,这样的快乐使我感到了厌烦。随后我进入上流社会,这不久也使我厌倦了。我爱上交际场中的美人,也为她们所爱——但是她们的爱情只是刺激我的幻想和自尊心,而心里仍旧是空虚的……我开始读书,学习——学问同样使我厌倦。我看出来,无论荣誉或幸福都跟学问毫无关系,因为最幸福的人乃是不学无术的人,而荣誉不过是运气,要得到它只消为人精明圆滑就行。那时我又苦闷起来……不久我被调到高加索:这是我一生中最幸福的时期。我本来以为在车臣人的枪弹下苦闷就不会存在——然而却满不是这回事:一个月以后,我对子弹的嗖嗖声和死亡的逼近就十分习惯,说实话,我对它们只比对蚊子多注意一些罢了——于是,我比以前还要苦闷,因为我差不多失去了最后的希望。当我在自己的屋子里看见贝拉,当我第一次把她抱在膝上吻她的漆黑的发卷时,我这个傻瓜心想,她就是同情的命运之神送给我的天使……我又错了:一个蛮女的爱情比贵妇人的爱情并好不了多少;这蛮女的无知和单纯,跟贵妇人的卖弄风情同样使人厌倦。如果您愿意,我还可以再爱她,我感谢她给我的那些十分温存的瞬间,我情愿为她牺牲性命,只不过我跟她在一起就感到厌倦……我是个傻瓜呢还是个坏蛋,我不知道。只有一件却是千真万确的,就是我也十分值得怜悯,或许比她更甚:我的灵魂已被尘世所毁,思想混乱,内心得不到满足;我对一切都感到平庸乏味:我对忧郁就像对欢乐那么容易习惯,我的生活变得一天比一天空虚;我只剩下一个办法:去旅行。一旦可能,我就出发,但是不去欧洲,千万别去!——我要到美洲,到阿拉伯,到印度去——我也许会在中途什么地方死去!不过我至少相信,靠着暴风雨和险恶的路途的帮助,这最后的慰藉不会很快消失。'他这样说了很久,他的话深深印在我的记忆中,因为我还是头一次听到一个二十五岁的人说这样的话,并且,但愿这也是最后一次……多么奇怪!您说,"上尉转向我继续说,"您好像最近常待在京城里:那里的年轻人难道都像这样吗?"

我回答说,许多人都讲那种话,真有些人讲的是实话,而且,那种失望的情绪也像一切风尚一般,从社会的上层开始,紧接着传到下层,就在那里传播开来。现在,真正感到苦闷的人们大多数却掩盖起这种不幸,就像掩盖罪过似的。上尉没有了解其中的微妙之处,他摇摇头,狡黠地微微一笑。

"这种苦闷的风气想必是法国人给兴起来的吧?"

"不,是英国人。"

"啊,原来是这么回事!……"他回答说,"他们本来都是些不可救药的酒鬼!"

我不由得想起莫斯科的一位贵妇人,她硬说拜伦只不过是一个酒鬼而已。尽管如此,上尉的说法还是可以原谅的:为了戒酒,他自然极力使自己相信,世界上的一切不幸都是由酗酒带来的。

同时,他这样继续讲自己的故事:

"卡兹比奇没有再出现。但不知为什么,我总排除不掉头脑里的这个念头:他不会无缘无故来的,他一定是想干什么坏事。

“有一次毕巧林劝我陪他去打野猪，我推辞了半天：一只野猪对我有什么稀罕呢！可是他硬拉我跟他去。我们带了五个兵大清早出发了。我们在芦苇丛中和树林里钻来钻去一直到十点钟，一只野兽都没有。我说：‘喂，不回去吗？为什么要死心眼儿呀？显然这是个不走运的日子！’可是格里戈里·亚历山德罗维奇不愿意空手回去，虽然天气又热，人又疲倦……他正是那种人：想怎么就怎么样；显然是从小被妈妈宠坏了……最后，在中午，我们终于找到了一头该死的野猪：叭！叭！……没有打中：野猪蹿进芦苇丛去了……这真是个不走运的日子！……我们休息一会儿之后，就动身回去。

“我们松开缰绳，默默地并排骑马走着，差不多就要到要塞了；可是一片灌木林遮住我们的视线，使我们看不到它。忽然一声枪响……我们对看了一眼：同样的惊疑激动了我们……我们急忙驰向枪响的地方。一瞧：围墙上的兵士们聚作一团，都朝田野那边指点张望，那里有一个人正骑马飞奔，手里抓住一个放在鞍鞒上的白色的东西。格里戈里·亚历山德罗维奇尖叫一声，其声音不比任何车臣人低。他从皮袋里抽出枪来——就向那里奔去，我跟在他后面。

“幸亏因为打猎不成功，我们的马都没有疲惫，在鞍下急驰如飞，我们每一瞬间都越追越近……我终于认出是卡兹比奇，却瞧不清楚他身前抱的是什么。我那时赶上了毕巧林，便对他喊道：‘这是卡兹比奇呀！’他瞧瞧我，点了点头，用鞭子抽了一下马。

“最后卡兹比奇已经在我们的射程之内。也许是他的马疲惫了，也许是他的马没有我们的好，不管他怎样努力，它却没能朝前跑开去。我想，在这一瞬间他一定想起了他的卡拉乔司……

“我一瞧，毕巧林一面飞奔一面把枪瞄准他……‘别开枪！’我对他喊道，‘节省子弹，我们这就要追上他了，’啊，这个年轻人，他总是急躁得不是时候……枪响了，子弹打穿了马的一条后腿，它还暴跳了十来次，后来一绊就跪下了。卡兹比奇跳开了，这时我们才看见他手里抱着一个裹着披纱的女人……这是贝拉……可怜的贝拉！卡兹比奇用土话向我们喊了些什么，便朝她头上举起短剑……这是间不容发的时刻：我也开了枪，打中了。准是子弹射进了他的肩膀，因为他突然垂下胳膊……等硝烟消散,地上躺着一匹受伤的马,马旁边是贝拉;卡兹比奇扔下枪,像只猫儿似的顺着灌木丛向峭壁上爬去。我打算把他从那里打下来,但是却没有装好的弹药了!我们跳下马,向贝拉跑去。可怜的姑娘,她一动不动地躺着,血像溪流似的从伤口冒出来……这个恶棍,要是往胸口刺也好,当时就会一下子什么都完结了,但他刺在后背上……这真是强盗的手法!她昏迷了,我们把披纱撕开,尽量把伤口紧紧扎住,毕巧林徒然吻她的冰冷的嘴唇——任什么都不能使她苏醒过来。

"毕巧林骑上马;我把她从地上抱起来,勉强放在他前面的鞍子上。他用胳膊搂住她,我们便骑马往回走。沉默了一会儿以后,格里戈里·亚历山德罗维奇对我说:'您听我说,马克西姆·马克西梅奇,照这样我们是不能把她活着带回家的。''对呀!'我说,我们便纵马飞奔。一群人在要塞门口等候我们。我们把受伤的姑娘小心翼翼地抬到毕巧林的屋里,就打发人去请医生。医生虽然喝醉了,但还是来了。他验过伤,说她连一天都活不过,可是他错啦……"

"她痊愈了吗?"我抓住上尉的手,不禁欢喜地问。

"没有,"他回答说,"医生错在这儿,她还多活了两天。"

"请您告诉我,卡兹比奇是怎样把她抢走的?"

"事情是这样的:她不听毕巧林的劝阻,走出要塞到小河边去。您知道,那天天气非常热,她坐在石头上,把脚浸在水里。卡兹比奇悄悄地走过来,一把抓住她,捂住她的嘴,把她拖到矮树林里去,在那里他跳上马就跑!这时候她居然喊出来。哨兵们慌乱中开了枪,但是没有打中,随后我们就赶到了。"

"卡兹比奇为什么想把她弄走呢?"

"唉,老弟,这些契尔克斯人都是出名的贼种:什么东西没有放好,他们就免不了去偷:有的东西他们并不需要,可是照样要偷……这种事情只好请您宽恕他们!何况他早就喜欢她了。"

"贝拉死了吗?"

"死了;不过受了很久的折磨,我们也陪她受够了罪。差不多在晚上十点钟,她才苏醒过来。我们坐在床边,她一睁开眼睛就唤毕巧林。

‘我在这里，在你身边呢，我的心肝。’他握着她的手回答说。‘我要死了！’她说。我们开始安慰她，说医生答应一定把她治好！她摇摇小脑袋，转脸向墙：她是不想死呀！……

“夜里她开始说胡话。她的头烧得滚烫，有时像发疟疾似的浑身发颤。她上句不接下句地提到她的父亲和弟弟：她想到山里去，回家去……随后她又提到毕巧林，用种种昵爱的称呼叫他，或是责怪他不再爱他的心肝了……

“他静静地听她说，把头伏在手上；然而我始终没在他的睫毛上看到一滴眼泪：他是真的不会哭呢，还是强抑住自己——我不知道，但就我来讲，我从来没见过比这更凄惨的事情。

“快到早晨，她不再说胡话，大约有一个小时的光景她躺着不动，面色苍白，而且是那么虚弱，几乎看不出她在呼吸。随后，她好了些，开始说话了，可是您想她讲什么来着？……这种念头只有快死的人才会有！……她开始忧伤：她不是个基督徒，在阴间她的灵魂永远不会遇到格里戈里·亚历山德罗维奇的灵魂，在天堂里他的伴侣将是另一个女人。我心里忽然一动，何不在她临死的时候给她行洗礼：我把这个主意对她说了。她犹豫不决地望望我，很久说不出一个字来。最后她回答说，她愿意生下来皈依什么信仰，死的时候也信奉什么。这样过了一整天。她在这一天里变得多厉害呀！苍白的面颊陷了下去，眼睛变得很大很大，嘴唇烧得滚烫。她感到心里发烧，就像有一块烧红的铁放在她胸口。

“到了第二夜，我们都没有合眼，始终未离开她的床边。她难受得要命，呻吟着，只要痛苦一减轻，她就竭力使格里戈里·亚历山德罗维奇相信她是好些了，劝他去睡一会儿，吻他的手，握住那手不放。黎明前，她感到死亡的痛苦，开始翻来覆去，扯掉绷带，血又流了出来。当给她包扎伤口时，她安静了一刻，开始要求毕巧林吻她。他在床边跪下，从枕头上扶起她的头，把自己的嘴唇紧压在她那渐渐变得冰冷的嘴唇上；她用两只颤抖的胳膊牢牢搂住他的脖颈，就好像要在这一吻里把自己的灵魂交给他似的……不过，她死了倒好！假使格里戈里·亚历山德罗维奇遗弃了她，她会怎样呢？而这是迟早会发生的……

“第三天上半天她很安静，沉默而且听话，尽管医生用热敷剂和药水折磨她。‘喂，老兄！’我对医生说，‘您不是亲口说过她一定会死，那您何必再弄这些药呢？’‘这毕竟要好些，马克西姆·马克西梅奇，’他回答道，‘这样可以使良心安宁。’真是个好良心！

“午后，她开始觉得干渴。我打开窗户，但是外面比屋里还热。我们靠床边摆上冰块，一切都无济于事。我知道这种难以忍受的干渴乃是死神临近的征兆。我把这告诉了毕巧林。‘水，水！……’她从床上欠起身来，声音嘶哑地说。

“他的脸色苍白得像一块白布，他抓过一只茶杯，斟上水递给她。我用手捂住眼睛，开始祈祷，我不记得那是什么祈祷文了……是的，老弟，我见过多少次人们在医院里和战场上死去，可是这次却不同，完全不同！……而且，老实说，有一件事直到今天还使我伤心呢：她临死前一次也没有想起我，而我却像父亲那样爱她……唉，求老天宽恕她吧！……坦白地讲，我算是什么人，非要她临死前记起我？……

“她喝过水，马上觉得好些，但是过了三四分钟她就咽气了。我们把一面镜子放到她唇边——镜面亮光光的！……我把毕巧林从屋子里拉出来，我们便往要塞围墙那儿走去。我们把手抄在背后，并排来回走了很久，一句话也不说。他的脸上没显出一点异样，这使我很气恼：换了我，我一定难过死啦。后来他在阴凉地里坐下来，用小棍在沙土上画些什么。您知道，我多半是出于礼貌想去安慰他，开始讲些什么，他却抬头笑了起来……这一笑使我浑身发冷……我便去定购棺材去了。

“老实说，我一半是为了排遣愁肠才去做这事的。我有一块花绸，就用它盖了棺材，又装饰上格里戈里·亚历山德罗维奇给贝拉买的那些契尔克斯的银饰带。

“次日一清早，我们把她葬在要塞外面的小河边，靠她最后一次坐过的地方。如今在她的小坟头四周，白刺槐和接骨木已经长得很茂盛。我原打算立一个十字架，可是您知道，这不合适：她毕竟不是基督徒啊……”

“毕巧林怎样了呢？”我问。

“毕巧林病了很久，他憔悴了，可怜的家伙。只是从那时起我们就没有谈起贝拉:我知道他听了一定很难过,那么为何还提起她呢? 差不多过了三个月,他被调到某团,他就动身去格鲁吉亚了。从那时起我们再没有见过面……对啦,想起来了,不久前有人告诉我,说他回俄罗斯去了,但兵团的调令里却没有他。再说,消息传到咱们这儿总是很晚的。”

这时,他对于消息要到一年以后才传到这里很不高兴,发了一大通议论——他这样做显然是为了不再想起悲伤的往事。

我没有打断他的话,也不去听他。

过了一小时,可以上路了。暴风雪平息了,天空晴朗开来,我们便动身了。在路上我不由得又谈起贝拉和毕巧林。

“您没听说卡兹比奇怎样了吗?”我问。

“卡兹比奇吗? 真的,我不知道……我听说在右翼阵地①上,在沙普苏格人②那里,有个鬼大胆卡兹比奇,他身穿红棉袄,骑着马在我们的枪弹下慢腾腾地走着,每当子弹在他身旁嗖嗖飞过时,他便满有礼貌地躬身行礼,但这未必就是他本人! ……”

我在科比跟马克西姆·马克西梅奇分手了。我换乘驿车,他因为行李笨重未能结伴同行。谁都没有料到能够再见面,但是我们又相逢了,而且,如果你们愿意听,我可以讲:真是说来话长呢……然而,你们承认马克西姆·马克西梅奇是个值得尊敬的人吗? ……如果你们承认这一点,我就算为我的也许过于见长的故事得到十足的报偿了。

2　马克西姆·马克西梅奇

我跟马克西姆·马克西梅奇分手以后,匆匆地驰过捷列克河和达利亚尔峡谷,在卡兹贝克进早点,在拉尔斯喝茶,在快吃晚饭的时候才赶到弗拉德卡夫卡斯。我不想用对山岭的描绘,空洞的赞叹,特别是对没有亲历其境的人来说什么都未能勾勒出来的图画,以及谁都不会去

---

① 指“高加索防线”的右翼。“高加索防线”从库班河对岸蜿蜒到黑海海滨。

② 契尔克斯种族中的一支。

看的统计报告来叨扰你们。

我投宿在一个所有过路的人常常落脚的旅店里，那里没有人供你差遣去炸野鸡、做菜汤，因为这里招待客人的三个残废军人不是笨得要死，就是醉得糊里糊涂，一点用处都没有。

人们对我说，我必须在这里住上三天，因为从叶卡捷琳诺格勒①来的“奥卡西亚”②还没有到，因此不能动身回去。什么“奥卡西亚”啊！……但是一句愚蠢的俏皮双关语是安慰不了俄罗斯人的，于是我就想把马克西姆·马克西梅奇讲的关于贝拉的故事写出来以消磨时间，并没有料到它会成为一长串小说的第一环：你们瞧，一件无关紧要的小事有时竟会有重大的后果！……但是，你们也许不知道“运输队”是什么吧？这是由半连步兵跟一尊大炮组成的护卫队，辎重便随着它从弗拉德卡夫卡斯出发，经过卡巴尔达运往叶卡捷琳诺格勒。

头一天我过得非常乏味。第二天一清早有辆车赶进院子里来……啊！原来是马克西姆·马克西梅奇！……我们像老朋友那样见面了。我让他住到我的屋子里。他一点都不拘礼，还拍拍我的肩膀，把嘴咧成笑的样子。这个人真怪！……

马克西姆·马克西梅奇在烹饪方面手艺高超：他炸野鸡炸得好极了，黄瓜卤汁也加得非常成功。我得承认，如果没有他，我恐怕不得不啃干粮了。一瓶卡赫齐亚葡萄酒使我们忘记了这总共只有一道菜的简陋伙食。抽起烟斗，我们坐下来；我靠窗口，他靠生起来的火炉，因为天气又湿又冷。我们都沉默着。我们要说什么呢？……他已经把自己那些有趣的事都讲给我听了，而我又没有什么可讲的。我从窗口望去。在河面越来越宽的捷列克河沿岸，有许多疏疏落落的矮房子在树后面显现。再远一些，山峦像一堵有缺口的蓝色的墙，卡兹贝克岭好像戴着白色主教帽从这些山峦后面张望。我心里默默地同群山告别：我真舍不得离开它们呀……

我们这样坐了很久。太阳落到寒冷的峰峦后面，白茫茫的雾开始

---

① 叶卡捷琳诺格勒镇是当时格鲁吉亚军用路的起点。

② 俄语中 оказия（奥卡西亚）可作“运输队”和“机会”解，这里是双关语。

在谿谷中弥漫，这时街上传来马车的铃声和车夫的呼喊声。几辆载着肮脏的亚美尼亚人的板车赶进旅店院子里来，跟在它们后面的是一辆空的旅行马车；它转动轻捷，构造舒适，式样精致，带有一种外国货的特征。车后面跟着一个留着浓密口髭的人，身穿轻骑兵的短外衣，就一个听差来说，他是穿得够讲究啦；从他敲出烟斗里的烟灰和对马车夫吆喝的大大咧咧的派头来看，就不会弄错他的身份。他显然是被懒惰的主人纵容惯了的听差——颇有些像俄罗斯的费加罗①呢。“告诉我，好朋友，”我从窗户里对他叫道，“是运输队到了吗？”他相当傲慢地瞧了瞧，拉拉他的领带，就掉头而去。走在他旁边的一个亚美尼亚人微笑着替他回答说，运输队真的已经到了，明天早上就要回去。“谢天谢地！”这时走近窗前的马克西姆·马克西梅奇说，“多漂亮的马车呀！”他又补充说，“一定是哪位官员到梯弗里斯去审案子。显然他没有见识过我们的山岗。不，好朋友，你在开玩笑；他们不是咱们自己人，居然把一辆英国马车这样糟蹋着玩儿！”“但这会是什么样的人呢？我们去打听一下……”我们来到走廊里，走廊尽头有一扇通厢房的门开着。那个听差和车夫正在往屋里搬皮箱。

“喂，老弟，”上尉问他道，“那辆漂亮马车是谁的呀？……多么精致的马车！……”那个听差并没有转过身来，他一面解皮箱，一面嘟囔着。马克西姆·马克西梅奇发火了：他触触那个没有礼貌的家伙的肩膀说：“我在跟你说话呢，朋友……”

“谁的马车吗？……我主人的……”

“你主人是谁呀？”

“毕巧林……”

“你说什么？你说什么？毕巧林？……啊，天哟！……他不是在高加索服务过吗？……”马克西姆·马克西梅奇拉拉我的袖子，叫起来。他的眼睛里露出喜色。

“他好像是服务过——我跟着他还没多久呢。”

“是啊！……是啊！……是格里戈里·亚历山德罗维奇？……他

---

① 费加罗是法国喜剧作者博马舍的名剧《费加罗的婚礼》中机智果敢的仆人。

是叫这个名字吧？……我跟你主人是朋友。”他补充说，友好地拍拍听差的肩膀，拍得他竟摇晃起来……

“对不起，先生；您妨碍我了。”那个听差皱着眉头说。

“你怎么这样啊，老弟！……你不知道吗，我跟你家老爷是好朋友，曾在一起住过……他现在在哪里？……”

那听差说毕巧林在 H 上校那里吃晚饭，还要在那里过夜……

“晚上他不到这里来吗？”马克西姆·马克西梅奇说，“也许，好朋友，你有什么事要去找他吧？……你如果去，就说马克西姆·马克西梅奇在这儿；你就这么说……他就会知道……我给你八十戈比做酒钱……”

那听差听说给的酒钱这么少，便露出一副瞧不起的样子，但是他答应马克西姆·马克西梅奇嘱咐的事一定照办。

“他马上就会跑来！……”马克西姆·马克西梅奇带着得意的神气对我说，“我要到大门口去等他……唉！真可惜我不认识 H……”

马克西姆·马克西梅奇在大门外一条板凳上坐下，我就回到自己屋里。老实说，我也有些焦急地等待着这位毕巧林的出现。虽然根据上尉的故事，我对他已经形成一种不很好的看法，可是他性格中的某些特点在我看来是很出色的。一小时后，一个残废军人端来一个沸腾着的茶炊和一个茶壶。“马克西姆·马克西梅奇，您不喝茶吗？”我从窗口向他喊道。

“谢谢，我不想喝。”

“喂，来喝点吧！您瞧，时候已经晚了，天气冷啊。”

“没关系，谢谢……”

“好，随您的便！”我开始一个人喝茶。差不多过了十分钟，老头走了进来。“您说得对：喝点茶是要好些——我一直在等他……他的听差去找他已经有好半天了，不消说准是有什么事情把他缠住啦。”

他急匆匆地喝干了一杯茶，拒绝喝第二杯，便又焦躁不安地走到大门外。分明毕巧林的冷淡使老头伤心，况且他不久前还对我讲过自己同他的友谊，就在一个钟头以前，他还坚信毕巧林一听到他的名字就会马上跑来的呢。

当我再次打开窗户，叫马克西姆·马克西梅奇就寝的时候，天已经又晚又黑了。他嘟囔了几句；我又重复了我的邀请，他什么都不回答。

我用外套裹住自己，把蜡烛放在炕上，在沙发上躺下，很快就打起瞌睡。如果不是马克西姆·马克西梅奇很晚走进屋来吵醒了我，我会酣睡下去的。他把烟斗往桌上一扔，开始在屋里走来走去，拨弄炉火，最后他躺下了，但是一直在咳嗽、吐痰，辗转反侧……

“是不是有臭虫咬您？”我问。

“是的，有臭虫……”他重重地叹了一口气，回答说。

第二天早晨我醒得很早，可是马克西姆·马克西梅奇比我更早。我发现他坐在大门口的板凳上。“我要到司令那里去，”他说，“要是毕巧林来了，请您打发人去叫我……”

我答应了。他跑着走了，仿佛他的四肢又恢复了青春的力量和灵活。

早晨清新而美丽。金色的云彩像是高耸空际的绵亘的新山脉，拥簇在山岭上面。大门前是一片广场；广场后面的市集上人群熙熙攘攘，因为这天正是星期日。光脚的奥塞梯男孩子们背着装有蜂房蜜的背包，围着我转来转去。我把他们赶开：我没有心思理他们，我开始体会到善良的上尉的不安了。

没过十分钟，广场那头便出现了我们等待的人。他跟 H 上校一起走着，上校把他送到旅店，便告辞返回要塞。我立刻派了一名残废军人去找马克西姆·马克西梅奇。

那听差出来迎接毕巧林，向他报告说他们马上就去套车。他递给毕巧林一盒雪茄，在接受了一些吩咐以后，就忙着办事去了。他的主人抽了几口烟，打了两个呵欠，就在大门另一边的板凳上坐下。现在我应该把他的模样给你们描述一下。

他中等身材。匀称纤细的躯干和宽阔的肩膀证明他有一副强健的体格，足以忍受流浪生活的一切艰苦和气候的变化，无论首都的淫逸生活和内心的暴风雨都不能征服它。他的满是尘土的天鹅绒外套只扣住底下的两只纽扣，让人看到干净得耀眼的衬衫，显露出上等人的习癖。他那双已经弄脏的手套就像是特地为他那双贵族的小手定做的。当他脱下一只手套时,他那苍白的手指的细瘦使我为之吃惊。他走起路来漫不经心,一副懒洋洋的样子,但我注意到他并不摆动两手——这是性格相当内向的可靠标志。然而这不过是我个人根据我的观察所产生的感想而已,我毫不想勉强你们盲目相信这些话。当他坐到板凳上时,他那挺直的躯干弯得就像脊背上没有一根骨头似的;他周身的姿态表现出一种神经衰弱的样子;他的坐相酷似巴尔扎克描写的那个在酣舞后坐在羽绒沙发椅里的三十岁的荡妇①。乍看他的脸,我估计他最多不过二十三岁,虽然稍后我看他足有三十岁了。他的微笑带有某种孩子气。他的皮肤跟女人的一样娇嫩;淡黄色的头发生来鬈曲,美妙地衬托出他的苍白高贵的前额,只有经过长久的观察,才能看出额上交错的皱纹的痕迹,在恼怒或是内心激动的瞬间它们谅必会比较清楚地显露出来。虽然他的头发是浅色的,他的口髭和眉毛却是黑色的——这是一个人血统的标志,正像一匹白马有着黑鬃和黑尾巴一样。为了画完这幅肖像,我应当说,他的鼻子微微有些翘,牙齿白得耀眼,眼睛是褐色的:关于他的眼睛我还应该再说几句。

第一,在他笑的时候,他的眼睛却不笑!你们没有在一些人身上注意到这样的怪事吗?……这是坏脾气的或是经常十分忧伤的特征。在半垂的睫毛后面,眼睛里闪烁着磷火一样的光芒——如果可以这样形容的话。这不是内心的热情或是奔放想象力的反映:这光芒类似光滑的钢的闪光——耀眼,但是冷冰冰的;他的瞥视短促,却尖锐逼人,给人留下无礼探询的不愉快的印象,若不是这目光那么冷漠平静,很可能被看作是傲慢的。我头脑里所以会有这些想法,或许只是由于我知道一些他的生活底细,或许他的相貌会给别人截然不同的印象。但是,除了我之外,你们再也不会听到别人讲他,所以你们只好满足于这些描写了。总起来讲,他长得很不坏,有着上流社会的女人所特别喜欢的别具一格的容貌。

马已经套好,小铃铛不时在轭下叮当地响着,那听差已经两次走到毕巧林跟前报告说,一切都准备好了,可是马克西姆·马克西梅奇还没

① 指巴尔扎克的小说《三十岁的女人》中的女主人公。

有来。幸而毕巧林凝望着高加索的蔚蓝的层峦叠嶂,沉浸在默想中,看样子根本不打算匆匆启程。我走到他跟前,说:“如果您肯再多等一会儿,您将会欣然同一位老朋友见面……”

“啊哈,不错!”他很快地回答说,“他们昨天就对我讲过,可是他在哪儿呢?”我向广场转过身去,瞧见马克西姆·马克西梅奇正在拼命地跑来……几分钟后他就来到我们跟前。他几乎喘不上气来,满脸是汗,几绺濡湿的白发从帽子底下露出来,黏在前额上。他的膝盖在颤抖……他想扑上去搂住毕巧林的脖子。毕巧林虽然笑容可掬,却相当冷淡地向他伸出手来。上尉呆了一下,随后用两手急忙抓住毕巧林的手,他还是说不出话来。

“我真高兴,亲爱的马克西姆·马克西梅奇!您一向好吧?”毕巧林说。

“可是……你呢?……啊,您呢?……”老头含着泪水喃喃地说,“有多少年……多少日子了……您这是到哪儿去呀?……”

“去波斯——还要去更远的地方……”

“难道这就动身吗?……请您稍待一会儿,亲爱的!……难道我们现在就要分手?……我们有多久没见面了……”

“我该走了,马克西姆·马克西梅奇。”这是回答。

“天啊,天啊!您这样匆匆忙忙要到哪儿去呀?……我有多少话要跟您讲……多少话要问您……怎么样?退役了吗?……怎么样?……您一向在干些什么?……”

“无聊极了!”毕巧林微笑着回答说。

“您记得我们在要塞里过的日子吗?……那真是个打猎的好地方!……您又是个非常喜欢打猎的人……您还记得贝拉吗?……”

毕巧林的脸微微发白了,他转过身去……

“嗯,我记得!”他说,同时勉强打了个呵欠……

马克西姆·马克西梅奇请求毕巧林跟他再待一两个钟头。他说:“我们要好好地吃一顿午饭,我有两只野鸡,这里的卡赫齐亚酒也非常好……自然不能跟格鲁吉亚的相比,但也是最好的了……让我们聊聊……您把在彼得堡的生活讲给我听……好吗?”

“真的，我没有什么好讲的，亲爱的马克西姆·马克西梅奇……但是，再见吧，我该走了……我忙得很……我感谢您没有忘记我……”他握着他的手，又说。

老头的眉头皱了起来……他又是伤心又是气恼，虽然他竭力想把这掩饰起来。“忘记！”他嘟囔道，“我倒什么都没有忘记……好吧，愿老天保佑您！……我绝没想到我们见面会像这个样子……”

“啊，够了，够了！”毕巧林友好地拥抱了他，说，“难道我不是原来那样了吗？……有什么办法呢？……每人都有他自己的路……我们能不能再见面，那只有天知道了！”他说着这话，已经坐到马车里，车夫也开始拉紧缰绳。

“停停！”马克西姆·马克西梅奇忽然抓住车门，喊道，“我完全忘记啦……格里戈里·亚历山德罗维奇，您的稿件还留在我这里……我把它随身带着……满想会在格鲁吉亚找到您，但是老天爷却让我们在这儿见面……我怎样处理它们呢？……”

“随您的便吧！”毕巧林回答说，“再见……”

“您就这样到波斯去啦？……什么时候回来呢？……”马克西姆·马克西梅奇在后面喊道。

马车已经走远了；但毕巧林做了一个手势，它可以这样来解释：不见得会回来了！而且也没有必要呀！……

铃儿的叮当声和车轮在沙砾路面发出的辚辚声早已消失，但是可怜的老头却依旧站在原地，沉浸在深思里。

“是的，”他最后说，竭力装出淡漠的样子，虽然恼怒的泪珠却不时在他的睫毛上闪光，“当然，我们曾经是朋友，但是在这个时代，朋友又算得了什么！……他会看中我哪一点呢？我既无钱财又无官职，而且就年岁讲也完全不是他的友伴……瞧，他在彼得堡又待了一阵以后，变成了一个地道的花花公子！……多么漂亮的马车！……那么多行李！……又有一个那样傲慢的听差！”这些话都是带着讽刺的微笑说出来的。“请您讲讲，”他继续对我说，“您对这件事怎么想？……是什么鬼现在带他往波斯去的？……好笑，天啊，真好笑！……我一向知道他为人轻浮，绝不能信赖他……但是真的，可怜啊，他绝不会有好下场……这绝不会有错儿！……我时常说，一个忘掉老朋友的人是不会有好报的！……”这时，他扭过身去掩盖他的激动，还到院子里自己的马车旁边徘徊，装作是在察看车轮，但他的眼睛里却一直满含泪水。

“马克西姆·马克西梅奇，”我走到他跟前说，“毕巧林留给您的那些稿件是啥玩意呀？”

“天晓得！是什么杂记吧……”

“您要拿它们做什么用呢？”

“做什么用吗？我叫人拿去包弹药。”

“您还是把它们送给我吧。”

他惊讶地望了望我，低声嘟哝了什么话，就开始在皮箱里翻找。他拿出一本记事簿，带着鄙夷的神气把它丢在地上，接着，第二本，第三本，直到第十本都遭到同样的命运：他的愤懑之中带有一种孩子气，使我感到又好笑又可怜……

“全在这儿啦，”他说，“祝贺您发现了好宝贝……”

“我可以随意处理它们吗？”

“就是在报纸上发表也可以！这关我什么事！……难道我是他的朋友或是亲戚不成？……的确，我们曾在一个屋子里住过很久……但我不也跟各种各样的人在一块住过吗？……”

我抓起那些稿件，很快把它们拿走，免得上尉后悔。不多一会儿就有人来告诉我们，运输队一小时后就要出发。我吩咐套马。当上尉走进屋时，我已经在戴帽子；看样子他好像并不打算动身；他的神色显得有些不自然而且冷淡。

“马克西姆·马克西梅奇，您难道不走吗？”

“不走，先生。”

“为什么呢？”

“我还没见到司令，我得把一些公家的东西交给他……”

“你不是去过他那里了吗？”

“当然去过了，”他支支吾吾地说，“可是他没在家……我也没等。”

我明白他的意思了。这可怜的老头大概是生平第一次——用咬文嚼字的话来讲——因私而玩忽职守，可是他得到的是怎样的报酬啊！

“我很难过，”我对他说，“真的很难过，马克西姆·马克西梅奇，我们马上就要分别了。”

“我们这些没受过教育的老头哪配追随你们呢！……你们是上流社会的高傲的年轻人：在这里契尔克斯人的子弹下面，你们跟我们还可以凑合……可是日后你们遇到我们，连把手向我们伸出来都会觉得难为情了。”

“我可不该受到这样的责备啊，马克西姆·马克西梅奇。”

“您知道，我只是随便说说的。不过我希望您诸事顺心，一路平安。”

我们相当冷淡地告别了。这位善良的马克西姆·马克西梅奇竟变成一个执拗而爱唠叨的上尉！这是为什么呢？就因为当马克西姆·马克西梅奇要扑上去搂毕巧林的脖子的时候，毕巧林由于心不在焉或是别的什么原因只向他伸出手来！看见一个青年人失去他最美好的希望和美梦，看见那副他透过它来观察人们行为和感情的玫瑰色的薄纱从他面前揭去，这是很悲惨的！尽管他有希望用那些依然要逝去的、但是同样甜美的新的迷梦来代替旧的……但是像马克西姆·马克西梅奇这种年纪，能用什么来代替它们呢？心肠自然就会变硬，心扉也就关闭了。

我独自一个人出发了。

毕巧林的日记

序　言

”不久以前我听说毕巧林在从波斯回国的途中死去。这消息使我非常高兴：它给了我发表这些杂记的权利，我还利用这个机会把自己的名字署在别人的作品上。但愿读者不要因为这种天真的剽窃行为而惩罚我！

现在，我应该稍稍解释一下那促使我将一个素昧平生的人的内心秘密公之于众的原因。如果我也是他的朋友，那就好了：一个知心朋友毫不留情地揭露对方的隐私,是人人都能理解的。然而在我的一生中我只在大路上见过他一次,因此,我不可能对他怀有那种没来由的仇恨,这种仇恨平素藏在友谊的假面具下,等心爱的人一旦死去或是遭到不幸,它便把谴责、规训、嘲骂和惋惜像冰雹似的倾倒在他的头上。

反复阅读这些杂记时,我确信此人是诚实的,他是那么无情地暴露出本身的弱点和缺点。一个人的心灵的历史,哪怕是最渺小的心灵的历史,也不见得比整个民族的历史更为乏味,更少裨益,特别是如果它是一个成熟的头脑对自己观察的结果,而且在写的时候毫未存着唤起同情或惊异的虚荣愿望。卢梭的忏悔录就有这种缺点,因为他是把它读给自己的朋友们听的。

因此,单凭有所裨益的愿望促使我选印了这部偶然落到我手里的日记的片断。虽然我改了所有人物的姓名,但是其中讲到的那些人一定会认出他们自己来,他们也许还会找到理由替那个已经离开人世、至今仍受谴责的人的行为辩解:我们几乎总是原谅我们所了解的事情的。

我在本书里只收了和毕巧林在高加索居留有关的那一部分;我手里还保留一本厚厚的簿子,那里面他讲述了他的全部生活。总有一天它也要付诸公论,不过现在因为许多重要理由,我不敢担起这个责任。

也许有些读者想知道我对于毕巧林的性格的看法吧?我的回答便是这本书的题名。“这可是一种恶毒的讽刺啊!”他们会说。那我可不知道。

1　塔　曼①

塔曼是俄罗斯所有滨海城市中一个最可恶的小城。我在那里差点儿饿死,而且还有人想把我淹死呢。我乘驿车深夜到达那里。车夫在城门口附近唯一的一座石头房子门前把颠簸不堪的三驾马车停下。哨兵,一个黑海的哥萨克,听到铃声便用粗暴的声音睡眼蒙眬地喊道:“是谁?”一个军士和班长走了出来。我向他们说明我是军官,因公要到作战部队去,并且要求给找一个公家的住处。班长领我们满城跑。

① 在亚速海和黑海之间,高加索的西端。

凡是我们去投宿的木房都住满了人。天气很冷，我有三夜没有睡觉，已经精疲力竭，就发起脾气。“随便带我到什么地方去，你这强盗！到鬼那里也行，只要有个地方住！”我大嚷起来。“还有一处，”班长搔着后脑勺回答说，“只怕您看不上眼，那儿不干净！”我没弄明白最后那几个字的确切含义，就叫他往前走。在一些肮脏的、两旁只看到东倒西歪的篱笆的小巷里走了很久，才走进一所紧靠海边的不大的小茅屋。

一轮明月照着我的新住处的芦苇屋顶和白墙。在用圆石砌的墙围起的院子里，凸出另一座小茅屋，比头一所更小更旧。海岸像断崖似的，几乎就在茅屋的墙脚下陷落到水里，深蓝色的波浪在下面激溅着，发出不停的澎湃声。月亮静静地望着那不安宁的、对它却很驯顺的大海。借着月光我可以分辨出碇泊在离岸很远地方的两条海船，它们的黑色缆索像蜘蛛网一般一动不动地刻画在白茫茫的地平线上。“这海港里有船呢，”我心里想，“明天我就可以到格连日克去了。”

派了一个来自常备军的哥萨克给我当勤务兵。我吩咐他拿下皮箱，把车夫打发走以后，便去唤房东——没有人应声；我敲门——仍然没人应声……这是怎么回事呢？最后，一个十四岁左右的男孩子从门道里慢吞吞地走了出来。

“房东在哪里？”“没——有。”“什么？根本没有？”“根本没有。”“那么女房东呢？”“下乡去了。”“那么谁来给我开门呀？”我说着朝大门踢了一脚。门自个儿开了，从屋里冲出一股潮气。我划了一根火柴，把它举到男孩的鼻子跟前：它照出两只白眼睛。他是个瞎子，天生就完全是个瞎子。他纹丝不动地站在我面前，我便开始端详他的面孔。

我承认，我对一切瞎的、独眼的、聋的、哑的、缺腿的、少胳膊的、驼背的以及诸如此类的人都抱有一种强烈的偏见。我觉察出来，在一个人的外貌和他的心灵之间总有一种奇怪的关系，好像一个人的五官和四肢一有缺陷，他的心灵也就失掉某种感情似的。

我这样开始端详瞎孩子的脸，但是您叫我在一张没有眼睛的脸上能看出什么呢？……我怀着情不自禁的怜悯望了他很久，突然在他的薄嘴唇上掠过一丝难以觉察的微笑。不知道为什么，这微笑竟使我产生了极不愉快的印象。我的头脑里生出一种疑虑，这瞎孩子也许并不像他看上去那样瞎；我徒然想使自己相信，伪装白翳是不可能的，而且，干吗要这么做呢？可是有什么办法，我是常受偏见支配的……

“你是房东的儿子吗？”我最后问他。“不是。”“那你是什么人呢？”“是个孤儿，残疾人。”“女房东有孩子吗？”“没有；有过一个女儿，但是跟一个鞑靼人渡海跑了。”“跟什么样的鞑靼人？”“鬼才知道他！是一个克里米亚的鞑靼人，从刻赤来的船夫。”

我走进茅屋，屋子里的全部家具总共只有两条长凳、一张桌子和一只摆在火炉旁边的大箱子。墙上连一张圣像也没有——不好的兆头！海风从打破的玻璃窗里吹进来。我从皮箱里取出一个蜡烛头儿点着，就动手来安顿东西。我把军刀和步枪放在屋角里，手枪摆在桌上，在一条长凳上铺开斗篷。那哥萨克在另一条长凳上铺开他的斗篷；十分钟后，他就打起鼾来，但是我却睡不着：在黑暗里那个有着白眼睛的男孩老是在我眼前打转。

这样过了差不多一个小时。月亮照进窗户，月光映在屋里的地上。忽然间，一个黑影从地上有月光的地方一闪而过。我欠起身，朝窗外一瞧：那人又跑了过去，不知藏到哪儿去啦。我简直不能设想这个人是沿着海岸的断崖跑下去的；然而，除此以外，他又没有地方可去。我起来，披上外衣，系上短剑，就蹑手蹑脚地走出茅屋；那瞎孩子迎着我走来。我躲在篱笆旁边，他用稳妥而谨慎的脚步走过我身旁。他腋下夹着一个包袱，朝码头方向转弯后，就沿着一条又窄又陡的小路走下去。“有一天哑巴会说话，瞎子能看见东西的。”①我心里想，一面跟着他，但保持一定的距离，不至于看不见他。

这时月亮开始被乌云遮住，海上又起了雾；近处一只海船的尾灯勉强透过迷雾发出光亮；靠岸地方闪耀着每瞬间都要淹没海岸的碎浪的泡沫。我很困难地顺着陡壁往下走，这时我看见：那瞎孩子停了一下，随后就向右边走下去；他走着，离水这么近，看起来波涛立刻就会攫住并卷走他；但是，就他从一块石头上跨到另一块石头，从他避开沟沟坎坎的稳妥的脚步来判断，他显然不是头一次出来游逛。最后，他站下

---

① 见《圣经新约·马太福音》。

来，好像在倾听什么。他坐到地上，把包袱放在跟前。我隐藏在岸上一块突出的岩石背后窥察他的动作。不多几分钟，对面出现一个白色的人形：那人走近瞎孩子，在他身旁坐下。风不时把他们的谈话送到我这里来。

“你说什么，瞎子？”一个女人的声音说，“风暴很大，杨柯怕不会来了。”“杨柯是不怕风暴的。”那一个回答。“雾浓起来了。”那女人的声音带着忧虑的腔调又反驳说。

“有雾才容易从巡逻艇旁边溜过去呢。”这是回答。“如果他淹死了呢？”“那有什么关系？星期天你上教堂不扎新缎带就得了呗。”

接着是沉默；然而有一件事使我吃惊：瞎孩子跟我讲话说的是小俄罗斯方言，而现在他说的却是纯粹的俄语。

“你看，我说得对吧，”那瞎孩子拍了拍手又说，“杨柯无论是海、风、雾，还是岸上的巡警，什么都不怕；你听，那不是水的激溅声，你可骗不了我——这是他划长桨的声音。”

那女人跳了起来，心神不安地开始眺望远方。

“你胡说，瞎子！”她说，“我什么都看不见。”

我承认，尽管我竭力想在远处分辨出什么像小船的东西，但是毫无结果。这样过了十分钟光景，在汹涌的波涛中出现了一个黑点：它一会儿变大，一会儿又缩小。一只小船慢慢地升到浪涛顶端，又迅速地落下，就这样向岸边驶近。那水手一定非常勇敢，竟敢在这样的夜间横渡二十俄里的海峡，促使他去这样做的理由一定很重要！我望着那只可怜的小船，这样想着，心里不禁怦怦地跳；但它却像鸭子似的在潜水，后来，敏捷地挥动双桨，像拍着翅膀似的又从深渊里突过浪花的飞沫跳了出来；我想，它就要摇摆着冲到岸上，撞得粉碎了，然而它却灵活地侧转过来，安然无恙地跳进一个小湾。从小船里走出一个中等身材的男人，头戴鞑靼人的羊皮帽；他一挥手，他们三人便开始从船里搬出一些什么东西；货物是那么重，直到现在我还不明白小船怎么会没有沉下去。他们每人的肩头都背着一个包袱，沿着海岸走去，不久我就瞧不见他们了。我得回去；但是我承认，所有这些怪事使我很激动，我好不容易才等到天亮。

我的哥萨克醒来，瞧见我已经穿戴整齐，很是惊讶，但我没向他讲明原因。我从窗口欣赏了一会儿点缀着缕缕浮云的蔚蓝天空和克里米亚遥远的海岸，海岸像一条淡紫色的带子伸展开去，尽头是峭壁，峭壁上的灯塔闪着白光；随后我动身去法纳戈里亚要塞①，以便从司令那里获悉我去格连日克的时间。

但是，唉！司令也不能肯定地告诉我。碇泊在海港里的那些船只，不是巡逻艇就是还没有开始装货的商船。“也许过三四天会有一只邮船开来，”司令说，“到那时候我们再瞧吧。”我又是沮丧又是气恼地走回去。我的哥萨克神色惊惶地在门口迎接我。

“事情不妙，老爷！”他对我说。

“是啊，兄弟，天知道我们什么时候才能离开这里！”这时他更加心神不宁了，他朝我俯下身来，低声说道：

“这地方不干净！我今天遇到一位黑海军士，我是去年在一个分队里认识他的。我告诉他我们住的地方，他对我说，‘兄弟，这地方不干净，人都不善！……’事实上，那瞎孩子不知是个啥玩意儿！他一个人到处跑，上市场买面包、打水……看来这里的人们都是惯于做那种事的。”

“这有什么关系？至少女房东该露过面了吧？”

“今天您不在的时候，一个老太婆带着她女儿来过。”

“什么女儿？她并没有女儿呀。”

“如果不是她女儿，天知道她是谁，那老太婆现在就坐在自己的屋里。”

我走进那间小茅屋。炉子烧得很热，上面做着就贫苦人家来讲要算相当奢侈的午餐。我无论问什么，老太婆一概都回答说她耳朵聋，听不见。这可拿她怎么办呢？我转身向那个坐在火炉前面往火里添干树枝的瞎孩子。“喂，瞎眼的小鬼，”我扯着他的耳朵说，“讲吧，你夜里背着包袱往哪儿去啦，啊？”那瞎孩子忽然又哭又叫，呻吟着：“我到哪儿去了吗？……我哪儿都没去……拿着包袱？……什么样的包袱？”这

---

① 塔曼附近的要塞。

次老太婆倒听见了，便唠叨起来："瞧吧，人们都在瞎说，而且还冤枉一个苦孩子！您要把他怎么样呀？他惹着您什么啦？"这使我心烦起来，我走出屋子，决心要揭开这个谜底。

我裹上斗篷，坐在靠篱笆的一块石头上，眺望远方。在我面前展开了被夜间风暴激动的大海，它的单调的澎湃声好像正要熟睡的城市的喃喃声，使我回想起过去的岁月，把我的思绪引向北方，引向我们寒冷的首都。为回忆所激动，我出神了……就这样过了差不多一个小时，也许还要久些……突然一种类似唱歌的声音惊动了我的听觉。真的，这是一支歌，而且是一个女人的清脆的声音——但是从什么地方来的呢？……我倾听着——这调子很奇特，时而抑扬悲伤，时而又轻快活泼。我环顾四周——一个人也没有，再仔细听——声音好像是从天上飘下来的。我抬眼一望：在我的茅屋顶上站着一个穿条纹衣裳、头发披散的姑娘，真是一个鱼美人。她用手掌给眼睛遮住阳光，正聚精会神地凝望远方，一会儿笑着自言自语，一会儿又唱起歌来。

我把这支歌逐字逐句地记了下来：

仿佛是按照自由的意志——
在碧绿的大海上，
漂行着一叶叶的小船，
扬着白帆的小船。
在那些小船当中
有我的那只小艇，
一只没缆索的，
双桨的小艇。
如果暴风雨袭来——
那些古旧的小船
便扬起小翅膀，
在海面上飞散。
我那时将向大海致意，
低低地弯下身子：
"不要弄坏我的小艇，

你这惊涛骇浪的海！
我的小艇上装着
贵重的货物，
是一个非常勇敢的人，
在黑夜里驾驶着它。”

我不由得想到，昨夜我听见的也是这声音。我沉思了一会儿，等我再望房顶时，姑娘已经不在那里了。忽然间，她从我身边跑过，嘴里哼着另外一支歌，还弹响着手指，向老太婆奔去，随后她们就争吵起来。老太婆发脾气了，她却哈哈大笑。于是我瞧见我的水妖又蹦蹦跳跳地跑出来。等她跑到我身边，她站下来盯住我的眼睛看，似乎因为我在那儿而感到惊讶；后来，她随随便便地掉转身子，默默地向码头走去。事情并未这样就结束：她整天都在我的住处附近转来转去，一刻不停地又是唱歌又是蹦跳。奇怪的东西！她脸上没有一点疯癫的样子；相反，她的目光带着敏锐的洞察力停在我身上；这双眼睛好像天生有一种勾魂摄魄的力量，每次看人都仿佛在等待对方发问。但是我刚开口，她就狡猾地微笑着跑开了。

真的，我从来没有见过像这样的女人。她远够不上是个美人，但对于美我也有我的偏见。她身上具有许多血统纯粹的特征……女人的血统正如马的血统一样，事关重大；这个发现属于“青年法兰西派”①。它，这是指血统而不是指“青年法兰西派”，大多可以从走路的姿势、从手和脚上看出来；尤其是鼻子很有关系。在俄罗斯，一个端正的鼻子比一双秀美的纤足还要罕见。我的女歌手看起来不会超过十八岁。她的腰肢非常柔韧，她所特有的歪着头的模样，浅褐色的长发，脖颈和肩膀上微微晒黑的皮肤的黄金般的光泽，尤其是一只端正的鼻子——所有这些对我都是迷人的。尽管在她的斜睇里我看出某种野性的和多疑的神情，尽管在她的微笑里有某种捉摸不透的东西，然而偏见的力量却是那么大：那只端正的鼻子使我神魂颠倒；我想象我已经找到了歌德笔下

① 十九世纪三十年代，法国浪漫主义青年作家戈蒂耶与内尔瓦等人结成一个浪漫主义文社，其成员专喜奇谈诡行以骇世惊俗，自称是“青年法兰西派”。

的迷娘①,他的德国式的想象所创造出来的这个奇妙的人物——的确,在她们之间有许多相似之处:同样的从极度激动迅速转变为完全平静,同样的谜样的语言,同样的蹦蹦跳跳和奇怪的歌曲……

傍晚,我在门口拦住她,跟她做了如下的谈话:

"告诉我,美人儿,你今天在屋顶上干什么来着?"我问道。"我瞧瞧风从哪儿吹来。""你要知道那做什么呢?""风从哪儿吹来就会从哪儿带来幸福。""什么?难道你是用唱歌来祈求幸福吗?""哪里唱歌,哪里就有幸福。""如果你给自己招来悲哀又该怎样呢?""那有什么关系?反正不是吉,就是凶,况且吉凶也相距不远。""是谁教会你唱那支歌的?""没谁教过我,我想起来就唱;谁该听谁就听见;若是不该听呢,就是听也听不懂。""你叫什么名字,我的歌手?""谁给我行洗礼,谁就知道。""那么是谁给你行的洗礼呢?""我怎么会知道。""好一个守口如瓶的人!可是我已经知道一些你的底细了(她面不改色,嘴唇也没有动一下,仿佛事情与她无关似的)。我知道你昨天夜里到海边去过。"接着,我就郑重其事地把我见到的一切都对她说了,以为会把她窘住;可是一点也不!她哈哈大笑起来。"您看到了很多,但是知道得很少;您所知道的事也要保守秘密。""假如我,譬如说,想去报告司令呢?"这时我做出一副很严肃的,甚至严厉的脸色。她忽然一跳,唱起歌来,像一只被从灌木丛里惊起来的小鸟跑掉了。我最后那句话说得真不合适;当时我并没料到这话的严重性,但是过后却后悔了。

天一黑,我就按照行军的惯例吩咐哥萨克烧热茶壶,我点起蜡烛,在桌旁坐下,吸着旅行用的烟斗。我正要喝完第二杯茶时,门忽然吱轧一响,我听到背后有轻微的窸窣声和脚步声;我一抖,转过身去——原来是她,我的水妖!她悄悄地、默然不语地在我对面坐下,两眼注视着我。不知为什么,我觉得这睇视是迷人地温柔;它使我想起在过去岁月中那么专横地捉弄我的生命的一种睇视。她好像在等我发问,但我却沉默着,心中充满不可名状的窘惑。她脸上蒙着一层暗淡的苍白,表明她内心的激动;她的一只手没有目的地在桌上抚摩,我看出她的手在微

---

① 指德国作家歌德所著《威廉·迈斯特的学习时代》中的女主人公。

微发抖;她的胸脯一会儿高耸,一会儿又好像抑住呼吸。这幕喜剧开始使我厌烦,我正想用最平凡乏味的方法——就是说递给她一杯茶——来打破这沉默,她忽然跳起来,用胳膊搂住我的脖子,一个湿润的、火热的吻便带着响声印在我的唇上。我的眼睛发黑,头脑开始晕眩,我用青春的全部激情把她紧紧搂在怀里,但她却像蛇一般从我胳膊里滑脱了,在我耳边低声说:“今天夜里,等人们都睡了,到海边来。”说完便像箭似的从屋里跳了出去。在门道里她撞翻了茶壶和地上的蜡烛。“这个鬼丫头!”那哥萨克喊道,他已经在干草上坐好,正想去喝剩下的茶来暖和暖和自己身子,这时我才清醒过来。

过了两小时的工夫,码头上一切都静下来,我唤醒我的哥萨克说:“如果我开枪,你就跑到海岸上来。”他瞪着两眼机械地答道:“是,老爷。”我把手枪掖在腰里,就走了出去。她正在斜坡边上等我;她的衣服更加单薄,一条不大的围巾缠在她那柔韧的腰间。

“跟我来!”她握住我的手说,我们便走下去。我不明白我怎么没有把脖子摔断;在坡底下我们向右转,顺着我昨天跟踪瞎孩子的路径走去。月亮还未升起,只有两颗小星像两座救命的灯塔在深蓝的穹苍中闪烁。波浪均匀而有节奏地一个追逐着一个滚滚而来,微微漂起那系在岸上的孤舟。“我们上船去。”我的女伴说。我犹豫不决——我不是一个喜欢在海上遨游的人;但后退也不是时候。她一跳就跳到船里,我也跟着她跳下去,我还没有来得及明白过来,便发觉我们已在漂流了。“这是什么意思?”我气愤地说。“这意思就是,”她回答说,把我按在板凳上,用胳膊搂住我的腰,“这就是说我爱你……”她的面颊紧贴住我的面颊,使我的脸上感到她的炙热撩人的气息。突然间有什么东西扑通落到水里去了:我一摸腰带——手枪没啦。啊,一种可怕的疑惧潜入我的心里,血冲上我的头!我四下一看,我们离岸差不多有五十俄丈,而我却不会游泳!我想把她从我身边推开——她像只小猫似的抓住我的衣服,还突然使劲把我一推,几乎把我给扔到海里去。小船摇晃起来,但是我却站稳了,我们中间便开始了一场你死我活的搏斗。愤怒给了我力气,可是我很快就觉出我不如我的对手灵活……“你要做什么?”我紧紧捏住她的小手,喊了起来,她的手指被我捏得发响,但是她一声都不叫,她用蛇样的天性忍住了这剧痛。

“都被你看见了,”她回答说,“你会去告发!”她用一股蛮劲把我摔倒在船舷上。我们俩人都半个身子挂在船外面;她的头发触到了水面,这真是一个紧要关头。我用膝盖抵住船底,一只手抓住她的辫子,另一只手掐住她的喉咙,她松开了我的衣服,我立刻就把她抛到波浪里去了。

天色已经相当黑,她的头在海浪里闪了两闪,我就再也瞧不见什么了……

我在船底找到半截旧桨,费了好半天的劲才勉强靠了码头。我沿着海岸朝我的茅屋走去,不由得朝头天晚上瞎孩子等候夜航者的地方望了一眼。月亮已经在天空升起,我似乎看见一个穿白衣裳的人坐在岸边。为好奇心所动,我蹑手蹑脚地走过去,在海岸悬崖上的草丛里趴下来。我把头稍微向外探出一些,便能从峭壁上清清楚楚地看到下面发生的一切。当我认出我的水妖时,我不但没有大吃一惊,反倒差不多高兴起来。她正在拧她的长发里的海水,湿透了的短衫勾勒出她的苗条的身段和高耸的乳峰。不大工夫,一只小船在远处出现,它很快就来到跟前。跟昨夜一样,从船里走出一个戴鞑靼帽子、头发却剃得像哥萨克的人,他的皮腰带里突出一把大刀。“杨柯,一切都完了!”她说。随后他们继续谈下去,但是声音很低,我什么都听不见。“瞎孩子在哪里?”杨柯最后提高声音说。“我打发他办事去了。”这是回答。过了几分钟,那瞎孩子来了,背上背着一个袋子,他们把袋子放到船里。

“听着,瞎孩子!”杨柯说,“你要照管好那地方……知道吗?那里有许多值钱的货物……你去告诉(我没听清那名字),就说我不再是他的仆人。事情已经糟了,他甭想再见到我了。现在很危险,我要到别处去找工作,他再也找不到这样大胆的人啦。你再告诉他,如果他过去给我的报酬肯大方一些,杨柯是不会丢开他的。我到处都有活路,只要那里有风吹,有大海澎湃!”沉默了一会儿,杨柯接着说:“她要跟我一块走,她不能留在这里。去告诉老太婆,就说她该死了,她活得够久了,应该自己放明白些。她也甭想再见我们了。”

“那么我呢?”瞎孩子抽抽噎噎地说。

“我要你干什么?”这是回答。

这期间,我的水妖已经跳下船去,向同伴招招手。他往瞎孩子手里放了什么东西,说:“拿着,给自己买点甜饼干吃吧。”“就这些?”瞎孩子说。“哪,还有给你的。”一个钱币落在石头上发出响声。瞎孩子没去捡它。杨柯坐上小船;风从岸上吹来:他们扬起小帆,很快地走了。在月光下,那张白帆在黑茫茫的波涛中闪烁了好长时间。瞎孩子依然坐在岸上,我仿佛听到像是哭泣的声音:瞎孩子真是在哭呢,并且哭了很久很久……我心里感到难过,命运为何要把我投到这群正直的走私贩子的宁静的生活里来?好像一块石头被投进平静的泉水,我惊扰了他们的宁静,而且自己也险些像石头似的沉到水底!

我回到住处。在门道里,快要燃尽的蜡烛在木盘里发出噼啪的声音,我的哥萨克没有遵照我的嘱咐,已经呼呼大睡,手里还抱着那杆枪。我没叫醒他,拿了蜡烛走进屋里。哟呀!我的钱盒子、镶银的军刀,达格斯坦短剑——一个朋友的馈赠——都不见了。这时我才明白那个该死的瞎孩子背的是什么。我相当粗暴地推醒我的哥萨克,骂他,发脾气,但是这顶什么用呢!如果去向上级控诉,说是一个瞎孩子偷走了我的财物,一个十八岁的姑娘几乎把我淹死,这岂不太可笑了吗?谢天谢地,早晨便有了动身的机会,于是我离开了塔曼。老太婆和可怜的瞎孩子后来怎样,我不知道。说实在的,人家的欢乐和灾祸跟我这个流浪的,而且还是一个带着出差的驿马使用证的军官,有什么相干呢!……

第一部完

第 二 部

（毕巧林日记的结尾）

2　梅丽公爵小姐

五月十一日

昨天我到了五峰城，在靠近玛苏克山麓城边最高处租了一所房子：只要一打雷，乌云便会降低到我的房顶。今天早晨五点钟，当我打开窗户，屋里就充满了一个小小庭园里的花香。正在开花的樱树的枝条朝我的窗内窥视，微风不时把它们的白花瓣撒在我的书桌上。从我这儿望出去，三面的景色都非常绮丽。在西方，五峰并峙的别式塔山蔚蔚发蓝，犹如“风雨散后的残云”①；在北方，高耸着玛苏克山，好像一顶毛茸茸的波斯帽，遮住那边全部的地平线。向东望去，更是令人心旷神怡；下面，在我眼前是色彩斑斓的、整洁的、新建的小镇，潺湲着有治疗作用的矿泉，操着多种方言的喧嚷的人群——在那边更远的地方，群山像半圆形剧场似的拥簇在一起，显得更加蔚蓝而苍茫，而在遥远的天边，则蜿蜒着积雪山峰的银链，起于卡兹贝克，终于双峰并峙的厄尔布鲁山……住在这种地方，真是快活呀！一种欢快的情绪在我周身血管里流动。空气清洁而新鲜，像是婴儿的亲吻；太阳绚烂，天际澄蓝——看来，一个人还能再要求什么呢？在这儿，激情、欲望和悔恨又有何用？……然而，时候到了。我要到伊丽莎白温泉去。人们讲，所有来洗

① 引自普希金的诗《乌云》。

矿泉浴的人早晨都麇集在那里。

……

我沿着林荫路向城中心走下去。在路上我碰见几群抑郁寡欢的人正在慢慢地登山;他们大多是草原上的地主人家:这从做丈夫的穿旧了的老式外套和妻子女儿的讲究服饰上一眼就可以看得出。不消说,他们对所有就浴的青年一个个都已经注意到了,因为他们带着好奇的样子亲切地望着我:彼得堡式样的外套迷惑了他们,但是一瞧出我的军人肩章,①他们就鄙夷不屑地扭转身去。

当地权贵的太太们,也可以说是温泉的女主人们,比较和蔼可亲。她们都拿着长柄眼镜,对于军服并不怎样在意,因为她们在高加索已经习惯于在一个有号码的纽扣底下发现一颗热烈的心,在一顶白色的军帽底下遇到一个有教养的头脑。这些太太非常温柔可爱,而且长年如此!她们的倾慕者则逐年更新,也许这里面就存在着她们的不知疲倦的殷勤好客的秘密呢。我顺着一条通往伊丽莎白温泉的狭窄的小径往上走时,越过了一群穿便服和军装的男人,后来我才知道,他们在期待矿泉水发生作用的人们当中是一个特殊阶层。他们喝——但喝的并不是矿泉水,他们很少去散步,只是偶尔去追逐女人;他们赌博而又抱怨生活无聊。他们都是些花花公子,他们把自己的套着柳条罩的杯子放进硫黄泉的井里去的时候,都摆出一副很斯文的姿势;那些穿便服的人全系着淡蓝色领带,而那些穿军装的领子上都露出绉边。他们表露出非常瞧不起外省人家,但对不让他们登堂入室的首都贵族客厅又望洋兴叹。

最后,来到了井口……在井旁的小广场上,在浴室上面,建有一所红顶的小房子,稍远是一带游廊,下雨时人们便在那里散步。几个负伤的军官曳起拐杖坐在一条板凳上,面色苍白而忧郁。几位太太快步在广场上走来走去,期待着矿泉水起作用。她们中间有两三个脸长得很漂亮。在荫蔽着玛苏克山斜坡的那些葡萄藤的幽径上,有时会闪现出喜欢成双作对地避开人群的花哨的无边女帽,在那样的帽子旁边,我总能瞧到一顶军帽或是一顶不像样子的圆帽。在峻峭的山坡上建筑

---

① 普通的军人肩章表示毕巧林不是近卫军,因而受到蔑视。

着一座被称作“风吹琴”①的凉亭，那里聚集着许多喜爱风景的人，他们用望远镜望着厄尔布鲁山；其中有两位家庭教师带着学生来治瘰疬病。

我因为走得气喘，停在山边，靠着一座小房子的屋角，开始欣赏四周历历如绘的景色，忽然我听见背后有一个熟悉的声音：

“毕巧林！你来很久了吗？”

我转过身去，原来是格鲁什尼茨基！我们互相拥抱了。我跟他是在作战部队里认识的。他腿上受了弹伤，差不多比我早一个星期来到温泉。

格鲁什尼茨基是个士官生。他仅服役过一年，却大模大样地穿着兵士的厚外套。他佩戴一枚兵士的圣乔治十字章。他的身材很好，浅黑皮肤，黑头发；他看样子有二十五岁，实际上不过二十一岁。他说话的时候总把头向后仰，而且不断地用左手捻他的小胡子，因为右手要去拄拐杖。他说话很快而且辞藻华丽：有一种人，在生活的一切场合都准备有一套现成的美妙动听的话，他们不会为单纯的美所打动，却煞有介事地装出怀有高尚的情操、崇高的热情和异常的痛苦——格鲁什尼茨基就是这样一个人。装腔作势是他们的乐趣；外省的风流娘儿们都如痴如狂地喜爱他们。将近老年，他们不是成为老老实实的地主，就是成为酒鬼——有时两者都是。他们的心灵里往往有许多善良的德行，却毫无诗意。格鲁什尼茨基的爱好就是高谈阔论：只要谈话一超出普通概念的范围，他就会口若悬河讲个没完没了。我从来不能跟他辩论。他既不回答你的反驳，也不听你讲话。可是你刚一住口，他马上便又夸夸其谈。这听起来跟你刚才说的话多少有些关系，事实上却不过是他自己的演说的继续罢了。

他很会说俏皮话：他的讽刺往往很有趣，但从来不中肯，不辛辣：他不能用一句话置人于死地；他不了解人们和他们脆弱的心弦，因为他一辈子只关心自己。他的目的是要使自己成为小说里的英雄。他常常想使别人相信，他并不是为这个世界而生的人，命中注定要受某种神秘的

① 取自希腊神话，这种琴一经风吹即能自行鸣奏。

磨难，对这一点他自己也差不多确信不疑了。因此他才那么高傲地穿起他那兵士的厚外套。我看透了他，他为此不喜欢我，虽然表面上我们有着最亲密的友谊。格鲁什尼茨基可算是个出色的勇士；我在战斗中曾见过他挥动军刀，呐喊着，眯着眼往前冲去。这可有些不像是俄罗斯人的勇敢呢！……

我同样也不喜欢他：我感到说不定哪一天我们会在一条狭路上冲突起来，我们当中总有一个要倒霉的。

他到高加索来——也是他的浪漫主义狂热的结果：我相信，在他离开故乡的头天晚上，他一定满面愁容地对一位漂亮的女邻居说，他并不是简单地去服役，而是去寻死，因为……讲到这儿，他大概会用手捂住眼睛接着说："不，您（或你）不应该知道这个！您的纯洁的灵魂会战栗的！而且又何必呢？对您来讲，我又算什么呢？您能了解我吗？……"以及诸如此类的话。

他曾亲口对我说过，那促使他进K团的理由将在他和苍天之间成为永久的秘密。

然而，在他脱下那件悲剧外套的时刻，格鲁什尼茨基却是相当可爱而招人喜欢的。看见他跟女人们在一起，我感到很有趣：因为我想，这是他极力讨好人家的时候了！

我们像老朋友似的重逢。我开始向他打听在温泉这儿的生活情况以及有哪些出色的人物。

"我们的生活相当枯燥乏味，"他叹了一口气说，"那些早晨饮矿泉水的人，都像所有病人那样无精打采；而那些晚上喝酒的人，又跟所有健康人那样使人无法忍受。女人是有的，但是从她们那儿得不到多大安慰。她们会打惠斯特①，穿戴得很难看，法国话说得好不吓人。今年从莫斯科只来了一位李戈夫斯基公爵夫人和她的女儿；不过我不认识她们。我的兵士外套就是个要遭到拒绝的标记。它唤来的同情像施舍一样使人痛苦。"

① 一种四人成局的牌戏。

这期间，有两位贵妇人经过我们身旁，朝井边走去：一个已经上了年纪，另一个却年轻苗条。我瞧不清她们被帽子遮住的脸，不过她们的穿戴全是按照最优美趣味的严格规则，样样都恰到好处。那年轻女人身穿一件**珍珠灰**①高领连衣裙；一条轻飘飘的丝头巾围住她的柔嫩的脖子。**深褐色**②的皮鞋紧紧裹住她的纤足直到足踝，样子显得那么秀逸潇洒，逗人喜爱，就是从未领略过美的奥秘的人一定都会发出赞叹，纵然只是由于惊讶的缘故。在她那轻盈然而仪态万方的步态里具有某种处女风致的、令人捉摸不透的，但看起来却很明白的东西。她走过我们身旁时，身上飘散出妩媚多情的女人的字条儿有时会散发出的那种无法形容的香味。

“这就是李戈夫斯基公爵夫人，”格鲁什尼茨基说，“同她在一起的是她的女儿梅丽。公爵夫人是按照英国派头这样叫她。她们到此地刚三天。”

“可是，你不是已经知道她的名字了吗？”

“是呀，我是偶然听到的，”他回答说，脸涨得绯红，“老实说，我并不愿意跟她们认识。这些骄傲的贵族把我们军人都看成野人一样。在一顶有号码的军帽底下有没有一个聪明的头脑，在一件厚外套里面有没有一颗热情的心，这和她们才不相干呢！”

“可怜的外套！”我笑着说，“但是那位走到她们跟前，那么殷勤地递给她们杯子的先生是谁呢？”

“啊！那是莫斯科的花花公子拉耶维奇！他是一个赌徒：这从挂在他的天蓝色背心上的粗大的金链子上立刻就可以看出来。而且那根手杖有多么粗——完全像鲁滨孙·克鲁索③的呢！他的大胡子恰到好处，头发却梳得**像个农民**④。”

“你好像憎恨整个人类。”

“这是有原因的……”

---

①② 原文为法语。

③ 英国作家笛福的小说《鲁滨孙漂流记》中的主人公。

④ 原文为法语。

“啊！真的吗？”

这时，那两位贵妇人离开井边，又走经我们身旁。格鲁什尼茨基拄着拐杖，居然扮出一个戏剧性的姿势，还用法国话高声回答我：

“我亲爱的，我憎恨人们，为的是不去轻视他们。不然的话，生活就会成为一出太令人作呕的滑稽剧了。”①

漂亮的公爵小姐回过头来，好奇地把这位演说家望了好一会儿。她的眼神虽然令人捉摸不透，却没有嘲笑的意思，我从心里祝贺他获得这个青睐。

“这位梅丽公爵小姐真美极了，”我对他说，“她有天鹅绒般的眼睛——的确跟天鹅绒的一样：我劝你讲起她的眼睛时要用这个形容词；上下睫毛是那么长，使阳光在她的瞳仁里都反映不出来。我爱这双眼睛——它们不是闪闪发光；它们是那么柔媚，好像在爱抚你……其实，似乎她的脸上没有一处不美……她的牙齿白吗，喂？这是很重要的！真遗憾，她听了你的华丽辞藻也没有微笑一下。”

“你谈论一个漂亮女人就跟谈论一匹英国马似的。”格鲁什尼茨基愤愤地说。

“我亲爱的②，”我竭力模仿他的声调用法语回答他，“我轻视女人，为的是不去爱她们，不然的话，生活就会成为一出太可笑的情节剧了。”③

我转过身，撇下他扬长而去。差不多有半点钟工夫，我顺着葡萄藤遮荫的小路，在石灰岩和缀布其间的灌木丛附近散步。天气热起来，我赶紧回家去。经过硫黄矿泉时，我在有顶的游廊里停下来，好在它的荫凉里歇一会儿，这却给我机会目睹一幕相当有趣的戏。登场人物所处的位置如下：公爵夫人跟那位莫斯科花花公子坐在有顶游廊里的一条凳子上，看样子他们是在做严肃的谈话。公爵小姐大概已经喝完最后一杯矿泉水，正若有所思地在井边散步。格鲁什尼茨基紧靠井边站着；此外，小广场上就再没有别的人了。

我走近些，躲在游廊的角落里。就在这时，格鲁什尼茨基失手把自

---

①②③ 原文为法语。

己的杯子掉在沙地上,他竭力想弯腰拾起它来,可是那条负伤的腿却妨碍了他。可怜的人！他拄着拐杖无论怎样设法,一切都是白费。他的富于表情的脸上当真露出痛苦的神情。

梅丽公爵小姐比我更清楚地看到这一切。

她比小鸟还轻捷地跑到他跟前,弯腰拾起杯子,带着无法形容的娇态递给他;随后,她脸涨得通红,向游廊回顾了一下,确信她妈妈什么都没有看到,才立刻安下心来。格鲁什尼茨基张嘴要谢她的时候,她已经走远了。过了一会儿,她随着母亲和那个花花公子走出游廊,但在走过格鲁什尼茨基身边时,她却做出一副庄重严肃的样子,甚至连头都没有回,也没有注意到他的火热的目光,他用这目光跟踪她很久,直到她下了山,消失在林荫路的菩提树丛后面……后来,她的帽子在街上一闪而过;她跑进了五峰城一所最讲究的房子的大门里。公爵夫人走在她后面,在大门口同拉耶维奇点头告别。

直到那时,这位可怜的热情的士官生才发觉我也在场。

"你看见了吗?"他紧握住我的手,说,"这简直是天使!"

"为什么?"我装出非常天真的样子问道。

"难道你没看见?"

"不,我看见了:她捡起了你的杯子。如果那里有一个园丁,他也会做同样的事,而且会做得更快,为了得点赏钱。然而,非常清楚,她是可怜你:你用那条被子弹打穿的腿走路时做出那么可怕的怪相……"

"但是,当心灵在她脸上发光时,难道你瞧着她一点也不感动吗? ……"

"不。"

我在扯谎,我存心要激恼他。我天生爱跟人唱反调,我的一生只不过是一连串同内心或理智作对的事情,结果却是悲惨而一无所获。面对一个热情的人会使我感到彻骨的寒冷,而且我还想,要是经常跟一个萎靡冷漠的人交往,倒会使我变成一个热情的梦想家。我还得承认,就在那一瞬间,有一种不愉快的但是熟悉的感觉轻轻掠过我的心头:这种感觉便是妒忌;我大胆地说出"妒忌",因为我已经惯于向自己承认一切。我想未必能找到一个年轻人(自然是指生活在上流社会,惯于放纵自己的虚荣心的年轻人),在遇上一个能打动他的空虚心灵的漂亮女人以后,眼看着她忽然又垂青于另一个同样和她素昧平生的人,而能不因此大为不快的。我是说,这样的年轻人是未必能找到的。

我和格鲁什尼茨基默默地下山,在林荫道上走过使我们的美人儿身影消失的那所房子的窗口。她正靠窗坐着。格鲁什尼茨基拉拉我的手,朝她投去对女人很少起作用的诡秘而温柔的一瞥。我把长柄眼镜对准了她,看到她由于他的睇视不禁嫣然一笑,而我那无礼的长柄眼镜却真的激怒了她。说实在的,一个高加索军人怎么敢用眼镜来打量一位莫斯科的公爵小姐呢?……

五月十三日

今天早晨医生来看我。他的名字叫韦尔纳,但他却是个俄国人。这有什么奇怪?我就知道一个姓伊万诺夫的德国人。

从许多方面来看,韦尔纳都是一个很出色的人。他正如差不多所有的医生一样,是个怀疑论者和唯物论者,同时又是一位诗人,而且不是随便说说的诗人——他在行动上永远是诗人,在言谈上也常常是一位诗人,虽然他一生连两行诗都没写过。他研究所有人的充满活力的心弦,犹如人们研究死尸的血管一样,可是他却从来不善于运用自己的知识,就像一位出色的解剖学家有时竟不会治疗疟疾那样!韦尔纳平时总爱私下嘲笑自己的病人,但有一次我却瞧见他为一个垂死的兵士流泪……他穷,梦想着发大财,但是却不肯为了金钱多迈出一步:他有一次对我说,他宁愿施恩于敌人,而不愿施恩于朋友,因为这意味着出卖自己的善心,而敌人的宽宏大量只会相应地加深仇恨。他的嘴巴很缺德,在他的俏皮话的幌子下,不止一个好人被说成庸俗的笨蛋。他的对头,温泉上那些爱嫉妒的医生们散布谣言,说他画漫画来嘲笑自己的病人——病人们气坏了,差不多都不来请他诊病。他的朋友们,那些在高加索服务的真正的正派人,竭力帮他恢复被败坏的名誉,但是毫无效果。

有些人的外貌乍一看令人感到不快,可是等眼睛能够在不端正的五官上看出那饱经沧桑的高尚的灵魂的痕迹时,你就会喜欢上他们;韦尔纳的外貌就是属于这一类。有许多例子证明,女人们会疯狂地热爱这种人，并且不愿拿他们的丑陋去换取面色最娇艳红润的恩底弥翁[①]的美。对女人应该说句公道话：她们具有欣赏心灵美的本能，也许就由于这个缘故，像韦尔纳那样的人才那么热烈地爱恋女人吧。

韦尔纳身材矮小瘦弱，像个孩子；他的一条腿比另外一条短，如同拜伦那样；跟身体比较，他的脑袋显得很大。他的头发剪得很短，从而显露出他的头盖骨凹凸不平，头盖骨上纵横交错的线条，会使颅相相士吃惊。他的小小的黑眼睛永远转个不停，极力想看透你的心思。他穿戴得整洁高雅，他的瘦削多筋的小手戴着淡黄色的手套，显得很好看。他的常礼服、领带和背心总是黑色的。年轻人称他作靡非斯特[②]；他对这个绰号仿佛很生气，其实这个绰号却迎合了他的自尊心。我们很快就彼此了解了，而且成为朋友，因为我是不善于交朋友的：在两个朋友当中，总是一个是另一个的奴隶，虽然他们谁都不承认这一点；——我是不能做奴隶的，而在这种情况下去支配别人，又是一件麻烦事儿，因为这同时还需要欺骗对方；何况我是有仆人和金钱的！我们是这样成为朋友的：我在C城许多闹嚷嚷的青年中间遇到韦尔纳；在晚会将要结束时，谈话转到玄学上来，我们谈到信仰：各人都有自己不同的信仰。

“就我个人来讲，我只相信一件事……”医生说。

“那是什么事？”我问，我想知道那一直沉默着的人的意见。

“我相信，”他回答道，“迟早我要在一个美好的早晨死去。”

“我比您强，”我说，“除此之外，我还相信——那就是我不幸是在一个最讨厌的夜晚出生的。”

大伙都以为我们是在扯淡，然而真的，他们当中谁也没有讲过比这更聪明的话。从那时起，我们就在人群中互相赏识了。我们常常聚在一起，两人非常严肃地谈论抽象的问题，直到彼此都觉察是在互相愚弄为止。那时，我们便像西塞罗[③]所说的古罗马占卜官[④]那样，会意地对看一眼，哈哈大笑起来，笑够以后，我们很满意自己度过的夜晚就分

---

① 希腊神话中美丽的牧童。

② 歌德长诗《浮士德》中的魔鬼。

③ 西塞罗（公元前106—前43），古罗马政治家和哲学家。

④ 古罗马占卜官主要从事神旨的阐释。

手了。

韦尔纳走进我屋里的时候，我正躺在沙发上，眼睛盯着天花板，两手枕在脑后。他把手杖放在墙角，在一把扶手椅上坐下，打了个呵欠，说外面天气很热。我回答说，苍蝇使我不得安宁，两人都不再言语了。

“请您注意，亲爱的医生，”我说，“世界上如果没有傻瓜，会很枯燥无味……您看，我俩都是聪明人；我们事先就知道，无论什么事我们都可以争辩个没完没了，所以我们就不争辩；我们差不多都知道对方的一切隐秘的念头；一句话对我们来讲就是一个完整的故事，我们可以透过三层外壳看到我们每种感情的核心。悲伤的事我们觉得可笑，可笑的事我们觉得悲伤，总而言之，说老实话，除了自己以外，我们对一切都相当冷淡。因此，在我们中间不能有感情和思想的交流：我们彼此既都洞悉底蕴，所以就不想再多知道了。只剩下一个办法：讲讲新闻。您有什么新闻要讲给我听吗？”

说了这一番长篇大论，我疲倦了，就合上眼睛，打了个呵欠。

医生寻思了一下，回答说：“在您的胡言乱语里怕有一个念头。”

“有两个呢！”我答道。

“请您告诉我一个，我来对您说另一个。”

“好，您开始吧！”我继续望着天花板，暗自微笑着说。

“您想知道到温泉来的一个人的一些底细，我已经猜出您所关注的人是谁，因为那边已经在打听您了。”

“医生！我们绝对不可能谈话：我们把彼此的心都琢磨透了。”

“现在说另一个……”

“另一个念头是：我想让您说些什么；因为，第一，听人说话不那么累；第二，不会失言；第三，能够知道别人的秘密；第四，像您这样聪明的人，必定喜欢听众甚于喜欢说客。现在言归正传，李戈夫斯基公爵夫人对您讲我什么来着？”

“您十分确信那是公爵夫人……而不是公爵小姐吗？……”

“完全相信。”

“为什么呢？”

“因为公爵小姐打听过格鲁什尼茨基。”

“您的脑子真管用。公爵小姐说她确信那位穿兵士外套的青年是因为决斗而降为士兵的……”

“我希望您就让她保留着这个愉快的错误想法……”

“当然。”

“故事有了开端!”我得意地高声说,“我们要注意这场喜剧的结局。显然是命运照顾我,不让我感到无聊。”

“我预感到,”医生说,“那位可怜的格鲁什尼茨基将成为您的牺牲品……”

“再说下去,医生……”

“公爵夫人说您的脸她很熟。我提醒她,准是她在彼得堡社交界的什么地方遇见过您……我讲了您的名字……她早就晓得这个名字了。看来,您的风流韵事在那里惹起了许多议论……公爵夫人开始讲述您的经历,除了社交界的流言,她大概还加上了她自己的看法……她的女儿好奇地听着。在她的想象中您已经成了新派小说里的英雄……我没反驳公爵夫人,虽然我知道她是在瞎扯。”

“真够朋友!”我向他伸出手来说。医生富于感情地握了握我的手,继续说:

“如果您愿意,我会给您介绍……”

“得啦,老兄!”我两手一拍说,“难道英雄还要人介绍吗?他们总是舍命搭救自己心爱的人而跟她结识,此外不会有别的路子……”

“您是当真要追求公爵小姐?……”

“不,完全相反!……医生,我终于赢了:您并不了解我!……但是这使我难过,医生,”我沉默了一下,接着说,“我自己从来不公开我的秘密,但是我非常喜欢别人识破它,因为这样我在必要时就可以抵赖。不过,您应该把她们母女俩描述给我听听。她们是怎样的人?”

“第一,公爵夫人是一位四十五岁的妇人,”韦尔纳回答说,“她的胃很好,可是血液却不好:脸颊上有一些红斑。她的后半生是在莫斯科度过的,因为在那里生活安逸而发福了。她喜欢猥亵的故事,女儿不在屋里,她自己有时竟会说些不体面的事。她对我说她女儿纯洁得像只鸽子,这关我什么事呢?……我真想回答她,她尽管放心,这种事我谁都不告诉！公爵夫人是来治风湿病的，至于她女儿是来治什么病，只有天知道。我嘱咐她们二人每天喝两杯矿泉水，每星期在隔离的浴池里洗两次温泉浴。公爵夫人看样子不惯于指使人。她对女儿的聪明和知识满怀敬意，因为女儿读过拜伦的英文原著并且懂得代数：在莫斯科，显然小姐们都在研究学问，而且做得很好——这是真话！我们男人们一般都不那么可爱，要是一个聪明女人去向他们卖弄风情，想必会感到难堪。公爵夫人非常喜欢年轻人，公爵小姐却有点瞧不起他们：这是莫斯科的风气呀！在莫斯科，她们只不过是对四十岁的、爱说俏皮话的人抱有好感而已。”

“您在莫斯科待过，医生？”

“是的，我在那边行过医。”

“请继续讲下去。”

“我好像把一切都讲了……对啦！还有：公爵小姐喜欢谈论感情、情欲以及诸如此类的事……她在彼得堡住过一个冬天，她不喜欢那地方，特别是那里的社交界：准是人们冷落了她。”

“您今天在她们那里没有看见谁吧？”

“正相反：有一位副官、一位古板的近卫军人和一位新近到来的太太，是公爵夫人夫家的亲戚，非常漂亮，但看样子好像病得很重……您在井边没有遇见过她吗？——她身材适中，浅黄头发，容貌端正，脸上有肺病患者的红潮，右颊上有一颗小黑痣。她那富于表情的脸使我为之惊叹。”

“一颗痣！”我喃喃地说，“真的吗？”

医生瞧瞧我，把手放在我的心窝上，得意地说：“您认识她……”我的心的确跳得比平时强烈。

“现在该轮到您得意了！”我说，“不过我希望您别出卖我。我还没有见到她，但是我确信从您的描述中我已经认出一个我很久以前爱过的女人……请不要向她提起我一个字；如果她问起来，您就说我的坏话好了。”

“遵命！”韦尔纳耸耸肩膀说。

他走后，一种可怕的悲伤紧揪住我的心。是命运使我们又在高加索相遇呢,还是她因为知道会遇见我而特意赶到这里来的? ……而且我们将要怎样见面呢? ……究竟这是不是她呀? ……我的预感从未欺骗过我。世上没有一个人会像我那样受往事的摆布。每当回忆起过去的悲伤或欢乐,我的心灵都受到痛苦的打击,并且从心灵中产生同样的回响……我生来就笨:我任什么,任什么事都忘不了!

午饭以后,六点钟左右,我往林荫道上走去:那里已经有一群人。公爵夫人和公爵小姐坐在一条凳子上,周围有许多年轻人在争先恐后地献殷勤。我在稍远的另一条凳子上坐下,叫住两个相识的龙骑兵军官,开始向他们讲些什么;显然讲得很可笑,因为他们都像疯了似的哈哈大笑。好奇心把原先围绕着公爵小姐的一些人吸引到我这儿来。其余的人也都一点一点地离开她加入我的圈子。我不停地讲:我的故事妙得有些荒唐,我嘲笑那些过往的古怪人物,恶毒到了疯狂的程度……我继续取悦我的听众,直到日落西山。公爵小姐有几次由一个瘸腿的小老头陪伴着,跟她母亲挽臂走过我的身旁;有几次她的目光投在我身上,流露出娇嗔的神情,虽然竭力装出若无其事的样子……

"他给您讲的是什么呀?"她向一个出于礼貌又回到她那里的年轻人说,"谅必是一个非常有趣的故事——是讲他自己在作战中的功劳吧? ……"她这句话说得很响,显然是存心要刺我。"啊哈,"我心里想,"亲爱的公爵小姐,您当真生气了;请您等着吧,这种事将来保不住还会有呢!"

格鲁什尼茨基像只猛兽似的盯着她,不让她离开他的视线:我敢打赌,他明天一定会请人把他介绍给公爵夫人。她会高兴,因为她很寂寞。

五月十六日

在过去两天里,我的事情进展得很快。公爵小姐简直恨透了我;人家已经把她说我的两三句俏皮话转告给我,那真是够挖苦人的,但同时又非常恭维人。她觉得很奇怪,像我这样习惯于出入上流社会的人,又跟她的彼得堡的表姐妹和姑姑婶婶那么亲密,怎么不想去同她认识呢。我们每天都在井边和林荫道上碰见;我想方设法去吸引她的崇拜者、漂亮的副官、面色苍白的莫斯科人以及别的人——而且我差不多总是如愿以偿。我一向讨厌客人到我这儿来,而如今我的屋子里却每天宾客盈门,他们在这儿吃午饭,吃晚饭,玩牌——而且,哈哈,我的香槟酒竟胜过她那勾魂的星眸的魔力呢!

我昨天在契拉霍夫商店碰见她。她想买一条很出色的波斯地毯,正在讲价钱。公爵小姐求自己的妈妈别舍不得钱:这条地毡会为她的闺房增辉呢!……我多出四十卢布把这条地毡买了下来,为此我被报以闪耀出最令人心醉的娇嗔的睇视。快吃午饭时,我故意叫人牵着我的披着那条地毡的契尔克斯马从她窗前走过。韦尔纳那时在她们家里,他告诉我,这一场的效果是最有戏剧性的。公爵小姐打算招募一支志愿军来反对我。我甚至已经注意到有两位副官在她面前跟我打招呼时非常冷淡,尽管他们每天都在我那儿吃午饭。

格鲁什尼茨基扮出一副诡秘的神气:他两手抄在背后走来走去,不搭理任何人。他的腿突然好了:他差不多不瘸了。他找到机会跟公爵夫人攀谈,对公爵小姐说恭维话,公爵小姐显然并不十分苛求,因为从那时起她就用最温柔的微笑来回答他的鞠躬了。

"你硬是不想跟李戈夫斯基一家认识吗?"昨天他对我说。

"硬是不想。"

"真的!那是温泉这儿最叫人高兴的人家!当地最优秀的社交界……"

"我的朋友,即便不是当地的都使我讨厌得要死呢。你常到她们家里去吗?"

"还没有去过;我只跟公爵小姐谈过一两次话。你知道,冒昧造访她们不大合适,虽然这里流行这种做法……如果我戴着肩章,那就又当别论了……"

"老兄!你这样才更有意思呢!你简直不会利用自己的有利地位……那件兵士的外套会使你在每一个多情小姐的眼中成为一个英雄和受难者。"

格鲁什尼茨基扬扬得意地微微一笑。

"多无聊!"他说。

“我相信，”我继续说，“公爵小姐已经爱上你了。”

他的脸一直红到耳根，他板起面孔。

啊，自尊心！你简直是阿基米德①想用来撑起地球的杠杆呀！……

“你老开玩笑！”他装出好像生气的样子说，“首先，她还不大了解我……”

“女人就爱那些她们不了解的人。”

“我完全没有讨她欢喜的意思：我只不过是想结识一个叫人愉快的家庭而已，如果我存着什么奢望，那岂不太可笑了吗……如果是你们，那又当别论！——你们是彼得堡的征服者：你们只消用眼睛一瞟，女人就酥了……你知道不，毕巧林，公爵小姐曾谈起你？……”

“怎么？她已经对你谈起过我？……”

“但是且不要高兴。有一次我在井边偶然同她谈起话来，她的第三句话就是：‘那位眼神那么忧郁沉重的先生是谁呀？他曾跟您在一起，那天——’当她想起自己的可爱的乖常行为，便羞红了脸，并且不愿讲出那个日子。‘您不用对我说是哪一天啦，’我回答她，‘它会永远铭记在我的记忆里’……我的好朋友毕巧林！我并不祝贺你；她对你的评语坏极了……啊，多么可惜！因为梅丽是十分可爱的……”

有些人谈到跟自己并不太认识的女人时，如果她们有幸得到他们的喜欢，就叫她“我的梅丽”“我的苏菲”，需要指出，格鲁什尼茨基就是那种人。

我扮出一副严肃的样子回答他道：

“是的，她长得不错……可是你要当心，格鲁什尼茨基！大部分俄罗斯小姐所憧憬的只是柏拉图式的恋爱，并不掺杂结婚的念头，而柏拉图式的恋爱是最使人烦恼的。公爵小姐似乎属于那种希望别人给她逗乐的女人。如果她在你身边只待了两分钟便感到无聊，你就彻底毁了：你的沉默应该引起她的好奇，你说的话应该永远不使她的好奇心得到充分的满足。你要每分钟都使她不得安宁；为了你，她会十来次公然不

① 阿基米德（公元前287—前212），古希腊学者，发现杠杆定律和阿基米德定律。

顾别人的意见，并且把这称为牺牲；而为了在这件事上取得补偿，她会开始折磨你——随后还会干脆说她不能忍受你。如果你不能控制她，即使你得到她的第一次接吻，也不会使你有权利再吻她一次。她会用尽浑身解数向你卖弄风情，但是过不了两年，她就会听妈妈的话去嫁给一个丑八怪，并且使你相信她是不幸的，她只爱过一个人，那就是你，然而老天却不愿意让她跟他结合，因为他身上穿的是兵士的外套，尽管在这件厚厚的灰色外套底下跳动着一颗热情而高尚的心……”

格鲁什尼茨基用拳头往桌上一捶，开始在屋里来回走起来。

我心里暗自好笑，而且有两次竟真的露出了笑容，幸亏他没有注意到这个。显然，他是在恋爱了，因为他变得比以前更轻信。他手上甚至戴上一个本地造的黑银镶嵌的戒指：这使我觉得可疑……我便仔细去瞧，你猜怎么着？……梅丽的名字用小字刻在背面，旁边还刻着她拾起那值得纪念的水杯的日子。我对这个发现秘而不宣，我不想逼他承认，我要他自动选我做他的心腹朋友——那时我就能美美地从中取乐了……

……

今天我起得很晚；我走到井边，已经没有一个人了。天气热起来：羽毛般的白色薄云从覆雪的山岭那边迅速地飘来，预示雷雨将临。玛苏克山的顶巅烟雾弥漫，好像一个刚熄灭的火把。一片片灰云在飞驰中被拦住并仿佛钩挂在山顶灌木林上，像蛇似的在它四周盘绕着，移动着。大气中充满了电的气息。我向通往山洞的、两旁栽着葡萄藤的林荫路深处走去，心头黯然神伤。我在想医生对我说过的颊上有一颗小黑痣的年轻女人……她为何到这儿来呢？真的是她吗？为什么我认为这就是她呢？而且我凭什么对之如此确信不疑呢？脸上有痣的女人难道少吗？——我这样寻思着走到山洞跟前。我一望：在山洞拱门的凉爽的阴影里有个女人坐在石凳上，戴着草帽，围着黑披肩，头低垂在胸前，帽子遮住了她的脸。我已经想退出来，免得打扰她的遐想，这时她对我瞧了一眼。

“薇拉！”我不禁喊了出来。

她一哆嗦，脸都变白了。“我知道您在这里。”她说。我在她身旁坐下，握住她的手。久已被忘掉的颤抖随着这可爱的语音奔流过我的血管。她用她那深邃宁静的眼睛望了望我：在它们里面流露出疑惑和某种像是责备的神情。

“我们好久不见了。”我说。

“是很久了，我们俩都有了很多的变化！”

“你是说，你已经不爱我了？……”

“我结婚了！……”她说。

“又结婚啦！可是几年前这个理由也是存在的呀，然而当时……”

她从我手里抽出自己的手，面颊红了起来。

“也许你爱你的第二个丈夫吧？……”

她没有回答，并且扭过头去。

“或许他是非常嫉妒的吧？”

她沉默着。

“怎么样？他年轻英俊，特别是一定很有钱，而你害怕……”我望了她一眼，不禁吃了一惊：她脸上流露出深深的绝望，眼睛里闪烁着泪珠。

“告诉我，”她终于低声说，“你折磨我感到十分快活吗？我应该恨你。自从我们相识以来，除了痛苦，你什么都没给我……”她的声音发抖，她俯向我，把头靠在我的胸口。

“或许，”我心里想，“那就是你从前为什么爱我的原因：欢乐会被忘掉，而悲痛却永不……”

我紧紧地搂住她，我们就这样待了很久。最后我们的嘴唇互相凑近，融成一个火热的令人销魂的吻。她的手冷得像冰一样，头却发烫。这期间，在我们之间开始了一场谈话，这种谈话写在纸上是没有意思的，重复又不可能，甚至不能记住：声音的意义代替并补充了语言的意义，就像意大利歌剧里那样。

她坚决不愿我认识她的丈夫——就是我曾在林荫道上碰见过的那个瘸腿小老头：她是为了她儿子的缘故才嫁给他的。他很有钱，但患有风湿病。我不容许自己说一句嘲笑他的话：她像尊敬父亲那样尊敬他，但是将来却会像欺骗丈夫那样欺骗他……一般说来，人心是一样奇怪的东西，特别是女人的心！

薇拉的丈夫，谢苗·瓦西里耶维奇·哥-夫，是李戈夫斯基公爵夫人的远亲。他住在她的隔壁；薇拉常到公爵夫人家里去。我答应她要同李戈夫斯基家结识，并且追求公爵小姐，好来转移人们对薇拉的注意。这样，我的计划就一点都不会受干扰，我将会很快活……

快活！……只寻求幸福，内心感到需要热爱什么人的那个精神生活的时期，在我已经过去了。如今我只想被人所爱，而且只被极少数人所爱。我甚至觉得，只要有一种坚贞不渝的眷恋，我就会满足了，可怜的人心的习惯啊！……

有一件事总使我觉得奇怪：我从来不曾做过我所恋爱的女人的奴隶；相反，我对她们的意志和心灵却永远具有无比的威力，虽然我一点没费心机。这是什么道理呢？——是因为我从来对什么都不很在乎，而她们却时刻唯恐失掉我吗？或者这是强壮的身体的磁力作用？还是因为我压根就没遇到过一个性格顽强的女人？

应该承认，我的确不爱有性格的女人：她们要性格有啥用呀！……

对啦，我现在想起来；有一次，而且只有那一次，我爱过一个我始终没能征服的、意志坚强的女人……我们像仇人似的散伙了——可是，如果我迟五年遇见她，我们也许不至于那样分手……

薇拉有病，病得很厉害，虽然她对此并不承认；我担心她是患肺病，或是法语叫作*虚热症*①的那种病——一种根本不是俄罗斯的病，而且在我们的语言里就没有这个名称。

我们在山洞里的时候，突然雷雨交加，这使我们在那里又多待了半个钟头。我们分手的时候，薇拉并不勉强我起誓对她表示忠诚，也不问我自从我们分手以来我是否爱过别人……她又像以前那样全心全意地信任我——我也没有欺骗她：世界上就只有她这个女人是我不能欺骗的。我知道我们不久又要分手，或许还是永诀呢：我们要沿着不同的道路走进坟墓；然而对她的回忆将会留在我的心中永不泯灭。我一向都对她重复这句话，她也相信我，虽然她嘴里说她不。

---

① 原文为法语。

我们终于分手了。我目送着她好一阵子，直到她的帽子隐没在树丛和岩石后面。我的心痛苦地紧揪着，如同头一次分别那样。啊，我多么喜爱这种感情啊！这是不是青春挟着它那有益的狂风骤雨，想重新回到我心里来呢，或者这只是它永别时的一瞥，留作纪念的最后一件礼物呢？……想起来真可笑，我的外貌还像个孩子：脸色虽然苍白，却依然娇嫩；四肢灵活而匀称，鬈发浓密，两眼发光，热血在沸腾……

回家时，我骑马跑过草原。我喜欢骑着烈马在高茂的草丛中，迎风驰骋；我贪婪地吞下芳香的空气，把视线投向蔚蓝的远方，想捉住那些愈来愈清晰的景物的苍茫轮廓。不论什么悲伤压在我心头，不论什么烦恼苦扰着我的思想，一切都会在瞬间消散，心头开始感到轻松，身体的疲劳克服精神的不安。一看到为南方阳光照耀的树木繁茂的群山，一瞻望蔚蓝的天宇，或是听到悬泉瀑布从一个峭壁落到另一个峭壁的哗哗声，这时便没有一个女人的媚眼不会被我忘怀了。

我想，那些正在守望楼上打呵欠的哥萨克，瞧到我这样既无目的又无所求地奔驰，一定会纳闷不已，因为从服装上，他们准会把我当作一个契尔克斯人。真的，有人曾对我说，我穿契尔克斯人的服装骑在马上，比许多卡巴尔达人更像卡巴尔达人呢。而且，的确，就这身高贵的军装来说，我是一个十足的花花公子：没有一条多余的饰带，武器珍贵而做工质朴，皮帽上的毛既不太长又不太短；靴筒和纹皮靴配合得恰到好处；白色上衣加上深褐色的契尔克斯式的外套。我练过很久山民的骑术：不论称赞我什么，都不如承认我的骑术是高加索式的更能满足我的自尊心。我养着四匹马：一匹为我自己，三匹为朋友们，这样就不至于一个人在田野里驰骋感到孤寂了。他们都很满意地牵走我的马，但从来不跟我并辔出游。当我想起该吃饭时，已经是午后六点钟了。我的马累极了，我骑马走上从五峰城通德国侨民区的大道，温泉上的人们常常骑马到那里去野餐[①]。这条道路蜿蜒在灌木林中间，通到下面一些有潺潺溪水流过茂草荫下的小峡谷里。周围耸立着别什塔山、蛇山、

① 原文为法语。

铁岭及秃岭的蔚蓝色峰峦，好像一座半圆形的剧场。当我下到当地土话叫山沟的一个峡谷时，我停下来饮马。就在这时，大路上出现了一群喧哗的、骑马出游的漂亮人物：太太小姐们都穿着黑色和天蓝色的骑马装，骑士们则穿着契尔克斯式和下哥罗德式的混合装[①]；格鲁什尼茨基跟梅丽公爵小姐骑马走在前边。

矿泉上的太太小姐们依然相信在光天化日之下会有契尔克斯人来袭击，不消说，格鲁什尼茨基因此才在兵士外套外面系了一把军刀和两支手枪：他的这身勇士的服装看上去很好笑。一片高高的灌木使他们看不见我，但是透过树叶我却能瞧见一切，并从他们脸上的表情可以猜到他们的谈话是感伤的。最后他们快到斜坡这儿了；格鲁什尼茨基拉住公爵小姐的马缰，这时我就听见了他们谈话的结尾：

"您打算一辈子留在高加索吗？"公爵小姐问。

"对我来说，俄罗斯算什么呢？"她的骑士回答道，"它是那么一个地方，那里有成千上万的人，因为他们比我们有钱，就会瞧不起我；而在这儿——在这儿，这件粗外套并没妨碍我同您相识……"

"恰恰相反……"公爵小姐红着脸说。

格鲁什尼茨基的脸上现出高兴的神情。他继续说：

"在这儿，我的生命会热热闹闹、不知不觉地、很快地在野蛮人的枪弹下逝去，只要上天每年都赐给我一个明亮的女性的青睐，就像那个……"

这期间，他们走着，快和我并排了；我用鞭子抽了一下马，从树丛后面奔出来……

"*天啊，一个契尔克斯人！*[②] ……"公爵小姐在惊恐中用法语喊道。

为了彻底打消她的疑虑，我微微欠着身子，用法语回答说：

"*请别怕，夫人，我并不比您的骑士更危险。*"[③]

她窘起来——但是为什么呢？是由于自己的错误，还是因为她觉得我的回答很无礼呢？——我倒希望后一个假定是对的。格鲁什尼茨

---

① 出自格利包耶陀夫的喜剧《聪明误》："法国式和下哥罗德式的混合装。"

②③ 原文为法语。

基不高兴地瞪了我一眼。

天色已经很晚,就是说在十一点钟光景。我出去沿着菩提树林荫道散步。城市已经入睡,只有一些窗子里有灯光在闪烁。峭壁的脊梁、顶巅覆着一团不祥的乌云的玛苏克山的支脉,从三面黑黝黝地呈现出来。月亮已在东方升起:远处,覆雪的山岭像一条银的流苏粲然发光。哨兵的吆喝声夹杂在夜间任意流泻的温泉的喧哗声中。街上偶尔有响亮的马蹄声传来,伴着诺盖人大车的轧轧声和鞑靼人的忧郁的曲调。我坐在一条板凳上,陷入沉思……我觉得需要向人来倾诉衷肠……但是向谁呢?……“薇拉这时在干什么?”我心里想……在那一瞬间我情愿付出高昂的代价,只要能握一下她的手。

突然我听见急速而凌乱的脚步声……准是格鲁什尼茨基……果然不错!

“从哪儿来呀?”

“从李戈夫斯基公爵夫人家,”他非常神气地说,“梅丽唱得可好哩!……”

“你知道吗?”我对他说,“我敢打赌她并不知道你是个士官生;她还以为你是个降级的军官呢……”

“也许是!这跟我有什么关系呢!……”他漫不经心地说。

“好吧,我不过这么说说而已……”

“但是,你知道不,你今天可把她气坏了?她认为这是闻所未闻的粗鲁无礼,我费了好大的劲才使她相信:你受过那么好的教育,那么懂得社交的礼节,你决不会有意侮辱她。她说你的目光是那么傲慢不逊,你大概自以为很了不起。”

“她没有说错……你总不打算为她辩护吧?”

“可惜我还没有这种权利……”

“啊哈!”我心里想,“可见他已经怀着希望了……”

“不过,对你来说更糟,”格鲁什尼茨基紧接着说,“如今你想跟她们认识是更难了——多可惜!就我所知,这是一个最令人愉快的人家呢……”

我心里笑了笑。

“现在对我来说,最令人愉快的家乃是我的家,”我打着呵欠说,站起身来要走。

“然而,说老实话,你后悔吗?……”

“废话!只要我愿意,明天晚上我就可以到公爵夫人家里去……”

“我们瞧吧……”

“为了让你高兴,我还要去追求公爵小姐呢……”

“是的,只要她肯搭理你……”

“我等着一旦你的谈话使她感到厌烦,我就……再见!”

“可是我要去散散步——现在我一点也睡不着……听着,我们最好到饭店里去,那里可以赌钱……目前我所需要的是强烈的感觉……”

“我希望你赌输……”

我回家去了。

五月二十一日

差不多一个星期过去了,我还没有跟李戈夫斯基家认识。我在等待适当的时机。格鲁什尼茨基像影子一样到处跟着公爵小姐,他们的谈话总是没完没了:什么时候他才会使她感到厌烦呢?……她母亲并不理会这种情况,因为他是不配做未婚夫的。这就是做母亲的逻辑!我已经有两三次看出她的含情脉脉的眼波——这种情况应该结束。

昨天,薇拉头一次在井边出现……自从我们在山洞里遇见以后,她就一直没出过门。我们在同一个时间把杯子放进井里,她弯下腰低声对我说:

“你不愿意同李戈夫斯基家认识!……只有在那儿我们才能见面……”

这是责备呀!……多无聊,然而我也是罪有应得……

正巧,明天在饭店大厅里将举行募捐舞会,我要跟公爵小姐跳玛祖卡舞。

五月二十二日

饭店的大厅变成了贵族俱乐部的大厅。人们在九点钟就全来了。公爵夫人和她的女儿来得最晚；好多太太小姐们都带着嫉妒和恶意端详着梅丽公爵小姐，因为她的装束高雅。那些自认为是当地贵族的人们，都藏起妒意，向她拥去。有什么办法呢？凡是有女人聚会的地方，立刻就会出现高低两组。格鲁什尼茨基站在窗旁的人群中，脸贴着玻璃，两眼死死盯住自己的女神。她走过他身旁的时候，几乎不可觉察地向他点了点头。他的脸就像太阳似的发光了……开头是波兰舞，随后奏起华尔兹舞曲。马刺叮叮作响，裙摆飘扬着，旋转着。

我站在一位插着玫瑰色羽毛头饰的胖太太身后。她的衣裳华丽，使人想起箍骨裙的时代，而她的粗糙皮肤上的疙疙瘩瘩则使人想起那用黑色塔夫绸做美人痣的幸福日子。她用宝石项圈遮住脖子上一个最大的瘊子。她对她的男舞伴，一位龙骑兵大尉说：

"这个李戈夫斯基公爵小姐真是个使人无法容忍的毛丫头！您想，她撞了我不仅不道歉，反倒转过身来用长柄眼镜来瞅我……*真是不能忍受！*① ……而且她凭什么骄傲呢？该教训教训她……"

"这事交给我办好了！"那位殷勤的大尉回答说，便向另一间屋里走去。

我立刻向公爵小姐走过去，利用当地准许跟不相识的女客跳舞的习惯，请她跳华尔兹舞。

她勉强抑制住微笑，并藏起自己的得意。但是她很快就扮出一副十分冷淡的，甚至严厉的样子。她随随便便地把手搭在我的肩膀上，微微将头歪向一边，我们就跳起来。我不知道还有比这更肉感、更柔韧的腰肢！她的清新宜人的气息拂着我的脸。在华尔兹的旋转中，有时一绺鬈发离开其他鬈发滑过我的发烧的面颊……我跳了三圈。（她跳华尔兹跳得好极了。）她娇喘吁吁，眼神幽澹，半张的嘴唇勉强说出照例要讲的法语："*谢谢，先生*。"②

深默几分钟后，我做出最温顺的态度对她说：

---

①② 原文为法语。

“公爵小姐，我听说，您虽然根本不认识我，可是我已经不幸失宠于您了……您把我看作一个粗鲁无礼的人……这是真的吗？”

“现在您莫非是要我肯定那种意见吗？”她扮出一副调侃的面孔回答说，这反而非常适合她那生动活泼的容貌。

“如果我有什么地方鲁莽无礼地冒犯了您，那就请您允许我更鲁莽无礼地来请求您饶恕……而且，说实在的，我真想向您证明您是把我看错了……”

“这对您将是很难做到的……”

“为什么？……”

“因为您平时不到我们家里来，而这些舞会大概是不会常常举行的。”

我心里想，这就是说，她家的大门对我是永远关住了。

“您知道，公爵小姐，”我有点气恼地说，“无论何时都不应该拒绝一个悔悟的罪人：否则的话，他由于绝望，他还可能加倍地犯罪呢……到那时……”

周围人们的哄笑和低语声使我回过头去，打断了我的话头。离我几步远的地方站着一群男人，其中就有那位龙骑兵大尉，他对这位可爱的公爵小姐露出敌意。他不知为什么那样特别得意，搓着手，哈哈大笑着，并且跟同伴们挤眉弄眼。忽然从他们当中走出一个身穿燕尾服、留着长长的口髭、满脸通红的先生。他迈着不稳的脚步直冲公爵小姐走过来：他喝醉了。他在惶惧不安的公爵小姐对面站住，两手抄在背后，浑浊的灰色眼睛直勾勾地盯住她，用沙哑的童音说：

“**请您允许**[①]……嗨，何必呢！……我只是想邀您跳玛祖卡舞……”

“您想做什么？”她声音发抖地说，向周围投出求援的目光。唉！她母亲离开很远，近旁又没有一个她认识的男伴。一个副官好像看到这一切，但是为了不卷进这场风波，他躲到人群里去了。

“怎么？”喝醉的先生说，向正在做暗号怂恿他的龙骑兵大尉眨了

---

① 原文为法语的俄文译音。

眨眼，“莫非您不愿意？……我再次荣幸地邀您跳**玛祖卡舞**①……您也许以为我喝醉了？这不要紧！……保管跳起来更灵活，我向您保证……”

我看她又怕又气，快要晕倒了。

我走到那位喝醉酒的先生跟前，牢牢抓住他的胳膊，凝视着他的脸，请他走开，因为，我补充说，公爵小姐早就答应跟我跳玛祖卡舞了。

“好吧，没有法子！……等下次吧！”他笑着说，便退到自己的感到羞惭的伙伴那边，他们立刻把他领到另一间屋里去了。

我得到的报酬是一个脉脉含情的媚眼儿。

公爵小姐走到母亲跟前，把这事一五一十地都告诉了她；她在人群里把我找出来，向我道谢。她对我说她认识我母亲，并且跟我的五六个姑妈姨妈都很要好。

“我不明白为什么我们至今还没有跟您认识，”她又说，“但是请您承认，这全怪您：您无论见了谁都那么腼腆，这真要不得。我希望我客厅里的空气能消除您的忧郁……对吗？”

我向她说了一句每个人在这种场合都应该准备好的话。

四人舞拖长得没完没了。

最后乐队奏起了玛祖卡舞曲：我和公爵小姐心安理得地留在一起。

关于那个喝醉酒的先生、我以前的行为和格鲁什尼茨基，我都只字不提。方才那不愉快的一幕在她心中所产生的印象渐渐消失了；她的小脸光彩焕发；她非常妩媚地说笑着；她的谈话很俏皮，没有装腔作势，听来既生动又自然；她的见解有时很深刻……我对她说了一句非常含蓄的话，使她感到我早就喜欢她了。她垂下头，微微地羞红了脸。

“您是个怪人！”她稍停一下说，向我抬起她那天鹅绒般的眼睛，不自然地笑了起来。

“过去我不想跟您认识，”我接着说，“因为您被一大群倾慕者包围着，我担心在那里面会消失得无影无踪。”

“您真是瞎担心！他们都是非常乏味的……”

---

① 原文为法语。

“全都是！不见得吧？”

她凝视着我，好像在竭力回想什么，稍后她又微微涨红了脸，最后肯定地说：“全都是！”

“连我的朋友格鲁什尼茨基也是？”

“他是您的朋友？”她露出有点怀疑的神气说。

“是的。”

“他自然并不归入乏味的那一类去……”

“然而归入那不幸的一类。”我笑着说。

“当然！您为什么觉得好笑？我真希望您处在他的地位……”

“那有什么？我自己也曾当过士官生，而且老实说，那是我一生中最美好的时光呢！”

“难道他是个士官生？……”她很快地说，稍后又说，“我还以为……”

“您以为什么？……”

“没什么！……那位太太是谁？”

于是谈话改换了方向，不再回到这个题目上来。

玛祖卡舞结束了，我们就分了手——再见。太太小姐们都坐车走了……我去吃晚饭，遇见了韦尔纳。

“哈！”他说，“原来如此！您不是说过您一定要在舍命搭救公爵小姐的场合才跟她结识的吗？”

“我做得比那更好，”我回答他，“我在舞会上救她免于昏倒！……”

“这是怎么回事？请讲给我听听！……”

“不，您猜吧——您这个人能猜得着世上一切事情。”

五月二十三日

晚上七点钟左右，我在林荫道上散步。格鲁什尼茨基老远看见我，就向我走过来：他的眼睛里闪耀着一种可笑的欣喜，他紧紧地握了握我的手，声音惨凄凄地说：

“我感谢你，毕巧林……你了解我吗？……”

“不,但是我根本不值得感谢。”我回答说,因为我凭良心说压根没做什么好事。

“怎么?是说昨天呢?你难道忘记啦?……梅丽把一切都讲给我听了……”

“你说啥?敢情你们已经不分彼此了?连感谢都是共同的?……”

“听我讲,”格鲁什尼茨基非常郑重地说,“如果你还打算做我的朋友,请不要拿我的爱情开玩笑……你瞧,我爱她爱得几乎发疯……而且我想,我希望,她也爱我……我对你有个请求:你今天晚上得到她们家去,答应帮我观察一切。我知道你在这种事上有经验,你比我更懂得女人……女人!女人!谁能了解她们?她们的微笑否定她们的眼波;她们的话给你希望而且迷人,她们的腔调却拒人千里之外……有时她们一瞬间就领会而且猜到我们最秘密的思想,而有时却不了解最明显的暗示……就拿公爵小姐来讲吧:昨天她的眼睛停留在我身上时燃烧着热情,而今天,它们却是黯淡的,冷冰冰的……”

“这或许是温泉水作用的结果吧。”我回答说。

“凡事你都看坏的一面……唯物论者!”他轻蔑地加上一句,“可是让我们换一种物质①吧。”他因为用了这句并不高明的双关语而得意,因此高兴起来。

在八点多钟时,我们一起去公爵夫人家里。

路过薇拉的窗前,我看见她在窗口。我们彼此匆匆地交换了一瞥。她在我们到后不久也走进李戈夫斯基家的客厅。公爵夫人把我介绍给她,好像是介绍给自己的亲戚似的。我们喝着茶,客人很多,大家在互相寒暄。我竭力去讨公爵夫人的欢心,说着笑话,有几次引得她纵情大笑;公爵小姐也不止一次想出声大笑,但是克制住了,以免越出自己所爱扮的角色:她觉得娇慵无力的神态对她顶合适——这也许是不错的。格鲁什尼茨基看来似乎非常高兴,因为我的快乐心情并没有使她受到感染。

---

① 俄语中“物质”一词又可作“话题”解。

茶后,大伙都来到大厅。

“我这么听话,你感到满意吗,薇拉?”我走过她身边时说。

她投给我一个充满爱怜和感激的睇盼。我已经看惯了这样的睇盼,而它们曾经构成我的幸福。公爵夫人叫女儿坐在钢琴旁边,大伙都请她唱支歌——我不发一言,还趁着这闹哄哄的当口儿,跟薇拉走到窗前。她想和我谈些对我们两人都非常重要的事……结果却谈了些无聊的话……

这期间,我的冷漠使公爵小姐感到气恼,这我从那闪着怒火的瞥视中可以看出来……啊,我非常懂得这种无言却含有深意、短促却有力的谈话!

她开始唱了:她的嗓子不坏,但唱得却不高明……反正,我并不在听。然而格鲁什尼茨基却把胳膊肘靠在钢琴上,面对着她,眼睛直勾勾地望着她,不住地用法语低声说:“**真动人!真美妙!**”①

“你听我说,”薇拉对我说,“我不愿意你跟我丈夫认识,但是你一定要使公爵夫人喜欢你。这在你是轻而易举的:这样你想做什么都可以。只有在这里我们才能见面……”

“只有在这里?……”

她脸红了,又接着说:

“你知道我是你的奴隶,我从来不会违抗你……而我却将因此受到惩罚:你会不再爱我!至少我要珍惜自己的名誉……不是为了我自己:这你一定知道得很清楚!……啊,我求你:不要再像从前那样用毫无根据的怀疑和假装的冷漠来折磨我:我也许很快就要死了,我觉得我一天比一天虚弱……虽然如此,我也不能想到未来的生活,我只想到你……你们男人不懂得眼波一瞥和手儿相握的快乐……可是我向你发誓,当我听到你的声音,我便感到无限的、异样的幸福,就连最热烈的接吻都不能代替它。”

这时候,梅丽公爵小姐的歌声停止了。在她周围发出一片赞美声。我最后一个走到她跟前,敷敷衍衍地称赞了她的歌喉。

---

① 原文为法语。

她撇了撇下嘴唇，扮了个鬼脸，样子非常可笑地坐了下来。

“这可真是太恭维我了，”她说，“因为您根本就没听；或许您不喜欢音乐吧？……”

“恰恰相反……特别是在饭后。”

“格鲁什尼茨基说得对，他说您的趣味非常平庸乏味……我看您喜欢音乐是从饮食方面着眼的……”

“您又错了：我根本不是个讲究吃喝的人：我的胃糟糕透了。不过音乐在午饭后能催人入睡，而在午饭后睡眠是有益于健康的，因此我是从医学观点喜欢音乐。在傍晚恰恰相反，它太刺激我的神经，我会变得过分忧郁或是过分快活。要是忧郁或快活都没有正当的理由，这两样都使人厌倦，何况在社交场合忧郁是可笑的，过于快活又是失礼的……”

她没等听完就走开了，坐到格鲁什尼茨基旁边，他们之间便开始了一场绵绵的情话；但公爵小姐回答他的隽语时似乎相当心不在焉，而且文不对题，虽然她竭力装出很专心地在听他，因为他有时用带着惊奇的神情望着她，想猜出有时在她那心神不定的目光中流露出来的内心激动的原因……

然而我却猜出了您的心思，亲爱的公爵小姐，请小心点吧！您打算对我一报还一报，要伤害我的自尊心吗？——您不会达到目的的！如果您要向我宣战，我便会残酷无情。

在这个晚上，我有几次故意设法加入他们的谈话，但是她对我的言论相当冷淡，最后我就假装气恼走掉了。公爵小姐胜利了，格鲁什尼茨基也是。你们得意吧，我的朋友们，可得抓紧时间啊……你们不会得意长久的！……怎么办呢？我有一种预感……只要跟女人一认识，我总会十拿九准地猜出她会不会爱我……

这天晚上其余的时间我都在薇拉身边度过，我们畅谈往事……我实在不懂她为什么这样爱我！何况她是一个彻底了解我的女人……对我的一切小的缺点和坏脾气都知道得清清楚楚……难道邪恶真这样有魅惑力吗？……

我同格鲁什尼茨基一起出来。在街上他挽住我的胳膊，在长时间

的沉默后,他说:

“喂,怎么样?”

我想回答他:“你是个傻瓜。”但是我忍住了,只耸了耸肩膀。

五月二十九日

这些日子,我一次都不曾放弃我的办法。公爵小姐渐渐喜欢听我的谈话了。我给她讲了几件我生活中奇怪的遭遇,她就把我看作一个不平凡的人。我嘲笑世界上的一切,特别是感情;这开始使她感到害怕。她当着我的面不敢再跟格鲁什尼茨基谈论感伤的问题,甚至有几次她竟用讥讽的微笑来回答他的失态。然而每当格鲁什尼茨基走到她跟前,我总扮出很谦逊的样子避开,让他们俩待在一块。头一次她还喜欢这样,或许是竭力装作如此;第二次,她就生我的气了;第三次,则对格鲁什尼茨基生气了!

“您太缺乏自信心!”昨天她对我说,“您凭什么以为我跟格鲁什尼茨基在一块会感到更快乐呢?”

我回答说,我是为朋友的幸福而牺牲自己的快乐……

“还有我的快乐。”她加上说。

我凝神望了望她,并且装出很严肃的样子。以后,我整天都没跟她讲一句话……昨晚她沉思默想,今早在井边更加沉思默想了。我向她走过去的时候,她正在心不在焉地听着格鲁什尼茨基好像在赞美大自然的讲话,但是一看见我,就哈哈大笑起来(笑得很不得体),假装没注意到我。我稍微走远些,偷偷地观察她:她转过身子,背向她的谈话伙伴连打了两个呵欠。毫无疑问,格鲁什尼茨基已经使她讨厌。我打算再有两天不跟她说话。

六月三日

我常问自己,我为什么要这么执拗地去追求一个我并不想诱惑、永远不会同她结婚的年轻姑娘的爱情呢?这种像女人那样的调情究竟目的何在呀?薇拉现在爱我的程度胜过梅丽公爵小姐将来任何时候对我的爱。如果我觉得公爵小姐是一位不可征服的美人,也许我会被这种企图的困难所吸引……

然而却满不是这回事！可见，这并不是那种按捺不住的爱情需要——这种需要在青春初期折磨我们，把我们从一个女人那里扔到另一个女人那里，直到我们找到一个讨厌我们的女人为止；这便是我们的忠贞——真正无止境的情欲的开端，它可以按照数学方法用从一点引向空间的线表示出来；这种无穷性的秘密就在于不可能达到目的，也就是，不可能达到终点。

是什么使我忙忙碌碌呢？是嫉妒格鲁什尼茨基吗？可怜的人！他根本不配受到嫉妒。或者这是那种卑劣的、然而不可克服的感情的结果吧，这种感情逼使我们去毁掉一位朋友甜蜜的幻想，使他在失望之中来问我们应当相信什么时，我们能怀着些微的快意对他说：

“我的朋友，我也有过同样的遭遇！而且你看，虽然我吃饭，睡得很香，然而我却希望能够一声不吭、不流眼泪地与世永别呢！”

要知道，去占有一个年轻的、含苞待放的灵魂，实在是无限的快乐！它犹如一朵小花，散发出美好的芳香去迎接最初的阳光；应当在那一瞬间把它摘下来，尽情吸取它的香气，然后把它丢在路上：也许会有人把它捡起来。我感到我有那种无餍的贪欲，要吞下在路上遇到的一切；我看待别人的痛苦和欢乐只基于它们对我的关系，把它们当作维持我精神力量的食粮而已。我自己再不能在情欲的影响下胡作非为了；我的虚荣心为环境所压制，但它又以另一种形式出现，因为虚荣心无非是渴望权力，而我最大的快乐——就是要使我周围的一切都服从我的意志。唤起人们对我的爱戴、忠诚和畏惧——这不是权力的首要标志和最大的胜利吗？没有一点正当的权利而去成为别人痛苦和欢乐的原因——这岂不是给我们的骄傲准备的美好的食粮吗？而幸福是什么？是得到了满足的骄傲。如果我以为自己比世上所有人都好，都强，我会是幸福的；如果所有人都爱我，我就会在自己心里找到永不枯竭的爱的源泉。恶产生恶，最初的痛苦使人懂得折磨别人的乐趣。如果一个人不愿意作恶，罪恶的念头是不会跑进他的头脑里去的。有人说过，思想是有机的东西：它们的诞生就给予它们形式，而那种形式就是行动。一个人脑袋里思想越多，他的行动就比别人多；因此，一个天才如果被束缚在公事桌上，他就会死掉或是发疯，恰如一个身体强健的人，如果让他整天规规矩矩地坐着不活动，便会中风而死一样。

情欲不是别的，只是思想的初步发展，是从属于青春的心灵的，如果以为一个人终生都会被情欲所激动，那他简直是个傻瓜：许多静静的河流都是从喧嚣的瀑布开始，却没有一条河流一直泛着泡沫奔腾地流入大海。但那种宁静往往是一种伟大然而潜藏的力量的标志；思想感情的丰富与深沉不容许疯狂的发作：灵魂无论在受苦还是欢乐中，对一切都明察秋毫，而且深信应该如此。它知道，如果没有雷雨，太阳的永恒的炎热就会使它枯萎；它深刻体验着本身的生活，爱抚自己，又惩罚自己，就像母亲对待宠儿那样。只有在这种自我认识的最高境界里，一个人才能领悟上天的裁判。

重读这一页，我发现我写得离题太远了……但是这有什么要紧呢？……须知，这日记是我为自己写的，所以，凡是我在它里面容纳的一切，将来对我都会成为可贵的回忆。

……

格鲁什尼茨基来了，跑上来搂住我的脖子——他被提升为军官了。我们喝了香槟酒。韦尔纳医生随后也来了。

“我不祝贺您。”他对格鲁什尼茨基说。

“为什么？”

“因为兵士的外套对您非常合适，您要承认，在温泉这儿做的步兵军官制服是不会为您增光添彩的……您看，到目前为止您还是个非同寻常的人物，现在却要变得普通一般了。”

“讲吧，随您讲吧，医生！反正您扫不了我的兴。”格鲁什尼茨基又凑着我的耳朵说，“他不知道，这肩章给我带来多少希望……噢，肩章，肩章！你上面的小星星，是引路的小星星……不！现在我简直是幸福极了！”

“你愿意跟我们一同到断崖那边去散步吗？”我问他。

“我？在我的军服没做好以前，我决不在公爵小姐面前露面。”

“你要我把你的喜事告诉她吗？……”

“不，请不要讲……我要让她吃惊呢……”

“但是你要告诉我，你跟她的事怎么样了？”

他窘了，考虑起来：他打算吹牛，撒谎，但是有些惭愧，同时又不好意思说出真相。

“你怎么想，她爱你吗？……”

“爱我？天哪，毕巧林，你胡想些什么啊！怎么能这样快？……就算她爱吧，一个正派女人也决不会说出口来的……”

“好！照你的意见，一个正派的男人大概对自己的激情也应该保持缄默啦？……”

“唉，老兄！凡事都有一定之规；有许多事情是不可言传，只可意会……”

“这倒是真的……我们在女人眼睛里看出来的爱情并不会使女人承担什么义务，要是说了出来……当心吧，格鲁什尼茨基，她是在骗你呢……”

“她？……”他抬眼望着天空，得意地微微一笑，回答说，“我可怜你，毕巧林！……”

他走了。

晚上，一大群人步行往断崖那儿去。

据当地学者的意见，这断崖不过是一个熄灭了的火山喷火口，它位于离城约一俄里的玛苏克山的斜坡上。一条蜿蜒在树丛和岩石中间的羊肠小路通到那里。上山的时候，我把一只手伸给公爵小姐，一路上她始终没把它放开。

我们的谈话是从议论别人开始：我一一举出那些在场的和不在场的我们的熟人，先描述他们可笑的方面，后来又揭发他们的卑劣的方面。我的脾气发作了，我开头只是随便说笑，结果却真的来火了。起初，这使她开心，后来却使她害怕起来。

“您是个危险人物！”她对我说，“我宁愿在树林里挨凶手刀砍，也不愿挂在您的舌头上……我诚恳地求您！当您心里想说我坏话的时候，您还是拿刀子杀了我吧——我想这对您并不十分困难。”

“难道我像个凶手吗？……”

“您比凶手还坏……”

我沉思了一会儿,随后扮出一副深受感动的神气说:

"是的,从童年起我的命运便是如此!大伙都在我脸上看出那些莫须有的坏品质的征兆;既然大伙都认为有——这些品质也就产生了。我生性憨厚,人们却指责我狡诈:我就变得把话都藏在心里。我深刻体验到善与恶,但没有人爱抚我,大伙都欺侮我:我就变得容易记仇。我那时总是闷闷不乐——别的孩子们都高高兴兴,喜欢说话;我觉得自己比他们高明——人们却把我看得比他们低。我于是变得爱嫉妒。我打算去爱全世界——但没有一个人了解我:于是我学会了憎恨。我的平淡无奇的青春,都在我同自己和社会的斗争中流逝过去了;因为怕人嘲笑,我把我最美好感情埋葬在内心深处:它们就都死在那里。我说真话——人们不相信我:于是我开始欺骗;在深深懂得人情世故以后,我终于熟谙了处世的学问,看到那些一无所长的人却很幸福,不劳而获地享受着我曾百折不挠地追求过的好处。于是我心中便产生出绝望情绪。这并不是手枪枪口可以医治的,而是隐藏在亲切的态度和温和的微笑底下的冰冷而无力的绝望情绪。我成了精神上的残废:我的灵魂有一半不存在,它凋萎了,干枯了,死去了,我把它切下来扔了,而另一半则蠕动着,在为每一个人效劳而活着,这事谁都没有注意,因为没有人知道死掉的一半曾经存在过。但现在您在我心里唤醒了对它的记忆,我就把它的墓志铭念给您听了。一般地讲,许多人觉得墓志铭是可笑的,可是我却不然,特别是当我想起长眠在墓志铭底下的东西时。然而,我并不要求您赞同我的意见:如果我这种乖常的行为使您觉得好笑——就请笑吧:我预先告诉您,这一点不会使我不快。"

在这瞬间我看到了她的眼睛:眼睛里流动着泪水;她的胳膊靠在我的胳膊上,颤抖着;她的双颊绯红,她在可怜我!同情心——那么容易征服一切女人的感情,在把它的爪子伸到她那没有经验的心里。在这次散步时间,她一直心有所思,没跟任何人卖弄风情——这是一个重大的征候呢!

我们来到了断崖,太太小姐们都丢开自己的男伴,她却没放开我的胳膊。当地花花公子的俏皮话没有使她发笑;连她面前的峭壁的险峻也没有使她惊慌,而别的小姐们都尖叫着,闭上眼睛。

在归途中，我没再继续我们忧伤的谈话，但她回答我的无聊的问题和玩笑时却很简短而且心不在焉。

“您恋爱过吗？”最后我问她。

她凝视着我，摇了摇头——又陷入了沉思：这显然是她想说些什么，但不知道从何说起；她的胸脯起伏着……怎么办！薄纱袖子只是一种无力的防御：电流的火花从我的手上跑到她的手上。差不多一切情欲都是这样开始的，如果我们认为一个女人会因为我们体格上或精神上的长处而爱我们，那往往是大大地欺骗了自己。自然，体格上和精神上的长处都使她的心准备而且易于接受神圣的火焰，然而不管怎么说，决定事情的还是那最初的接触。

“我今天很讨人喜欢，是吗？”我们散步回来的时候，公爵小姐勉强笑着对我说。

我们分手了。

她不满意自己，她责怪自己太冷淡……啊，这是最初的重大的胜利！明天她准会来酬报我。我太熟悉这一切了——这便是使我感到乏味的原因！

六月四日

今天我见到薇拉。她开始用她的嫉妒来折磨我。公爵小姐好像一时心血来潮，想把自己内心的秘密统统都托付给她；应该承认，公爵小姐挑选得很成功！

“我已经猜出这一切的目的何在，”薇拉对我说，“现在你最好干脆告诉我你爱上了她。”

“但是如果我并不爱她呢？”

“那你为什么追求她，挑逗她，使她心神不定呢？……啊，我是非常了解你的！听我说，如果你要我相信你，一星期后你就到基斯洛沃得斯克去！后天我们就要搬到那里。公爵夫人还要在这儿住些日子。你去租下隔壁的寓所。我们将住在那所靠近温泉的大房子里，住在楼上；李戈夫斯基夫人住在下面。隔壁就是那同一个房东的房子，还没有租出去……你来吗？……”

我答应了,而且当天就打发人去租下那个寓所。

格鲁什尼茨基在傍晚六点钟到我这儿来,说他的军服明天就做好,恰好赶得上参加舞会。

“我终于要跟她跳整个晚上了……我可要向她倾吐衷肠了!”他又补充说。

“舞会在什么时候举行?”

“就在明天!难道你不知道?这是一个盛大的晚会,是当地首长们发起的……”

“让我们到林荫道上去走走……”

“不行,穿着这件难看的外套……”

“怎么,你不再喜欢它了?……”

我独自走了出去,遇到梅丽公爵小姐,我请她跳玛祖卡舞。她显得又惊又喜。

“我以为您像上回那样,只是因为迫不得已才跳舞的。”她非常可爱地微笑着说……

她似乎压根就不理会格鲁什尼茨基在不在场。

“明天您将会又惊又喜。”我对她说。

“为什么?”

“这是秘密……在舞会上您自己会猜到的。”

我在公爵夫人家里度过了这个夜晚。除了薇拉和一位非常滑稽可笑的小老头以外,再没有别的客人。我情绪很好,胡编了各种奇特的故事。公爵小姐坐在我对面,非常专心、紧张,甚至妩媚地倾听我的胡诌瞎扯,使我很惭愧。她的活泼,她的风情,她的任性,她的高傲的姿态、轻蔑的微笑和飘忽的睇盼都到哪儿去了?……

这一切薇拉都注意到了:在她那带有病容的脸上露出深深的悲伤。她坐在窗旁的阴影里,身子陷在一把宽大的扶手椅里。我感到她怪可怜的……

当时我讲了我跟她相识和恋爱的全部悲惨故事——自然这一切都是用假名遮掩起来的。

我那么绘声绘色地叙述我的温存、我的焦虑和喜悦,我把她的行为和性格说得那么好，使她不由得不饶恕我跟公爵小姐的调情。

她站起来，坐到我们跟前，精神好起来……到夜里两点钟，我们才想起医生叫她在十一点钟要睡觉。

六月五日

在舞会开始前半点钟，格鲁什尼茨基穿着光彩夺目的军官制服来找我。在制服的第三个纽扣上系着一条青铜细链，上面挂着一副双筒长柄眼镜；大得令人难以置信的肩章朝上翘着，好像爱神的翅膀；他的长靴发出吱吱的响声。他左手拿着一副褐色羔皮手套和一顶军帽，不停地用右手把烫卷的额发捻作细鬈儿。他脸上表露出踌躇满志的神情同时又有某种疑虑。如果逞我的心意的话，他的快乐的外貌和高傲的步态会使我忍不住要大笑起来。

他把军帽和手套丢在桌上，动手扯平上衣的后摆，在镜子前左顾右盼。一条宽大的黑颈巾被缠成其高无比的领带衬，领带衬的硬毛抵住他的下巴，在领子上面足足露出半寸，可是他觉得好像还嫌不够，他要把它往上拉到耳朵那里。这件困难的工作——因为军服领子很紧而且不舒服——使他涨得满脸通红。

“听说，这几天你在拼命追求公爵小姐，是吗？”他毫不在乎地说，连瞧都不瞧我。

“咱们这些傻瓜哪配喝茶呀！”我引用曾被普希金颂扬过的、从前一个最机灵的浪子所喜爱的口头语来回答他①。

“告诉我，这军服我穿着合身吗？嗨，这该死的犹太人，胳肢窝底下他是怎么裁的！……你有没有香水？”

“得啦，你怎么还要？你身上的玫瑰香已经够浓的了……”

“不要紧。往这儿再来点……”

他在领带上、手帕上和袖子上洒了足有半瓶香水。

“你要跳舞吗？”

---

① 莱蒙托夫在这里系引用普希金在《叶甫盖尼·奥涅金》中所颂扬的卡维林的口头语。意即：“这不是癞蛤蟆想吃天鹅肉吗？”

“不想跳。”

“我怕要跟公爵小姐领先跳玛祖卡舞——我差不多连一个花样都不会……”

“你约过她跳玛祖卡舞吗?”

“还没有……”

“当心别让别人捷足先登……”

“真的吗?”他拍着自己的脑门说,“再见……我要到门口去等她。”他抓起军帽就跑了。

半点钟后我也动身了。大街上黑暗而冷清。在会场(也可说是酒馆)四周挤满了人。窗子里灯火辉煌,晚风把军乐声送到我的耳边。我慢慢地走着,我觉得很悲伤……我想,难道我在世上唯一的使命就是破坏别人的希望吗?自从我开始生活和行动以来,命运似乎总把我跟别人的悲剧的结局联在一块儿,好像如果没有我,谁也不会死去或者陷于绝望!我是第五幕①中不可缺少的人物,我身不由己地扮演着刽子手或是叛徒的可怜的角色。命运这样安排有什么目的呢?……是不是命运注定了我去做庸俗悲剧和家庭艳闻的作者——或是去做例如《读者文库》②的小说撰稿人呢?……为何要知道呀?……不是有许多人在开始生活时,都想要像亚历山大大帝③或者拜伦勋爵那样度过一生,然而他们不是一辈子只做到九等文官吗?……

我一走进客厅,就躲在男人堆里,开始观察。格鲁什尼茨基站在公爵小姐身旁,非常热烈地说着什么。她把扇子放到唇边,心不在焉地听着,朝四下张望。她脸上露出不耐烦的神气,眼睛在四周寻找着什么人。我悄悄地从后面走过去,好听他们的谈话。

“您在折磨我,公爵小姐,”格鲁什尼茨基说,“在我没有看见您的这些日子里,您大大地变了……”

“您也变了呢。”她迅速地瞥了他一眼,回答说,他竟没有看出那里

---

① 欧洲古典剧一般都包括五幕,第五幕是最后一幕。

② 一八三四年至一八六五年在彼得堡出版的庸俗趣味的综合性月刊。

③ 亚历山大大帝(公元前356—前323),公元前三三六年起为马其顿国王,建立了世界上最大的古代君主国。

面隐秘的嘲笑。

“我？我变了？……啊，永远不会！您知道，这是不可能的！谁见过您一次，他就会把您的美妙的容颜永远铭记在心头……”

“请别说啦……”

“您如今为什么不愿意听不久前您还时常爱听的话呢？……”

“因为我不喜欢老调。”她笑着回答说……

“啊，我真大错而特错了！……我这个傻瓜还以为这些肩章至少会给我希望的权利……不，我还是永远穿那件让人瞧不起的兵士外套好，或许是因为它我才得到您的青睐的……”

“的确，那件外套对您更合适……”

就在这时，我走向前去，向公爵小姐行了个礼。她的脸微微红起来，很快地说：

“这不是真的吗，毕巧林**先生**①，格鲁什尼茨基**先生**②穿那件灰外套更合适？……”

“我不同意您的话，”我回答说，“他穿军官制服显得更年轻。”

格鲁什尼茨基受不了这个打击：他像所有男孩子那样，希望能像个老头子；他以为他脸上激情的深痕可以代替年龄的皱纹。他愤怒地瞪了我一眼，跺了跺脚，走开了。

“您得承认，”我对公爵小姐说，“虽然他一向非常可笑，但是不久前，他穿着那件灰外套还使您感到有趣呢？……”

她垂下眼睛，没有回答。

格鲁什尼茨基整个晚上追随着公爵小姐，不是跟她跳舞就是**坐在她对面**③。他用眼睛贪婪地看着她，唉声叹气，并且用恳求和责怪来使她感到讨厌。在第三次四人舞之后，她已经恨他了。

“我真没料到你会这样。”他朝我走过来，抓住我的胳膊说。

“哪样？”

“你要跟她跳玛祖卡舞吗？”他用庄严的声音问道，“她已经向我承认了……”

---

①②③　原文为法语。

“哦,那又怎么样？难道这是秘密?”

“当然……我早就该料到那个毛丫头……那个浪蹄子……我一定要报仇!”

“这要怪你的外套或者肩章,为什么要怪她呢？她不再喜欢你了,这能算她的错吗？……”

“那她干吗要给我希望呢?”

“你干吗要抱希望呢？想要什么和达到什么目的——这我是了解的,可是谁抱着希望呀?”

“这一局你算赢了,但是还没有决定胜负。”他恶意地微笑着说。

玛祖卡舞开始了。格鲁什尼茨基只选定公爵小姐,别的男舞伴也不断地选定她;这显然是对付我的一种阴谋;这才好呢:她想跟我谈话,他们阻挠她,这样就使她格外想了。

我有两次紧握了她的手;第二次她一言不发,把手抽了回去。

“今夜我怕要睡不好。”玛祖卡舞结束时,她对我说。

“这要怪格鲁什尼茨基。”

“啊,不!”她的脸变得那么忧郁,那么感伤。我决心要在今晚吻她的手。

客人们开始散去。当我扶公爵小姐上马车的时候,我很快地把她的小手贴在我的嘴唇上。那时天色黑暗,谁也不会瞧见。

我回到大厅,非常得意。

许多年轻人正围着一张大桌子吃晚饭,其中就有格鲁什尼茨基。我一进去,大家都不言语了:显然,他们刚才是在议论我。自从上次舞会后,许多人都对我不满,尤其是那位龙骑兵大尉,而现在,则好像在格鲁什尼茨基的指挥下纠合了一帮人专门跟我作对。他摆出一副那么骄傲而勇敢的神气……

我非常高兴:我爱敌人,虽然并不像基督教导的那样。他们使我开心,使我的血液激奋。永远怀着戒心,捕捉每个眼神和每一句话的含义,猜透诡计,揭穿阴谋,假装受骗,然后猝不及防地猛然一击,去推翻那用狡诈和诡计并花费艰巨劳动建成的整座巨大建筑物——这就是我所谓的生活。

整个晚餐时间,格鲁什尼茨基都在跟那位龙骑兵大尉交头接耳,挤眉弄眼。

六月六日

今天早晨薇拉和她丈夫到基斯洛沃得斯克去了。我往李戈夫斯基公爵夫人家走去的时候,遇到他们的马车。薇拉向我点了点头,她的目光里流露出嗔责。

这怪谁呢?她为什么不给我一个跟她单独会面的机会呢?爱情好比火焰——没有燃料就会熄灭。或许嫉妒能做到我的请求所做不到的事情。

我在公爵夫人家里整整待了一个钟头。梅丽没有出来——她病了。傍晚她也没在林荫道上露面。那帮重新纠集起来、武装着长柄眼镜的家伙真是气势汹汹。我很庆幸公爵小姐病了,否则他们也许会对她做出什么鲁莽无礼的举动呢。格鲁什尼茨基头发蓬乱,露出绝望的神情。看来他的确很痛苦,特别是他的自尊心受了侮辱。但是,有些人甚至在绝望时也是滑稽可笑的!……

回家的路上,我心里觉得若有所失。我没有看到她!她病了!我是不是真的坠入情网了?……真是胡说八道!

六月七日

早上十一点钟——这是李戈夫斯基公爵夫人平常在叶尔莫洛夫浴室里满身大汗的时候——我走过她的房子。公爵小姐若有所思地傍窗坐着,一看见我,就跳了起来。

我走进前厅,一个人也没有,我利用当地习惯的自由,未经通报就径自走进客厅。

公爵小姐的娇美的容颜蒙上一层阴郁的苍白色。她伫立在钢琴旁边,一只手支在扶手椅背上:这手在微微颤抖。我悄悄地朝她走过去,说:

“您是在生我的气吗?……”

她抬起眼睛,向我投来令人陶醉的、深情的一瞥,摇摇头。她的嘴唇想要说什么却说不出;她两眼充满泪水。她坐到扶手椅里,用手捂住了脸。

“您怎么啦?”我握住她的手说。

“您不尊重我!……啊,别来管我!……”

我走了几步……她在扶手椅里直起身子,她的两眼闪闪发光……

我站住了,握着门把手说:

“请原谅我,公爵小姐!我的举动像个疯子……下次决不会啦:我一定注意改正……您何必要知道那迄今为止在我心灵里发生的事情呢?您永远不会知道,而且这对您倒比较好些。再见。”

我走出来的时候,仿佛听见她在哭。

我在玛苏克山附近徘徊到黄昏,我疲惫不堪,一回家就倒在床上,简直筋疲力尽了。

韦尔纳来看我。

“您当真要跟李戈夫斯基公爵小姐结婚吗?”他问。

“您说什么?”

“全城都在讲;我的病人都被这件重要新闻吸引住了。这些病人哪,他们什么都知道!”

“这是格鲁什尼茨基搞的鬼!”我心里想。

“医生,为了向您证明这些谣言的荒唐无稽,我私下告诉您,我明天就要去基斯洛沃得斯克……”

“公爵夫人也去吗?”

“不;她还要在这儿待一个星期……”

“那么您并不打算结婚?……”

“医生,医生!请看看我,莫非我像个新郎之类的人吗?”

“我不是说这个……但是,您知道,总有那种情况……”他狡猾地微笑着又说,“一个高尚的人不得不结婚,而且有些做妈妈的至少是事先没有防到这一招的……所以,我作为朋友,劝您要谨慎些。在温泉这里风气很坏:我见过多少很好的青年人,他们本来都该有更好的命运,却离开这里去结婚去了……甚至,您相信吗,人们还想让我娶老婆呢!就是说县里有位妈妈,她的女儿面色非常苍白。偏偏我告诉她说结了婚面色会恢复红润。当时她就含着感激的眼泪,要把自己的女儿许配给我，另外还加上她的全部财产——好像是五十个农奴。但我回答说，我对此事是不能胜任的……”

韦尔纳自以为他已经预先警告了我，便满怀信心地走了。

从他的话里，我觉察出关于我和公爵小姐的种种丑恶的谣言已经传遍全城；为此，绝不能让格鲁什尼茨基白白溜掉！

六月十日

我来基斯洛沃得斯克已经三天了。我每天都在井边和散步时看见薇拉。早上一醒来，我就坐在窗口，把长柄眼镜对准她的阳台；她早已打扮好，等候着约定的暗号。在从我们的屋前通到下面井边的花园里，我们装作似乎偶然碰到一起。山中爽人的空气使她恢复了红润的面色和气力。难怪纳尔桑被称作“勇士泉”。当地居民都坚信基斯洛沃得斯克的空气有利于恋爱，在玛苏克山麓开始的一切爱情故事都是在这里收场的。而且真的，这里的一切都带着孤寂的气氛；这里的一切都神秘莫测：无论是往下蜿蜒于溪流上方的菩提树小径的浓荫（这溪流喧嚣着，溅着泡沫从石层上叠流而下，在青山中为自己开辟出一条道路），还是从这里向四面八方延伸的充满雾气的寂静的峡谷；无论是那充溢着南方茂草和洋槐的芳香的馥郁清新的空气，还是那些汇合于谷地末端，友好地竞先奔流，最后注入波德库莫克河永不停歇地催眠的潺湲的冷冽小溪。峡谷从这一边展宽，变成一片绿葱葱的洼地；一条尘土飞扬的道路打这儿纡曲而过。每次我望着它，似乎总看见有辆马车在行驶，车窗里有一张玫瑰色的小脸蛋在朝外看。许多马车都从这条路上驶过去了——但就是没有那一辆。要塞后面的小村里已经人烟稠密；在盖在离我的住处只有几步远的岗阜上的那家酒馆里，每到黄昏时候灯光便透过双行的白杨树闪烁；喧哗声和玻璃杯的叮当声一直响到深夜。

除了这儿以外，在任何地方也不喝这么多的卡黑津酒和矿泉水。

善于把这两件事混合起来的人极多；
可是我不能算是其中的一个。①

① 引自格利包耶陀夫的喜剧《聪明误》。

格鲁什尼茨基和他那帮人每天都在酒馆里吵吵嚷嚷，他差不多不跟我打招呼了。

他昨天才到这里，已经跟三个老头吵了架，因为他们想在他之前入浴；很显然，他遭遇到的不幸在他身上发展成好斗的情绪。

六月十一日

她们终于来了。我坐在窗口，一听到她们的马车的辘辘声，我的心便颤抖起来……这是怎么回事？莫非我坠入情网了？……我生来就傻，这种事情是可能碰到的。

我在她们家吃午饭。公爵夫人非常温柔地打量我，却不离开她的女儿……不妙！而薇拉又嫉妒我对公爵小姐献殷勤：我终于得到这种幸福啦！一个女人为了使情敌伤心，什么事情做不出来呀？我就记得有一个女人曾因为我爱另一个女人而爱我。再没有比女人的头脑更捉摸不透的了：要说服女人相信什么，这很困难，必须做到使她们自己说服自己；她们用来破除自己偏见的依据的方法非常奇特；要学会她们的辩证法，必须推翻自己头脑里从学校里学来的一切逻辑规则不可。譬如，通常的说法应该是：

“这个人爱我，但是我已经嫁人了；所以我不应该爱他。”

女人的说法却是：

“我不应该爱他，因为我已经嫁人了；但是他爱我，所以……”

底下便是几个虚点，因为理性已经不能再说什么，而说话的多半是：舌头、眼睛，接着是心，如果有这东西的话。

假如我的这些日记一旦落到女人眼里，那会怎么样呢？“这是诽谤！”她准会气愤地大叫起来。

自从诗人写诗和女人读他们的诗以来（为此应该对她们表示深深的感谢），她们不知有多少次被称作天使；的确，她们由于心地单纯居然相信了这种谀辞，却忘记就是那些诗人，为了金钱而把尼禄①颂扬为活神仙的……

① 尼禄（公元37—68），古罗马暴君，好色，妄自尊大。

像这样刻薄地谈论女人，对我来讲是不合适的，因为我在世上除了女人什么都不曾爱过，而且我一向准备为她们牺牲安宁、功名和生命……但是要弄清楚，我并不是在烦恼和受了伤害的虚荣心的发作中，想从她们身上揭下那富有魅惑力的面纱，只有老练的眼睛才能透过这层面纱看清楚她们。不，我谈到她们的一切只是起因于：

头脑冷静的观察
和心灵悲伤的感受。①

女人应该希望所有男人都能像我那样了解她们，因为自从我不再害怕她们，并且了解她们细微的弱点以来，我更加百倍地爱她们了。

顺便说说，韦尔纳有一天把女人比作塔索②在他的《被解放的耶路撒冷》里所描写的迷魂林。他说："刚走近前，就有想躲都躲不及的那些恐惧：义务、骄傲、体面、舆论、嘲弄、轻蔑……从四面八方向你袭来！……只要不去理它们，一直向前走，这些怪物就会逐渐消失，在你面前就会展开一片静穆而明灿的林中草地，上面碧绿的木樨草正在鲜花怒放。如果你开头时就心慌，转身后退，那你就该倒霉了！"

六月十二日

今天晚上发生了好多事件。离基斯洛沃得斯克三俄里，在波得库莫克河流过的溪谷里有一个叫"指环"的悬崖。这真是一个天然的门户；它耸立在高岗上，夕阳就透过它向世界投来自己最后的火焰般的目光。许多骑马游逛的人都去到那里从石窗中观赏落日。老实说，我们当中就没有谁曾想到太阳。我和公爵小姐并辔而行，归途中涉水过波得库莫克河。哪怕是最小的山涧都是危险的，特别因为水底简直是个万花筒：它每天都因为波浪的冲击而变化；昨天有一块石头的地方，今天却成为一个凹坑。我抓住公爵小姐的马的缰绳，把她的马牵到深不及膝的水里。我们开始悠悠地斜迎着水流前进。谁都知道，在涉过湍急的溪流时，千万不能往水里看，你一看脑袋立刻就会眩晕。我忘记事

① 引自普希金的长诗《叶甫盖尼·奥涅金》。
② 塔索（1544—1595），意大利诗人，文艺复兴运动晚期的代表。

先提醒梅丽公爵小姐了。

我们已经到达流速最快的河当中,这时她忽然在马鞍上摇晃了一下。“我觉得头晕!”她声音微弱地说……我赶紧向她俯下身去,用胳膊搂住她的柔韧的腰肢。

“往上瞧!”我低声对她说,“这不要紧,只是别害怕;我和您在一起呢。”

她好些了,想挣脱我的胳膊,但是我把她的娇柔的身子搂得更紧:我的面颊几乎触到她的面颊,她脸上泛出红晕。

“您这是对我做什么呀? ……天哪! ……”

我不顾她的惊恐和窘迫,我的嘴唇接触到了她的娇嫩的脸颊。她颤抖了一下,但是什么也没说。我们走在后面:没有人瞧见。等我们到了岸上,大伙都纵马奔驰起来。公爵小姐勒住了马,我留在她身旁。显然是我的沉默使她感到不安,但我却发誓不说一个字——这是出于好奇。我要看她怎样摆脱这种窘境。

“您不是瞧不起我,就是很爱我!”她终于呜咽着说,“也许您想作弄我,扰乱我的心,然后把我丢掉……这该多么卑鄙,多么下流,但愿这只是假设……啊,不! 不是吗?”她用充满亲切的信任的声音又说:“我身上并没有任何使人瞧不起的地方,是吗? 对您的鲁莽行为……我应该,我应该原谅,因为是我允许了的……您回答呀,说话呀,我要听您讲呢! ……”在最后那句话里带有女人的那股急躁劲儿,我不禁笑了笑,幸而天色已经黑下来……我什么都没有回答。

“您不说话?”她继续说,“或许您想要我先对您说我爱您吧?”

我不作声……

“您想这样吗?”她很快地向我转过身来……在她那坚定的目光和语气中含有一种可怕的东西……

“何必呢?”我耸耸肩膀回答说。

她用鞭子抽了自己的马,沿着危险的窄路飞跑起来。这一切发生得是那么快,直到她已经和其余人们跑到一块的时候,我才赶上她。她不断地说笑着,这样一直到家。在她的举动里有一种狂热,她一眼都不看我。大伙都觉察出她的这种异常的欢乐情绪。公爵夫人瞧着女儿,也不由得从心里高兴,其实她女儿却只是神经质发作:她会整夜失眠、啜泣。这个想法使我感到无限快乐:有时我也体验到吸血鬼的心情……可我还被认为是个好人,而且我又努力追求那种声誉呢!

下马后,太太小姐们都到公爵夫人家里去了。我很激动,继续向山里驰去,好驱散那些拥塞在我头脑里的念头。多露水的黄昏带来醉人的凉爽。月亮从黑黝黝的山峰后面升起。我的马没有打掌,每走一步都在寂静的山谷中发出沉闷的回响。我在瀑布那里饮了马,贪婪地吸了两口南方夜晚的清新空气,就折回来。我骑马穿过小村子。窗户里的灯火已渐渐熄灭;要塞围墙上的哨兵和在附近巡逻的哥萨克们拉长声音吆喝着互相应答……

村子里有一座房子筑在峭壁边上,我发现里面灯火辉煌;不时传来嘈杂的谈话声和喊叫声,这显然是军人们在喝酒作乐。我下了马,悄悄地走到窗旁;没有关紧的护窗板使我能看见那些纵酒狂欢的人们,并且听到他们的谈话。他们正在谈论我。

脸喝得通红的龙骑兵大尉用拳头往桌上捶了一下,要大家注意。

"诸位!"他说,"这哪成。一定要教训教训毕巧林!这些彼得堡的爱出风头的家伙,你不去打他们的鼻梁他们总是神气得不得了!单凭他总戴着干干净净的手套,穿着擦得铮亮的皮靴,他就以为只有他一个人在上流社会里混过。"

"还有他那目中无人的微笑!不过我相信他是个懦夫,是的,是个懦夫!"

"我也这么想,"格鲁什尼茨基说,"他把什么事都喜欢当作玩笑。有一次我对他说了那样的话,要是别人,准会当时就割下我的脑袋,而毕巧林听了却付之一笑。我当然没有去激他,因为这是他自己的事;况且我也不想去自找麻烦……"

"格鲁什尼茨基恨毕巧林,因为毕巧林从他手里抢走了公爵小姐。"有人说。

"真是无稽之谈!不错,我曾稍稍追求过公爵小姐,但是我立刻就放弃了,因为我不想结婚,而且我素来不想去损害一位姑娘的名誉。"

"是的,我可以向你们担保:他是头号的懦夫,我说的是毕巧林而不是格鲁什尼茨基——啊,格鲁什尼茨基是好样的,何况他又是我的忠实朋友呢!”龙骑兵大尉又说,“诸位!这里没有人护着他吗?一个人也没有?这就更好!你们愿不愿意去试试他的胆量?这准会使咱们开心……”

“我们愿意;但是怎么去试呀?”

“那么,请听着:格鲁什尼茨基特别恨他——所以应该由格鲁什尼茨基当主角!他得找个借口,要毕巧林跟他决斗……请你们先别忙,问题就在这里……他要跟毕巧林决斗,好啊!其中一切细节——挑战啦、准备啦、讲条件啦——都要尽可能做得真像那么回事,越叫人害怕越好——这都由我来办;我要做你的副手,我可怜的朋友!好!奥妙就在这儿:我们不要往手枪里装子弹。我敢向你们保证,毕巧林一定会胆怯——我要让他们相隔六步距离,见他的鬼!你们同意吗,诸位?”

“想得真妙,我们同意!——为什么不同意呢?……”从四面传来这声音。

“那么你呢,格鲁什尼茨基?”

我怀着战栗的心情等待格鲁什尼茨基的回答;要不是事有凑巧,我就会成为这帮浑蛋取笑的对象,这样一想,我全身充满冷酷的愤懑。假如格鲁什尼茨基不同意,我就会扑上去搂住他的脖子。可是他沉默了一会儿后,从自己的座位上站起来,把手伸给大尉,并且非常郑重地说:“好,我同意。”

要把这些体面人的狂喜描述出来是很困难的。

我回到家里,被两种不同的感情激动着。第一种是悲伤。为什么他们都恨我?我心里想,为什么呢?我得罪过谁吗?没有。难道我是属于单凭外表就会招人憎恶的那类人吗?于是我感到一种恶狠狠的愤怒渐渐填满了我的心胸。请当心吧,格鲁什尼茨基先生!我在屋子里来回走着说。跟我这样开玩笑是不可以的。您那些愚蠢的朋友的怂恿会使您付出很高的代价,我并不是个随您摆弄的玩具!

我整夜没睡。天快亮时我的脸色黄得像橙子一样。

早晨我在井边遇见公爵小姐。

“您不舒服吗?”她注意地望着我说。

“我一夜没睡。”

“我也是啊……我责怪您来着……也许是不应该吧？但是请解释清楚，我一切都能原谅您……”

“一切吗？……”

“一切……不过要讲实话……而且要快一些……您知道，我再三考虑，极力想为您的行为来解释、辩护。也许您怕我的亲人方面的阻挠……这不关事：如果被他们知道……（她的声音发抖了）我会恳求他们。或许您自己的处境……但是您要知道，为了我所爱的人，我什么都可以牺牲……哦，快点回答呀！——请可怜可怜我……您没有瞧不起我，是吧？”

她一把抓住我的手。

公爵夫人跟薇拉的丈夫走在我们前面，什么都没看见；但是那些正在散步的病人会看见我们，他们是所有爱追根究底的人当中最爱追根究底的、搬弄是非的人。我连忙把手从她的热烈的把握中抽出来。

“我要把全部真情都告诉您，”我回答公爵小姐说，“我不想为自己辩护，也不想来解释自己的行为。我并不爱您。”

她的嘴唇微微地发白了……

“请离开我！”她的声音几乎听不出。

我耸耸肩膀，扭转身就走了。

六月十四日

我有时瞧不起自己……我是不是因此也瞧不起别人呢？……我已经变得不能再有高尚的冲动了，我担心会在自己眼中显得可笑。别人如果处在我的地位，恐怕早就把**自己的心和自己的前途**[1]奉献给公爵小姐了；但是结婚这个词在我身上具有一种说不出的魔力：不论我怎样热烈地爱一个女人，只要她使我感到我应该跟她结婚——那就再见吧，爱情！我的心就变成一块顽石，什么都不能再使它温暖。我愿意牺牲一切，可是这个除外；我可以连着二十次把自己的生命甚至名誉当作赌

---

① 原文为法语。

注！……但是决不会出卖我的自由。我为什么这样珍视自由呀？我在它里面能得到什么呢？……我的志趣何在？我对未来期待着什么？……说实话，根本什么都没有。这是一种天生的畏怯，一种不能解释的预感……须知，有些人就本能地害怕蜘蛛、蟑螂、老鼠……要我坦白说吗？……当我还是个孩子的时候，有个老太婆当着我母亲的面给我算命；她预言我要死在恶妻子的手里。这话在当时使我深感惊讶：我心里对结婚就产生了一种无法克制的厌恶……同时，似乎有什么东西告诉我：她的预言将会应验；至少我要设法使它越晚应验越好。

六月十五日

昨天，魔术家阿普费尔巴姆来到这里。饭店大门上出现了一张很长的广告，告诉最可敬的公众，上述这位惊人的魔术家、杂技表演家、化学家兼光学家将于今晚八时在贵族俱乐部大厅（换句话说——就是在饭店里）进行精彩演出，票价每张两卢布半。

大伙都打算去瞧瞧这位惊人的魔术家，就连李戈夫斯基夫人也不顾女儿在生病，为自己弄了一张票。

今天午饭后，我走过薇拉的窗前；她独自坐在阳台上，一张小纸条落到我的脚前：

> 今晚九点以后，顺着大楼梯到我这里来。我丈夫到五峰城去了，明天早晨才回来。我的男女用人都不会在家：我给了他们每人一张票，连公爵夫人家的用人也给了。我等你，一定要来。

“啊哈！”我心里想，“果然不出所料。”

我在八点钟去看那个魔术家。观众快到九点钟才到齐，表演开始了。在后面几排椅子上我认出薇拉和公爵夫人家的男女用人。他们全在那儿。格鲁什尼茨基拿着长柄眼镜坐在第一排。魔术家每当需要一条手帕、一块表、一个戒指等东西时，总是找他。

格鲁什尼茨基已经有好些时候不理我了，今天他相当无礼地望了我两次。这一切，当我们不得不算账的时候，他一定会记起来的。

快到十点钟，我站起来走了出去。

外面一片漆黑，伸手不见五指。阴沉而寒冷的乌云卧在周围的山顶上，只偶尔有平静下来的风吹得饭店周围的杨树梢头发出沙沙声。饭店窗前聚着一些人。我走下山去，一进大门就加快脚步。忽然我觉得有人跟在我后面。我站住了环顾四周。在黑暗中什么都分辨不出；然而为了谨慎起见，我装作好像是在散步似的，绕着房子走。经过公爵小姐的窗前时，我又听见身后有脚步声；一个裹着军大衣的人从我身旁跑过，这使我不安起来；但我还是蹑手蹑脚地走向台阶，赶紧跑上黑暗的楼梯。门打开了，一只纤手抓住我的手……

"没人看见你吗？"薇拉偎到我身上，轻声说。

"没有！"

"现在你总相信我是爱你的吧？啊，我犹豫了很久，痛苦了很久……但是现在我可以听你摆布了。"

她的心怦怦地跳着，两手冷得跟冰一样。开始了责备、嫉妒和抱怨——她要我向她承认一切，说她会驯顺地忍受我的变心，因为她唯一盼望的就是我的幸福。我并不相信这话，但我还是用誓言和允诺等等来宽慰她。

"那么，你不会跟梅丽结婚了吧？你并不爱她？……但是她却以为……你知道不，她发疯似的爱你呢，可怜的姑娘！……"

……

午夜两点钟左右，我打开窗户，把两条围巾结在一起，就顺着柱子从上面的阳台降到下面的阳台。公爵小姐的屋里还点着灯。不知是什么想法把我推到那个窗前。窗幔没有完全拉上，我可以把好奇的目光投进室内。梅丽坐在床上，两手交叠放在膝盖上；她的浓密的头发拢在钉花边的睡帽底下；一条鲜红的大围巾盖着她的白嫩的肩头，一双纤足藏在五色斑斓的波斯拖鞋里。她一动不动地坐着，头垂在胸前；她面前的小桌上放着一本打开的书，但是她的两眼发呆，充满说不出的愁伤，看来，这双眼睛已在这一页上掠过一百次，而她的思想却跑得很远了……

这时，树丛后边有人微微动了一下。我从阳台上跳到草地上。一只看不见的手抓住了我的肩膀。"哈—哈！"一个粗嗓门说，"逮住了！……叫你还敢夜里去找公爵小姐们！……”

“抓紧他！”另外一个人从角落里跳了出来，喊道。

这是格鲁什尼茨基和龙骑兵大尉。

我抡起拳头朝大尉的脑袋打去，将他打倒，就跑到树丛里。这座花园修在我们房子对面的斜坡上，花园里的小路我都很熟悉。

“有贼啦！救命啊！……”他们喊着。一声枪响，冒烟的弹塞几乎落在我的脚上。

一分钟后，我已经回到自己的屋里，脱了衣服躺下。我的听差刚把门锁上，格鲁什尼茨基和那位大尉就来敲我的门。

“毕巧林！您睡了吗？您在吗？……”大尉喊道。

“我已经睡了。”我没好气地回答说。

“起来吧！有贼……契尔克斯人……”

“我伤风了，”我回答说，“我怕着凉。”

他们走了。我本该不搭理他们，他们就会再花上个把钟头在花园里搜寻我。这期间，出现一片骚动。一个哥萨克从要塞里奔驰出来。一切都乱作一团，开始在所有的树丛里搜寻契尔克斯人——自然什么都没找到。但是，大概有很多人深信：如果警备队能够显示出更大的勇敢和敏捷，那么至少会有二十来个强盗被当场干掉。

六月十六日

今天早晨，井边唯一的谈话资料就是契尔克斯人的夜袭。我喝了规定杯数的纳尔桑矿泉水以后，在长长的菩提树小径上来回走了十来趟，我遇到刚从五峰城回来的薇拉的丈夫。他挽住我的胳膊，我们就到饭店里去吃早餐；他为他的妻子非常担心。“昨天晚上她吓得要命！”他说，“要知道，偏偏我不在家的时候出了这种事。”我们在一扇通拐角上的房间的门边坐下吃早餐。在那间屋子里有十来个青年人，其中就有格鲁什尼茨基。命运又给我一次机会让我偷听到那该决定他的劫数的谈话。他没有看见我，因此我不能怀疑他是有意的；但是这却在我眼里加重了他的罪过。

“难道真是契尔克斯人吗？”有人说，“有谁看见他们啦？”

“我来把全部真相都讲给你们听,”格鲁什尼茨基回答道,“只是请你们不要说是我说的。事情是这样的:昨天有某人(他的名字我不便向你们宣布)到我这儿来,说在晚上九点多钟看见有人溜进李戈夫斯基家的房子里去了。应该向你们指出,公爵夫人当时是在这里,而公爵小姐却在家里。所以,我就和他到窗口去守候那位幸运的人。”

我承认,我被他吓了一跳,虽然我的对话人正在专心致志地吃他的早餐。因为如果被格鲁什尼茨基识破真情的话,薇拉的丈夫就会听到一些使他相当不愉快的事情。但是格鲁什尼茨基却被嫉妒所蒙蔽,并没有怀疑到薇拉身上。

“就这样,”格鲁什尼茨基继续说,“我们出发了,随身带着一支装上空弹的枪,只是想吓唬吓唬他。我们在花园里等到两点钟。他终于不知道从什么地方出来了,不过总不会从窗子里,因为窗子没有打开,他准是从圆柱后面的玻璃门里出来的——最后,我说,我们看见有人从阳台上下来……这算是什么公爵小姐啊?啊?我该承认,这就是莫斯科的小姐们!从此以后还能相信什么呢?我们想逮住他,但是他挣脱了,像兔子似的蹿进树丛里去;当时我朝他开了一枪。”

格鲁什尼茨基的周围散发出不相信的低语声。

“你们不相信?”他继续说,“我以名誉向你们担保,这完全是千真万确的,我可以说出这位先生的姓名来证明。”

“讲啊,讲啊!他是谁?”从四面传来这声音。

“毕巧林。”格鲁什尼茨基回答说。

在这一瞬间他抬起了眼睛——我在门口冲他站着;他的脸涨得通红。我走到他跟前,缓慢而清晰地说:

“我很抱歉,我是在您已经用名誉去证实最可恶的诽谤之后才进来的。如果我在场,也许会使您避免做出更多的卑鄙行为。”

格鲁什尼茨基从座位上跳起来,要发火。

“我请求您,”我用同样的声调继续说,“我请求您立刻收回您的话。您明明知道这是捏造。我不认为,如果一个女人对您的出色的品格表示冷漠,就该受到这样可怕的报复。请好好地想一想:您如果坚持您的意见,您就会失掉作为高尚的人的权利,还要冒生命的危险。”

格鲁什尼茨基站在我面前，垂下眼睛，非常激动。但是良心和自尊心的斗争并没有持续多久。坐在他旁边的龙骑兵大尉用胳膊肘触触他，他颤抖了一下，并不抬起眼睛，很快地回答我：

“亲爱的先生，我嘴里怎么说，心里也是那么想的，我还准备再说一遍……我不怕您的恫吓，我准备领教一切。”

“您已经指出了最后的办法。”我冷冷地回答他说，便挽住龙骑兵大尉的胳膊，从屋里走出来。

“您要干什么？”大尉问道。

“您是格鲁什尼茨基的朋友，想必要做他的副手了？”

大尉非常郑重地鞠了一躬。

“您猜对了，”他回答说，“况且我理应做他的副手，因为对他的侮辱也和我有关：昨天夜里我是跟他在一起的。”他伸直自己的有些驼背的身子，补充说。

“啊，那么脑袋上被我冒失地揍了一拳的就是您啦？”

他的脸色黄一阵，青一阵，隐藏着的愤怒在他脸上流露了出来。

“我今天就会有幸派我的副手去找您，”我补充说，非常客气地躬身作别，并且装出并不理睬他的盛怒的样子。

在饭店台阶上我遇见薇拉的丈夫。看样子，他是在等我。

他带着类似狂喜的感情抓住我的手。

“高尚的青年人！”他含着眼泪说，“我统统都听见了。简直是恶棍！忘恩负义的东西！……此后哪个正派人家还会接待他们！谢天谢地，幸亏我没有女儿！但是您为之去冒性命危险的那个女子一定会报答您的。您可暂且相信愚见，”他继续说，“我自己也曾年轻过，也在军队里服务过，我知道不应该干预这类事情。再见吧。”

可怜的人！他还庆幸他没有女儿呢……

我径直去找韦尔纳，我在他家里找到他，便把一切都告诉了他——我跟薇拉和公爵小姐的关系，我偷听来的那场谈话，从那里面我得知这些先生想愚弄我，想叫我们用空枪射击。但是，现在事情已经超出开玩笑的范围：他们大概没料到会有这样的结局。

医生答应做我的副手。我教给他一些有关决斗的条件；他应该坚持使这件事做得越秘密越好,因为我虽然随时都准备去冒生命的危险,但毫不愿意在此地永远断送自己的前程。

后来我就回家了。过了一小时,医生便出使归来。

“真有阴谋要谋害您呢,”他说,“我在格鲁什尼茨基那里看到龙骑兵大尉和另外一位记不起姓名来的先生。我在门厅里因为脱套鞋停了一会儿。他们在里面正在大声嚷嚷、争吵……‘不管怎样我都不同意!’格鲁什尼茨基说,‘他当众侮辱了我,可那完全是另外一回事……’‘这跟您有什么关系呀?’大尉回答说,‘一切都由我来承担。我在五次决斗中当过副手,我知道怎么去安排。我已经全想好了。只是请您不要打扰我。去吓唬吓唬他并不坏呀。如果可以避免的话,为什么要使自己去冒险呢……’就在那时我走了进去。他们忽然都不言语了。我们的谈判持续了相当长的时间。最后我们把事情这样决定下来:离这里大约五俄里有个僻静的峡谷;他们明天早上四点钟骑马到那儿去,我们晚半点钟去。你们要在六步距离内开枪——这是格鲁什尼茨基自己要求的。被打死的——就算在契尔克斯人的账上。现在我有这样的怀疑:他们,那两个副手,也许稍微改变了原先的计划,他们想只把格鲁什尼茨基的手枪里给装上子弹。这有些像谋杀,但是在战争时期,特别在亚细亚人的战争中,使用奸计是允许的。只有格鲁什尼茨基看来比他那伙人要高尚一些。您想怎么样?该不该让他们知道我们已经识破了他们的诡计?”

“千万不要,医生!您放心吧:我是不会上他们的当的。”

“那您打算怎么办呢?”

“这是我的秘密。”

“您可当心别中了他们的诡计……要知道只有六步的距离!”

“医生,我明天四点钟等您;马会预备好的……再见。”

我把自己反锁在房间里,在家一直坐到傍晚。一个男仆来请我到公爵夫人家去,我吩咐他说我病了。

……

夜里两点钟……我睡不着……可是为了明天我的手不至于发抖,需要睡觉。然而,相隔六步是很难打不中的。唉!格鲁什尼茨基先生!

您的骗局是不会得逞的……我们将调换角色:现在该由我在您那苍白的脸上来寻找那隐秘的恐惧的痕迹了。为什么您自己要规定这致命的六步距离呢?您以为我会乖乖地把自己的脑门送上去吗?……可是我们要抽签的!……而且那时……那时……不过如果该他走运呢?如果我的福星终于背弃了我呢?……这也并不足为怪:我的福星已经忠心耿耿地为我的怪癖服务那么久了:它在天上是不会比在尘世更坚贞不渝的。

那有什么呢?死就死吧!这对于世界并不是了不起的损失;何况我自己早就活得厌烦了!我——好像一个在舞会上打呵欠的人,他不回家睡觉,只是因为他的马车还没有来接他。但是现在马车准备好了……再见吧!……

我在记忆中追溯我过去的一切,我不由得问自己:我活着是为什么?我生下来是为了什么目的?……啊,真的,目的一定有过,并且真的,我一定有过崇高的使命,因为我感到我的心灵里有着无穷无尽的力量……但是我却猜不透这个使命是什么,我沉醉于空虚而卑劣的情欲的诱惑;经过情欲的熔炉的锻炼,我变得像铁一样又硬又冷,却永远丧失了崇高憧憬的热情——人生最美丽的花朵。而且从那以后,我在命运的手中已经充当过多少次斧头的角色啊!就像刑具一样,我往往是无冤无仇、永远没有怜悯地落在无可幸免的牺牲者的头上……我的爱情没有给任何人带来幸福,因为我从来没有为我所爱的人牺牲过什么:我爱,是为了自己,为了自己的快乐;我贪婪地吞食她们的感情、她们的温存、她们的快乐和痛苦,只是为了满足我内心奇怪的欲求——可是从未能使自己满足。这正像是一个饿得难受的人昏昏沉沉地睡着了,在梦中看见面前摆着美味佳肴和琼浆美酒一样;他狂喜地大嚼想象中的虚幻恩赐,他觉得似乎好些了。但是只要一觉醒来——幻象就会消失……剩下的是加倍的饥饿和绝望!

而且,也许明天我就会死去!……世上连一个能完全了解我的人都不会有了。有些人把我看得比实际上坏些,有些人又把我看得比实际上好些……有些人会说:"他是个好人。"另一些人却要说:"他是个坏蛋。"可是两种说法都不对。此后还值得费力活下去吗?然而你还是活着——只是出于好奇心：你在期待着新鲜的东西……多可笑又多令人遗憾啊！

*　　　　*　　　　*

我到N要塞已经有一个半月。马克西姆·马克西梅奇出去打猎去了……剩下我一个人，我坐在窗前。灰云遮住群山，直到山麓。透过迷雾，太阳看起来好似一个黄色的斑点。天气很冷，风呼啸着，摇撼着窗板……寂寞啊！我动手继续写我那被众多奇怪事件打断了的日记。

我重读日记的最后一页：真可笑！——当时我想死，这是不可能的：我还没有喝干那杯苦酒，现在我觉得我还要活很久呢。

过去的这一切在我的记忆里铭印得多么清楚，多么鲜明啊！时间连一条线、一点色调都没有抹去！

我记得在决斗的前夜，我连一分钟都没睡。当时我不能写得很久：一种隐隐的不安控制了我。我在屋里来回走了差不多一个钟点；然后我坐下来，打开我桌上那本瓦尔特·司各特①的长篇小说《苏格兰的清教徒》。开头我读得很费劲，后来却被这富有魅力的故事给迷住了……为了他的作品带给人们每一分钟的乐趣，我们能不感激在阴间的这位苏格兰诗人吗？……

天终于亮了。我的神经平静下来。我照了照镜子，我那保留着痛苦的失眠痕迹的脸上蒙着一层黯淡的苍白色。眼睛周围虽然有一圈褐色的暗影，却骄傲而顽强地闪闪发光。我对自己很满意。

我吩咐备马，就穿上衣服，奔往浴场。一浸到那冰凉的冒泡的纳尔桑矿泉水里，我顿时觉得我的体力和精神都恢复了。我离开浴场时神清气爽，就像要去赴舞会一样。在这以后，你还能说精神是不依赖肉体的吗？……

我回来时，看到医生在我屋里。他穿着灰色马裤和短上衣，戴着契尔克斯帽。我看到这个小矮个子戴着一顶那么大的毛茸茸的毡帽，不禁哈哈大笑起来：他的面孔根本不是英气勃勃的，这回显得比平时还要

---

① 瓦尔特·司各特（1771—1832），著名英国小说家，诗人。

长些。

“您为什么这样愁眉苦脸呀,医生?”我对他说,“您不是有百来次丝毫无动于衷地把人们送往另一个世界去吗？您就把我当作黄疸病患者。我可能痊愈,也可能死掉;两者都是正常的。请竭力把我当作一个患了您还不熟悉的病症的人,那时您的好奇心便会被刺激到最高度,您现在可以对我做一些重要的生理观察……等待横死不就是一种真正的毛病吗?”

这个想法使医生吃惊,他变得快活起来。

我们上了马,韦尔纳双手抓紧缰绳,我们就出发了。转眼间我们已经驰过要塞,穿过村庄,跑进峡谷。沿峡谷伸展着一条路,路上大半长满了高茂的野草,而且时时被喧哗的小溪切断,到那种地方就要涉水过去,医生的马每次在水中都要站住,使他非常恼火。

我不记得还有比这更蔚蓝更清新的早晨了！太阳刚从苍翠的山巅后面露出来,它的光线的最初的温暖跟行将消逝的夜的凉爽交融,使人感到一种甜美的倦意。欢乐的曙光还未射入峡谷,它只是把那高悬在我们两旁峭壁的顶端染成金黄色;长在它们深深的岩缝里的叶子茂盛的灌木丛,随着微风的拂动便把一阵泛银光的露珠撒在我们身上。我记得,这一次,我比以前任何时候更爱大自然了。我是怎样好奇地欣赏那在宽阔的葡萄叶上颤动着并反射出千百万道虹彩的每一滴露珠啊!我的视线是多么贪婪地想透入那苍茫的远方啊！在那里,路越来越窄,巉岩也更加苍翠而险峻,最后,它们似乎围成了一道不可逾越的墙。我们默默地骑马走着。

“您写了遗嘱没有?”韦尔纳忽然问道。

“没有。”

“如果您被打死了呢?”

“继承人自己会出头的。”

“难道您就没有要与之最后诀别的朋友吗？……”

我摇摇头。

“难道世上就没有一个女人,您要留下什么给她做纪念吗?”

“医生,您是不是想,”我回答他说,“要我向您打开我的心灵呢?

您知道,我已经活过那种临死时说出自己恋人的名字,还要把一绺擦过或是没擦过香油的头发遗赠给好友的年龄了。当我想到可能就要死去,我只想到我自己;有些人还做不到这一点呢。朋友们明天就会忘掉我,或者更坏,他们竟会编造出一些天知道的谣言来诽谤我;至于女人们,她们搂抱着别人的时候,便会嘲笑我,免得那人对死者怀有妒意——且随他们去吧！从生活的狂风暴雨中我得出的不过是一些观念——一点感情也没有。我很久以来就不是用心灵,而是靠头脑生活着。我衡量和分析自己的激情和行为,只是怀着深切的好奇心,却没有同情心。我身上存在着两个人:一个是真正地活着,另一个却在思索、评论他;头一个我或许一个钟头之后就要跟您和人世永别了,可是那第二个我呢?……那第二个我呢?……请来瞧,医生,在峭壁右边您有没有看到三个黑黝黝的人影?这多半就是我们的对手吧?……"

我们驰向前去。

在峭壁脚下的树丛里系着三匹马;我们把自己的马也系在那儿,就沿着狭窄的小径攀登到那块小平台上。格鲁什尼茨基跟龙骑兵大尉以及另一个副手已经在那里等候我们。那个副手名叫伊万·伊格纳季耶维奇,我从没有听说过他姓什么。

"我们已经恭候你们好半天了!"龙骑兵大尉带着讽刺的微笑说。

我掏出表来给他看。

他道歉说他的表快了。

令人窘迫的沉默持续了几分钟;最后医生打破沉默,对格鲁什尼茨基说:

"我觉得你们二位都表现了决斗的决心,并且以此保全了自己的名誉,我希望你们,先生们,彼此解释清楚,把这件事友好地了结算啦。"

"我愿意。"我说。

大尉向格鲁什尼茨基挤挤眼,格鲁什尼茨基以为我胆怯了,摆出一副傲慢的样子,虽然到那时为止,他的脸上始终蒙着一层惨淡的苍白色。自从我们来到之后,他还是头一次抬起眼睛来望我;但他的眼神里却含有一种显示出内心斗争的惶悚不安。

“请说明您的条件，”他说，“凡是我能为您办到的事，您请放心……”

“我的条件是：您要在此刻当众否定自己的诽谤，并且请求我的宽恕……”

“亲爱的先生，我很惊讶您竟敢向我提出这样的条件？……”

“除了这个，我还能向您提出什么来呢？……”

“我们来决斗好了。”

我耸耸肩膀。

“好吧；不过您得想想，我们中间将有一个要被打死。”

“我希望这是您……”

“我却深信恰恰相反……”

他窘了，涨红了脸，随后勉强哈哈大笑起来。

大尉抓住他的胳膊，把他拉到旁边。他们交头接耳说了好一阵子。我来的时候心情相当平和，但是他们的这些举动却把我惹火了。

医生走到我跟前。

“请听我讲，”他用带着明显的焦虑说，“您大概忘了他们的阴谋啦？……我不会装手枪，但是在这种情况下……您真是个怪人！去告诉他们，说您知道他们的意图，他们就不敢……这是何苦呢？他们会把您如同鸟儿似的射下来……”

“请不要担心，医生，您稍等一下……我会把一切都安排好，使他们那边什么便宜都占不到。随他们去咬耳朵好了……”

“诸位，这有些无聊了！”我高声对他们说，“决斗就是决斗；昨天你们本来有时间讲个够的……”

“我们准备好了，”大尉回答说，“请站好，先生们！……医生，请您给量六步距离……”

“请站好！”伊万·伊格纳季耶维奇用非常尖细的声音重复说。

“对不起！”我说，“还有一个条件；既然我们要决斗个你死我活，我们便应该尽可能使这件事成为一个秘密，使我们的副手不承担什么责任。你们同意吗？……”

“完全同意。”

“那么,这就是我的想法。你们瞧见没有,在那屹立的峭壁顶上,靠右边,有一块狭窄的小平台?从那里到底下至少有三十俄丈,下面都是尖削的岩石。我们每人都要站在那块小平台的边上,这样就是受轻伤也会送命:这该正合您的愿望,因为是您自己规定六步的距离。谁受了伤准保会摔下去,摔得稀烂;子弹由医生取出来,这样便很容易说是失足坠山而死。让我们来抽签决定该谁先开枪。总而言之,我向你们宣布,如果不这么做,我就不决斗。”

“就这样吧!”大尉向点头表示同意的格鲁什尼茨基递了个眼色,说。格鲁什尼茨基的脸色时时都在变化。我已经把他置于窘地了。如果在平常情况下开枪,他可以瞄准我的腿,使我受点轻伤,这样就可以满足自己的复仇心愿而又不使自己的良心过分受到谴责。但是现在他得朝天开枪,或是成为杀人凶手,或是最后放弃自己卑鄙的计谋,跟我受到同样的危险。在那瞬间我真不希望处在他的地位。他把大尉拉到一旁,很激动地对他说了些什么。我看见他的发青的嘴唇在颤动;但是大尉却带着轻蔑的微笑扭过身去。“你是个傻瓜!”他声音很高地对格鲁什尼茨基说,“什么都不懂!我们出发吧,诸位!”

狭窄的小径在树丛间蜿蜒,通到陡壁那儿,岩石的碎块构成这个天然梯子的不稳的梯磴。我们抓住灌木开始攀登。格鲁什尼茨基走在前面,他的两个副手跟在他身后,然后是我和韦尔纳。

“您真使我觉得奇怪,”医生紧紧握了我的手说,“让我来摸摸您的脉搏!……啊哟!跳得这么快!……但是脸上却一点都瞧不出……只是您的眼睛比平时更加发亮。”

忽然有许多小石块哗啦啦地滚到我们脚前。这是怎么回事?原来是格鲁什尼茨基绊了一跤;他抓住的树枝折断了,如果他的两个副手不扶住他,他准会仰面朝天滑下去了。

“请当心!”我对他喊道,“别还没决斗就栽倒;这可是个不祥的预兆。请想想朱利·恺撒①吧!”

---

① 朱利·恺撒(公元前100—前44),古罗马大将,政治家和作家。传说他因为忽视不祥的预兆而遭谋叛者杀害。

这时我们已经登上那块突出的岩石。那块小平台上铺着一层细砂，像是专为决斗而准备的。周围簇拥着群山的峰巅，宛如一群数不清的牲畜，消失在那金黄色的朝雾里；在南方耸峙着白茫茫的巍峨的厄尔布鲁山，连接着一带如练的冰冻的层峦叠嶂，而在山峰中间已经飘荡着从东方聚集起来的缕缕浮云。我走到那块小平台的边上朝下一望，我的头竟有些发晕：下面的一切都漆黑阴冷，像棺材里似的；被风雨和时间所投掷下来的岩石的长满青苔的利齿，在等待自己的捕获物。

我们要进行决斗的那块小平台差不多是个正三角形。我们从突出的那只角上量出六步距离，并且决定，谁该先接受对方的枪弹，就得背对着深渊站在那个角上；如果他没被打死，两个仇敌就互换位置。

我决意把一切有利条件都让给格鲁什尼茨基；我想来试试他；宽恕的火花也许会在他的灵魂里苏醒，那时一切都会好了；但是自尊心和性格上的弱点却应该获得胜利……如果命运饶过了我，我想给自己充分的权利决不饶过他。谁不曾跟自己的良心订过这样的条约呢？

"抛签吧，医生！"大尉说。

医生从口袋里掏出一枚银币，把它举了起来。

"背面①！"格鲁什尼茨基连忙喊道，好像一个人突然被朋友推醒了。

"鹰②！"我说。

银币飞了上去，又当的一声落在地上；大伙都朝它冲过去。

"您的运气真好，"我对格鲁什尼茨基说，"该您先开枪！但是请记住，如果您打不死我，我可不会射不中的——我向您保证。"

他的脸红了，去杀死一个赤手空拳的人他感到可耻。我牢牢地盯住他；有一瞬间，我觉得他就要投到我的脚下请求饶恕了；但是怎么能承认搞了这种卑鄙的阴谋呢？……他只有一个办法——朝空中开枪；我相信他是会朝空中开枪的！只有一种情况会阻止他这样做：那就是想到我会要求第二次决斗。

"是时候了！"医生扯着我的袖子低声对我说，"如果您现在还不说

---

①② 是一枚银币的正反面。

出我们知道他们的意图,那就一切都完了。您瞧,他已经在装子弹啦……如果您什么都不说,那我自己可要……”

“千万别那样,医生!”我拉住他的胳膊回答说,“您会把事情都弄糟;您不是已经答应过我不干涉……这关您什么事呢?也许我情愿被打死……”

他惊讶地望望我。

“啊!这又是另外一回事了!……只是到了阴间可别怨我……”

大尉这时已经把他的两支枪装上子弹,把一支递给格鲁什尼茨基,微笑着对他低声说了些什么,又把另一支给我。

我站在那块小平台的角上,左脚牢牢抵住一块石头,身子微微向前躬,为的是万一受了轻伤,不致向后倒下去。

格鲁什尼茨基站在我对面,按照发出的信号举起枪来。他的双膝发抖。他径直瞄准我的脑门……

一阵莫名的狂怒在我胸中沸腾起来。

突然间他垂下枪口,脸色苍白得像白布似的,转身对着他的副手。

“我不能。”他声音喑哑地说。

“懦夫!”大尉回答。

枪响了。子弹擦过我的膝盖。我不由得朝前走了几步,赶快离开峭壁的边沿。

“好吧,格鲁什尼茨基老弟,您没有打中,真遗憾!”大尉说,“现在该轮到您了,去站好吧!先来拥抱我一下,我们再也不会见面了!”他们互相拥抱;大尉几乎忍不住要笑出声来。“别害怕,”他狡猾地瞅了格鲁什尼茨基一眼,又说,“世上的一切都是扯淡!……大自然是个傻瓜,命运是只火鸡,生命也不过值一个戈比!”

大尉带着相当郑重的神情念完这句悲剧的台词之后,便回到自己原来的位置;伊万·伊格纳季耶维奇也含泪拥抱了格鲁什尼茨基,现在只剩下格鲁什尼茨基一个人站在我对面。直到今天我还竭力向自己解释,当时在我胸中沸腾的是什么样的感情:那是自尊心受了伤害的气恼,还有轻蔑,还有愤怒。愤怒是由于想到,现在那么有把握、那么大模大样地瞧着我的这个人,两分钟前还打算不让自己冒任何危险就把我像条狗似的打死,因为腿上的伤只要稍微重一些,我就会从悬崖上摔下去。

我盯着他的脸看了几分钟,竭力想看出哪怕有一点点悔悟的痕迹。但是我觉得他好像在忍住笑。

“我劝您在临死前向上帝祷告。”当时我对他说。

“您不必为我的灵魂比为您自己的灵魂更操心。我只请求您一件事:赶快开枪。”

“那么,您不否认您的话是诽谤?也不请求我的宽恕?……请好好地想一想:您的良心没有对您说什么吗?”

“毕巧林先生!”龙骑兵大尉喊道,“请允许向您指出,您到这儿来并不是为了布道……让我们把这件事赶快结束。说不定有人打这峡谷经过,会看见我们的。”

“好!医生,请到我跟前来。”

医生走了过来。可怜的医生!他的脸色比十分钟前格鲁什尼茨基的脸色还要苍白。

下面的话我故意说得抑扬顿挫,声音响亮清晰,好像在宣读死刑判决书一样:

“医生,这两位先生大概匆忙间忘记往我的手枪里装子弹了:我请您重新装上子弹,而且要好好地装!”

“不会!”大尉喊道,“不会!我把两支枪都装上了;也许您枪里的子弹掉了……这并不是我的过错!而且您没有权利重装……没有任何权利……这是完全违反规则的,我不容许……”

“好吧!”我对大尉说,“如果这样,我要和您以同样的条件进行决斗……”

他踌躇起来。

格鲁什尼茨基把头垂在胸前站着,窘迫而阴郁。

“随他们去吧!”他终于对大尉说,这时大尉正想从医生手里夺我的枪,“你自己也知道,他们说得对。”

大尉徒然对他做着各种暗号——格鲁什尼茨基连看都不想看。

这期间，医生已经装好手枪，递给了我。

大尉瞧见这个，唾了一口，把脚一跺："你真是个傻瓜，老弟，"他说，"是个大傻瓜！你既然信任我，就应当一切都听我的……你这是活该！让自己像一只苍蝇似的死掉……"他转过身去，走开的时候嘴里嘟囔着："无论怎么说，这总是完全违反规则的。"

"格鲁什尼茨基！"我说，"趁现在还不迟，承认你的话是诽谤吧，我一切都会原谅你。你打算作弄我没有成功，我的自尊心得到了满足。你要记住，我们曾经是朋友啊……"

他的脸涨得通红，眼睛闪闪发光。

"开枪吧！"他回答说，"我瞧不起我自己，我恨您。您若是不打死我，我夜里会从暗地里出来把您宰了。这世界上没有地方容我们两人并存……"

我开了枪……

等硝烟消散，格鲁什尼茨基已经不在那小平台上了。只有一缕灰尘像根轻飘飘的柱子似的还在悬崖边上袅袅上升。

大家都异口同声地喊了起来。

"这出喜剧算完了！"①我对医生说。

他没有回答，只是恐惧地转过身去。

我耸了耸肩膀，向格鲁什尼茨基的副手们鞠了一躬。

当我沿着小径往下走时，我在山岩的裂罅中看见了格鲁什尼茨基的血污的尸体。我不由得闭上了眼睛……

我解开马，骑着它慢慢地往家里走。我心里压着一块石头。我觉得太阳好像暗淡了，它的光并不使我感到温暖。

还未到达小村，我就沿峡谷向右转去。我怕见人：我愿意孤独。我丢开缰绳，把头垂到胸前，骑在马上走了很久，最后我发觉来到一个完全陌生的地方。我掉转马头，开始寻找归路。当我疲惫不堪地骑在竭蹶乏力的马上走近基斯洛沃得斯克时，太阳已经西沉了。

我的仆人告诉我韦尔纳来过，还交给我两封短信：一封是他写的，

---

① 原文为法语。

另一封是……薇拉写的。

我拆开头一封,信的内容如下:

> 一切都已尽可能妥善安排:尸体运来已是面目全非,胸部的子弹已取出。人人都相信他的死是一件不幸的事故,只有司令(他大概知道你们的争吵)摇摇头,可是什么也没说。不利于您的证据一点也没有,您可以安心睡觉……如果您能够……再见。

我好久都下不了决心拆开第二封信……她能给我写什么呢?……一种沉重的预感使我心神不安。

这就是那封信,信中的每一个字都不可磨灭地铭刻在我的记忆里:

> 我写信给你,确信我们永远不会相见了。几年前和你分别的时候,我也曾这样想过;然而老天却要再次考验我,而我没能经受住这次考验,我的脆弱的心又屈从于熟悉的声音……你不会因此瞧不起我吧,不是吗?这封信是诀别辞,也是自白书:我应该把从我爱你以来在我心内所积累的一切统统告诉你。我不会埋怨你——你对待我,正如任何一个男子做的那样:你爱我,把我当作自己的私有物,当作那互相交替着的快乐、不安和悲伤的源泉,没有它们生活就会变得乏味而单调。这一点我从一开头就懂得了……然而你是不幸的,我牺牲自己,希望有一天你会赏识我的牺牲,有一天你会了解我那不受任何条件影响的深情挚意。从那时起过了很久:我看透了你心中的一切秘密……我才恍然大悟:这不过是一个空幻的希望罢了。我那时真是痛苦啊!但是我的爱情跟我的灵魂已经结合在一起:它虽然暗淡下去,但是并未熄灭。
>
> 我们就要永别了,但是你可以相信,我永远不会再爱别人。我的心灵已经在你身上耗尽自己全部宝贵的东西,耗尽自己的泪水和希望。爱过你的女人,看待别的男子是不会不带着一些轻蔑的,这并不是因为你比他们好,啊,并不!但在你的天性里有着一种特殊的、只有你才具有的东西,一种骄傲而又神秘的东西;不论你说什么,你的声音里都有一种不可征服的力量;谁都不能像你那样经常希望被人所爱;任何人身上的邪恶都不能那样迷人;任何人的顾

盼都不能许给人那么多的幸福;没有人能比你更善于利用自己的优越条件;也没有人能像你那样真正地不幸,因为没有人像你那样极力使自己相信相反的一面。

现在我应该向你解释我仓促离开的原因了。这在你看来并不太重要,因为这只关系到我一个人。

今天早晨我丈夫走进我的屋里,把你跟格鲁什尼茨基的争吵讲给我听。显然,我的脸色一定变得很厉害,因为他牢牢地盯住我看了好半天。当我想到你今天将要决斗,而我就是决斗的原因时,我几乎要昏倒了。我觉得我要疯了……但是现在,当我能够思考的时候,我深信你一定会活着:你怎么能撇下我就死去,这是不可能的!我丈夫在屋里来回踱步。我不知道他对我说了什么,也不记得我回答了什么……大概我对他说我爱你……我只记得在我们谈话快终了的时候,他用一个可怕的词侮辱我,就走掉了。我听见他吩咐套车……我坐在窗口等你回来已经有三个钟头了……但是你会活着,你不会死!……马车快套好了……别了,别了……我毁了——但是这有什么关系?……我若是能坚信你会永远记住我——且不说爱我——不,只要记住我就行了……永别了!他们来了……我得把信藏起来……

你并不爱梅丽,是吗?你不会跟她结婚吧?听着,你应该为我做出这种牺牲:我为你已经失去了世上的一切……

我像疯了似的冲到台阶上,跳上我那匹正在院子里遛的契尔克斯马,顺着去五峰城的大路飞奔。我拼命鞭打那匹竭蹶乏力的马,它喘息着,喷着涎沫,驮我沿着石子路飞奔而去。

太阳已经隐入西边山脊上的一片乌云里面,峡谷中变得黝黑而且潮湿。波德库莫克河在岩石间奔流而过,发出沉郁而单调的澎湃声。我纵马飞驰,急得喘不过气来。一想到在五峰城已经找不见她,这念头就像锤子似的敲打我的心。只要一分钟,只要再看见她一分钟,跟她告别,握握她的手……我祈祷、诅咒、痛哭、狂笑……不,什么都不能表达我的不安和绝望!……在可能永远失掉她的情况下,我感到薇拉对我比世上的一切都宝贵——比生命、名誉和幸福都宝贵!天知道我头脑里产生了多么奇怪、多么痴狂的想法……这期间，我依然无情地赶着马奔驰。我终于注意到我的马呼吸愈来愈困难，它已经有一两次在平地上打前失了……离哥萨克村庄耶先吐克还有五俄里，到那里我就可以换马。

如果我的马能再支持十分钟，一切都会得救了。但是在离开山地，从一个不大的山沟跑上去急转弯的时候，它突然摔倒在地上。我赶紧跳下来，拉住缰绳想拉它起来——一切都白费劲：从它咬紧的牙关里冲出几乎听不见的呻吟，几分钟后它就断气了。我失去了最后的希望，孤零零地留在旷野里。我试着步行，可是我两腿发软。白天的焦虑和夜里的失眠弄得我困惫不堪，我倒在湿漉漉的草地上，像小孩似的哭起来。

我久久躺着不动，伤心地痛哭，也不想抑住眼泪和啜泣。我想我的胸膛就要裂开。所有我的坚强，我的冷静，都像烟似的消失了。我的心灵软弱无力，我的理智缄默不语，如果有谁在这时看见我，他准会不屑一顾地掉头而去。

当夜露和山风使我的发烧的头脑清醒过来，思想恢复正常时，我才明白，去追求已经毁灭了的幸福不仅无益而且愚蠢。我还需要什么呢？——去看她吗？——何必呢？我们之间不是一切都完了吗？一个痛苦的诀别的亲吻并不会给我的回忆增添什么，事后只有使我们更加难舍难分。

然而，我很高兴我能痛哭一场！虽然使我哭的原因也许是我的纷扰不宁的神经、不眠之夜、面对枪口的两分钟和空空的胃。

最后结果反倒好！这种新的痛苦，用军事术语来说，在我身上起了一次有益的声东击西的作用。哭可真叫妙，而且当时如果我不是骑马狂奔，回来又被迫步行十五俄里，这天夜里睡魔大概不会使我合眼。

我在早晨五点钟回到基斯洛沃得斯克，往床上一倒，就像拿破仑在滑铁卢战役①之后那样大睡起来。

---

① 滑铁卢是比利时布鲁塞尔以南的一个居民点。一八一五年六月十八日英荷联军和普鲁士军队在滑铁卢附近击溃拿破仑一世的军队，迫使拿破仑第二次退位。

我醒来时，外面已经黑了。我坐在打开的窗子旁边，解开短上衣，让山风吹拂我那在疲倦的酣睡之后还没有平静下来的心胸。远在河对岸，透过河岸上浓密的菩提树的梢头，闪烁着要塞和小村里的灯光。我们院子里寂静无声，公爵夫人家漆黑一团。

医生走进来：他愁眉不展，一反常例，没有把手伸给我。

“您从什么地方来，医生？”

“从李戈夫斯基公爵夫人家来；她女儿病啦——神经衰弱……然而问题不在这儿；问题是当局正在猜疑，虽然还没有什么真凭实据，但我劝你还是小心些好。公爵夫人今天对我讲，她知道您为了她的女儿决斗。那个小老头——他叫什么名字来着？——把一切都告诉她了。他亲眼看见您跟格鲁什尼茨基在饭店里的冲突。我是来警告您的。别了，我们也许不会再见面了：他们会把你放逐到什么地方去呢。”

他在门口站住：他想和我握手……如果我向他表示出一点点这样的愿望，他一定会跑上来搂住我的脖子；但是我始终冷得像块石头——于是他就走了。

这就是人！人都是这样：他们事先知道一个行动的种种卑劣方面，可是看到没有别的办法时，他们就来协助，出主意，甚至鼓励人家去干，后来却把责任推得一干二净，愤愤地不再理睬那个有勇气担负起全部责任的人。人都是这样，就连最善良、最聪明的也是如此！……

第二天早晨，接到上级调我到 N 要塞的命令以后，我就到公爵夫人那儿去辞行。

她问我可有什么特别重要的事情要对她讲，而我回答说祝她幸福之类的话时，她不禁大为吃惊。

“但是我必须非常严肃地跟您谈一谈。”

我默默地坐下。

她显然不知道从何说起；她的脸涨红了，她的胖乎乎的手指敲着桌面。最后，她断断续续地说道：

“听我说，毕巧林先生。我想您是一位高尚的人。”

我躬了躬身。

“我完全相信是这样的，”她继续说，“虽然您的行为有些叫人猜不透。但是您也许有些我不知道的理由,您现在应该把它们告诉我。您保护我女儿不受人诽谤,您为她而决斗,因此冒了生命的危险……您不用回答,我知道您是不会承认这一点的,因为格鲁什尼茨基已经被打死了(她画了个十字)。愿上帝饶恕他,我希望上帝也饶恕您!……这件事与我无关……我不敢责备你,因为我的女儿虽然无辜,毕竟是这事的起因。她已经把事情都告诉了我……我想是全部:您对她表示过爱……她也承认了她爱您(说到这儿,公爵夫人深深地叹了一口气)。但是她病啦,我相信这绝不是普通的病!悲伤憋在心里,会送她的命;她不肯承认,但是我肯定您是她的病因……请听我说:您也许以为我追求的是功名富贵——请别那样想:我只希望我女儿幸福。您现在的地位并不令人羡慕,但是可以改善:您有财产,我女儿爱您,她所受的教育会使她丈夫幸福。我富有,我只有她一个女儿……您说呀,是什么不让您说呢?……您知道,我本不该对您说这番话的,可是我相信您的良心,您的人格。您想想看,我只有一个女儿……一个……"

她哭起来。

"公爵夫人,"我说,"我不能回答您;请允许我跟您女儿单独谈谈……"

"那可不行!"她非常激动地从椅子上站起来,叫道。

"随您的便吧。"我回答说,一边预备要走。

她想了一会儿,做了个手势叫我等着,便走了出去。

五分钟过去了。我的心猛烈地跳着,但是思想很平静,头脑也冷静。无论我怎样在心中寻找对这位娇美的梅丽哪怕有一点爱情的火花,但我的努力都是枉然。

这时门打开了,她走了进来。天哟!自从我上回看见她以后,她样子变得多厉害啊——而且相隔并不久啊!

她走到屋子当中,身子摇晃了一下。我赶紧跑到她身边,把手伸给她,搀她到一把扶手椅那儿。

我面对她站着。我们沉默了好久。她的充满说不出的幽怨的大眼睛,好像在我的眼睛里寻找某种类似希望的东西;她的苍白的嘴唇徒然努力想笑一笑;她的交叉放在膝盖上的柔嫩的手是那么瘦,几乎是透明的，使我不禁怜悯起来。

"公爵小姐，"我说，"您知道我嘲弄了您吗？……您应该瞧不起我。"

她的两颊上现出了病态的红晕。

我继续说："因此您不能爱我……"

她转过脸去，把胳膊肘撑在桌子上，一只手捂住了眼睛，我觉得她的眼睛里闪烁着泪珠。

"我的天哪！"她说，声音低得使人难以听清。

这情况变得令人无法忍受：如果再有一分钟，我就会扑倒在她的脚下。

"所以，您自己明白，"我极力用坚决的声调勉强笑着说，"您自己明白，我不能跟您结婚。即使您现在愿意这么做，不久也会后悔。我跟您妈妈的谈话，使我感到一定要跟您这样坦率、这样不客气地解释清楚；我希望她是一时误会，您会很容易使她改变主意。您明白，我在您心目中扮演着一个最可怜、最卑鄙的角色，这一点我自己也承认。这就是我能为您做到的一切了。不论您对我的看法有多么坏，我都准备接受……您看，我在您的面前是卑鄙的……纵然您从前爱过我，但是从这一瞬间起，您一定会瞧不起我了，对吧？"

她向我转过脸来，脸色苍白得像大理石，只有她的两眼闪着奇妙的光芒。

"我恨您……"她说。

我谢了谢她，恭恭敬敬地鞠了一躬就走了出来。

一小时后，一辆三匹马拉的特快驿车把我从基斯洛沃得斯克飞快地载走了。在离耶先吐克几俄里的地方，我在大路旁认出我那匹烈马的尸体；鞍子想必是被过路的哥萨克给卸去啦，马背上原来是马鞍的地方落着两只乌鸦。我叹了一口气，把脸扭了过去……

如今，在这儿，在这座寂寞的要塞里，当我回溯过去时，我常常问自己：我为什么不愿踏上命运为我开拓的、有平静的欢乐和心灵的安宁等着我的那条道路呢？……不，我不会乖乖地顺从这种命运！我好像一个在双桅贼船上出生和长大的水手：他的心灵已经习惯于暴风雨和搏斗，一旦把他抛到岸上，他便会感到寂寞、苦恼，不管那多荫的树丛怎样引诱他，和煦的阳光怎样照耀他。他会整天徘徊在海滨沙滩上，倾听那奔腾的波涛的单调的澎湃声，眺望着雾蒙蒙的远方，看看有没有他所想望的船帆在划开蔚蓝大海和灰色浓云的苍茫地平线上闪烁，起初像是海鸥的翅膀，但渐渐地却同浪花的泡沫分离，平稳地飞驶到这荒凉的码头……

3　宿命论者

有一次我在左翼阵地①的一个哥萨克村庄里住了两星期，那里驻扎着一营步兵。军官们每晚轮流聚在彼此的营房里打牌。

有一天，我们在C少校那里打波斯顿②打腻了，便把纸牌扔到桌底下，闲坐了很久；谈话一反常例，很是津津有味。我们议论伊斯兰教的迷信——认为一个人的命运是上天注定的，而对此在我们这些基督徒当中也有许多信徒；我们每人都讲了各种奇奇怪怪的事例，来**证实它或是反驳它**③。

"诸位，这一切证明不了什么，"年老的少校说，"要知道你们当中没有谁亲眼见过你们用来证实自己意见的那些奇怪事例吧？"

"自然，谁也没有见过，"许多人说，"但我们是从可靠的人们那里听来的……"

"这些都是胡扯！"一个人说，"那些见过我们死亡时辰簿的可靠的人在哪儿呢？……如果确有定数的话，那又为啥还赋予我们意志和理性呢？为啥我们又要对我们的行为负责呢？"

这时候，一位坐在屋角里的军官站了起来，慢慢地走到桌子跟前，目光安静而又庄严地扫视了我们一下。他是塞尔维亚人，这从他的名字上就可以瞧出来。

武里奇中尉的长相完全符合他的性格。高高的身材、黝黑的脸、黑发、锐利的黑眼睛、作为他民族特征的大而端正的鼻子、老是挂在嘴唇

---

① 高加索防线的左翼阵地布置在特勒克河的中下游。

② 一种牌戏。

③ 原文为法语。

上的忧郁而冷漠的微笑——这一切好像都为了赋予他一副特殊人物的外貌，显示他不能与命运赐给他的同事们推心置腹。

他勇敢，话虽少却很尖锐，无论对谁都不肯讲出自己内心的秘密和家庭的秘密；他差不多滴酒不沾，从不曾追求过年轻的哥萨克妇女——您没有见过她们是很难理解她们的魅力的。人们讲，上校太太对他那双撩人的眼睛不免有情，但当有人暗示这件事时，他发了好一通火。

只有一个嗜好他并不隐瞒，那就是爱赌。在赌桌上他忘怀一切，而且常输；但是经常的失败反而使他越发执拗。据说，有一次在远征期间的一个夜晚，他在座垫上做庄，他的手气好极了。忽然传来枪声，敲起警报，大伙都跳起来，跑去拿武器。“下注啊！”武里奇没站起身来，对一个最热心的赌伴叫道。“我押七！”那人一边往外跑一边回答。不管情况多么混乱，武里奇照样把牌分完，果然是七。

当他来到散兵线的时候，那里已经在激烈地对射。武里奇毫不在乎枪弹和车臣人的军刀，只管寻找那位走运的赌伴。

“果然是七！”他终于在那些开始把敌人从树林里驱逐出来的散兵行列中瞧见他，就喊起来，并且走过去，掏出自己的钱袋和皮夹交给那个走运的人，也不管那人怎样拒绝这种不合时宜的付款。尽了这个不愉快的责任之后，他才带兵冲上前去，并且非常冷静地跟车臣人对射，直到战事结束。

当武里奇中尉走到桌边时，大伙都静下来，等他做出什么奇特的举动。

“诸位！”他说（他的声音很平静，虽然声调比平时低些），“诸位，空洞的争辩有什么用？你们都要证据：我提议在我们自己身上试验一下，看看一个人到底能不能随意支配自己的生命，或是我们每个人死亡的时刻都是事先注定的……谁愿意？”

“我不干，我不干！”四面传来喊声，“你真是个怪人！脑袋里尽想些怪念头！……”

“我主张打赌。”我开玩笑说。

“打什么赌？”

“我坚决相信没有定数，”我说，同时把口袋里所有的钱，大约二十个金币统统倒在桌上。

“就这么办，”武里奇用低沉的声音回答道，“少校，您来做评判人。这儿有十五个金币，您还欠我五个金币，请您行个好把钱给我添上。”

“好，”少校说，“只是我真不明白这是怎么回事，他们要怎样解决这个争论啊？……”

武里奇默默地走进少校的寝室，我们跟随着他。他走到挂兵器的墙跟前，从挂在钉子上的各种口径的手枪中随便取下一支。我们还不明白他的意思，但是当他扳上枪机，向火药池里装火药的时候，许多人不由得叫起来，抓住他的双手。

“你想做什么？喂，这简直是发疯！”大伙向他喊道。

“诸位！”他挣开自己的双手，慢慢地说，“谁愿意替我付二十个金币？”

大伙都不言语了，走开了。

武里奇走进另一间屋子，在桌旁坐下。大伙都跟着他。他做了个手势请我们在周围坐下。大伙都默默地依从了他：在这一瞬间，他有一种神秘的力量支配着我们。我盯住他的眼睛看了一会儿，他却用安详坚定的目光迎接我的探索的目光，他的苍白的嘴唇微笑了一下。不过，尽管他很镇静，我总觉得在他那苍白的脸上看到了死神的印痕。我常常发觉，而且许多老战士都证实了我的意见：在一个几小时后就要死去的人的脸上，往往带有一种异样的、在劫难逃的命数的痕迹，一双有阅历的眼睛是很少会看错的。

“您今天会死！”我对他说。他很快向我转过脸来，但缓慢而平静地回答说：

“也许对，也许并不对……”

随后他转向少校问道，枪里装了子弹没有？少校在惶惑中已经不大记得了。

“得啦，武里奇，”有人大声说，“如果挂在床头上，一定是装了子弹……干吗要开这玩笑！……”

“愚蠢的玩笑呀！”另一个人附和说。

“我拿五十卢布对五卢布打赌，枪里没装子弹！”第三个人喊道。

于是又安排好一次打赌 。

这种长时间的摆布使我感到厌烦。"听我讲,"我说,"要么就干脆开枪,要么就把枪放回原处,让我们去睡觉。"

"对呀,"好多人都喊道,"让我们去睡觉。"

"诸位,我请你们不要动!"武里奇把枪口抵住脑门说。大伙都呆了。

"毕巧林先生,"他补充说,"请您拿一张纸牌向上扔。"

我到现在还记得,当时我从桌上拿起一张红桃爱司就往上抛。大伙都屏住呼吸,所有的眼睛都带着恐惧和捉摸不透的好奇,把视线从手枪移到那张决定命运的爱司上,看那张纸牌在空中颤抖着,慢慢地落下:在它触到桌子的那一瞬间,武里奇扳动了枪机……没有打响!

"谢天谢地,"许多人都叫起来,"它没装子弹……"

"那么让我们瞧瞧。"武里奇说。他又扳上枪机,瞄准挂在窗上的一顶军帽;枪响了,满屋子都是硝烟。等烟散了,人们取下军帽。帽子在正当中被射穿了,子弹深深地嵌在墙壁里。

差不多有三分钟,谁也说不出一句话来。武里奇从容不迫地把我的金币装进了自己的钱袋。

手枪为什么头一次没打响,大家纷纷议论起来。有人断言多半是火药池给堵塞了,有人则低声说,头一次的火药是湿的,后来武里奇又倒进新的火药。但是我确信后一种假设是不正确的,因为我的眼睛始终没有从手枪上移开。

"您的赌运真好!"我对武里奇说。

"我这还是生平头一回呢,"他很得意地微笑着回答说,"这比推牌九和打什托斯①强。"

"不过更危险。"

"什么? 您开始信起定数来了?"

"我相信;只是现在我不明白,为什么我总觉得您今天准会死……"

---

① 一种纸牌赌博。

就是这个刚才还那么镇静地把枪瞄准自己脑门的人,现在竟突然发火了,并且惶乱起来。

"行了!"他站起身来说,"我们的打赌已经结束,现在您讲的这些话我以为是不合适的……"他拿起帽子走了。这件事使我觉得很奇怪——而且并不是没有理由的。

不一会儿工夫,大伙都各自回家,一面议论着武里奇的怪诞行为,大概还异口同声地说我是利己主义者,因为我居然跟一个要开枪自杀的人打赌;仿佛没有我,他就找不到合适的去死的机会似的!……

我顺着乡村荒凉的小巷返回我的住所。月亮又圆又红,好像火灾时的火光,开始从参差不齐的屋顶背后升起;群星静静地在深蓝的穹苍里闪烁。当我想起从前有些大智大慧的人竟以为天上的星星也会参与我们为了一小块土地或是某些臆造的权利而引起的无聊争执时,觉得很是可笑。这些照他们看来只是为了他们的战斗和胜利而燃起的天灯,如今虽然光辉依旧,可是他们的热情和希望,就像无忧无虑的徒步旅行者在林边点起的小堆篝火似的,早就同他们一起熄灭了!然而,这种信念——整个天宇跟它芸芸众生会怀着默默的,然而始终如一的同情看顾着他们——却给他们的意志增添了多大的力量啊!……而我们,他们可怜的后裔,却在地面上漂泊,没有信念和自豪,没有欢乐和惊悸,只有在想到不可避免的结局时使人揪心的不由自主的畏惧。无论为了人类的福祉或者甚至为了我们个人的幸福,我们都不能做出重大的牺牲,因为我们知道这是不可能的,于是就像我们祖先从一种迷惘投向另一种迷惘那样,我们也冷漠地从怀疑走向怀疑,并且也跟他们一样,既没有希望,甚至也没有在每次跟人或命运斗争时心灵所得到的那种虽不明确但很真实的欢乐……

还有许多别的类似的思想在我头脑里连续涌现;我没去留住它们,因为我不喜欢停留在任何抽象的思维上;而且,这有什么用呢?……在我青年时代的初期,我曾是个梦想家;我喜欢依次爱抚不肯安分又很贪婪的想象给我描绘的那些时而忧伤时而快乐的形象。但是这给我留下了什么呢?不过是犹如和梦魇夜战后所感到的疲惫,以及充满悔恨的模糊的回忆罢了。在这种徒劳的斗争里,我耗尽了心灵的热情和现实生活所必需的坚定的意志力。在我进入现实生活之前,我在思想上已经度过了这种生活,因此我感到厌倦和憎恶,就像一个人读一本他早就熟知的书的蹩脚仿本一样。

这天晚上的事情给我留下了相当深刻的印象,刺激了我的神经。我不能肯定我现在是否相信定数,但是在这天晚上我是坚决地相信它了:证据是令人惊奇的,尽管我嘲笑过我们的祖先和他们的乐于为人效劳的占星术,如今我也不由得重蹈了他们的覆辙。然而我及时地在这条危险的道路上停住脚步,而且遵守着既不完全否定什么,也不盲目信仰什么的规则,抛开玄学,并且望着脚下。幸亏有这防备:我绊在一个又肥又软、显然不是活的东西上面,险些摔倒。我弯下身子——月亮正照在大路上——是什么呢?我面前躺着一头被军刀砍成两段的猪……我还未来得及仔细瞧,就听见一阵脚步声:两个哥萨克从一条小巷子里跑出来,其中一个走到我跟前,问我有没有看见一个喝醉酒的哥萨克在追赶一只猪。我对他说我并没有碰到什么哥萨克,但把他的蛮勇的无辜牺牲者指给他们看了。

"这个强盗!"第二个哥萨克说,"只要他灌足了酒,他到了外面看见什么就砍什么。我们追他去,叶列米奇,得把他捆起来,不然……"

他们走开了,我更加小心地继续走我的路。最后,我总算平安到达自己的住所。

我住在一个年老的军士家里。我喜欢他是因为他脾气好,尤其是因为他有一个标致的女儿纳斯嘉。

她裹着一件皮袄,跟平时一样在小门那儿等我。月亮照着她那因夜晚寒冷冻得发青的娇美的小嘴。一瞧出是我,她就笑了,但是今晚我没有心思理她。"再见,纳斯嘉!"我走过她身旁时说。她想回答什么,但只叹了一口气。

我随手关好房门,点起蜡烛,就倒在床上;但是睡梦这次让我等候得比平时更久。东方已经发白时我才睡着,可是,显然老天注定我那天夜里不能睡够。早晨四点钟,就有两个拳头来敲我的窗户。我跳了起来:是怎么回事?……"起来,穿上衣服!"几个人的声音同时向我叫道。我急忙穿上衣服出去。"你知道出了什么事吗?"来找我的三个军官异口同声地说,他们的脸色都像死人一样苍白。

“什么事?”

“武里奇被杀死啦。”

我呆了。

“是的,被杀死啦!”他们接着说,“我们快去吧。”

“去哪儿呀?”

“在路上你会知道的。”

我们走了。他们把发生的一切事情都告诉了我,并且加上关于武里奇晚死半小时的奇怪定数的种种看法。武里奇独自在黑暗的街上走着。那个喝醉了酒、把猪砍死的哥萨克撞上了他。那个哥萨克很可能不注意他就走过去了,假使武里奇不突然站下来说:“老兄,你在找谁呀?”那哥萨克回答说:“找你!”就用军刀朝他砍去,把他从肩膀几乎劈到心窝……刚才碰见我、正在追赶凶手的那两个哥萨克赶到了,把被砍伤的人扶起来,但是他已只剩下最后的一息,只说了两个字:“他对!”唯有我一个人懂得这两个字的含义:那是指我说的;我身不由己地对这个可怜的人预言了他的命运;我的直觉没有欺骗我,我的确在他那变了样的脸上看出了死亡将临的迹象。

凶手把自己锁在村子尽头的一所空房子里:我们朝那儿走去。许多妇女都哭哭啼啼地也奔往那个方向。不时有迟来的哥萨克冲到街上,一面匆匆地佩上短剑,跑到我们前面。真是混乱得可怕。

我们终于来到现场,一瞧:那所农舍的门和窗板都从里面上了锁,四周围满了人。军官们和哥萨克们纷纷谈论着,妇女们边说边哭地号叫着。她们中间有一个老妇人,脸上流露出癫狂的绝望神情使我注目。她坐在一段粗圆木上,两肘支着膝盖,双手托住脑袋:这就是凶手的母亲。她的嘴唇时时翕动……她是在低声祷告呢还是在诅咒?

当时得决定个办法去捉住罪犯。然而没有人敢带头冲进去。

我走到窗前,从窗板的缝隙里望进去:他脸色苍白,躺在地上,右手握着手枪,血迹斑斑的军刀放在身旁。他的富于表情的眼睛恐惧地朝四下里转动着;他时而发抖,双手抱住脑袋,好像在迷迷糊糊地回想昨天的事。在这惊惶不宁的目光里,我看不出他有很大的决心,我于是对少校说，他没有理由不命令哥萨克们砸开门冲进去，因为现在动手比等他完全醒悟过来之后再动手要好得多。

就在这时候，年老的大尉走到门边，唤着他的名字；那人答应了。

“你犯了罪，叶费梅奇兄弟，”大尉说，“所以没有办法，你就顺从了吧！”

“我不顺从！”哥萨克回答说。

“你得敬畏上帝！要知道，你不是个该死的车臣人，而是个忠实的基督徒。好吧，既然你被你的罪孽迷了本性，那就没有法子：你逃不掉自己的命运！”

“我不顺从！”那哥萨克威胁地叫道，还可以听到扳动枪机的声音。

“唉，大婶！”大尉对那老妇人说，“你来跟你儿子讲讲，也许他会听你的……要知道，这只会惹上帝发怒！你瞧，各位先生在这里已经等了两个钟头啦。”

老妇人对他凝望了一会儿，摇摇头。

“瓦西里·彼得罗维奇，”大尉走到少校跟前说，“他是不会屈服的——我了解他；如果去砸门，他准会打死我们许多人。您下令对他开枪岂不更好吗？窗板上有一道很宽的缝呢！”

这时，我头脑里忽然闪过一个奇怪的念头：我打算像武里奇那样来试试命运。

“等一下，”我对少校说，“我要活捉他。”我让大尉跟他搭茬讲话，又安排三个哥萨克待在门口，准备一见信号就砸开门冲进去帮助我。我绕着房子走到那扇决定命运的窗户跟前，我的心猛烈地跳着。

“啊哈，你这该死的东西！”大尉叫道，“你是在讥笑我们吗？还是你以为我们制服不了你？”他开始用全力敲门。我把眼睛贴近窗缝，窥察他的举动，他料不到会从这方面来进攻——我猛地揭开窗板，头朝下跳进窗里。紧贴在我耳朵上面发出一声枪响，子弹撕掉了我的肩章。但是满屋子的硝烟使我的敌人找不到放在他身旁的军刀。我抓住他的两只胳膊，哥萨克们冲了进来，不到三分钟，这罪犯就被捆起来押走了。人们散开了，军官们都向我庆贺——这实在是值得庆贺的。

经过这一切以后，一个人怎能不成为宿命论者呢？但是谁能确切地知道,他到底应该相信还是不相信什么呀?……何况我们还时常把错觉或理性的错误当作信念呢!……我爱怀疑一切:这种思想倾向并不妨碍性格的果断;相反,就我来说,当我不知道前途如何的时候,我总是更勇敢地前进。要知道,不会发生比死更坏的事——而人总是难逃一死的!

回到要塞,我把我所经历和目睹的一切统统告诉了马克西姆·马克西梅奇,并且希望知道他对定数的看法。起初他不懂得这个词的意思,但经我尽力解释后,他便意味深长地摇了摇头说:

“是的,当然啦!这事情很不容易理解!……不过,这种亚细亚式的手枪扳机常常打不响,如果油擦得不好,或是用手指扣得不够有劲。老实说,我也不喜欢契尔克斯的步枪;它们对咱们总有点不方便:枪托太小——一不当心就会烧了鼻子……然而他们的军刀——那我可真佩服!”

随后他想了想,说道:

“是啊,那个倒霉的人真可怜……准是被鬼夜里拉去跟醉汉说话的!然而,可见,他也是命该如此!……”

我从马克西姆·马克西梅奇嘴里再也听不到什么了:他是根本不喜欢讨论玄学的。

“名著名译丛书”书目

（按著者生年排序）

第一辑

书　名	著　者	译　者
荷马史诗·伊利亚特	[古希腊]荷马	罗念生 王焕生
荷马史诗·奥德赛	[古希腊]荷马	王焕生
伊索寓言	[古希腊]伊索	王焕生
一千零一夜		纳　训
源氏物语	[日]紫式部	丰子恺
十日谈	[意大利]薄伽丘	王永年
堂吉诃德	[西班牙]塞万提斯	杨　绛
培根随笔集	[英]培根	曹明伦
罗密欧与朱丽叶	[英]莎士比亚	朱生豪
鲁滨孙飘流记	[英]笛福	徐霞村
格列佛游记	[英]斯威夫特	张　健
浮士德	[德]歌德	绿　原
少年维特的烦恼	[德]歌德	杨武能
傲慢与偏见	[英]简·奥斯丁	张　玲 张　扬
红与黑	[法]司汤达	张冠尧
格林童话全集	[德]格林兄弟	魏以新
希腊神话和传说	[德]施瓦布	楚图南

高老头 欧也妮·葛朗台	[法]巴尔扎克	张冠尧
普希金诗选	[俄]普希金	高　莽 等
巴黎圣母院	[法]雨果	陈敬容
悲惨世界	[法]雨果	李　丹 方　于
基度山伯爵	[法]大仲马	蒋学模
三个火枪手	[法]大仲马	李玉民
安徒生童话故事集	[丹麦]安徒生	叶君健
爱伦·坡短篇小说集	[美]爱伦·坡	陈良廷 等
汤姆叔叔的小屋	[美]斯陀夫人	王家湘
大卫·科波菲尔	[英]查尔斯·狄更斯	庄绎传
双城记	[英]查尔斯·狄更斯	石永礼 赵文娟
雾都孤儿	[英]查尔斯·狄更斯	黄雨石
简·爱	[英]夏洛蒂·勃朗特	吴钧燮
瓦尔登湖	[美]亨利·戴维·梭罗	苏福忠
呼啸山庄	[英]爱米丽·勃朗特	张　玲 张　扬
猎人笔记	[俄]屠格涅夫	丰子恺
包法利夫人	[法]福楼拜	李健吾
昆虫记	[法]亨利·法布尔	陈筱卿
茶花女	[法]小仲马	王振孙
安娜·卡列宁娜	[俄]列夫·托尔斯泰	周　扬 谢素台
复活	[俄]列夫·托尔斯泰	汝　龙
战争与和平	[俄]列夫·托尔斯泰	刘辽逸
海底两万里	[法]儒勒·凡尔纳	赵克非
八十天环游地球	[法]儒勒·凡尔纳	赵克非
马克·吐温中短篇小说选	[美]马克·吐温	叶冬心
汤姆·索亚历险记	[美]马克·吐温	张友松
爱的教育	[意大利]埃·德·阿米琪斯	王干卿
莫泊桑短篇小说选	[法]莫泊桑	张英伦
契诃夫短篇小说选	[俄]契诃夫	汝　龙
泰戈尔诗选	[印度]泰戈尔	冰　心 等
欧·亨利短篇小说选	[美]欧·亨利	王永年

名人传	［法］罗曼·罗兰	张冠尧 艾 珉
童年 在人间 我的大学	［苏联］高尔基	刘辽逸 等
绿山墙的安妮	［加拿大］露西·蒙哥马利	马爱农
杰克·伦敦小说选	［美］杰克·伦敦	万 紫 等
卡夫卡中短篇小说全集	［奥地利］卡夫卡	叶廷芳 等
罗生门	［日］芥川龙之介	文洁若 等
了不起的盖茨比	［美］菲茨杰拉德	姚乃强
老人与海	［美］海明威	陈良廷 等
飘	［美］米切尔	戴 侃 等
小王子	［法］圣埃克苏佩里	马振骋
钢铁是怎样炼成的	［苏联］尼·奥斯特洛夫斯基	梅 益
静静的顿河	［苏联］肖洛霍夫	金 人

第 二 辑

威尼斯商人	［英］莎士比亚	朱生豪
忏悔录	［法］卢梭	范希衡 等
罪与罚	［俄］陀思妥耶夫斯基	朱海观 王 汶
哈克贝利·费恩历险记	［美］马克·吐温	张友松
漂亮朋友	［法］莫泊桑	张冠尧
斯·茨威格中短篇小说选	［奥地利］斯·茨威格	张玉书
海浪 达洛维太太	［英］弗吉尼亚·吴尔夫	吴钧燮 谷启楠
日瓦戈医生	［苏联］帕斯捷尔纳克	张秉衡
大师和玛格丽特	［苏联］布尔加科夫	钱 诚
太阳照常升起	［美］海明威	周 莉

第 三 辑

神曲	［意大利］但丁	田德望
吉尔·布拉斯	［法］勒萨日	杨 绛
都兰趣话	［法］巴尔扎克	施康强

叶甫盖尼·奥涅金	[俄]普希金	智　量
笑面人	[法]雨果	郑永慧
红字 七个尖角顶的宅第	[美]纳撒尼尔·霍桑	胡允桓
死魂灵	[俄]果戈理	满　涛 许庆道
南方与北方	[英]盖斯凯尔夫人	主　万
莱蒙托夫诗选 当代英雄	[俄]莱蒙托夫	余　振 等
前夜 父与子	[俄]屠格涅夫	丽　尼 巴　金
白鲸	[美]赫尔曼·梅尔维尔	成　时
米德尔马契	[英]乔治·爱略特	项星耀
小妇人	[美]路易莎·梅·奥尔科特	贾辉丰
娜娜	[法]左拉	郑永慧
一位女士的画像	[美]亨利·詹姆斯	项星耀
十字军骑士	[波兰]亨利克·显克维奇	林洪亮
樱桃园	[俄]契诃夫	汝　龙
约翰-克利斯朵夫	[法]罗曼·罗兰	傅　雷
我是猫	[日]夏目漱石	阎小妹
嘉莉妹妹	[美]德莱塞	潘庆舲
月亮与六便士	[英]威廉·萨默塞特·毛姆	谷启楠
人性的枷锁	[英]威廉·萨默塞特·毛姆	叶　尊
人类群星闪耀时	[奥地利]斯·茨威格	张玉书
尤利西斯	[爱尔兰]詹姆斯·乔伊斯	金　隄
好兵帅克历险记	[捷克]雅·哈谢克	星　灿
城堡	[奥地利]卡夫卡	高年生
喧哗与骚动	[美]威廉·福克纳	李文俊
老妇还乡	[瑞士]迪伦马特	叶廷芳 韩瑞祥
金阁寺	[日]三岛由纪夫	陈德文
万延元年的 Football	[日]大江健三郎	邱雅芬